U0096806

茅盾研究
八十年書系

錢振綱・鍾桂松◎主編

葉子銘◎著

22

夢回星移
——茅盾晚年生活見聞

花木蘭文化出版社

國家圖書館出版品預行編目資料

夢回星移——茅盾晚年生活見聞／葉子銘 著 — 初版 — 新北市：花木蘭文化出版社，2014〔民 103〕

序 8+ 目 2+232 面；19×26 公分

（茅盾研究八十年書系：第 22 冊）

ISBN：978-986-322-712-0（精裝）

1. 沈德鴻　2. 傳記

820.908　　　　　　　　　　　　　　　　103010305

中國茅盾研究會《茅盾研究八十年書系》編委會

主　編：錢振綱　鍾桂松

副主編：許建輝　王中忱　李　玲

特邀顧問：

邵伯周　孫中田　莊鍾慶　丁爾綱　萬樹玉　李　岫

王嘉良　李廣德　翟德耀　李庶長　高利克　唐金海

ISBN-978-986-322-712-0

9 789863 227120

茅盾研究八十年書系
第二二冊

ISBN：978-986-322-712-0

夢回星移——茅盾晚年生活見聞

本書據南京大學出版社 1991 年 4 月版重印

作　　者　葉子銘

主　　編　錢振綱　鍾桂松

總 編 輯　杜潔祥

副總編輯　楊嘉樂

編　　輯　許郁翎

出　　版　花木蘭文化出版社

社　　長　高小娟

聯絡地址　235 新北市中和區中安街七二號十三樓

　　　　　電話：02-2923-1455／傳眞：02-2923-1452

網　　址　http://www.huamulan.tw 信箱 hml 810518@gmail.com

印　　刷　普羅文化出版廣告事業

初　　版　2014 年 7 月

定　　價　60 冊（精裝）新台幣 120,000 元
版權所有・請勿翻印

夢回星移
——茅盾晚年生活見聞

葉子銘　著

作者簡介

　　葉子銘（1935.1 ～ 2005.10）福建泉州人。1957 年畢業於南京大學中文系。1959 年研究生肄業留校任教。文革後，被南大中文系民主選舉爲系主任，這在全國也是唯一的。歷任南京大學中文系教授、博士生導師、研究生院副院長、中國現代文學研究中心主任。兼任國務院學位委員會第三、第四屆學科評議組召集人、中國現代文學研究學會副會長、中國茅盾研究會會長、《茅盾全集》編輯室主任等。被國家人事部授予「中青年有突出貢獻專家」稱號，享受國務院政府特殊津貼。

　　他先後從事中國古代文學、文藝理論、中國現當代文學的教學與研究。主要學術著作有《論茅盾四十年的文學道路》、《茅盾漫評》、《夢回星移》、《葉子銘文學論文集》、《中國現代小說史》（主編）。編撰《茅盾論創作》、《茅盾文藝雜論集》、《以群文藝論文集》、《茅盾自傳》、《沈雁冰譯文集》，主持高校文科教材《文學的基本原理》的修訂和 40 卷本《茅盾全集》的編輯審定工作。

提　　要

　　全書以作者與茅盾的交往爲線索，著重記述文革期間及文革之後，茅盾晚年的處境、心態與生活、寫作情況，其中許多第一手材料是作者直接訪問茅盾的兒子韋韜、兒媳陳小曼，以及照料茅盾晚年生活的人所得，材料翔實可信，是茅盾晚年生活的真實記錄。

　　此書還收有關於《論茅盾四十年的文學道路》一書的寫作初衷及修訂再版情況；《茅盾論創作》、《茅盾文藝雜論集》兩書的編選出版情況；文革後，作者七次訪問茅盾的談話記錄，這裏有文壇往事、革命的風雲變幻和創作經歷回憶等等；還有茅盾故居歷次的變遷。所有這些，都極具史料價值，是繼續研究茅盾和中國現代文學的珍貴材料。

夢——代序

（一）

在初春的一個夜晚，時過子夜，萬籟俱寂，濃重的夜色，照例給人間舖下一條從現實通向夢鄉的路。朦朧之中，我彷彿飄浮在半空，沿著這條夜路彳亍前行，突然，前面傳來一聲斷喝，刺破了夜空：

「咄！你又想在世人面前樹立一座偶像嗎？」

我抬頭一看，茫茫夜空中有一個碩大的身影，然瞧不清眼臉，只見他手持一根黧黑的大棒，橫斷了去路。我正想申辯，倏忽間，黑影一躍而起，掄起大棒，只聽得嘩啦啦一陣聲響。我睜大眼睛一看，透過夜色，離我不遠的地方，似乎有一座閃光的雕像被砸碎了，然那些零散的碎片，依然在茫茫的夜色中發出耀眼的光芒。我邁步前行，正想撿起那些碎片，猛然間頭部挨了沉重的一擊，隨後耳際傳來一串令人毛骨悚然的怪笑聲——哈！哈！哈！

……

我躍然而起，睜大朦朧的雙眼，四周環顧，只見：床頭的燈還亮著，對面兩幅茅盾先生晚年題贈的條幅，依舊安然懸掛在潔白的牆上。其中《題〈紅樓夢〉畫冊·贈梅》一幅，在燈光下特別耀眼；幾行秀挺峻拔的墨迹，一下子吸引住我的注意力：

> 無端春色來天地，
> 檻外何人輕叩門。
> 坐破蒲團終徹悟，
> 紅梅折罷暗銷魂。

哦，原來我做了一個夢。不過，並非紅樓艷夢，而是人間惡夢！幾天來回顧與茅盾先生交往的舊事，百感交集，夜不能寐，今晚進入夢鄉，實非偶然。此時此刻，我的睡意頓消，索性披衣起坐，夢中的情景，尚在腦海裡盤旋，然對面牆上那幅「無端春色」的墨迹，更發人深思。這是茅公逝世前幾個月題贈給我的一件珍貴的紀念品，吟唱的是《紅樓夢》裡妙玉思春的故事，它本同我剛才所做的夢毫無關係。奇怪的是，此刻我卻從這富有哲理性的詩句中，悟出了別一番深意：人生在世，對於眞理、事業和美好的事物，都應執著地去追求，認眞地去探索，不應被惡夢、怪夢式的現實──人生的惡勢力所嚇退。想到這裡，我頓生妙想，何不借茅公詩句，稍加改作，聊志今夜之夢，作爲奉獻給讀者的一曲心音，也作爲這本書的一個引子。諒茅公在九天之上，不致責怪吧。詩曰：

> 有道春色來天地，
> 風雨年華重叩門。
> 坐破書齋終徹悟，
> 紅梅欲折莫失魂。

（二）

出夢之後，興猶未盡，免不了浮想聯翩，又細細琢磨起我那惡夢的由頭來了。

常言道：「日有所思，夜有所夢」。夢，古已有之，人皆有之。但有各式各樣的夢，如美夢、醜夢、惡夢、怪夢、驚心動魄的夢，雜亂無章的夢……。然不管是什麼樣的夢，都是人生經歷與人的複雜心理活動在夜幕上的折光，是現實生活的曲折的、以至錯亂的影像。我所做的夢也不例外。它是一個眞正的夢，然而又似夢非夢。

說來已是幾年前的事了。大約是 1981 年 3 月 27 日茅盾同志逝世後不久，北京出版社的李志強、廖宗宣同志和湖南人民出版社的黃仁沛同志，先後代表出版社約我撰寫《茅盾傳》和記述與茅公交往的文學性回憶文字。起先，我遲遲不敢答應，這倒不是三十多年前我的那本《論茅盾四十年的文學道路》的書，在十年浩劫中給我招來莫大的麻煩，換得一頂「爲三十年代文藝黑線的祖師爺樹碑立傳」的大帽子，變成我跨進「黑幫」「勞改隊」的一張入門券，現雖事過境遷，仍心有餘悸。因爲，經歷了十年惡夢，我也增長了見識，況

且惡夢已破，魔鬼已被打回地獄，春天又降臨了神州大地。那麼，是什麼原因，使我遲遲不敢答應呢？不是別的，而是自知對這位在刀光劍影、風雨雷電的歷史環境中馳騁、奮鬥了六十餘年，為我國現代文學的發展作出卓越貢獻的一代大師，我的瞭解、研究還十分有限。再就我同茅公的交往而言，在前輩之中、同時代人之中，同茅公的關係比我更密切、瞭解更深的，還大有人在。我深恐自己的能力、水平和一支笨拙的筆，難以勝任這項任務，加上幾年來繁忙的工作，也使我沒有充裕的時間坐下來彌補這一缺陷。然而這種種理由，都阻擋不住熱心的編輯同志的不斷催索，甚至被一些朋友視為畏難情緒與缺乏勇氣的表現。這下可就擊中了我的痛處。1956 年，當我還是一個二十出頭的普通大學生時，憑著一股初生牛犢的勇氣和獻身祖國文學事業的滿腔熱情，我叩起了茅盾研究的門，並開始同年已花甲的茅公結下不解之緣。如今，經歷了一番風吹雨打，難道當年的勇氣真的消磨殆盡了嗎？再說，十年浩劫之後，我又有幸多次登門親聆茅公的教誨，多次得到他的親筆回信和題贈，耳聞目睹這位年逾八旬的長者生活、工作的情景，也得知他在十年動亂歲月中的種種遭遇。茅公逝世以後，我在主持《茅盾全集》編輯室工作的過程中，又接觸了大量的材料，特別是在韋韜同志的支持下翻閱了六十餘冊珍貴的《茅盾日記》，對他晚年的生活與寫作情況，有了更多的瞭解。如果，我把自己的所見、所知、所聞，形之筆端，公之於世，為世人留下一頁真實記錄，難道不是一件很有意義的工作嗎？說真的，我自以為已心無餘悸，實際上那根大棒的陰影，沒準還躲在我大腦皮層的某個角落裡。終於，我答應了下來，但在交稿的期限上，要求給予寬容，並蒙兩位好心的編輯欣然應允。

遺憾的是，幾年過去了，學校裡的份內工作和紛至沓來的雜務，加上四十卷本《茅盾全集》的上馬，使我奔波於京寧道上，窮於應付，僅剩的一點兒業餘時間，已被擠成零零碎碎的邊角料。我的諾言尚未兌現，流水般的歲日，又把我帶到了1986 年的初春。實在不能再拖了！我決心排除一切干擾，趁放寒假的機會，清還欠債。《茅盾傳》的工程太大，還是先從我與茅公的交往寫起吧！實際上，去年已考慮了一個大綱，也斷斷續續寫了點東西。有些年長日久記憶不清的事實，特別是關於茅公晚年的生活、工作情況和文革中的遭遇，我也曾找韋韜、小曼同志及茅公晚年身邊的工作人員核實、瞭解過，並得到他們的熱情支持和幫助。但工作一開始，近三十年來的往事，就紛呈雜錯地浮現於腦際，不知該從何處落筆是好。每當夜深人靜，我展紙提筆，就陷入往事的沉思，最後只好離開一疊稿紙，擁被假寐，尋求神來之筆。想

不到今晚竟走入夢鄉，而且得到的竟是一場惡夢，細細琢磨，這大約是回憶往事，總免不了要攪動歷史的沉渣吧，連躲在我大腦深處的那團陰影，也闖將出來了！想到這裡，我頓開茅塞！夢中的碩大身影與那根阻人前進的大棒，不是給了我很好的啟示嗎？回憶過去，應該忠實於歷史，不應躲躲閃閃，不應塗脂抹粉，更不能被新的歷史的因襲重負，拖住前進的步伐。

有道是「萬事開頭難」，幾天來苦思冥想的一個難題，在一場惡夢的啟示中竟意想不到地解決了。於是乎，我躍然起坐，展紙提筆，這本回憶性的書，就從說夢開始吧！雖然，此刻窗外霞光萬道，朝陽已經叩開神州大地千家萬戶的大門了！

（三）

我反覆思忖夢中的那聲斷喝。

這種聲音太熟悉了！記憶的翅膀，又把我帶到 1966 年夏天開始的那個狂熱而混亂的年代裡。當時，一面是到處響徹砸爛各種「偶像」的狂叫聲，名稱多種多樣，範圍十分廣泛，從政治家、軍事家、思想家、文學家、藝術家到學者名流，從活著的、死去的一直波及到寺廟古跡、家藏戶供的「偶像」，不論是泥塑、木雕、銅鑄、瓷製、石造的，皆在打倒、砸爛之列，喝聲四起，響徹華夏。另一方面，一種虔誠的、狂熱的聲浪，同樣響遍神州的一切角落，竭盡全力地「大樹特樹」至高無上的偶像。我在一片不協調的聲浪中，被推到一種很奇特的位置上：一方面因茅盾被列為「祖師爺」式的「偶像」而受到株連，耳鼓裡灌滿叱喝聲，一度忙於低頭檢討，「狠觸靈魂」；另一方面，也一度誠惶誠恐地加入「早請示」、「晚匯報」的行列。究竟什麼是「偶像」和偶像崇拜？我一時實在弄不明白，不過，腦海深處不時閃現出一個大的「？」來。後來，四人幫的「大樹特樹」受到批判，偶像問題似乎解決了，也似乎沒有解決。八十年代以來，茅盾研究工作重新獲得重大的進展，但近幾年來，我又隱隱約約地聽到另一種反對樹立偶像的叱喝聲。今晚夢中的那種嚇人的斷喝聲，無疑是歷史的沉渣在我潛意識裡的泛起，它倒引起我的深思：將要奉獻在世人面前的這本回憶性的書，應該寫什麼？怎麼寫呢？在我的心目中，茅盾既是一代文豪巨匠，也是一位可親可敬的長者，同樣也是個有著自己的喜怒哀樂、「七情六欲」的常人，而不是一座偶像。在開始我的敘述之前，倒想首先就這個問題，發一點議論。

　　偶像者，木偶式的造像也。它雖五官俱全，靈光罩頂，卻不動不響、不吃不屙、不哭不笑、不睡不醒、不死不活，僅供人頂禮膜拜，實非人也。在歷史的長河中，它是人類幻想的產物，智力發展的投影，精神空虛的寄託。這種偶像，只存在於古刹廟堂、神龕佛舍之中。大地上也另有一種塑像，那就是歷代傑出的思想家、政治家、科學家、文學藝術家、教育家，以及無數的志士仁人、無名英雄等等，他們是推動人類社會發展的優秀代表，創造各民族文明的精英。人們之所以為他們塑像立傳，不是為了把他們當作偶像來頂禮膜拜，而是為了從他們歷史足迹中尋求繼續前進的經驗、智慧與力量，作為鼓舞後代子孫繼續推動社會前進、創造新的文明的光輝榜樣。他們同偶像之間，是毫無共同之處的。在中華民族的歷史上，產生過群星燦爛般的無數風流人物，可惜我們為他們塑像立傳，不是多了，而是少了。甚至，在動亂迭起的歷史風浪中，他們還時常被當作異端、偶像而遭到淹沒、砸爛的厄運。然而，大地上的雕像可以砸爛，書籍可以禁燬，他們的光輝形象，在人民的心中卻永存不滅；他們的名字，在歷史老人的花名冊上，也是塗抹不掉的呵！

　　茅盾這一現代文壇的巨星，就以他光輝的業績與多方面的貢獻，在人民的心中，在歷史老人的花名冊上，佔有一席重要的位置。當這位活躍於兩次大戰前後、幾乎橫貫了 20 世紀的一代人師與世長辭之後，胡耀邦同志代表黨中央所作的悼詞，已經對他作出了歷史性評價，驅散了不時繚繞在他頭上的一團迷霧和陰影。他同時代的戰友，一批為我國現代文學藝術作出卓越貢獻的著名作家，以及他的一些晚輩、學生和廣大讀者，對他的真摯懷念與評論，也從各個側面描繪出他的真實形象，親切生動地證明他已活在人們的心中。翻開案頭的《憶茅公》一書，我隨手摘引幾個例子，以立此存照。

　　　　巴金：「他是我們那一代作家的代表和榜樣。」「我始終把他當作一位老師。」

　　　　　　　　　　　　　　　　　　　　　　──《悼念茅盾同志》

　　　　胡愈之：「和魯迅相比，茅盾同樣是這個文化新軍的創始者和指揮者。」

　　　　　　　　　　　　　　　　　　　　──《早年同茅盾在一起的日子裡》

　　　　冰心：「茅公遺留給我們的深紅的果實，是無比碩大芬香的。」

　　　　　　　　　　　　　　　　　　　　　　　　　──《悼念茅公》

丁玲：「茅盾同志始終給我們留下功高不傲、平易近人的寬厚長者的形象。」「他是名副其實的巨匠大師」。

　　　　　　　　　　　　　　　　　──《悼念茅盾同志》

曹靖華：「他懇摯平易，毫不帶『作家氣』，這一點我留下了終身難忘的印象。」

　　　　　　　　　　　　　　　　　──《別夢依依懷雁冰》

曹禺：「我是在茅盾先生薰陶下的後輩。」

　　　　　　　　　　　　　　　　　──《「我的心向著你們」》

陳白塵：「他是二十年代作家的朋友，三十年代以至七、八十年代之間一代又一代作家的導師！」

　　　　　　　　　　　　　　　　　──《中國作家的導師》

陽翰笙：「我的良師益友──茅盾同志」

　　　　　　　　　　　　　　　　　──《時過子夜燈猶明》

傅鐘：「他是我們以筆為劍的一代宗師」

　　　　　　　　　　　　　　　　　──《鮮紅的黨旗覆蓋在他身上》

周而復：「……他留下的輝煌巨著和寫作革命的現實主義文學的戰鬥精神，是中國和世界文學寶庫的珍寶。」

　　　　　　　　　　　　　　　　　──《在病危的時候》

姚雪垠：「我也是他的半棵桃李。」

　　　　　　　　　　　　　　　　　──《一代大師，安息吧》

茹志鵑：「我從先生二千餘字的評論上站立起來，勇氣百倍。站起來的還不僅是我一個人，還有我身邊的兒女……」

　　　　　　　　　　　　　　　　　──《說遲了的話》

王願堅：「茅公是一條巨大的江河。他豐富、浩翰、源遠流長、奔騰激蕩，卻又默默地流入溝渠，灌溉著文學園地，滋潤著文學的禾苗。」「我直接受到茅公的教誨，是由一支火柴的亮光開始的。」

　　　　　　　　　　　　　　　　　──《他，灌溉著……》

　　……

夠了！再摘引下去，一來太占篇幅，二來也有以抄書來代替自個的回憶

的嫌疑了。不過，略舉數例，意在借這些同時代人親歷身受、發自肺腑的真實的聲音，來回答那似夢非夢的叱喝聲。

我同茅盾先生的交往，始於 1956 年，那時，他已過花甲之年，而我才度過第二十一個春秋。說句笑話，我當時的年齡，還不如《子夜》的書齡長呢！但對我這個後生小子，他並沒有拒之門外，而是以一位長者的寬厚胸懷，給予引導、指點，辨疑解難。於是，從青年時代起，我開始了同茅公的往來，前後持續了六年餘，得到了他的親切教誨與扶植，開始走進現代文學研究的大門。1963 年以後，山雨欲來風滿樓的形勢，加上我自身業務工作的數度轉移，我同他的聯繫中斷了。隨後而來的「文化大革命」的狂風暴雨，又把我同剛過古稀之年的茅公的命運，扭結在一起。粉碎四人幫後不久的 1977 年初，還是乍暖還寒的時候，我才重新恢復了同茅公的交往。這時，我剛過不惑之年，而他已年逾八旬，久別重逢，我們都分外高興。雖然，在這位巨人面前，我依然顯得十分拘謹，但他的親切笑容與娓娓長談，終於逐漸驅散了我的顧慮。從此以後，我又同茅公開始了比較密切的交往，在多次書信往來和登門求教中，得到他的親切關懷與教誨、信任與支持。每次赴京，我都要去拜望他，而交道口南三條裡那座寧靜的四合院大門，也都向我敞開著。特別是 1979 年春，我受上海文藝出版社的委託，開始協助他編選《茅盾論創作》與《茅盾文藝雜論集》以後，我向他請教的機會就更多了。這時候，我同韋韜、陳小曼同志的接觸也逐漸增多了，為了共同編好這兩本書，他們夫婦代替茅公搜集、郵寄材料，代他覆信解答我的各種問題。有時，我們也一起在茅公的臥室裡，北京醫院病房裡，當面同他商定一些有關編書的原則、體例，以至請教有關他的生活、寫作的一些細節。工作之餘，應我的要求，韋韜、小曼同志也開始向我談些有關他父親晚年的生活、健康與《回憶錄》寫作的問題，及其一家在文革中的遭遇。如果說，我同茅盾先生及其一家有了較多的直接接觸，從耳聞目睹中獲得一些對他晚年情況的感性認識的話，那應該說是始於這個時期。同他一生的活動相比，儘管我的接觸和瞭解仍屬一鱗片爪，所知有限，但無論從感情上或責任上說，我都應該如實地把它敘述出來。

孔子曰：「三十而立，四十而不惑，五十而知天命。」我以未立之年，就斗膽地議論起茅盾四十年的文學生涯，現轉眼已過「知天命」之年，「不惑」或者有一點，「知天命」、知茅公則還不敢說。如今，我終於著手來寫這樣一本回憶往事的書，倒真有「風雨年華憶茅公」之感！我將採取紀實的、形象

的方式，以二十五年中，我同茅盾的交往為線索，著重記述茅盾晚年的生活、寫作與心態，也談我的一些不成系統的感受、見聞、印象。為了說清楚我與茅盾交往緣由，難免要涉及一些歷史背景式的往事，也難免要說到我自己。

　　夢同現實有曲折的聯繫。然夢終歸是夢！現實終歸是現實！讓我們摔開那夢中的陰影，踏著陽光，來回憶那過去的往事吧！如果我的回憶，能從一個側面留下一點史實，對讀者瞭解我國現代文壇的一代宗師，能有一點點幫助，我就心滿意足了！

目次

沈雁冰先生八十壽辰攝於北京交道口故居

浙江省桐鄉縣茅盾故居
右起：查國華、葉子銘、韋韜、莊鍾慶、雪燕

沈雁冰先生故鄉——浙江省桐鄉縣烏鎮景色

沈雁冰先生一家人合影

本書作者葉子銘攝於茅盾寓所書房前

旁為茅盾生前喜愛的太平花

茅盾在寓所臥室撰寫回憶錄

北京交道口茅盾故居
左起：曹淋、李岫、陳小曼、高利克、韋韜、葉子銘

北京茅盾故居書房

書房中的會客處

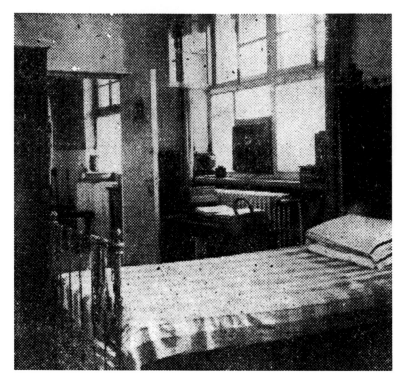

茅盾故居臥室一角

1980 年春在北京交道口寓所書房與巴金親切交談
右起：茅盾、巴金

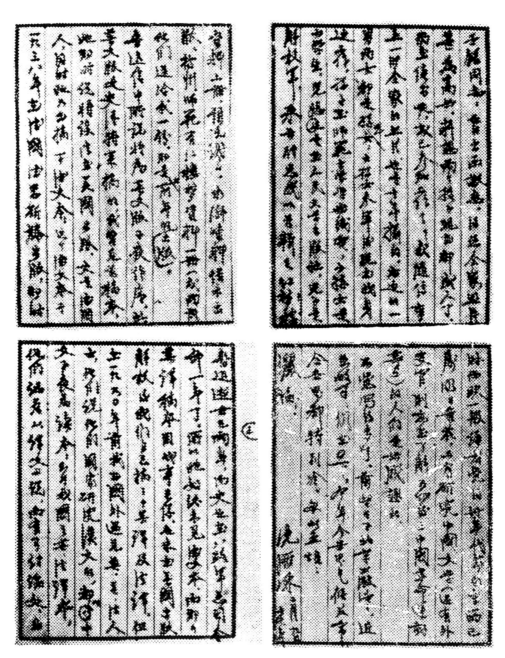

茅盾手跡之一　1977年2月9日茅盾致本書作者信

茅盾手跡之二　　1978年1月17日茅盾致本書作者信

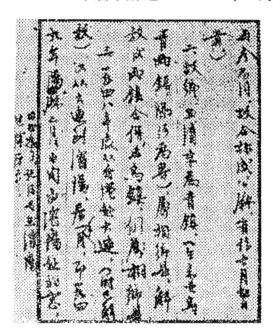

茅盾手跡之三　　茅盾贈本書作者《題〈紅樓夢〉畫冊・贈梅》

第一章　初生牛犢遇一代大師
——《論茅盾四十年的文學道路》寫作的前前後後

夜深人靜。

一場暴雨，不知什麼時候收住了。大地上的市井樓宇、道路林木、鮮花野草，都被沖洗得乾乾淨淨，顯出了本來的面目。四周是那麼的寧靜，連空氣也格外的清新。此時此刻，我獨坐南窗，展紙握筆，追憶三十年前的往事。回想起我和我們那一代人的經歷，禁不住心潮起伏。我的思緒，追蹤著流逝的歲月，回到那萬象更新與風浪迭起的 50 年代，回到那充滿理想與追求、朝氣與稚氣的大學時代，回到我與茅盾先生開始交往的那段難忘的歲月裡……

在開始我的追述之前，先就有關我和茅盾及以群同志關係的傳聞說起。

1959 年，正當我年滿二十四歲的時光，在經歷了一番曲折沉浮之後，我那本大學時代學步的習作——《論茅盾四十年的文學道路》出版後，就時常聽到有人以好奇甚至疑惑的口吻，提出這樣的疑問：「你是怎樣認識茅盾先生的？你為什麼研究起他來？他究竟給了你些什麼指導和幫助？」言外之意，似乎其中有著什麼秘密。對於這樣的疑問，我往往是一笑置之。因為，已發生的一切，似乎也很簡單，但真要道出個所以然來，又不是三言兩語能說清楚的。不過，遇到一些熟悉的朋友、同行或國外的茅盾研究者，每當他們也向我提出同樣的問題時，我不得不就事論事地作一般的回答。意思無非是茅盾先生確實給予我巨大的鼓舞與熱情的幫助，但在我寫作之前，同他並無交往，甚至出書數年後也未見過他一面。記得如今東歐著名的漢學家、茅盾研

究專家高利克〔註1〕，早在三十年前，也曾向我提出過類似的問題。當時，這位捷克著名漢學家普實克教授的高足，正在北京大學留學，專注於搜集、研究茅盾的作品和有關史料，用力甚勤。不知何故，他忽然注意到我發表的頭一篇茅盾研究的論文──《從〈蝕〉到〈虹〉──論茅盾自大革命到左聯前夕的創作》〔註2〕，從中得知我曾得到過茅盾先生的幫助。1959年5月底，他利用到茅盾故鄉烏鎮作「學術調查」的機會，通過校際聯繫，特地到南京大學來找我。見面之後，他就向我提出這樣的問題：「你是怎樣得到茅盾先生的幫助的？」在我們共同度過的愉快的四天中，我才知道他正在著手選譯茅盾的《林家舖子》等短篇小說，準備把它們介紹給捷克斯洛伐克的讀者〔註3〕；同時，他還在廣泛搜集茅盾著譯資料，編寫茅盾筆名錄。為此，在北京期間，高利克曾拜訪過茅盾，渴望更多地得到他的指點和幫助。大約出於這一緣故，當他得知我同茅盾先生有過多次通信，我的畢業論文還得到過他的審閱與訂正時，羨慕之情溢於言表。在這種情況下，他向我提出類似的問題，是完全可以理解的，目的都是為了更好地瞭解與研究茅盾及其著作。在如今國外的茅盾研究者中，高利克是少數從青年時代起就同茅盾先生有直接接觸和聯繫的學者之一。在茅盾的書信中，曾不止一次的提到他。例如，1959年10月25日，也就是我們的這次會面後不久，他在《致普實克》信裡說：「加立克（按：即高利克）同志早已會見，惟因我事忙，且年來常病，未能經常暢談，深以為憾。」〔註4〕在1961年6月15日《致莊鍾慶》的信裡說：「我用過的筆名很多，有一個捷克留學生費了大功夫弄出一張表來，可惜我看後就還給他了，沒有留底。」〔註5〕這裡所聽說的捷克留學生，即指高利克。順便提一下，經歷了二十多年的風雨歲月，1986年4月間，我有幸在北京同高利克同志再次會面，他是參加捷克斯洛伐克文化代表團來華訪問的。二十七年後重相會，其時茅公逝世已5年，而我已年過半百。高利克同志比我大5歲，此時已禿頂，變成了個小老頭，但依舊壯實，精力旺盛，那股執著、認真的學者勁兒，

〔註1〕 Marian Galik，又譯嘎立克、加利克。

〔註2〕 刊自南京大學《教學與研究匯刊》1958年第2期，此文實際上是《論茅盾四十年的文學道路》中的一章。

〔註3〕 即高利克譯的《林家舖子及其他短篇小說》，1961年斯洛伐克文版。茅盾為此書作序。

〔註4〕 孫中田、周明編：《茅盾書簡》，浙江文藝出版社，1984年版，第240頁。

〔註5〕 同上，第247頁。

不減當年。當我們回憶起青年時代同茅公交往的那段難忘的經歷時，無不感慨繫之。

更加使我感到迷惑不解的是，後來不少人又關心起我同以群同志的關係來，甚至把我說成是以群的侄子，有「家學淵源」，等等。這種失實的誤傳，至今時有所聞，甚至見諸報端，故藉此澄清一下。我不知道這種傳聞是從哪裡來的？姑妄猜之，大約曾經給予我熱情幫助的以群同志，恰好也姓葉，故被疑為本家。加上以群又同茅盾有著密切的關係，早從 30 年代起，特別是抗日戰爭和解放戰爭時期，他們的交往十分密切，為此，以群同志曾得了個「茅公的參謀長」的雅號。從一般的世俗眼光來看，早已馳名文壇的以群同志，為什麼會把目光注視到我這個名不見經傳的普通大學畢業生身上，熱心地指導修改那本習作，並親自為它寫序，其中必有某種特殊關係。恰好我們都姓葉，於是親屬之說，似乎就是順理成章的事了。

說來有趣，這種傳聞，居然也引起某些前輩學者的注意。記得 1962 年 10 月間，我和以群同志一起，參加唐弢同志主編的《中國現代文學史》教材討論會。在這次會上，唐弢同志忽然指著我，向以群發問：「有人說葉子銘同志是你的侄子，這可屬實？今天，你們都在場，我想當面問個清楚。」以群笑而不答，轉過頭朝我微笑著，說：「這事你問他。」我被這突如其來的喜劇性的「對質」，弄得很窘，只好回答道：「我出生在福建泉州，以群同志祖籍在安徽歙縣，攀不上什麼親戚關係。」他們聽了，都笑了起來。唐弢同志風趣地說：「這事今天算是澄清了。」會議過後，以群同志也問我：「你們福建的葉姓人，祖先是不是從安徽去的？」聽了他那半玩笑半認真的問話，我實在答不上來，只好說：「我們家不是什麼大家族，沒有家譜可查。這事我搞不清楚。」

我萬萬沒有料到，事過二十多年，唐弢同志當年認為已「澄清」了的傳聞，居然還有人相信，甚至形之筆端。這使我想起一件事，當年茅盾審閱我的論文初稿後，在 1957 年 6 月 3 日寫給我的信裡，曾說了這麼一段話：「作為一個被研究的作家，我向來是只願意傾聽批評，而不願意自己說話的，同樣的理由，我也不便把您的這篇論文介紹去出版；如果我這樣做了，特別因為我還是文化行政的高級負責人，便有利用職權、自我宣傳的嫌疑。」〔註6〕儘管當時我並沒有提出過請他介紹出版的奢求，他還是說了這麼一番話，這說明過這類事，他早有先見之用。

〔註 6〕葉子銘：《茅盾漫評》，百花文藝出版社，1983 年，第 328 頁。

今天，回想起當年那些無端的猜測與傳聞，究其原因，也可套上一句俗話：「事出有因，查無實據」。凡是經歷過我們那個時代的人都知道：50 年代是一個百廢俱興、萬象更新的時代，一個充滿無數理想與美好追求的時代；同時，由於種種複雜的歷史原因，在那充滿對舊事物的「徹底否定」和對新事物狂熱追求的年代裡，也開始出現一些痛苦的曲折與失誤。當時，雖然也提出過「向科學進軍」的口號，也呼喚過扶植新生力量，但是，說實在的，對於那時的年青人來說，要想出版一本書，在學術上脫穎而出，卻是談何容易！在我的世紀同齡人中，不乏有理想、有抱負、有進取精神的青年，他們滿懷著為祖國的繁榮與文化藝術的發展而獻身的精神，但結局並不都是順利的。我只不過是他們當中普普通通的一個，然而卻意外地獲得出書的機會。或許說，我成了個「幸運兒」，雖然，就我自己的經歷來說，也不是像人們想像的那樣一帆風順。不過，這在當時，就足以引起人們的注目與猜測了。事實上，當年我之所以能出版那本書，是有多方面原因的，既受到 50 年代那種求知欲與獻身精神的影響，也得益於眾多師友的鼓勵與教誨。而在這當中，除了我的指導老師王氣中教授外，茅盾先生的親切關懷與指導，以群同志的熱情支持與幫助，確實起了決定性的作用。如果沒有他們的關懷與支持，我大學時代的那篇畢業論文，在那個時候，恐怕是難以得到出版機會的。

在追求我同茅盾先生最初的交往前，先說了這麼一段插曲，別無他意，只是想說明：每個人在他一生的道路上，總要結識或遇到各種各樣的人，而其中必有些人，對他的人生道路的選擇與未來的發展，產生具有重大意義的影響；事後也難以解釋這種人生道路上的相遇與影響，究竟是偶然的，或是必然的。回想起我同茅公的交往，就是這樣的。為了敘述這段永遠值得懷念的往事，下面，我想從自己所經歷的 50 年代的大學生活說起。

一、廣泛的興趣

在我的大學時代裡，同許多年青人一樣，起先也有許多夢想與追求，有著飄忽不定的廣泛興趣，一度迷戀於文學創作與古典文學。後來我轉而醉心於茅盾著作的搜集與研究，是始於 1956 年春；而我直接求教於茅盾先生，同他通信往來，則是 1956 年秋天的事。要說清楚三十多年前個人志趣的這一變化，還得從我所經歷的那個時代說起。

1949 年中國大地上發生的翻天覆地的變化，對於我們那一代人來說，產

生了巨大而深遠的影響。新中國的誕生，宣告了一個新的艱難創業時代的開始，對當時正處於青少年時代的我們這一代人來說，它帶來的最激動人心的變化之一，就是爲千千萬萬尙未擺脫貧困與稚氣的年青人，打開了通往過去是高不可攀的高等學府的大門。這是一個多麼迷人的前景，一個過去連做夢也想不到的現實。1953 年夏天，懷著強烈的求知欲望和美麗的幻想，我離開了臥病在床的慈母和眾多的兄弟姊妹，從還是閉塞落後的家鄉──福建泉州，千里迢迢地來到南京大學中文系就讀。當時，到處呈現出新的氣象，青年人對國家的未來與個人的前途，懷著美好的憧憬與追求。新的時代、新的歷史潮流，推動著我們這些 50 年代初期的大學生，去奮發學習，尋找報效祖國、獻身事業的支撐點。置身在這樣的時代環境中，我這個剛滿十八周歲、稚氣未消的青年，渾身有股使不完的勁頭。因爲，如果不是遇上這場歷史性的變革，像我這樣一個家境窘迫、處於社會下層的年青人，是根本不可能踏進大學的門檻，也說不上從事什麼研究工作的。當然，那時更沒有想到，後來我忽然又迷戀起現代文學，貿然地去叩起茅盾研究的門來。

　　我之所以報考中文系，是因爲從小就喜歡文學，特別是愛讀各種新舊小說。起先是閱讀《三國》、《水滸》、《西遊》和大量的俠客、公案小說，進入高中以後，開始接觸「五四」以來的新文學和外國文學作品。因爲，我的一個當中學數學老師的大哥葉在甲，也酷愛文學，家裡有他收藏的兩書櫥中外文學作品和新文學雜誌，如《吶喊》、《彷徨》、《蝕》、《子夜》、《腐蝕》、《家》、《靜靜的頓河》、《約翰·克利斯朵夫》，以及《東方雜誌》、《小說月報》、《文學》、《北斗》、《太白》、《宇宙風》等等。那時我大哥在海外，我時常一個人躲在小樓上，囫圇吞棗地翻閱這些書刊。雖然是翻過就算，似懂非懂，但它卻給我打開了一個不同於舊俠客小說的新天地。後來，我在晉江第一中學遇上陳祥耀先生，這位博學多才的語文老師，是當時泉州的著名才子，如今是福建師範大學中文系的教授。他給我們講授文學知識，評析古今的名篇佳作，仔細地評閱我們的作文，使我得到最初的啓迪與鼓舞。也正是他，在我填寫升學志願時，建議我報考中文系。可以說，他是我在文學上遇到的第一個啓蒙老師。

　　1953 年夏，當我來到六朝故都，跨進南京大學的校門時，正值全國高校進行院系調整之後。那時，學校裡集中了許多著名的前輩專家和學有專攻的教授，如方光燾、胡小石、陳中凡、羅根澤、商承祖、陳嘉、陳瘦竹、徐仲年、唐圭璋（其時在南京師院，也到南大兼課）、王氣中、管雄等。他們先後

給我們授課，從不同方面給我們進一步打開了眼花繚亂的文學殿堂，使得我這個混沌初開的年青人，既入迷，又迷茫，在文學之門裡流連忘返。我開始如飢似渴地去閱讀古今中外的文學名著，從中汲取智慧與力量，思考一些過去從未想過的人生、理想、未來的問題。當時，我什麼都想學，但並沒有什麼固定的興趣與明確的目標。

起先，我曾一度迷戀於學習創作，胡亂地學著寫詩，寫小說，曾自個兒偷偷地湊成詩集，起名《沉思集》、《隨意集》、《故鄉行》等。不過，當年自己沒有勇氣把這些習作拿出去發表，一直把它壓在抽屜裡自我欣賞。經歷了十年浩劫，這些舊稿居然僥倖地保存下來，如今重新來翻閱這些塵封了三十餘年的習作，倒勾起了對青年時代生活的回憶。下面，我想摘引幾首寫於十九歲的習作，因它雖充滿青年人的稚氣，但從中卻可窺見我開始與文學結緣時的真實腳跡：

無題（一）

沉思啊，沉思，

永久的沉思。

在你踏過的腳跡裡，

也布滿沉思的影子。

1954 年

無題（二）

停下來吧，飄忽的幽靈，

我要隨著你的游絲，

捕捉那最美妙的一瞬。

當哲理的小窗輕輕開啟，

吹進智慧的小絲，

它告訴我生活的秘密

它告訴我宇宙的真理。

趁那小窗還沒有關閉，

停下來吧，停在我的筆尖底，

別，別悄悄地飛去！

1954 年

無題（三）

我來到這世界上，

不是爲了無憂無慮地吃喝，

不是爲了虛幻的榮譽與讚美；

我要尋找那眞正的歌，

捕捉那飄忽於宇宙的音符。

它告訴了我：

人生是什麼？

1954 年

　　後來，這股對創作的迷勁就逐漸消失了。因爲，在 50 年代初期，這與大學中文系的培養目標是相牴觸的。記得那時，我們的系主任方光燾教授，就曾在全系大會上說過：「中文系是培養語言文學的教學與研究工作者，而不是培養作家的。」他批評同學中迷戀於創作的傾向，鼓勵大家學好功課，提高自己的文學素養、理論水平與獨立地進行研究工作的能力，而不要脫離實際地去搞創作。方光燾教授是文學界的老前輩，創造社的早期成員，又是國內著名的語言學家，在同學中享有很高的聲望。他的訓戒，加上隨後而來的緊張的學習生活——50 年代前期所特有的六小時一貫制的教學方式與一長串的閱讀書單，使得我不得不把迷戀創作的心思收拾起來，忙於應付紛至沓來的功課。

　　不久，我的興趣又轉向中國古代文學，這是因爲當時學校裡古典文學的師資力量很強，好幾位精通古典文學的名教授，把我們引入光輝燦爛的古代文學的殿堂。比如學識淵博的胡小石教授的「中國古代文學史」課題，就深受同學們的歡迎。記得他第一次給我們上課，就興沖沖地懷抱著一大包古書和一些珍貴的甲骨，如數家珍地從中華民族文化的源頭說起。他給我們講甲骨文字，講人面蛇身的女媧與古代的神話傳說，講《詩經》，說《楚辭》……。他飽含深情而又生動風趣的講授，深深地吸引住我，使我這個對祖國文化只有一知半解的後生小子，大開眼界，產生了民族自豪感與對悠久燦爛的祖國文化藝術的強烈的求知欲。於是乎，我又迷上了古代文學。利用課餘時間，我又悄悄地讀起《山海經》、《穆天子傳》、《搜神記》和袁珂的《中國古代神話》等，想試著研究中國神話的源流演變。當時，對於一個十八九歲的年青人來說，這是一個難啃的題目。根底太淺而又缺乏指導，加上飄浮不定的廣

泛興趣，終於使這一初次的嘗試半途而廢。後來，系裡組織課外興趣小組，我報名參加「陶淵明小組」，輔導老師是王氣中先生。藉此機會，我把《陶淵明集》讀了一遍，很為他「不為五斗米折腰」的精神所感動。我對於古代文學的興趣，大約持續到 1955 年夏天。進入大學二年級下學期，按規定要寫學年論文，此時我的興趣已從神話轉到古代小說，曾頗費一番力氣，寫了篇《論唐代傳奇小說》的論文，指導老師是管雄先生。這篇論文也是寫完就壓在抽屜裡，落了個塵封的命運。儘管這些初步的嘗試並不成功，但它卻鍛鍊了我的寫作能力與分析研究能力，也使得我初步掌握如何從事文學研究工作的方法與程序，體會到搞研究工作並不是件容易的事。

以上我說了些似乎是離題的話，目的無非想說明：我並不是從一開始就專注於茅盾研究的，但大學時代的廣泛興趣與最初嘗試，卻開闊了我的視野，鍛鍊了我如何選題與獨立地進行研究工作的能力，為我後來研究茅盾的著作，增添了勇氣與信心，也提供了初步的基礎。

二、重要的抉擇

1956 年春，我進入了大學三年級下學期，開始面臨著大學畢業論文題目的醞釀與抉擇問題。

當時，正是黨的「八大」召開前夕，國內的政治生活和文化教育事業，呈現了空前活躍的局面。在百廢俱興而又風浪迭起的 50 年代，黨的「八大」召開前後的 1956 年，可以說是一個富有信心、活力、開放與進取精神的年頭。這年，在文化藝術與教育戰線也出現活躍而鼓舞人心的新氣象。如「百花齊放，百家爭鳴」方針的提出，對馬林科夫關於文學典型理論的批評，對文藝創作的概念化與文藝批評的庸俗社會學傾向的批評。關於題材問題與美學問題的討論，崑劇《十五貫》的演出，以及文藝界對培養新生力量的重視和全國青年文學創作會議的召開，等等。這一切，猶如陣陣春風，吹進我們的課堂、宿舍、圖書館，在我們這些即將進入畢業論文寫作階段的大學生中，引起巨大的反響與熱烈討論，促使大家去思考一些課堂上所未涉及的新問題，同學們時常為學術上的不同見解，在宿舍裡爭論得不亦樂乎。特別是在教育領域裡，當時，中央提出向科學進軍的號召，我們國家也開始試行學位制，招收副博士研究生，公開號召青年人努力學習科學文化，攀登科學高峰，為建設強大的社會主義祖國而獻身。這在 50 年代中期的大學生中，產生了巨大

的鼓舞與動員作用。在這樣的時代氣氛下，校系領導和老師們，對高年級的畢業論文也分外重視，同學們也都在認眞地思考自己的選題。

　　當時，我也面臨著一次重要的抉擇：是繼續選做中國古代文學方面的題目呢，還是改做其他方面的題目？我曾爲此感到苦惱。那時，我比較集中地考慮了兩個問題：一是要不要改變研究方向；二是究竟選做一個什麼題目。1956 年寒假後，經過近一學期的初步準備與認眞思考，我對這兩個問題終於有了明確而堅定的想法：決心改變自己的研究方向，即從古代文學轉向現代文學。其所以如此，回想起來，也許是對於當代問題的關注，是大多數青年人的共同特點。當時國內關於文藝創作和文藝理論問題的熱烈討論，也吸引了我的注意力，使我的興趣和熱情轉向現代文學。那時，新中國建立才六七年，從文學革命運動到建國後的現代文學歷史，加起來也只有近四十年，對我們仍然具有新鮮感和親切感，仍然是文學研究中有待進一步研究、開拓的新領域，因而，對青年人具有極大的吸引力。這裡，我還要提到兩位老師，他們對我的這次選題，也起了重要的作用。一位是方光燾教授，他雖然只給我們講授過《語言學引論》，但十分重視方法論與思維能力的訓練，講課中也常涉及現代文學與文藝理論的問題，使我獲益非淺。另一位是陳瘦竹教授，他給我們講《中國現代文學史》，從來不用講稿，憑記憶進行生動而有條不紊的講述，我們不僅被他那驚人的記憶力所傾倒，而且從中獲得了現代文學史的基本知識。他們的授課，爲我後來改變研究方向，提供了一個初步的基礎。

　　至於我爲什麼確定以茅盾作爲畢業論文的研究對象，這究竟是必然的，還是偶然的？對這個問題，今天回想起來，連我自己也很難完全說清楚。但是，有一點是肯定的，即這個題目是我自己選定的。在決定改變研究方向後，最初我對選題有兩個簡單的想法：其一，我想利用畢業前的一段寶貴時間，集中精力研究一個現代的大作家，啃一個難度大一點的題目。這種實際上是搞作家論的想法，也許和我愛讀一些中外大作家的評傳有關。其二，我不想啃別人已嚼過的饃，而想另闢蹊徑，選一個前人較少系統研究過而又具有重要價值的題目。

　　在這兩個想法支配下，我對當時現代文學的研究情況，進行了初步的瞭解與分析。當時，中國現代文學史作爲一門年青的學科，還處於奠基的時期。與這個學科有關的研究著作，主要是幾部早期的文學史著作，如王瑤的《中國新文學史稿》、丁易的《中國現代文學史略》、蔡儀的《中國新文學史講話》、張畢來的《新文學史綱》第一卷等。這些書，特別是王瑤、丁易的著作，成

為我們的入門書，為我們勾勒出現代文學史的輪廓與發展線索，提供了比較豐富的材料。此外，關於作家作品、思潮流派的專門研究著作，則寥寥無幾，同群星燦爛、流派眾多的現代文學的歷史相比，極不相稱。別的且不說，僅就如今已使我們的研究者感到過於狹窄的作家研究而言，那時學術界的注意力，主要還集中在魯迅研究上，且不說丁玲、沈從文等，就連對茅盾、郭沫若、巴金、老舍、曹禺等重要作家的系統研究，還沒有真正開始。至於其他流派的作家就更不用說了。那時我對魯迅的作品、精神、人格和偉大貢獻，是由衷的欽佩的，但對當時一窩蜂地去研究魯迅而忽略其他作家的狀況，卻感到十分不滿足。因此，憑著一股初生牛犢的勇氣，我想在魯迅之外另選一個大作家，進行比較系統的研究。於是乎，我選上了茅盾。

我之所以會選上茅盾，說來也非完全出於偶然。前面已提到，在中學時代，我就曾從我大哥的藏書中，讀過他的《幻滅》、《動搖》、《追求》，也讀過他的《春蠶》、《林家舖子》、《白楊禮讚》等作品。在翻閱我大哥收藏的二三十年代的舊雜誌時，也時常見到「茅盾」這個奇怪的名字。當然，那時我對他的作品還似懂非懂，更談不上有什麼深刻的理解。但對這個帶有幾分神秘感的作家，卻留下了深刻的印象。後來，在閱讀幾部「中國現代文學史」著作後，我對茅盾及其文學活動，有了進一步的瞭解。當時，茅盾和魯迅、郭沫若一起，不僅被視為左翼革命文學的三大巨擘之一，而且也是中國現化文學的重要奠基人之一。但是，奇怪的是，有關茅盾的研究著作，卻寥寥無幾，除了一本泥土社出版的吳奔星先生的《茅盾小說講話》外，其他的都是一些名篇名作的評論文章。而從初步接觸的材料中，我已進一步被茅盾吸引住，特別是他小說創作的獨特風格與突出成就，他的曲折複雜的經歷和在現代文學史上舉足輕重的地位。當時，從作者所寫的《〈茅盾選集〉自序》中，我發現像他這樣一個有突出貢獻的大作家，還在不停地進行自我批評，其間必然經歷了複雜曲折的歷程，但又感到語焉不詳，這就使我產生莫大的好奇心。我想弄清楚他是經歷了一條怎樣的道路，而成為我國現代文壇上的一代文豪的，而且，我覺得像他這樣一個辛勤耕耘四十年的重要作家，應該得到應有的重視和進行系統的研究。這就是我選擇茅盾作為畢業論文研究對象的原因，雖然實際上我後來所做的工作，是非常有限的。說來有趣，在當時的情況下，我的這種選擇，還曾被視為「鑽冷門」呢。

題目確定後，起先還遇到了點麻煩。主要原因是，選題報到系裡，選現

代文學題目的同學比較多。而 50 年代前期,學校裡能承擔這方面指導任務的老師,除陳瘦竹教授外幾無他人。而他除了指導原先就愛好現代文學的同學外,已沒有時間和精力再接受我這種中途改變方向的「外來戶」。因此,系領導動員我不要改變方向,要我仍舊選古代文學方面的題目。他們得知我一度對神話感興趣,就建議我改選中國神話方面的題目,並表示可以請胡小石教授擔任我的指導老師。說實在的,這個建議是有相當的誘惑力的,因為胡先生的學問素來受到同學們的敬仰,但是,考慮再三,我還是決心不改題目,並提出:如果無法安排指導老師,能否就讓我一個人自己搞?系領導看我態度如此堅決,倒沒有採取強迫命令的行政手段,而是想方設法替我另行安排指導老師。不久,系裡正式通知我,古典文學教研室的王氣中先生,已表示願意擔任我的指導老師,因他也熟悉茅盾的作品。王氣中先生曾教過我們的寫作課,後來我參加課外興趣小組,又曾跟王先生學習陶淵明的詩文,得到過他的熱情指導和幫助。這回他又主動承擔我畢業論文的指導任務,使我改變研究方向、選擇茅盾研究的課題,得以實現。回想學生時代的這一往事,我對於王氣中先生在關鍵時刻的熱心支持,是永遠也忘不了的。

三、最初的交往

我同茅盾的交往,始於 1956 年 10 月 17 日。這天,由我執筆和胡興桃同學聯名,給當時剛年屆花甲的茅盾先生寫了第一封信。從此,我同他就結下了不解之緣,或如有些同志所對稱的,我這個閱世不深的後生小子,同名馳中外的一代文學大師,開始了忘年之交。這是我所始料不及的。

當年,我們之所以直接給他寫信,是由於指導老師王氣中先生的提議與鼓勵。其時我們班上選取茅盾研究題目的,除我之外,還有胡興桃同學,他是專門研究茅盾的短篇小說的。在進入論文準備階段時,我們遇到了一個共同問題:資料缺乏。當時,人民文學出版社的《茅盾文集》十卷本尚未問世,除了常見的茅盾著作單行本和選集外,其他著作與有關生平史實方面的材料,就很不易搜集,即使一些已知篇目,也難以尋覓。我是準備較系統地研究茅盾一生的文學活動的,因而解決資料問題尤感迫切,為此,我們向指導老師請教。王氣中先生除了給我們介紹了些他所知的材料外,還把一本伏志英編的《茅盾評傳》借給我。此外,他還建議道:「現在茅盾先生還健在,一些有關他的文學活動與生平史實方面的疑難問題,你們可以直接寫信向他求

教。」開始，我們還有些顧慮，覺得像茅盾這樣馳名中外而又身兼文化部長等要職的大作家，不一定會答覆我們這些無名小輩的提問。但是，在王先生的鼓勵下，我們抱著試試看的心理，終於決定聯名給他寫信。信中冒昧地向他提了三個問題：一、他究竟寫過哪些作品，能否給我們開一個目錄；二、除了《中國新文學大系》的「建設理論集」與《文學論爭集》，以及現代文學史參考資料選收的文章外，他還寫過那些文學論文？是否編過集子？三、想聽聽他對我們論文選題的意見。

今天回想起來，這封信所提的問題，幾乎是要求他給我們開列一份著作目錄的清單。不要說是工作繁忙的茅公，就是對專門研究茅盾著作的同志來說，這也是一個十分頭痛的問題。出於想盡快掌握材料，當時我們並沒有意識到這樣提問題是不合適的，發信後也不敢奢望能得到他的覆信。出乎意料之外的是，信發出一個多星期後，大約是 10 月 26 日，我們收到一封寄自北京的信。拆開一看，落款處有用毛筆書寫了兩個大字：茅盾。字跡清秀峻拔，正文則是用鋼筆書寫的。這封信寫於 10 月 23 日，距我們寫信的時間只有六天。當時，我們真是做夢也沒有想到會這麼快地收到茅盾先生的回信，那股高興勁兒是難以用言語形容的。其實，信的內容很簡單，全文如下：

興桃

　　同志

子銘

　　十月十七日來信收到，簡覆如後：

　　一、我寫過的東西，並無單子，除了以前開明書店出版各書而外，也有些作品在其他書店出版，但那些是不很重要的。

　　二、我從來沒有出過論文集，我也不留底稿或剪報，所以自己也不知道有那些論文了。

　　三、你們的論文題目，請你們自己定，我是沒有發言權的。

　　　　勿此即祝

好

　　　　　　　　　　　　　　　　　　　　　　茅盾

　　　　　　　　　　　　　　　　　　一九五六年十月二十三日

雖然，這封信是由他的秘書代筆的，信中既沒有給我們開列書單，也沒有對我們的選題提出什麼意見，但在當時，卻給了我巨大的鼓舞與啟發。

　　首先，信中那種平等待人的態度，給人以親切感。換句話說，這封短信之所以對我產生重要的影響，倒不在它的內容，而在於它的精神與態度。正是他那種平等謙和的態度，大大激發了我獨立完成論文的勇氣與信心。說實在話，當年我雖然一再堅持要選茅盾研究的題目，並非對茅盾的生平與著作特別熟悉，更說不上已有什麼深入的瞭解，只能說有比較濃厚的興趣而已。當王氣中先生建議我們直接給茅盾寫信時，我們開始是有些膽怯的，生怕如石沉大海，自討沒趣。當時，像茅盾這樣身兼多種要職的大作家，總有點神秘莫測、高不可攀的感覺，不敢相信他會給我們覆信的。然而，事實證明，我的估計錯了。他並沒有將我們拒之門外，儘管覆信十分簡短，卻打破了我心理上的這種無形屏障。特別是信中的這一段話，給我留下最深刻的印象：「你們的論文題目，請你們自己定，我是沒有發言權的。」說來也怪，這種看來似乎有點令人掃興的答覆，在當時對一個剛步入文學研究領域的年青人，卻產生巨大的激勵與啓迪作用。從這段話中，我感受到一個馳騁文壇數十載的老作家的謙虛大度和不加干涉的平等態度，同時也意識到作為一個研究者，不論面對的是什麼對象，都應該具有自己的獨立見解與判斷能力，力求對所研究的對象，作出實事求是的科學評價。這一點，對我後來的論文寫作，產生很大的影響。

　　事實上，這種對研究者不加干涉的態度，不以聲望、地位壓人的精神，是真正的大家風度，也是一個優秀作家所具有的可貴品格。遺憾的是，從近幾年的文壇現象看，這並不是任何人，在任何時候都能做到的。從我 21 歲開始同茅盾通信，直到文革後同他的多次接觸，我深深感受到，作為一代的文學大師，茅盾在這方面自律甚嚴，堪為表率。在近二十五年的斷續交往中，他差不多都是回答我有關其生平史實與文學活動方面的問題，極少就其作品的評價問題發表意見，他從不以自己的意見去影響研究者的看法。1957 年間，當我將自己的論文初稿寄請他審閱時，他也是迴避對我論文中的觀點發表意見，再次表示「恕我不能提供什麼具體意見。作為一個被研究的作家，我向來是只願意傾聽批評，而不願意自己說話的。」〔註7〕這種態度同他給我們的第一封覆信的精神，是完全一致的。其實，在我的論文初稿中，對他早期的小說創作與文藝思想，以及《子夜》、《腐蝕》、《霜葉紅似二月花》等作品，都有不少批評失當與分析粗疏之處。我想，他在審閱時不是沒有看法，只是

〔註 7〕見茅盾 1957 年 6 月 3 日給本書作者的信，《茅盾書簡》，第 211 頁。

不想加以干涉而已。這一點，他在 1960 年 3 月 3 日寫給高利克的信，就說得更清楚。他說：「對於您的《關於茅盾短篇小說》的論文（英文稿），我沒有意見，這不是說，我全部同意您的論點，而是說，一個作家不應當阻止別人發表個人見解，倒是應當鼓勵別人發表和作家對自己的不同的看法。」〔註 8〕到了茅公的晚年，我們的交往已相當密切，但在書信往來，或言談之中，他也依然是持這種態度。我說他自律甚嚴，是從長期的交往中得出的結論，而非一時一事的印象。茅公的這種平等待人的態度與律己嚴、待人寬的精神，對於一個剛步入文學研究大門的青年人，是一種最好的啟示與引導，它給我留下了美好的回憶。

其次，從他的簡短覆信中，我也明白了從事研究工作，必須付出辛勤的勞動，不能期望有什麼捷徑可走；必須自己動手，去搜集、分析第一手材料，紮紮實實地做好基礎性的工作，而不能只憑主觀的印象就妄下結論。因此，他的覆信雖然沒有給我們提供什麼材料，卻激發我自己動手去搜集資料的熱情。作畢業論文時，已沒有什麼課程，可以用全部時間來進行論文的準備。我抓緊一切時間，經常早出晚歸，幾乎跑遍南京各大圖書館，去查閱舊報刊，千方百計查找茅盾著作的各種舊版本，搜集茅盾的著述和有關研究資料。經過一段時間的努力，我發現茅盾的著述數量相當可觀，除小說、散文創作外，還有大量的文學評論與翻譯作品。而且，他的經歷與文學活動也遠比我所想像的要複雜曲折得多，其中有許多方面尚未被研究者涉及，也有許多具體問題一時還搞不清楚。就我所瞭解的情況看，他的著述和文學活動，也不像他覆信所說的那麼簡單。為此，我又單獨給茅盾寫信，不斷就自己搞不清或為查證新發現的材料，向他求教。記得對我所提出的問題，他常常很快就回信，或作簡明扼要的答覆，或直接在我的信上，用紅筆劃了杠杠，隨手在旁邊空白處加上批注。例如，1957 年 3 月 21 日〔註 9〕的覆信，就是直接在我的信上批注的。下面不妨將我當時的信及茅公的批注，照原樣全文抄引如下，以見當年通信的真實情況：

　　茅盾先生：

　　　　前幾天剛寄上一份資料目錄，可是忘記了有兩個方面的問題要
　　向您請教，現在就寫在下面，希望先生有空回答一下。

────────────────

〔註 8〕據茅盾致高利克的書信手稿複印件。
〔註 9〕此信收入《茅盾漫評》中，誤作二月二十一日。茅盾批注見該書，第 327～328
　　　　頁。

　　一、據孔另境先生在《懷茅盾》一文中說，您曾在當時上海大學的中國語文系當教師，教的是「小説研究」與「神話研究」。還有在《從牯嶺到東京》一文中，您曾說：「那時候，我的職業使我接近文學，而我的内心趣味和別的許多朋友──祝福這些朋友的靈魂──則引我接近社會運動」。

　　我有幾個問題還不清楚：（1）先生在上海大學教書時約當何年？當時是否已開始參加社會活動？（2）先生所指的朋友，是否即鄧中夏、惲代英等同志？（3）先生後來參加「五・卅」運動是否與當時在上海大學的活動有關？

　　二、在《從牯嶺到東京》一文中，先生曾談到寫《追求》時，會見了幾位朋友，知道了一些痛心的事，而這些事對《追求》的寫作很有影響。

　　我不知道當時所指的痛心的事是什麼？是否是革命同志犧牲的消息？因此也冒昧地向先生求問。

　　我不斷地麻煩先生，真有點不好意思。不過也實在沒有辦法，在我們學校裡很難找到熟悉先生情況的人。

　　這要請先生原諒。

　　此致

　　　　祝

健康

　　　　　　　　　　　　　　　　　　　　　　　　葉子銘

　　　　　　　　　　　　　　　　　　　　　　　　敬上

　　　　　　　　　　　　　　　　　　　　　　　　1957.2.18

子銘同志：

　　恕我不另寫信，只在您原信上注了一些，就寄還給您了。

　　　　　　　　　　　　　　　　　　　　　　　　茅盾

　　　　　　　　　　　　　　　　　　　　　　　　三月二十一日

　　有趣的是，由於年代久遠，有關他早期文學活動的一些史實，他在覆信中有時也記不清楚了。這就更加引起我的濃厚興趣，決心盡可能把一些基本史實弄個水落石出（當然，後來我在《論茅盾四十年的文學道路》一書中，並沒有也不可能完全做到這一點）。特別令人高興的是，每當我的發現同他的

記憶有出入時，只要把事實根據擺出來，他最後總是實事求是地加以肯定，糾正了自己記憶上的差錯，並且進一步幫助回憶、補充具體細節。由於他從不以居高臨下的態度，對待像我這樣一個普通研究者，因此，在我們最初的一段交往中，我在感情上不斷地增加了對他的敬仰之情，而在具體學術問題上，仍然可以同他平等地交換不同的意見。這是我們交往中最令人難以忘懷的經歷！下面，我想舉幾個例子來說明。

一、關於茅盾參與 1920 年《小說月報》的局部改革問題。當時，一些現代文學史著作和研究論著，在介紹茅盾早期的文學活動時，一般都是從 1921 年文學研究會的成立和茅盾主持《小說月報》的全面革新講起，此前的一些活動則隻字未提，或語焉不詳。這就給人一種錯覺，似乎茅盾的文學活動始於 1921 年 1 月文學研究會成立以後，且出臺就一鳴驚人，屬於突發式的。我開始也是相信這種看法的。後來，從南京大學圖書館裡，我查找到相當完整的《小說月報》，發現從 1920 年 1 月起，在「五四」新思潮的影響下，《小說月報》已開始進行局部革新。這一年，《小說月報》從第十一卷起，新闢了「小說新潮」、「編輯餘談」等欄目，專門刊登白話小說、新詩、翻譯作品和文學論文等，從而使這個專門刊登文言小說的舊雜誌，變成了一個半新半舊的文學刊物。這種嘗試性的局部改革，為 1921 年《小說月報》的全面革新準備了條件，而當時年僅二十四歲的茅盾，已成為這場局部革新中的重要人物，他在這一年中，先後發表了《小說新潮欄宣言》、《新舊文學平議之評議》、《俄國近代文學雜談》、《我們現在可以提倡表象主義的文學麼？》等文學論文。因此，我認為茅盾之參加文學研究會與主持全面革新《小說月報》，並非突發式的。

為了印證自己的這一看法，也為了進一步瞭解茅盾參與局部革新的詳細情況，我於 1956 年 11 月 13 日，又寫信向他請教。想不到在茅公覆信中卻加以否認。他說：「我擔任《小說月報》主編是從 12 卷起，以前的和我沒有關係。」〔註10〕他的這一答覆，第一句話是準確的，第二句就屬記憶失誤。因此，我接信後不但沒有放棄自己的看法，而且在論述 1921 年《小說月報》的全面革新之前，專門寫了一段茅盾參與 1920 年局部革新的文字，把事實根據都擺了出來。後來，他在審閱我的論文初稿時，對這段論述就不再提出疑議（對史實方面的訛誤，他發現後一般都要加以糾正的）。晚年，茅公在回憶錄

〔註10〕見 1956 年 11 月 27 日茅盾的覆信，《茅盾書簡》，第 194 頁。

中，不僅肯定了 1920 年《小說月報》第 11 卷的「半革新」活動，而且進一步詳細地補充了許多事實細節。如當年是《小說月報》主編王蒓農拉他幫忙，請他主持「小說新潮」欄的編輯業務，以及這一次的局部革新所引起的《小說月報》的變化。等等。〔註11〕

二、關於茅盾與《學生雜誌》的關係，這實際上是涉及茅盾「五四」以前的文學活動問題。在《答國際文學社問》一文裡，茅盾曾說過：「大概是一九二〇年罷，我開始叩『文學』的門。」〔註12〕這個說法，同他參與《小說月報》的局部革新，開始發表一些重要的文藝論文的時間，也正好吻合，所以我一度深信不疑。1959 年 6 月間，我在閱改《論茅盾四十年的文學道路》一書的清樣時，又重新查閱茅盾的著作資料，發現他在 1917 年至 1920 年間發表於《學生雜誌》上的二十餘篇翻譯作品和論文，如《三百年後孵化之卵》、《學生與社會》、《一九一八年之學生》、《托爾斯泰與今日之俄羅斯》、《理工學生在校記》等。這一重要發現，把茅盾早期的文學活動，又向前推移了三年。為此，我於 1959 年 6 月 21 日，又寫信告訴他這一消息，向他提出了些問題，並隨信附上一份他在《學生雜誌》上發表的文章目錄。當時，茅公正在廬山養病，接到從北京轉去的信後，他於同年 7 月 5 日的覆信中，雖表示「久已忘之」，但仍然肯定了這些文章是出自他的手筆，並謙虛地稱之「『為稻粱謀』的濫製品」。〔註13〕對於我所提出的一些問題與推測，他用紅筆標出，直接在原信上加了批注。其中，比較重要的有兩點。

第一，從 1917 至 1920 年茅盾在《學生雜誌》上發表的文章顯著增多和地位突出的情況看，我推測他當時已參加《學生雜誌》的編輯工作，但這一點此前無論是茅盾本人或研究者都未提及過，我還不能遽下斷論。對此，他肯定了我的推測，批道：「當時我是半天幫忙編《學生雜誌》」。〔註14〕

第二，1917 年 1 月，茅盾就開始以雁冰的署名，在《學生雜誌》上發表了《三百年後孵化之卵》的譯作，而《學生雜誌》是由商務印書館編輯出版的刊物之一。據此，我又推斷他從北大預科畢業後進商務編譯所的時間，不是 1917 年，而是 1916 年。我之所以提出這個問題，是因為茅盾在 1956 年 11

〔註11〕參見茅盾：《我走過的道路》（上），人民出版社，1981 年版，第 154～159 頁。
〔註12〕見葉子銘編：《茅盾論創作》，上海文藝出版社，1980 年版，第 12 頁。
〔註13〕見《茅盾書簡》，第 236～237 頁。
〔註14〕見《茅盾書簡》，第 237 頁。

月 23 日寫給我的信裡，對這個問題的答覆是兩可的。他說：「我進商務印書館編輯所大概是一九一七年（或許還要早一年）。」〔註15〕對此，他又批道：「這是對的。我記得是袁世凱死的那年的夏季進商務的。」〔註16〕

今天看來，這似乎都屬於雞毛蒜皮的小事，因為只須翻查一下茅公晚年的回憶錄，這些都能得到詳細答案的。但在 50 年代中期，茅盾研究還處於起步階段，這類屬基本史實的問題，卻是很容易搞錯的。當年，由於他不厭其煩地回答我的問題，以至更正記憶上的失誤，從而使我那本習作，得以避免了許多史實上的差錯。不僅如此，根據他的覆信，我在臨出書前，又在清樣上補寫了兩段文字，把他早期的文學活動往前推到 1917 年。這樣一來，我為自己的論文所起的《論茅盾四十年的文學道路》這一書名，也就有了更加充足的事實根據。當然，現在大家都知道，茅盾最早的第一本譯作，是二十歲時（1916 年）翻譯的科普讀物《衣》、《食》、《住》，這一點，我當時就不知道。這說明，文學研究工作，並非全靠神來之筆，在一些基本史實上，有時是需要做十分瑣細的工作的，而在這方面，作家本人的嚴肅認真、一絲不苟的精神，對研究者有莫大的助益。

三、再講一件事，即關於《論無產階級藝術》一文的問題。我在論文準備階段，從南京圖書館找到 1925 年的《文學週報》，發現上面連載了茅盾的一篇重要的文藝論文──《論無產階級藝術》，署名沈雁冰。同時，從伏志英編的《茅盾評傳》中，我又發現錢杏邨在《從東京到武漢》一文裡，也提到茅盾的《論無產階級藝術》，並引用了其中一段話〔註17〕。當然，那時他是為論戰用的。有趣的是，稍後茅盾在《讀〈倪煥之〉》一文裡，也曾講過一段話，對一些論戰對手反唇相譏。他說：「再說得不客氣些，他們的議論並不能比我從前教學生的講義要多一些什麼，所以想拿那一點點辯證法來『克服』我，實在不能領情」〔註18〕。這裡所說的「教學生的講義」，即指茅盾在藝術師範學院講無產階級藝術的講稿。1925 年 5 月至 10 月連載發表的《論無產階級藝術》一文，就是在這個講稿基礎上整理而成的。當時，我並不瞭解他說的這段話，實際上也同《論無產階級藝術》有關。不過，從已掌握的材料看，茅

〔註15〕見《茅盾書簡》，第 194 頁。

〔註16〕見《茅盾書簡》，第 237 頁。

〔註17〕見伏志英編：《茅盾評傳》，現代書局 1932 年版，第 281～282 頁。

〔註18〕見伏志英編：《茅盾評傳》，第 397 頁。

盾寫過這樣一篇重要論文，已是確定無疑的了。因此，我在論述茅盾早期文藝思想的演變時，就把它作爲一個重要的論據寫進論文，並詳加引用與闡釋，而沒有專門就此文向茅公請教。

出乎我意料之外的是，後來他在審閱我的論文時，對此產生懷疑，並在1957 年 6 月 3 日的親筆覆信中，十分認眞而愼重地講了一大段話。他說：「說來好笑，我自己也不記得四十年前我在《小說月報》十一卷寫過那些文章，也不記得一九二七年以前我在《文學週報》上寫過《論無產階級藝術》。您是否可以告訴我：《論無產階級藝術》發表時署的是什麼名字？如果是個筆名，而且不是外邊熟悉的那幾個（一定不是『茅盾』二字，因爲這個筆名是在寫《幻滅》時開始用的），那就有可能把別人的文章（例如我的弟弟，他在出國前也是弄弄文學的），算到我頭上來了。那會鬧笑話的。因此，請您便中告訴我那篇文章的署名，讓我自己來回憶一番」。〔註19〕接信後，我一方面感到很詫疑，認定這是因年代久遠所致，另一方面也深深地爲他那種嚴肅認眞、一絲不苟的態度所感動。於是，我立即將此文的署名、出處和我個人的看法，寫信告訴他。1957 年 6 月 13 日，他又給我寫了覆信，全文如下：

> 子銘同志：
>
> 　　謝謝您六月七日來信中告訴我關於《論無產階級藝術》的署名等等。我已借到《文學週報》，一看該文，便想起來了；那是陸續寫的。您猜想是我到廣州以後寫的，我從登刊的年月算來，寫於赴廣州以前。刊出時正值上海發生「五卅」運動，前四章可能寫於「五卅」以前，最後一章則是當年秋後赴廣州前所寫。
>
> 　　照片收到，謝謝！
>
> 　　　　匆此即頌
>
> 健康
>
> 　　　　　　　　　　　　　　　　　　　　沈雁冰
>
> 　　　　　　　　　　　　　　　　　　一九五六年六月二十三日

從來信可以看出，他是特地去借來《文學週報》的，當他看到了自己的舊作，就記起了當時的情景，並詳細地告訴我寫作的時間，糾正我推測的錯誤。這件事，給我留下特別深刻的印象。

以上只是略舉三例。在我同茅盾先生最初的交往中，這類例子是很多的。

〔註19〕見《茅盾書簡》，第 212 頁。

記得當年我還曾把自己搜集到的資料,編了一份《茅盾的著作與研究資料目錄》,於 1957 年 2 月間寄請他審閱。他看了「目錄」後,隨手在旁邊批注了許多寶貴意見,又把原稿寄還,並於同年 2 月 21 日覆了封信。信裡說:「二月十五日來信收到。書目看過了,有些意見,都注在紙邊,很抱歉,我不能補充什麼,因為我自己沒有編過目錄,又沒有保存那些舊雜誌。現在我也沒有興趣去炒那些『冷飯』,我覺得我的一些論文都是『趕任務』的,理論水平不高,沒有編集子出單行本的必要。」〔註20〕

後來,我曾根據陳瘦竹先生的建議,重新修訂補充這份目錄,於 1959 年 6 月在南京大學內部油印出來。經茅公批注的《目錄》原稿,可惜於「文革」初期上繳丟失了,因不曾留底,他批注的意見也記不清楚了。回想起來,大多是關於他的筆名與著作篇目的訂正、補充意見,約三十來條。這可能是經他批閱的較早的一份茅盾著作與研究資料目錄。就我所知,1960 年春,捷克漢學家高利克在中國留學期間,曾搞了份《茅盾筆名考》,也寄給茅公審閱。高利克同志於 1986 年 4 月訪華回國後,曾先後寄贈了不少有關茅盾研究的著作與資料,其中包括將這份《茅盾筆名考》的複印件寄贈茅盾故居收藏。當我翻閱這份經茅公批注的珍貴材料時,很自然地就勾起對那份丟失的「資料目錄」的回憶,因為他那隨手在紙邊加批注的方式,是完全一樣的。

茅盾在《我走過的道路・序》裡,曾就自己的回憶錄說過這麼一段話:「所記事物,務求真實。言語對答,或偶添藻飾,但切不因華失真。凡有書刊可查核者,必求得而心安。凡有友朋可諮詢者,亦必虛心求教。他人之回憶可借參考者,亦多方搜求,務求無有遺珠。已發表之稿,或有誤記者,承讀者來信指出,將據以改正。其有兩說不同者,存疑而已。」現在,每當我讀到這段話時,就勾起對往事的回憶。我青年時代同茅公交往中的種種印象,都可資佐證,說明他的這種嚴謹求實的科學態度與謙虛待人的精神,是一貫的。

最後,再說說當年茅盾先生應我的請求,是如何審閱《論茅盾四十年的文學道路》的論文初稿的。

經過大半年的書信往來與認真準備,我查閱了當時所能找到的茅盾的絕大部分小說、散文和文藝評論,以及有關他的傳記材料。從接觸大量材料的過程中,我逐漸產生一個簡單而明朗的看法:任何一個傑出、偉大的作家,都非生來就是天才,他們都是經歷了對社會人生的介入與磨練,對古今中外

〔註20〕見《茅盾書簡》,第 199～200 頁。

藝術經驗的吸收與融化，在對藝術與人生的不斷追求與探索中，經過各自不同的道路，而逐步登上藝術的顛峰的。魯迅如此，茅盾也是如此，其他如巴金、老舍等傑出的現代作家，也是如此。研究者如能將他們的這一過程客觀地描述出來，對後來者將有莫大的啟迪。遺憾的是，在 50 年代中期，除魯迅外，對現代作家的研究，特別是對一些還活著的作家的研究，還相當冷落，少人問津。就連茅盾這樣飲譽中外的文壇領袖人物，也同樣缺少專門的研究著作。原因何在？我當時弄不清楚。我開始研究茅盾著作時，才 21 歲，也許由於涉世不深，反倒使我沒有什麼顧慮，居然有勇氣來斗膽試筆。可以說，我開始就是在上述看法的影響下，來醞釀構思畢業論文的提綱的，並形成了一個總體構想，即：力圖運用馬克思主義的觀點與方法，以茅盾四十年的文學道路為中心論題，採取大跨度分期論述的寫法，來勾畫茅盾一生文學活動的軌跡。在理清縱向脈絡的同時，盡可能對他各個時期的文藝思想、創作活動以及一些重要作品，進行重點的評析，力求給予實事求是的客觀評價，並試圖從中引出一些具有普遍意義的結論。這種以縱向為主的寫法，在當時也並非易事。因為這需要掌握、分析大量的第一手材料，包括對作者生平史實的認真考訂與辨析，以及瞭解作者的文學活動與時代環境的關係。要做好這一工作，對我來說，是相當吃力的，因為其時可資憑藉的研究成果並不多。回想起來，我之所以會不知深淺地把它堅持下來，的確是同茅公最初的關懷與支持有著密切的關係。

　　今天看來，我三十年前寫的那篇論文，是相當粗疏的，只能算是為茅盾的文學道路勾勒了一個粗線條的輪廓，其中還留有不少重要的空白點與粗疏之處。這在當時，我自己也是意識到的。「起步時雄心勃勃，完稿後惴惴不安」，這兩句話大體上可以概括出我當時的精神狀態。因此，1957 年 4 月間，當我把那篇約五萬字的畢業論文交給指導老師時，只期望能通過就行，並不存更多的奢望。出乎意外的是，王氣中先生看完我的論文後，不僅給予熱情的肯定，還鼓勵我將論文直接寄請茅盾先生審閱。他說：「你在寫這篇論文的過程中，已經同茅盾先生有了直接的聯繫，現在何不再寄給他看看，聽聽他本人的意見，也許還會得到他的幫助與指教。」

　　在王先生的熱情鼓勵下，大約是 1957 年 5 月初旬，我又鼓起勇氣，將自己的論文初稿寄往北京，並附信懇請茅盾先生於百忙中審閱指正。說實在話，當論文寄出後，我的心情更加不安，雖說在幾次通信中，他都令人感到親切

而平易近人，但這次寄走的論文，卻同以往那種提提問題的信件大不相同。由於採取大跨度的寫法，這就勢必要從頭評述下來，涉及其生平史實與文藝思想、革命活動與文學生涯，以及主要作品的分析與成敗得失的評價。而我所依靠的主要是一些書面材料，對許多活的背景材料所知甚少，很容易挂一漏萬、評述失當。特別是論文中對他早期的文藝思想的複雜性和小說創作的得失，分析批評較多，是否得當？對此，我是沒有把握的。當時，人們對於仍然健在的人物，特別是有重大影響或身居高位的人物，一般總是迴避或忌諱對他進行全面評論的。似乎非等「蓋棺論定」，才不致招來責難甚至禍患，說起話來也具有較大的「保險係數」，這也許可稱之為研究工作中的「距離說」。就以 50 年代現代文學研究的情況看，對尚健在的作家作系統研究的著作，可以說還寥寥無幾，環顧左右，我對自己那篇粗疏的習作之命運的擔心，就情有可原了。

使我感到特別高興的是，當年茅盾先生審閱了論文初稿後，既沒有加以責難，也沒有提出應該怎麼寫或不應該怎麼寫之類的意見，而是從總體上給予鼓勵與肯定，並在許多具體史實上，繼續給予指點與訂正。（我萬萬沒有料到，「文革」初期這竟成了我鼓吹「三十年代文藝黑線」的一大罪狀。）他在 1957 年 6 月 3 日的覆信中說：「你的論文，是花了功夫寫的，富有實事求是、客觀分析的精神。」這幾句話，雖只三言兩語，但對我這個初出茅廬的年輕人來說，份量卻是很重的，已經是最好的評價與最大的鼓舞了。可以說，除了指導老師王氣中先生外，他是最早對我論文作出肯定性的評價，也是最早指出論文的欠缺和親自幫助進行訂正的。

當我翻開那篇經他批閱的論文初稿時，又驚喜地發現，他用鉛筆、鋼筆、紅筆交替地加了許多批注，劃了一些杠杠，有長有短，大約三十多條。從批注的情況看，這顯然是他在百忙中邊看邊寫的，由於是斷斷續續抽空看完的，所以時而用鉛筆，時而用鋼筆或紅筆。從批注的內容看，大體上可以分為兩類：（一）關於他生平和文學活動的一些具體史實的訂正。這類批注數量比較多。（二）關於他的一些小說創作的背景情況的補充說明。十分遺憾的是，這份經茅盾先生批閱的論文初稿，「文革」初期被勒令上繳最後丟失了。

關於第一類批注的內容，後來我在修改論文時，曾一一據以更正、修改，直接反映到《論茅盾四十年的文學道路》的初版本中。如他強調童年、少年時代母親對他的影響；指出辛亥革命時，他就讀於嘉興的浙江省立第二中學

裡「有許多革命黨，校長就是個老革命黨」；肯定他進商務編譯所的時間是在1916年；1917至1920年間，他在《學生雜誌》上發表的那批文章，「絕大多數是從外文雜誌上轉譯過來的」；1923年黨創辦上海大學時，他自己也在「上大」義務教過「小說研究」，等等。這類批注的內容，今天看來似乎並不稀奇，但在1957年資料十分缺乏的情況下，對我說來卻是十分珍貴的。

　　關於第二類批注的內容，主要是關於《蝕》、《子夜》、《霜葉紅似二月花》、《鍛煉》、《腐蝕》等作品的寫作背景和情況的補充說明。這類批注，大多是針對論文中的某些分析推斷和他認為與歷史事實不符的評述，或給予肯定和補充，或加以說明與糾正。後來我在修改論文時，根據以群同志和出版社的意見，曾保留了四條批注，以「茅盾自己說」的方式收入腳注中。現不妨抄引如下，錄以存眞，並略加說明：

　　（一）我在論文初稿中分析到《幻滅》、《動搖》中的李克、曹志方等人物形象時，曾推斷這可能是作者根據自己的生活經驗，對大革命時代共產黨人形象的藝術概括。對此，茅盾予以肯定，批道：「因爲出版上的緣故，《動搖》中不能更明顯地寫明那幾個人是共產黨員，但是可以推敲出來」。

　　（二）初稿中有一個地方，我分析了《動搖》中所描寫的國共合作時期工農群眾的鬥爭何以失敗的原因。對此，他又批道：「當時群眾團體是有黨員在領導的，可是《動搖》中的那幾個黨員都沒有鬥爭經驗，領導得很糟，也是因爲出版上的緣故，《動搖》中不能更明確地寫明哪幾個人是共產黨員，但是可以推敲出來的」。

　　（三）我在初稿中對方羅蘭這一人物形象的分析，把握得不太準確，因此，茅盾在審閱時又寫了這麼一段話：「方羅蘭是當時國民黨『左』派的典型，也可以說是當時汪精衛派的縮影，他們平時自命『左』派，但當工農眞正起來的時候，他們就害怕了，右轉彎走了。」關於這一點，他後來在《我走過的道路》（中）裡，仍然肯定方羅蘭是一個「動搖於左右之間」的「國民黨『左派』」，並說《動搖》中也寫了李克這樣「一個眞正的共產黨員」，但在那個時代，「李克也無回天之力，革命失敗的責任只能讓方羅蘭們去承擔。」

　　（四）在評述《追求》中的趙赤珠、王詩陶等在大革命失敗後的白色恐怖時期，爲了生存竟然不得不去賣淫時，我在初稿中曾流露出不可理解的情緒。對此，茅盾批了一段話：「應該說，王詩陶他們爲了堅持革命，不得不暫時出賣自己，因爲那時，做職業革命家的人仍須自己解決生活問題，王詩陶

他們為了支持自己的丈夫做革命活動，自己不得不作出犧牲。這是根據那時的真事，雖然人物是虛構的。」

當時，作為一個二十來歲的普通大學畢業生，我對作者所描寫的風雲變幻的大革命時代，完全缺乏感性的知識。這些批注雖屬一鱗片爪，但對我理解與分析茅盾早期的創作，進一步修改自己的論文，有莫大的幫助。

這裡，我還想說一件看來是十分幸運，實際上卻帶有幾份悲涼的事情。原先，我一直認為茅盾的批注，得以完整地保存下來的，只有收入書中的那四條批注了。最近，我出乎意外地獲悉，在捷克漢學家高利克同志的手中，居然還替我保存了四條茅盾的批注。雖然這幾條批注的內容現在看來並不新鮮了，但作為茅公的遺澤，或作為我青年時代同高利克同志友情的見證，它們卻是十分珍貴的，很值得在這裡補敘一筆。

有道是，無巧不成書。1959 年 5 月底，當高利克同志從北京大學到南京來同我會晤時，雖是初次見面，但同行相交，又都是年青人，所以一見如故，彼此都能無保留地交流研究的情況。當時，我曾應高利克同志的要求，將茅盾先生對我論文初稿的批注意見，選抄了一些比較重要的條目，供他參考。經歷了二十多年的風雨歲月，此事我已忘得精光。1985 年 4 月間我們在北京重逢時，我也未曾問及此事。高利克同志回國後，曾寄贈了許多他的論著，還把 1959 年我寫給他的第一封信複印相贈。當年校際聯繫時，北大方面未告知他的名字，所以此信用了個不得已的辦法，署了「北大某捷克留學生」。高利克同志後來將此信複印相贈時，曾風趣地說：「這個『某捷克留學生』，就是我」。不過，這次他尚未提及手頭仍保留我抄錄給他的茅盾批注，其時可能他還不知道我已丟失了。1986 年 12 月 30 日，高利克在寫給茅盾故居負責人曹琳同志的信裡，以充滿友好之情說了這麼一段話：「在這裡我寄給茅盾故居很寶貴的材料：葉子銘同志抄寫的茅盾先生在《論茅盾四十年的文學道路》初稿上加的全部批注。子銘以為這些批注連同論文原稿一起丟失了，在這裡他們都是保存下來的……。」

曹琳同志把這一消息告知了我，並將有關材料轉來，我感到萬分意外，深為高利克的真摯友情所感動。現把這四條批注引錄如下：

一、關於《子夜》

《子夜》還企圖批判當時的立三路線的錯誤，克佐甫等人就是在立三路線下的命令主義蠻幹的幹部。這方面沒有寫好，是由於沒有把這些命令者寫得入木三分。

有人以爲寫了命令主義的黨員，就是片面，那是教條主義的批評。當時在上海的黨，整個都陷入立三路線，黨員幹部若不是立三路線下的命令主義者，就被調走，使其不參加工作。

二、關於《霜葉紅似二月花》

《霜葉紅似二月花》，並沒有在《文藝陣地》上發表，也沒有在其他任何刊物上發表〔註21〕；這是太平洋戰爭爆發後我由香港回到桂林，在桂林寫的，時在四二年秋冬之交。

三、關於《鍛煉》

那是在香港的《文匯報》上連載的，因爲尚未寫完，而北京解放，中共派員到香港請民主人士到東北，籌備政協。我就離港，小說一擱就不再續寫了。

四、關於《腐蝕》

一九四〇年十月離延安，到重慶，旋即發生新四軍事件。四一年春離重慶到香港，這是第二次到香港。在那時，爲《大眾生活》寫了連刊的《腐蝕》。

以上的四條批注，有三條，都是關於作品的寫作或發表情況的一般說明，且有記憶失誤之處。如關於《霜葉紅似二月花》在《文藝陣地》與《時事新報‧青光》上連載事，茅盾在 1943 年 1 月 11 日寫的《〈秋潦〉解題》中有明確的記載，但他批閱論文時卻忘了。比較突出的是關於《子夜》的。由於對 30 年代初期立三路線的錯誤給革命事業帶來的嚴重損失，缺乏感性的認識，我在論文初稿中對《子夜》裡所描寫的幾個共產黨員形象的分析，採取當時流行的觀點，批評較多，認爲有漫畫化之嫌。茅公就是針對我的這段論述，寫了上述批注的。而且顯得有點動感情。這在他給我的覆信與批注中，是很少見的。爲什麼他對此會特別動感情呢？我想，這是由於他當年從日本回國後，曾親聞目睹左傾路線給黨的事業所造成的嚴重危害，所以在《子夜》裡，他企圖通過克佐備等在立三路線影響下的黨員幹部形象的刻劃，來反映當時的歷史眞實。然而，評論界不少人往往脫離當時的歷史環境，認爲對克佐甫等人物形象的描寫是片面的，甚至認爲是對共產黨員形象的歪曲，我自己在

〔註21〕這是茅公記憶有誤。《霜葉紅似二月花》第 1 至 9 章最初刊於《文藝陣地》1942年第七卷第一至四期；最後五章以《秋潦》爲題，陸續連載於《時事新報‧青光》1943 年 1 月 22 日至 6 月 9 日。

論文初稿中也多少受了這種觀點的影響。顯然，對此茅盾是很不服氣的，他認為自己的毛病不在於寫了左傾路線影響下的黨員幹部形象，而是在於沒有把他們寫得「入木三分」。因此，才引出了他的這樣一段批注，它對我後來在修改稿中，進一步把握與分析克佐甫等人物形象，給予了很大的啟發與幫助。

我在學生時代同茅盾的最初交往，就是這樣從通信求教始，到他應我的要求審批論文終，前後大約只有八個月左右的時間。但是，當時我並沒有意識到，這個開頭，對我後來產生了重要的影響。

四、意外的結果

《論茅盾四十年的文學道路》論文初稿，後來能得以修改出版，對我來說完全是意外的結果。這本書是我同茅盾先生最初交往的一個成果；我同以群同志的交往並得到他的熱情支持與幫助，也是從它的修改出版開始的。說起這本書的出版，也經歷過一番曲折。回想起來，如果沒有一些認識與素不相識的師友的關懷，也許在反右鬥爭及其後的特殊歷史環境裡，它可能像我大學時代的一些習作一樣，落得個塵封的命運。

最早提議並將我的論文推薦給上海文藝出版社（當時叫新文藝出版社）的，仍然是王氣中先生。當我將茅盾批閱的論文和信件，送交給他看時，他閱後也十分高興，熱情地鼓勵我根據茅盾的批注意見，再作一次修改，爭取公開發表。他說：「茅盾先生對你的論文是肯定的，這不容易。我看這篇論文是有一定的開拓意義與學術價值的，應該拿出去發表。我相信一旦發表後，將來會被別人所引用的。」不久，剛巧上海新文藝出版社和中華書局派人到南京組稿，熱心腸的王先生就主動向新文藝出版社推薦我的論文，要我寄給出版社審閱，聽取他們的意見。大約在 1957 年 6 月中旬，我把茅盾先生 6 月 3 日的覆信及略加修改後的論文一起寄出。

就在我將論文寄出的前後，反右鬥爭開始了，不久就波及到學生當中，在這場嚴峻的鬥爭中，我們畢業班的同學都面臨著反右鬥爭與畢業分配的雙重關口，我作為一個班級學生幹部，也在緊張迷惘的氣氛與痛苦的心情中，經歷了一生中的第一次波折。今天回想起來，如果這場鬥爭早發生一個來月，茅盾先生恐怕也無暇批閱我的那篇習作，它恐怕也不可能被推薦到出版社去。自從論文寄出之後，我除了曾收到出版社的一封告知收到稿件的簡短覆信外，很久再沒有回音，我自己也無暇顧及它的命運。因為隨後而來的畢業

分配，成為關係到我們每一個人命運的中心問題。在這樣一種處境裡，我對寄出不久的那篇畢業論文的命運，自然是連想也不敢去想它了，更沒有勇氣再給茅盾先生寫信了。

　　大約是 1957 年 10 月間，我被分配到蘇州醫學院工作，同時報考陳中凡教授的中國古代文學專業的研究生。當時，南京大學還沒有招收現代文學的研究生，為了獲得繼續從事文學研究的機會，我又把研究方向轉向古代文學。在蘇州醫學院，我被分配到院刊編輯室當一名編輯，任務明確而單純。蘇州醫學院座落在滄浪亭畔，環境幽靜。在這裡，我只停留了一個學期，但卻認識了一些新的領導與朋友。他們對我十分關懷與友善。當他們得知我還要報考研究生時，從未加以阻攔與干涉。因此，我也給自己定了力爭做到「兩不誤」的要求：白天我認真地工作，盡自己的力量努力去編好院刊；晚上則獨居斗室，埋頭準備考試，每逢周末或假日，常讀書到子夜。現在還保留著當年在姑蘇胡亂寫下的一些即興詩，如《夜讀》：「一月狂風微雨飛，入夜呼嘯叩門楣；清晨開門四處看，姑蘇薄雪有三厘。」這首寫於 1958 年 1 月緊張備考時的小詩，倒頗為真實地反映了自己當年的心境。在這樣一種心境下，我自然更無暇顧及那篇畢業論文的命運，更不敢奢望那篇論文能得到出版的機會。我唯一的期望是能通過考試，重返金陵，在母校師友的指導幫助下，開始新的學習生活。

　　大約在 1958 年 3 月初，我終於收到錄取通知。3 月間，我告別姑蘇，重返母校南京大學，成了陳中凡教授門下的一名研究生。陳老是位德高望重的著名學者，其時年已七旬，對後輩愛護關懷、循循善誘。我在他的指導與安排下，曾想專心於中國古代小說、戲劇的學習，並擬定了一個專攻中國古代小說的雄心勃勃的研究計劃，準備有機會再順流而下，接著搞包括茅盾在內的中國現代小說。入學後，我的學習與研究的內容，完全是與茅盾研究無關的另一套東西，除了聽陳老的宋元明清文學史的課外，在導師的安排下，我曾與早我一屆的吳新雷同志等，跟一名崑曲老笛師按板學唱起崑曲來。同時，在陳老的指導下，又同吳新雷同志一起做過古典戲劇名著《荊釵記》的校注工作。

　　大約在 1958 年初夏，正當我收拾起醉心於現代文學研究的心思，決心轉向古代小說研究的時候，卻意外地接到上海文藝出版社編輯周天同志的來信，通知已決定採用我的那篇習作，並提出進一步修改、充實的要求。信中

還說根據社外專家的建議，希望我最好到上海一趟，當面聽取具體修改意見。當時，我還不知道這位社外專家就是以群同志。但這意外的喜訊，使我既興奮，又惶惑。說來好笑，我考慮再三，竟沒有去上海，結果失去了向以群同志當面求教的機會。後來，周天同志給我寫了封長信，附來詳細的修改意見，約有二三十條，並點明這主要是根據以群同志的意見，同時也包括編輯部的意見綜合而成的。50 年代的風氣同今天不同，當時的編輯比較謙虛謹慎，周天同志給我寫的頭一封信，不但沒透露以群同志的名字，連自己也是不署名的。他第二次來信才落了款，我才知道同我具體聯繫的責任編輯是他，但後來出書時仍不署責編的名字。直到「文革」後的 1978 年，上海文藝出版社的老友余仁凱同志接手同我聯繫修訂再版《論茅盾四十年的文學道路》時，則乾脆把我的《新版後記》中提及他名字的地方刪去了。我插講這段閑話，意思倒不盡是懷舊，更不是要肯定過去的做法，因為這種做法同當時運動迭起以及對編輯的作用不夠尊重是密切相關的。但他們那種默默無聞地為他人做嫁衣裳的獻身精神，以及嚴肅認真埋頭實幹的工作態度，卻令人敬佩。

當年以群同志同編輯部所提的二三十條意見，原信已丟失，具體內容太多記不清了。現在回憶起來的，主要意思大約有這麼幾條：一、要我在初稿的基礎上作進一步的充實、修改，把它擴大成十萬字左右的專著。要求著重結合「五四」以來各個歷史時期的革命鬥爭與新文學運動的發展，來論述茅盾四十年的文學活動、思想演變與地位、貢獻，原稿對此雖有些論述，但比較簡略；二、加強對茅盾各時期主要作品的分析評論，初稿對茅盾的《蝕》、《野薔薇》、《虹》等早期創作的分析用力較多，對「左聯」及抗戰以來創作的分析，則比較薄弱，存在著前詳後略的弊病。對此，以群和出版社的同志，都提出應進一步充實補充；三、要求在論文的結尾部分，注意通過茅盾一生的文學活動與創作道路，總結有益於發展社會主義文藝事業的一些寶貴的經驗教訓。原稿雖然講了一些，也較簡略；四、關於某些具體問題如茅盾與 30 年代兩個口號的論爭問題，他們就建議可暫時略而不提，因這段歷史比較複雜，當事人評說不一，分歧很大，一時不容易說清楚；五、關於茅盾在論文初稿上的批注，他們建議可選若干條收入腳注中，其他多數有關史實細節的訂正，則直接反映到正文中。

1957 年 6 月 3 日，茅盾在寫給我的信裡曾說：「對於您的這篇論文，我覺得太長了點，還可精簡些，我的有些作品可以一筆帶過，不必詳細述評。」

以群同志的意見，其基本意思同茅盾的意見正好相反。開始，我對此感到有點迷惑不解，仔細一想，覺得以群同志的意見是有道理的，實際上是對我的一種鼓勵與更嚴格的要求。作爲一個被研究的作家，茅盾一向不願張揚自己，況且我原來寫的又是一篇大學本科生的畢業論文，弄成了五六萬字，作爲論文確實太長了，作爲專著又顯得粗疏與功力不足。難怪茅公嫌長了。以群同志與上海文藝出版社要我修改擴充，則是從客觀歷史事實出發，鼓勵我以較大的篇幅來全面論述茅盾的文學道路及其地位、貢獻，彌補這方面研究之不足。在 50 年代，作爲現代文學的重要開拓者與奠基人之一，茅盾研究尚未引起學術界的充分重視，系統的專門研究著作尚未出現（其時，我還不知道邵伯周同志也正在進行這方面的研究），他們提出的意見顯然是很有眼光與見地的。後來他們把此書列入「中國現代文學研究叢書」加以出版介紹，也足以說明他們對這一課題的重視。說實在話，在我已考取中國古代文學的研究生之後，如果不是以群同志的鼓勵、指點與上海文藝出版社同志的熱情支持，我是沒有勇氣、也不可能再回過頭來，把那篇粗疏的論文修改、擴充成一本差強人意的研究著作的。就茅盾的一貫爲人來說，也絕不會鼓勵我專門爲他寫本書的，後來我同他有了較密切的交往後，對此是深有感受的。

　　1958 年下半年，我利用暑假和晚上的時間，集中精力重新查找閱讀關於茅盾的資料，同時也充分利用我 1956～1957 年間積累下來的三十餘萬字的讀書札記，把原先的論文修改、擴充成十一萬餘字，只能說是完成一本略具規模的關於論述茅盾四十年文學道路的書稿。經以群同志和出版社審閱後，又曾根據他們的意見，對個別地方進行了一次小修改。出於對青年研究者的支持與厚愛，以群和出版社的同志總算拍板定稿了。

　　在書稿修改出版以前，我又曾給茅盾同志寫過兩次信。第一次信大約寫於收到出版社通知後，只是告知經以群同志與上海文藝出版社審閱，我的那篇論文已被採用，但尚需進一步修改擴充。此信未提出具體問題請教，且又涉及出版事務，所以他沒有覆信。第二封信寫於 1959 年 6 月 21 日。其時我收到上海文藝出版社打出的《論茅盾四十年的文學道路》的清樣，正準備校對，同時也在著手重新整理補充 1957 年編的《茅盾著作與研究資料目錄》，擬作爲附錄收入書中（後未收）。正如前面所說的，這時，我又發現茅盾於 1917～1920 年間在《學生雜誌》上發表的二十來篇文章，從而對他早期文學活動的若干史實產生疑問。而那時我已中斷了研究生的學習，被系領導提前調出

擔任古典文學教研組的助教，正在上《中國古代文學作品選》的課，急於校定清樣而又沒有多少時間去查核這些問題，就直接寫封長信向他請教。此信從北京輾轉到了廬山，其時茅盾正在廬山養病，他直接在我的信上用紅筆劃了杠杠，並在旁邊隨手加了批注，回答我提出的問題，同時又在信末寫了簡短的覆信，就連同原信一併寄還給我。這封信「文革」初上繳時我也留了一份抄件，如今得以保存下來。我在前面的《最初的交往》一節裡，曾談到這封信的一些主要內容。這是我大學畢業之後，同茅公中斷了兩年的聯繫後的一次重要通信，它反映了《論茅盾四十年的文學道路》出版前夕，我同他最後一次通信的真實情況。原信雖較長，但保存了當年的不少真實情況，所以這裡想占點篇幅，抄引如下：

敬愛的茅盾先生：

告訴您一件有趣的事情：最近由於重新整理您的著作編目，我偶然發現了您在 1917～1920 年間，在商務印書館出版的《學生雜誌》上發表的二十幾篇文章（篇目附後）。最早的一篇寫於 1917 年 1 月，題目叫《三百年後孵化之卵》。是翻譯小說，用文言文寫的，署名雁冰，但沒有寫出原著者的姓名。1917 年的，我只找到這一篇，因為第四卷的《學生雜誌》，只借到 1、2、4、11 等四期，其他各期南京找不到。從 1918 年 1 月起到 1920 年 12 月止（即您主編《小說月報》前止），其中除了 1918 年 5 月（即 5 卷 5 期）外，每期都有您的文章，有時一期有三篇之多。更有意思的，是您和您弟弟沈澤民同志曾合譯過三篇小說：一是 1918 年 1 月起連載的《兩月中之建築譚》（美 Russell Bond 著）；二是 1919 年 7 月起連載的《理工學生在校記》。以上兩篇標題前皆署名科學小說。三是 1920 年 4 月起連載的《七個被緝死的人》（俄‧安特列夫著），只是從 5～6 月，就改由署名「明心」的翻譯。

從新發現的您最早的文章看來，我得出一個結論：即先生後來主持《小說月報》的改編，決不是偶然的。因為，早在 1917 年到 1920 年間，您就為自己後來的活動打下了基礎。我這個推斷，不曉得是否切合實際？是否符合歷史的真實？除此之外，我也產生了一些疑問，急待先生幫助解決。因為我過去寫的那篇論文，下月份即將由上海文藝出版社出版（本來預告 4 月下旬出版，因為它被收入

「現代文學研究叢書」中，爲統一安排，就拖到七月出版）。在出版前，我想再仔細校閱一遍，做些修改補充（對這篇論文，我並不很滿意，但因爲我現在的工作崗位是古典文學史的教學工作，所以抽不出很多時間來仔細修改）。目前的稿子已有十萬餘字，是去年做了一次大修改後補充的。説來好笑，《子夜》發表時，我還沒有到達這個世界上來呢！現在竟然研究起先生的文學道路來了。

我需要先生幫忙解決的問題有四個：

一、1917 年 1 月先生就在《學生雜誌》上發表文章，這使我對先生進商務印書館的時間發生疑問。過去我一直認爲先生是 1917 年夏北大畢業後進商務的，可現在發現，1917 年 1 月先生已在商務工作了。因爲，《學生雜誌》上刊登的文章，有一大部分是在校學生的投稿，這類稿件前面必注明某校某科。先生發表的文章前面沒有這類注明，所以我斷定必不是在北大時投稿的。由此引起我的回憶，早在 1957 年 11 月先生有一次信裡曾談到，進商務的時間大概在 1917 年，或許還要早一年。當年先生沒有肯定。從現在發現的文章看來，後一種時間（即 1916 年）是比較可信的。不知道這種推斷是否正確？亟希先生幫助解決。如果這一推斷正確的話，我必須儘速去糾正論文中的錯誤。

二、1917 年先生所發表的文章，我只找到一篇。不知道此外還會不會有別的文章。在我所找到的 4 卷 1、2、4、11 等四期《學生雜誌》上，1、2、4 期等三期上有先生的文章，11 期上就沒有。其他各期的情況無由得知。

三、從 1918 年後，先生在《學生雜誌》上的地位很顯著，有時一期上署名雁冰的文章就有三篇之多。因此，我懷疑您當時是否已參加《學生雜誌》社的編輯工作？

四、1921 年 4 月起（8 卷 4 期），您與您弟弟合譯《七個被絞死的人》，後來爲何轉由明心翻譯？明心是誰？自 8 卷 4 號以後就沒有先生的文章，是否當時已集中精力去搞《小説月報》的革新了？

以上問題，急切盼望先生解答，因爲出版社已將論文清樣寄來了，我需要馬上進行校訂。

另：上月份有一位在北大留學的捷克研究生約瑟夫・高利克，從北京出發作學術旅行，途經南京大學來找我。我們相處了整整四天（他和我的認識是很意外的，原因是他偶然看到我一篇談先生早期創作的文章），他正在專門研究先生的創作，特別是短篇小說。目前他已往上海、杭州、武漢、桂林去了，中間還要到先生的故鄉烏鎮以及魯迅、郁達夫的故鄉去拜訪。這個人看上去很用功，據他說自己出身農家，在捷克大概不是個很有錢的學生。他說曾拜訪過先生，從他的口氣，似乎想從先生那裡得到點幫助，但結果，據他說：先生很謙虛（他把雙手往左右一攤，有趣地說：「這怎麼辦？」）。看來，他和捷克的出版社定好翻譯《茅盾短篇小說》的合同後，很想知道您對應該翻譯哪幾篇小說好，表示一些具體意見。據他說，捷克人對魯迅先生的作品看不懂，感到沉悶，反而是先生的作品引起他們的興趣。還有，他說捷克人不喜歡浪漫主義，我感到很奇怪！最妙的是，當他知道先生曾親切地幫助我解決許多問題時，很遺憾地說：「為什麼他肯告訴您許多材料，而我卻得不到呢？」他這種對先生著作的研究熱情是很值得讚許的，對於一位國外研究者說來也是很不容易的。我特別佩服他那種四出查訪、尋找第一手材料的熱情！

我講了這麼多題外話，先生不見怪嗎？我希望不致引起先生的厭煩。

即頌

健康

學生子銘

1959.6.21.

子銘同志：

因為在廬山養病，此信遲覆為歉。《學生雜誌》所載各文我無底稿，且我久已忘之。這些都是「為稻粱謀」的濫製品，不值再提。只有那篇《理工學生在校記》是有意譯出來，給那時中學生一點實用科學的知識。

匆此并頌

健康

雁冰

七月五日

原目錄附還

　　我在這封信中提的都是些史實方面的具體問題，為了便於他回憶，寫得比較詳細，信末還特為講了 1959 年 5 月底我同高利克見面的情況，目的是想提醒茅公，從旁幫高利克同志一點忙。茅公當年雖然已是飲譽中外的文壇巨匠，也剛過花甲之年，但為人謙虛謹慎，性格內向，含而不露，凡涉及他本人的事，特別是所提的問題過於籠統或直接涉及對他的評價問題，他往往只是三言兩語作答或避而不答。如果所提的是有關史實方面的問題，並且問得比較具體，他則常常是有問必答的。然而，如果是涉及到別人的創作，特別是一些有才華的青年作家的創作，不管熟悉不熟悉的，他都熱情洋溢，感情的閘門大開，不惜花費大量的時間，以他豐富的文學藝術經驗與獨具慧眼的膽識，撰文加以品評、張揚與指點。如為蕭紅的《呼蘭河傳》作序，對茹志鵑、王願堅、陸文夫等的評論，都是突出的例證。這也許是茅盾為人處世的一大特點。我在同他的最初交往中，對此逐漸有所感受，所以每次寫信大多都提些有關其生平史實的具體問題，因而大多能得到他的覆信。高利克同志初到北京時，對此大約不太瞭解，我們見面時，他才說了那些話。後來他把《茅盾先生筆名考》、《茅盾童年和少年時期與家庭情況》等文，送請茅盾同志審閱時，結果他照樣在文章上隨手加了幾十條的批注，其中關於筆名與早年活動的一些批注，有不少珍貴的材料。

　　話又說回來。我接到這封來信後，根據他的答覆，在《論茅盾四十年的文學道路》的清樣上，對個別史實作了訂證，並就他早年在《學生雜誌》上發表文章的情況，補寫了一段文字。就這樣，我那本學步時期的習作，在 1959 年 8 月問世了。

　　這個意外的結果，對我後來的工作與研究方向產生了重大的影響，使我同茅公真正結下了不解之緣。不過，此書出版以後，我並沒有馬上就轉回到現代文學的教學與研究方面來，而是繼續從事古代文學的教學與研究工作，一度還熱衷於蘇東坡的研究。後來我得以同茅公和以群同志有了進一步的交往與聯繫，並再度從古代文學轉向現代文學的教學與研究工作，主要是得力於俞銘璜同志。他是位才子型的領導幹部，解放之前就有蘇北「四才子」之一的美稱，解放後一直擔任江蘇省文教方面的領導工作。1957 年反右鬥爭以

後，他主動要求到南京大學中文系任系主任，對青年人的成長與培養十分重視。我被中斷研究生的學習，提前調留南大中文系擔任教學工作，同他的關懷與器重就有密切的關係。1961 年初，他被調到上海擔任原華東局宣傳部的領導工作後不久，就把我借調到上海，理由是培養青年人不能關在校門、書齋裡，而應該讓他們到社會上見見世面，在實際工作中磨煉一番。他到上海不久，正是全國高校文科通用教材的編寫工作全面展開的時候，而俞銘璜同志就分管華東地區所承擔的文科教材的編寫工作，他鼓勵我從事文藝理論和現代文學（包括茅盾）的研究工作，帶我參加一些全國性的文化學術會議，確實使我大開了眼界。當時，以群同志正在負責主編《文學的基本原理》，俞銘璜同志對這部教材十分重視和支持，並應以群同志的建議，讓我以主要精力參加編寫工作。此後，我同以群同志就有了相當密切的接觸，開始在他的直接指導下參加文藝理論教材的編寫與統稿工作。翌年，我終於得到一個機會，在以群同志的安排與帶領下，第一次拜訪了茅盾同志。

第二章　六年後的第一次會面

在 1962 年的一個秋高氣爽的日子裡，我第一次登門拜訪了茅盾先生。從 1956 年 10 月 17 日向茅公發出第一封求教的信到這次相見，其間過了整整六年。

說起這六年後第一次難忘的會面，應該感謝以群同志的安排。

1962 年 10 月間，我到北京參加高校文藝理論教材初稿討論會，下榻於北京前門飯店，與嚴家炎同志同屋。這次小型討論會，是周揚同志建議並由教育部文科教材辦公室出面召集的，內容是討論蔡儀主編的《文學概論》大綱與以群主編的《文學的基本原理》上冊初稿，實際上是一個審稿會。記得出席會議的大多是國內有關的著名專家、學者，如馮至、何其芳、楊晦、郭紹虞、朱光潛、王朝聞、唐弢、蔡儀、毛星等，其間周揚、邵荃麟、林默涵同志等也到會講話。當時，我是以《文學的基本原理》編寫組成員的身份，和以群同志一道出席會議聽取意見的。

事有湊巧，就在這次會議結束後，唐弢同志邀請以群出席由他主編的《中國現代文學史》初稿討論會，要我也參加。會上，唐弢同志突然點名要我對其中《茅盾》一章提提意見。說實在話，五、六十年代的青年人，也大多有自己的理想、追求甚至狂勁，但後來經歷了那麼些政治運動的磨煉，銳氣大減，我自己也是如此。所以當唐弢同志要我發表意見時，面對著那麼些前輩學者，我是有點膽怯的，特別是當我得知《茅盾》一章是由劉綬松先生執筆的，更不想當著他的面「班門弄斧」了。唐弢同志見狀，笑著鼓勵我道：「你不是專門寫了研究茅盾的書嗎？也算是專家了，還是說說吧。」劉綬松先生也從旁鼓動，弄得我很不好意思。以群同志看到我那付窘態，就出來解圍，

笑著說：「他還年輕，說不上什麼專家。」接著又鼓勵我：「年輕人也可以發表意見嘛！你也不要太拘束了，隨便談點感想吧。」會後，我向以群同志訴苦，說我很希望繼續從事現代文學包括茅盾的研究，可是這幾年來，東搞一陣西搞一陣，不斷轉移陣地，視野是開闊了，精力卻難以集中。又說，我雖然搞了一段時間的茅盾研究，但連他的生平活動，都還有許多問題沒有弄清楚，有機會很想當面向他求教。以群同志笑著問我：「你還沒有見到過茅盾同志嗎？」

「只在報刊上見到他的照片」。我的回答引來以群同志的一陣笑聲。

他說：「這好辦，我來同茅盾同志聯繫一下，約個時間我帶你去見見他。」

第二天，他把我找去，嘴裡啣著一根香煙，輕輕把煙霧吐了出去，然後微笑著告訴我：「我同茅盾同志聯繫好了，他也願意見見你，明天下午我們就上他家去。」

「這太好了！」我禁不住脫口而出。多年來夢寐以求的願望，想不到這回果真能實現了。他見我那高興勁兒，也笑了起來。

1962 年 10 月 25 日下午，以群同志要來一部小車，我們從前門飯店出發，開往東四頭條五號原文化部宿舍茅盾寓所。在車上，他特地關照道：「今天，我沒有特別的事要說，主要是讓你同茅盾同志見見面，有什麼問題儘管提出來，不要拘束。」車子經寬闊雄偉的天安門廣場，穿過王府井大街，就直奔東四頭條。當時，我對北京街道還不熟悉，搞不清茅公所住的文化部寓所，是在什麼方位上。只記得車子最後駛進一個寂靜的庭院，在一座西式小洋樓前面停了下來。我跟著以群同志下了車，抬頭望去：這是一幢兩層的小洋房，房子並不大，小巧而有點陳舊了。門前有水泥臺階，臺階四周沒有什麼柱子與裝飾。當時，我急於早點見到茅盾先生，連這裡的門牌號碼與周圍的情況，也沒有看清楚。直到「文革」以後，我才特地問了韋韜同志，得知這裡解放前原是美國人辦的教會學校校舍，共三幢，都是供教師住的。解放後這些房產劃歸文化部，成了文化界領導人的宿舍。茅盾先生所住的叫一號小樓。解放後他在北京生活了三十二年，其中有二十五個春秋，都是在這幢小樓裡度過的。旁邊的二號、三號小樓，住的是陽翰笙、周揚同志，他們比鄰而居，但時間都沒有茅公長。

我們踏上水泥臺階，按了門鈴，一位阿姨開了門。以群同志說明來意後，她說：「先生已經起床了，正在二樓等你們。請先在客廳裡等一會兒，我就去

告訴他。」說著轉身上樓去了。這時正好是下午三時正，由於以群同志素來有嚴格守時的習慣，我們幾乎是分秒不差地準時到達的。我進門環顧四周，正對大門就是通向二樓的樓梯，木式結構的樓梯，顯得低矮而狹窄，室內也並不寬敞。我們進了一樓西邊的小客廳，就坐在沙發上等候。以群同志對這裡顯得很熟悉，他點燃起一支香煙，嘴角掛著那常見的微笑，問起我準備提些什麼問題，然後又叮囑道：「茅盾同志很忙，今晚還有活動，我們四時半左右就得離開。你有什麼問題，要抓緊時間談。」

我們在客廳裡稍候了片刻，茅盾先生就出現在客廳門口。我們都站了起來，只見他頭戴一頂維吾爾族式的瓜皮帽，個子不高，步履穩健，微笑著朝我們走來。那頂耀眼的瓜皮帽與親切和藹的神態，至今仍清晰地留在我腦海裡。原先，我以為這位名馳中外的大作家兼文化部長，一定是嚴肅莊重、神態威嚴，猶如生活中常見的某些名流要人一樣。誰知，第一次見面，這種先入為主的想像，就被他那頂奇怪的小帽和親切隨和的神態一掃而光。後來，我曾好奇地問過韋韜同志，他父親平日裡是不是喜歡戴那種帽子？韋韜說，那也不盡然。不過，他睡覺時常戴那種瓜皮式的帽子，式樣不盡相同，一來為了保暖，二來也免得睡覺時把頭髮弄亂。這是他的一種生活習慣。大約那天午睡剛起來不久，因以群是老熟人，所以連帽子也不脫就下樓來了。

我們迎上前去，茅盾先生一一同我們握了手，高興地說道：「你們來了。」說著就招呼我們坐下來。當以群同志向他介紹到我時，他朝我打量了一下，笑著回答道：「我們早就通過信，就是沒有見過面。今天還有點空，可以隨便談談。」接著，他問起我的年齡，現在在哪裡工作。我說，已經27歲了，在南京大學中文系工作，現在臨時借調上海，參加以群同志主編的《文學的基本原理》的編寫。茅盾先生抬了抬手，說：「你還年青，還大有可為。」以群同志也笑著插話道：「他是個少壯派。」聽到他們充滿鼓勵的話，我真有點坐立不安了。幸好他接著就同以群同志交談起來，詢問來北京開會的情況與上海文藝界的動態。他們談了大約有十來分鐘，以群同志就收住話頭，指著我說道：「今天他還有問題要當面請教的。」

茅盾先生這時也掉轉話頭，若有所思地說：「我過去的那些陳年往事，最近也常有人來問。其實，有些我能回想起來，有些實在記不清了。」說著他招呼我坐到他旁邊，又說了起來：「我年青時候進了商務印書館，還有固定的職業，當然鬥爭也很複雜，寫了不少東西。後來脫離商務，很長時間就沒有

固定職業，得靠賣文爲生，寫的東西又多又雜，自然也有我自己的主張的。那時的文壇五花八門，沒有明確的方向與主張是不行的。因爲我的經歷比較複雜，寫的東西又多又雜，不可能事事記得那麼清楚。不過，今天你還有什麼問題，儘管提出來，我記得的都可以告訴你。」

於是，談話的方式，就變成我提問題，茅盾先生即席作答。以群同志一邊抽著香煙，一邊聽著，很少插話。今天回想起來，他那種長者風度和以各種方式幫助後學的精神，令人難以忘懷。十年浩劫以後，我曾七次拜訪年過八旬的茅公，也是這樣的促膝長談，然而比茅公還小十五歲、身體也更好的以群同志，卻已離開人世十餘年了。

這次談話，我問的都是關於他早期活動情況，主要集中在三個問題上。一、他在北京大學預科學習（1913～1916）的情況；二、他從北大預科畢業後進商務編譯所的活動；三、關於他是否參加上海的共產主義小組的問題。我之所以集中詢問有關他早期的情況，是因爲這些材料，過去茅盾先生自己很少談到，其時學術界對此也所知甚少。如黨的「一大」召開以前，茅盾就參加上海共產主義小組，後來又參加中國共產黨早期的革命活動等。1960 年間，上海文藝出版社曾提出要再版我那本書，讓我作些必要的訂正與補充，我就想進一步弄清這些問題。後得知這次再版是利用舊紙型的，只能在文字上作個別的修改，也就沒有再深究下去。這回我藉此難得的見面機會，就把這些問題又提出來當面請教。當時，茅盾先生都即席一一作了回答，我一面傾聽，一面作了記錄。由於第一次聽茅盾先生說話，他那帶有浙江口音的普通話，有些實在聽不清楚，又不好意思打斷他的話頭，所以記錄也不完整。現根據我保存下來的原始記錄，經查核、追憶，以問答的方式把這次談話的內容，整理如下：

問：先生過去很少談到在北大預科學習的情況，能否介紹一二？

答：那是老早的事啦！記得我是在袁世凱稱帝失敗死後不久畢業的，在北大預科念了三年書。當時，蔡元培還沒有到北大當校長，陳獨秀、李大釗、魯迅等人也還沒有到北大教書，學校裡講的主要還是舊學方面的內容。有人說我在北大時就同他們有接觸，我進商務是蔡元培介紹的，這都是不確實的。那時，朱希祖、沈尹默、沈堅士和馬氏三兄弟在北大預科教書。朱希祖是章太炎的學生。他們都是講國學方面的東西。教歷史的是陳漢章，他是浙江象山人，章太炎的同學，但反對章。他寫歷史講義，把一切都說成古已有之。

同班的學生中有傅斯年、毛子水，毛子水是浙江江山人，也是同鄉。這些事年代已久，一時記不清楚了，我現在也沒有時間去回憶它。總之，當時北大預料留給我的印象，是學術空氣沉悶，所以我後來很少提到它。

問：那麼，先生後來是怎樣進商務印書館編譯所的？

答：我是從北大出來後馬上就進商務的，時間大約是 1916 年陰曆 7 月間。介紹人是我的一位親戚，叫盧學溥，當時是交通銀行董事長，他後母是沈家人。那時主持商務的是張菊生，這個商務總經理，是著名出版家。盧學溥介紹我進商務，是因為覺得到其他地方不合適。他同商務北京分館館長孫伯恒熟悉，所以就請孫介紹、擔保。其實，我與孫伯恒並不熟悉，他是江蘇人。我離開北大進商務，是拿了親戚的介紹信（內有孫伯恒寫給張菊生的信）。我見了張菊生，只說了幾句話，他要我去找英文部的鄺富灼（廣東人），隔天我就住進商務的宿舍。

問：先生進商務後，開始是做什麼工作？我查閱舊報刊，發現在《小說月報》改革前，先生已發表過許多譯作和文章。

答：我進商務開始是改英文卷子。那時英文部剛辦了「英文函授學校」，校長是鄺富灼，他讓我幫助批改學生的英文卷子，內容很簡單。我搞了一兩個月，覺得沒興趣。當時我看到商務剛出版的《辭源》，發現有些錯誤，一時興來就給張菊生寫了封信。信是用文言寫的，當時年輕氣盛，大膽提出一些意見。沒想到這封信引起了張菊生的注意，大約他覺得我的國文基礎還不錯，居然敢對《辭源》提出批評，就把我從英文部調到國文部。這是我自己也沒有料到的（說到這兒，茅盾先生爽朗地笑了起來）。那時，商務編譯所分英文部、函授學校、國文部，國文部兼管《小說月報》、《學生雜誌》、《教育雜誌》等，高夢旦擔任編譯所所長兼國文部主任。國文部還搞一些零碎的工作，如買舊書，由孫毓修負責。孫是搞版本目錄的，也是中國最早編童話的。他不是天天去買舊書和鑒定版本，所以也編編童話，搞搞翻譯。我進商務時，孫已 50 多歲。他是清末南菁書院畢業的，也是個前清秀才。他搞版本，也懂點英文，但生字記得不多。他根據外文資料編譯童話，搞過「少年叢書」（以人為單位），還翻譯過卡本特的《歐洲遊記》。卡本特的《歐洲遊記》這本書當時很風行，我在中學時就讀過。卡本特還寫了科普性的讀物《衣》、《食》、《住》，介紹了人類衣、食、住進化的歷史。孫譯了《衣》的一半，後來讓我接著譯下去，我很快把《衣》、《食》、《住》都譯完。這是我進商務後翻譯的頭一本東西。後來我還同他搞過四部叢刊，做過校對工作。

以群：你那時候只有二十來歲吧！那麼年青就用文言寫信陳述意見，說明舊學根底很紮實。

答：那時我剛出校門，正好二十歲。其實，我們那一代人差不多從小就受過所謂舊學的訓練。「五四」以前我發表的東西大多用文言或文白相間的語體寫的。我在中學時寫過駢體文，當然是摸索著寫的，給張菊生的信就是用駢體寫的。調到國文部後，孫毓修把《衣》、《食》、《住》交給我譯，大約也想看看我的程度。他翻譯《衣》是用駢體色彩很濃的語體寫的，由於他的英文程度不高，譯了兩三章就停下來了，把《衣》的一半和《食》、《住》都交給我譯。我也盡量按他的風格把書譯完。後來他又和我搞《中國寓言初編》，選編工作也是我搞的。最初孫選了個目錄，抄錄了許多《百喻經》的材料。我說不好，那是印度的寓言，後來他同意去掉了。這個寓言初編的按語《序》是他寫的。這本書是我編他校的。我最初的編譯工作，就是這樣開始的。

在國文部，我也是名機動分子，除幫孫毓修搞些編譯外，還時常被拉去幫忙幹些別的事。那時商務有個叫朱天民（元善）的，是張菊生的親戚，正在編《學生雜誌》，拉我幫忙。朱這個人沒多少學問，但活動能力強，點子多。有些社論，都是他找外邊的人寫的，用朱天民的名字發表。他訂了許多日本的教育雜誌，大約有十幾種。他不懂日文，只看題目，然後圈出來請人譯，譯好後他修改，用作社論。後來是楊賢江幫他的忙，編《學生雜誌》。楊賢江在編《學生雜誌》時還不是黨員。那時蔣維喬做國文部主任，楊在浙江紹興讀書時，與蔣熟悉，請蔣介紹工作，蔣便把他安插在《學生雜誌》。當時商務的雜誌都附在國文部，後來王雲五進商務，才分出一個雜誌部。編《辭源》也成立部，《人名大辭典》是副產品。

問：聽說先生很早就參加上海的共產主義小組，後來又從事許多早期的革命活動，能不能談談當時的一些情況。

答：有這事。1920年上海成立的共產主義小組，我也參加了。記得是李達先跟我講的，我同意了。〔註1〕那時陳獨秀從北京到了上海，把《新青年》也遷到上海編。不久陳獨秀等發起成立上海的共產主義小組，記得最早的成員有陳獨秀、李達、陳望道、李漢俊、俞秀松、楊明齋（懂俄文，開會時也當翻譯。當時開會第三國際都有人參加），還有邵力子和我。我曾到陳獨秀家

〔註1〕 茅盾晚年的回憶，則肯定是李漢俊介紹他參加上海的共產黨小組的。參見《我走過的道路》（上），第175頁。

裡開過會，參加者有五六人。小組成立後不久，陳炯明邀請陳獨秀到廣東當教育廳長，起先陳有點猶疑，後來還是去了。所以黨的「一大」召開時陳獨秀沒有參加，人在廣東。第一次黨代表大會，我也參加了。〔註2〕以後搞國共聯合，我也跨黨，參加了國民黨。大革命時期上海成立國民黨（左派）市黨部，我當過宣傳部長，在法租界還有辦公的房子。

　　1926 年在廣州召開的國民黨第二次全國代表大會，上海有六個代表參加，記得有惲代英、我、吳開先（後叛變）、張廷灝等。會後我留在廣州，香港的報紙曾大肆攻擊，說沈雁冰成了赤化分子。當時毛澤東同志擔任新成立的國民黨中央宣傳部的代理部長，我當秘書。蕭楚女也在宣傳部工作。中山艦事件發生後不久，我又回到上海。

　　問：當時商務印書館還有哪些黨員？

　　答：早期商務裡有一些黨員。我記得有陳雲、楊賢江、章郁安（章乃器的弟弟）等。還有一個工廠的工人，我到廣州後，曾經把他調去幫忙搞印刷。

　　問：除蕭楚女等以外，先生和鄧中夏是不是熟悉？你弟弟沈澤民是什麼時候入黨的？

　　答：我和鄧中夏也在一起工作過，他在黨內的地位比蕭楚女高。沈澤民比我小四歲，他是南京河海工程學校〔註3〕的學生，比張聞天高一班，兩人很要好。他們未畢業就到上海，過流浪生活。沈澤民入黨的時間記不太清楚了，大約是到上海後不久入黨的。他曾幫編過《覺悟》、《國民通訊》、《中國青年》等，做些打雜工作。後來到蘇聯留學了一段時期，30 年代初才回國。

　　以群：時間不早了，你晚上不是還有活動嗎？

　　答：晚上我還得去主持一個外事活動，今天就談到這裡吧。

　　這種問答式的談話，前後持續了一個多小時。席間，茅盾先生談笑風生，他告訴我的那些早年活動經歷，如果同他晚年潛心撰寫的回憶錄相比，內容顯然要簡單得多了。不過，在我那本《論茅盾四十年的文學道路》出版三年之後，聽了他的一席話，其中有些內容與細節，在當時對我來說卻是十分新鮮而又耐人尋味的。我深感自己對面前的這位文學大師的人生經歷與成長道路，瞭解與研究都是十分膚淺的；懂得了要真正瞭解一個人不容易，要真正

〔註 2〕茅盾在晚年的回憶錄《我走過的道路》裡，未提此事。也許是這次的談話記憶有誤。

〔註 3〕即解放後的華東水利學院的前身，現已改名河海大學。

瞭解一個偉大作家的人生經歷及其所創造的藝術世界，就更加不容易了。這是我第一次拜會茅盾先生所得到的最大收穫。

茅公逝世以後，我在參加四十卷本的《茅盾全集》編輯工作中，受韋韜同志的委託，有幸先翻閱了大大小小六十八本茅盾的日記，十分意外地發現我同以群同志的這次拜訪，竟然在他的日記裡留下記錄。在 1962 年 10 月 25 日的「茅盾日記」裡，有這麼兩行字：「中午小睡一小時。三時，葉以群同葉子銘來，四時五十分辭去。」文字雖然十分簡短，但連來去的時間都寫得清清楚楚。不僅如此，從日記中，我還知道：這一天茅公睡眠不好，家務事與公私雜事皆忙，接見我們之前他已「甚感疲勞」；我們離開後 25 分鐘，他就去主持歡送波蘭代表團的酒會。當晚失眠，先後吃了三次安眠藥，至子時以後方入眠。當年我還以為他的精神很好，談話時只顧一個勁地提問題，只見他談笑風生，不知他既有名人的酬酢會客之勞，又有常人的雜事失眠之苦。這次的會面，實際上也給他增添了負擔。下面，我想把茅公在這一天的日記全文抄錄如下，來結束這一段回憶。透過這一天的日記，讀者也可以窺見一代文豪的日常生活，是怎樣度過的：

> 十月二十五日，晴、有風，如昨。
>
> 今晨四時許醒後不再能睡，輾轉至六時許始又朦朧入睡，約半小時為鬧鐘驚醒。即起身，做清潔工作半小時，煮牛奶。八時赴北京醫院吸入並注射，九時返家，處理雜、公事。甚感疲勞。報紙仍然至午時始到，參考資料也不能如期出版。昨起，咳嗽又轉劇，想來是連日酬酢，雖不喝酒，但亦勞神也。中午小睡一小時。三時，葉以群同葉子銘來，四時五十分辭去。五時十五分赴新僑飯店，主持歡送波代表團之酒會，七時半返家。閱參資至九時服藥二枚如例，仍閱書，但至十一時無睡意，乃加服 M 劑一枚。但至翌晨零時五十分仍無睡意，乃又服色貢那爾一片（此為奏效較速之安眠藥），約半小時後入睡。

第三章　十年浩劫中的茅盾

　　　　歲月的流逝，沖刷不悼惡夢般的現實；往事的回憶，能淨化人
的心靈。

一、沉默的十年

　　翻開茅盾著譯年表，我們會發現一個似怪不怪的現象：在漫長的六十餘年的文學生涯中，他猶如一個辛勤的園丁，爲開闢、澆灌現代文學這塊新的園地，幾乎是幾十年如一日地勤奮寫作。其著譯數量之大、方面之廣，都是十分驚人的。據粗略統計，在大部分時間裡，他每年的產量，多者大小兩百多篇，數十萬字；少者也有幾十篇，十萬餘字。然而，到了 60 年代中期至 70 年代中期，這位馳騁文壇數十載的一代文豪，卻突然沉默了，停筆了，出現了一段長長的空白時期。這就是風雨如磐、濁浪翻滾的十年浩劫時期。在這個時期裡，他只公開發表過一篇不到二千字的短文，題目叫《魯迅說：輕傷不下火線》。內容是回憶 1935 年間，他應史沫特茉之請，勸說魯迅先生易地到蘇聯治病療養的事。這是爲紀念魯迅逝世四十週年而作，刊載於 1976 年 9 月 20 日《人民文學》第六期。其時，距「四人幫」垮臺時間，僅十來天。

　　在茅盾漫長的文學生涯中，這是沉默的十年，空白的十年。不！嚴格地說，他沉默了十二年。早在山雨欲來風滿樓的「文革」前夕，從大張旗鼓地批判夏衍改編的電影《林家舖子》以後，他就擱筆置閑，只留了頂風吹就掉的烏紗帽。說得準確點，「文化大革命」前，他公開發表的最後一篇文章，題目叫《讀〈冰消春暖〉》，也只有一千六百多字，刊載於 1964 年 7 月的《作品》上，內容是評杜埃發表於《南方日報》副刊上的一篇村史。此後，整整十二年，國內的各類報刊上，再也沒有見過他的一篇文章。

關於茹志鵑與陸文夫

　　說到這裡，我想談兩件相映成趣然而卻飽含酸苦滋味的往事。茹志鵑同志在《說遲了的話》裡，曾滿懷深情地回憶起 1958 年茅盾對《百合花》的讚譽，使「一個失去信心的、疲憊的靈魂，又重新獲得了勇氣、希望」，使他從丈夫的右派分子「那頂帽子的陰影下面站立起來」。儘管，後來在那場浩劫中，這件事又給她招來麻煩，使她變成了「資產階級文藝黑線尖子」的「鐵證」。但當年茅盾對一朵百合的澆灌，的確成為她創作上、人生道路上的轉折點。用茹志鵑同志的話說：「我從先生二千餘字的評論上站立起來，勇氣百倍。站起來的還不僅是我一個人，還有我身邊的兒女」〔註1〕。其中，大約也應包括活躍於當今文壇上的王安憶。但是，在茅盾沉默前夕所發表的《讀陸文夫的作品》（刊於 1964 年 6 月《文藝報》第六期），給陸文夫同志帶來的結局，卻大不相同。在作協第四次會員代表大會期間，我曾約請陸文夫同志寫一篇回憶茅公的文章。他沉思片刻，風趣地說：「我是應該寫的，不過，我的情況同茹志鵑同志不同。茅公的文章發表後，當時，我不僅沒有得到什麼好處，反而更倒霉了。」雖然，他沒有細說當年的情景，然一切已盡在不言中了。近翻閱茅盾 1964 年的日記，發現當年為評陸文夫的作品，鼓勵、支持又一位有才華、有潛力的文壇新星，他曾花費了多少寶貴的時間與精力呵！下面，不妨摘引幾段日記：

　　一月二十二日：「下午閱陸文夫小說。至此共閱陸作品（小說）二十篇（最近發表於《雨花》之《棋高一著》，刊去年四月號），作札記數萬字，凡此皆為應《文藝報》之請，寫一篇論文也。但近來精神不佳，不知何時可動手寫此一論文也。尚有評論陸作之文章數篇，也須一讀」。

　　三月二十日：「今晨三時、五時各醒一次，六時許又醒，即起身。做清潔工作等一小時。上午寫《讀陸文夫的作品》約五百字。」

　　三月二十五日：「寫論文（續前已寫關於陸文夫之作品者）二小時。中午小睡一小時。下午續寫論文二小時。今日共寫二千字許。」

　　四月六日：「精神甚為倦怠，不能續寫論文。」

　　四月九日：「上午續寫論文（約千字）完。此文斷斷續續寫了二十多天，今始完成，共萬餘言。」

〔註 1〕見《憶茅公》，文化藝術出版社，1982 年版，第 393 頁。

四月十日：「上午通讀已寫之論文一遍，校正筆誤，即連同《文藝報》前所送來之資料送交《文藝報》編輯部。十個月之公案至此結束，頓有無債一身輕之感。然而尚欠《萌芽》及《鴨綠江》各一篇，只好過了五月再說了。」

這裡，我並沒有全部摘引有關的日記，但僅從以上的幾條記載，已十分清楚地看出：茅盾對一位因當年勇於「探求」發展社會主義文藝的新路而曾下放到工廠的、才華橫溢的青年作家，曾傾注了多少的心血！他那滿腔熱情與一貫的嚴謹態度，從日記中也可以深切地感受到。這是他停筆前最後發表的三篇文章中費時最多、篇幅也最長的一篇（其餘兩篇，除《讀〈冰消雪暖〉》外，還有應冰心之約寫於 4 月底的《〈讀兒童文學〉》，刊於 1964 年 5 月 10 日的《人民日報》）。當然，無論是對茹志鵑，或是對陸文夫，當年茅盾那目光如炬的品評，後來都被歷史證明是有遠見卓識的。只是，當他評陸文夫之時，已是狂風將起的形勢，這注定了文章的不合時宜。因而它帶給陸文夫的，只是短暫的歡欣，隨後而來的卻是災難。這件事本身，也反映了茅盾當年自身的處境。事實上，寫完這三篇文章以後，他就放下手中筆，日記中所說的欠《萌芽》與《鴨綠江》之文債，也不曾清還，從此緘默了十二年。

一位馳騁文壇已近半個世紀，在刀光劍影中都不曾擱筆的一代宗師，居然連續沉默了十二年！這種現象，在中外的文學歷史上，也實屬罕見。故謂之怪。但仔細沉吟，卻也不覺得怪。因為，凡經歷過那個年代而又稍有良知的人都知道，這在當時是相當普遍的現象。沉默，既反映了一種處境，也是對那倒行逆施年代的一種態度。在腥風苦雨的十年浩劫時期，對一個善良、正直的作家來說，沉默倒是正常的現象。

這使我想起了北宋的大詩人蘇東坡來。他被貶居黃州時，在《答秦太虛書》裡就說過這樣的話：「但得罪以後，不復作文字，自持頗嚴。若復一作，則決壞藩牆，今後仍復衰衰多言矣。」晚年，他被再度貶居海南島時，又在《答劉沔書》裡說：「軾平生以文字言語見知於世，亦以取疾於人，得失相補，不如不作之安也。以此常欲焚棄筆硯，如瘖默人。」這位在宦海沉浮數十載的北宋文豪，於新舊黨爭中數遭貶謫，在流放生活中，一度想焚筆棄書，保持沉默。當然，後來詩人並沒有真正的沉默，他的一些流誦千古的名篇，如《前赤壁賦》、《念奴嬌·赤壁懷古》等，恰恰就是在貶居黃州時寫出來的。

這裡，我無意將茅盾同八百多年前的蘇東坡作簡單的類比，因為，無論

從他們所處的時代、個人的氣質或思想、風格看，都有許多明顯的差別。我只想說明一點：當歷史處於某種非常時期中，對一些善良、正直的作家來說，他們失去了寫作的自由，處於不能為與不願為的心境之中，沉默往往是他們常取的一種態度。但這種沉默，並不意味著他們已停止了思考，停止了活動，或如東坡老人所說，真的成為「瘖默人」了！對於茅盾來說，我深信也是這樣。

「將來總會有公論的」

在那場席捲神州大地的災難性的十年浩劫中，他為什麼沉默？遇到些什麼事？在沉默的背後，他在想些什麼，做些什麼？又有什麼喜怒哀樂，或寫過什麼未曾披露過的東西？所有這一切，人們自然想知道，想瞭解，對於研究者來說，更是如此。再過數十年，後代的讀者和研究者們，面對著這十餘年的空白時期，同樣會發出這樣的疑問。遺憾的是，粉碎「四人幫」後，年逾八旬的茅公，雖然又提起筆來，呼喚社會主義文藝的春天的到來，但卻很少透露他自己在那場浩劫中的情況，在那部重要的回憶錄中，也只計劃寫到1949年。因此，他那「沉默的十年」，依然猶如謎一樣，引人作解惑探究的濃厚興趣。

人們往往有一種尋根刨底的好奇心，我也未能免俗，然心境同局外人卻大不相同。1965 年間，當電影《林家舖子》遭到批判後，就有好心的領導同志，勸我就《論茅盾四十年的文學道路》那本小書，寫自我批判，謂「茅盾出事了」云云。當時，我剛進「而立」之年，閱世不深，實在搞不清發生了什麼「大事」，也不知道茅盾究竟有什麼問題，故彷徨之中未曾從命。1966 年5 月下旬，當著名的《五・一六通知》下達後，我的頂頭上司匡亞明校長就找我談話，要我寫自我批判。當時，他實質上想搞明批暗保護我過關，但緊接著風暴驟起，匡亞明同志自己被公開點名批判，並被「運動」起來的群眾捲入悲劇性的漩渦之中。我這個無名小卒，也因鼓吹「三十年代文藝黑線的祖師爺」，受到了批判，接著又被打入了勞改隊，舉家遭殃。當時，我只感到天旋地轉，如墜五里雲霧中，弄不清觸犯了什麼「天條」，只知道茅盾確實已成了犯忌的人物。在忙於低頭檢查、拉車運磚之際，我時常從報縫中尋找有關他的消息。每當從出席天安門慶典的一長串名單中，發現有茅盾的名字時，心裡感到欣慰，暗自為他祝福。說實在的，當時我關心茅盾的處境，大半也

爲了我自己。因爲，在那黑白顛倒、有口難辯的歲月裡，一個作家的沉浮，同一名普通研究者的命運是休戚相關的。後來，我比較早地獲得了「解放」，進入了「逍遙派」的行列，每逢五（「五・一」）遇十（「十・一」），總要從報紙上的一長串名單中，尋求茅公安危的訊息。除此而外，我對他在文革中的處境、遭遇，仍一無所知，只朦朧地感覺到他受到某種力量的保護。儘管如此，茅盾的著作，當年依然被列爲黑書，遭到禁讀、禁售、禁止研究的厄運。到了 1969 年，在出席國慶大典的名單中，他的名字突然消失了，訊息也從此中斷。

粉碎「四人幫」後不久，我又恢復了同茅盾的聯繫，在多次通信與登門拜訪的過程中，我一直想瞭解他在那場浩劫中的處境、思緒與活動，解開那「十年沉默」之謎。對我來說，這不是爲了獵奇，而是爲了弄清楚那段沉痛的歷史。如果我們這代人過於健忘，給後代留下的將是疑問，丟掉的將是沉痛的、有益的教訓。正抱著這樣的目的，在茅公的晚年，我曾幾次在他的面前，借有關的話題，想引起他對文革中情況的回憶。這裡，我想說兩件事。

記得在 1962 年間，上海文藝出版社提出要再版《論茅盾四十年的文學道路》，爲此我曾向茅公借過幾張他早年的照片，擬製版以作那本小書的插頁。當時，他讓秘書寄照片時，曾囑咐說這幾張早年的照片，底片已散失，要我妥爲保管，用後歸還。後來，因書是利用舊紙型重印，製版加插頁的事未能實現，我因想等待機會再用，未遵囑及時歸還。文革初期，這幾張照片連同經茅公審閱加批的我的那篇畢業論文的手稿，以及文革前茅公給我的八封信和一批札記材料，按例奉命上繳，在兩派武鬥期間都丟失了。爲這件事，我一直感到內疚與不安。1976 年底至 1977 年初，在舉國歡慶粉碎「四人幫」之際，我受南京大學領導的委派出差北京，到教育部接受外國留學生的培訓任務，就想登門親自向茅公致歉。結果因打聽不到他的住處，只好匆匆寫了封信請政協轉交。沒想到回家後，就收到他 1977 年 1 月 7 日的覆信。信裡說：「大函由政協轉來，已爲八日下午，您已上車久矣，而且想來已過天津。失此晤面機會，極爲可惜。南京師範學院研究《紅樓夢》的一些不認識的老師們常有信來。不知您在南京大學工作，有暇請來信。」他的親切態度，使我感到寬慰，於是立即寫信向他說明丟失照片的事，請求他原諒，並附上我的一張照片，準備接受那怕是最嚴厲的批評。萬萬沒有料到，茅公在 1977 年 1 月 19 日的覆信裡，以一種長輩的寬容與諒解的口吻說道：「照片失卻，小事。

茲附奉去年所攝小影一幀，以爲投桃之報。」除了贈送他八十大壽攝於交道口故居的一張照片外，他還在信中告知他的住址，並再次表示「此次失卻晤談機會，可惜，您或者還會有機會來北京。」收到他的信和照片後，我如釋重負，心裡十分高興，同時也意識到：在那場浩劫中，丟失他的照片，對我來說，是有背囑咐，深感內疚；對茅公來說，在其經歷的尚不爲人知曉的許多事件中，大約確屬不值一提的小事一樁。這使我再次產生了想瞭解他在「文革」中遭遇的念頭。1977 年 3 月初，我得到再次出差北京的機會，並按事先約定的時間於 3 月 6 日下午，第一次來到交道口南三條十三號。踏進那座舊式的四合院後，我首先看到的是耳房裡幾張散亂陳舊的桌椅和一輛積滿灰塵的摩托車，四周彌漫著一種冷清寂靜的氣氛。一種「門庭冷落車馬稀」的直感，油然而生。當時「四人幫」剛垮臺不久，在他的寓所裡，我還能親身感受到十年浩劫所留下的陰影。等候了片刻，我見到茅盾先生由她大孫女沈邁衡攙扶著，踏著碎步，從後院裡走了出來，身體顯得很衰弱。在兩個多小時的親切交談中，我一上來就以丟失照片爲話題，想藉此引起他對「文革」中個人情況的回憶。聽完我的敘述，他淡淡地一笑，只說了句「在那年月裡，這類事太多了」，閉口不講自己的情況。但當我問及 30 年代文藝運動的情況和他解放後是否寫過電影劇本等問題時，他則打開了話匣子，作娓娓長談。回想起來，當時我的想法也過於天真了。其時，報刊上正在大力宣傳「按既定方針辦」這一「最高指示」，悼念周總理的「四五」「天安門事件」尚未平反，大量冤假錯案尚未糾正，「四條漢子」仍屬批判對象，茅公本人的處境也沒有得到明顯的改善，他怎麼可能向我這個十多年來未曾聯繫的晚輩，敘說那些不愉快的往事呢！儘管如此，這次見面，仍然給我留下了十分深刻的印象。當我離開那座年久失修的四合院後，帶走的是「寂寞庭院裡的孤寂老人」的影像。

1978 年間，我曾利用重評《林家舖子》的時機，再次試探著從茅公那裡，瞭解他在那場浩劫中情況。這年的上半年，隨著文藝界撥亂反正工作的逐步開展，《光明日報》與《文學評論》先後約我撰寫重評《子夜》與《林家舖子》的文章。我曾將此事寫信告訴茅公，並向他詢問了一些問題。1978 年 5 月 7 日，他覆了一封長信，在逐一回答我所提的問題後，又寫道：「《光明》已登評《子夜》尊作。評《林》文如果也是《光明》約寫，怕未必登而轉交其它刊物。《光明》今後將作爲科技、教育的專刊，此已見《光明》改革宣言」。

從這封來信裡，我感到他對自己的作品之遭到不公正的待遇，並非沒有想法，只是不願爲自己申辯而已。不過，當年之批判電影《林家舖子》，實乃明批夏衍暗批茅公，這絕不是一件小事。事實上，他的「沉默」，也是從這事開始的。剛巧，這年的 7 月 16 日，我又到交道口拜訪茅公。見面之後，我就告訴他，《評〈林家舖子〉》一文，已在《文學評論》的第三期上登出來了。他笑著說：「刊物剛收到，被他們拿去看了。」我看茅公的情緒不錯，就趁機說道：「當年批判電影《林家舖子》，是醉翁之意不在酒。這次《文學評論》組織重評《林家舖子》，據說是胡喬木同志提出來的，但因夏衍同志的問題還沒有解決，所以讓暫時迴避電影的問題，不過可以針對當時批判電影的錯誤論調，進行反駁。」

聽了我的說明後，他把手一抬，說道：「這件事，莫明其妙！這《林家舖子》，我是有感而作的，針對的是當時的國民黨當局。夏衍改編電影，也是爲了重視歷史，有什麼不好？江青他們那樣搞，自然有他們的目的。不過，現在的問題成堆，大約得一步步來。」

「文化大革命當中，許多人都關心您的情況。有些事，還應該說出來，對澄清事實有好處。」我抓住這個機會，婉轉地說出多少次想說而不便直說的話。茅公似乎明白我的意思，笑了笑說：「這不是一兩個人的事，將來總會有公論的。」接著他問起我來北京幹什麼，把話題又扯開去了。顯然，他不想談有關自己的遭遇。因此，後來在同他的多次接觸中，我也就不便再問了。

茅盾的日記

1979 年春至 1980 年間，應上海文藝出版社之約，我先後協助茅公編選《茅盾論創作》與《茅盾文藝雜論集》。在編選這兩本書的過程中，我同韋韜、小曼同志有較多的接觸，有時在閑談中，應我的要求，他們偶而也談了一些茅公在十年浩劫中的情況。雖是一鱗片爪，卻給我留下了深刻的印象。無論是從保存史實或總結歷史教訓的角度考慮，我都感到不能再對他那「沉默的十年」繼續保持沉默的態度了。

從茅公逝世以後，在我的一再要求下，韋韜、小曼同志，曾就茅公在「文革」中的情況，先後作過幾次長談。特別是 1984 年 12 月 12 日，在全國第二次茅盾研究學術討論會期間，利用會議結束前的間歇時間，韋韜同志曾應我的要求，在杭州的西湖賓館作過一次徹夜的長談。從他那冷靜的敘述中，我

彷彿感到處於逆境中的一代文豪的那顆跳動著的不平靜的心，感受到老人的寧過孤寂生活而不隨波逐流的執拗態度。這樣一種感受與印象，從我後來翻閱茅盾日記的過程中，又得到進一步的印證。這裡，我要特別感謝韋韜同志，出於工作的需要，也為了使我能獲得一些具體的、感性認識，他主動讓我翻閱了現存的茅盾日記手稿，包括「文化大革命」中的二十七本日記（1966 年 5 月至 1971 年 6 月）。同時，他還表示可以讓我引用日記中的一些有關材料，這對我是莫大的幫助。當我讀完這些日記後，掩卷沉思，感慨良多！這不是一部普通的日記，也不是一部事先就預備要流傳千古的要人「名言嘉行」錄式的東西。無論從形式或內容看，它都堪稱是一部獨特而珍貴的日記。從形式上看，它質樸無華，然而又整齊得令人嘆服。在一般人的想像中，一個馳名中外的大作家，其所用的日記本，如果不是華貴富麗，也一定是裝幀高雅的名貴之物。事實往往會出人意料之外。茅公所用的日記本，絕大部分都是自己親自動手剪裁裝訂而成的。所用的紙張，亦非宣紙或白道林紙，而一律是利用舊外文報刊的紙張，對半裁開，並用大小相似的舊彩色畫報紙作封面，經細心裝訂而成的。茅公所用的舊外文報刊，基本上都是德文版的《新聞報導》，係德意志民主共和國政府部長會議主席團新聞處編輯，在柏林出版的。紙張是一般的新聞紙。作者就利用反面的空白處，用工整秀麗的毛筆字，來書寫日記。這樣的日記本，在中外的大作家中，恐怕是獨一無二的。光是這一點，就令人感嘆不已！原先，我還以為這種日記本，是「文革」中作者置閑無事，故自裁自訂，聊以解悶的。後來，翻看「文革」前的日記，方知這種自己裝訂的日記本，乃始於三年困難時期的 1960 年。實際上，它反映了茅公長期養成的一種勤儉節約、不尚奢華、一絲不苟、認真嚴謹的品格與作風。

這又使我想起了他在 1937 年初所寫的《日記及其他》一文。他在這篇文章裡，說過這樣一段話：「三年來，每年都給《文藝日記》寫一短條什麼《×月獻詞》，就此不花錢連得了三年的《文藝日記》。封面上早已代為燙好名字，不能轉送別人，自家又素來沒有寫日記的耐心，閑擱著可惜，就當作草簿用。偶然看到一個人的形狀很可笑，聽到什麼事太離奇或頗有趣，或者經手什麼事恐怕日後纏夾不清，或者讀書時得了點意思，默坐時想起了可作小說的材料──都隨手寫了上去。年終一看，三百六十多面的白紙上只有三十多面寫了字，照這個比例推算，三冊日記用到我老死而有餘。」〔註2〕當年，茅盾自

〔註 2〕見《中流》1937 年 1 月 15 日第一卷第九期。

己大約也沒有想到，後來他居然自己動手裝訂起日記本來，而且不是三冊，
而是有六十餘冊。

　　再就日記的內容看，也是十分獨特的。從十年浩劫中所寫的日記看，時
間只有五年多，內容極為簡略。乍看之後，幾乎會感到是千篇一律的，所記
多屬每日的氣象、睡眠及起居活動等個人的生活瑣事，極少發議論，抒胸臆，
更不用說慷慨激昂地縱論時局了。茅盾在《日記及其他》裡還說過：「對於『日
記』，我素來有一個偏見，以為這等於『勤筆免思』為額的水牌。中學時代我
蓄過兩年的袖珍日記，每天記的是零用帳和洗衣帳。」這兩本中學時代的袖
珍日記，如今已不知何處去了，但從作者的自述看，乃屬於流水帳式的日記。
對照之下，茅盾在「文革」前期所寫的日記，則不能說是流水帳式的日記，
而是近於「起居記」式的日記。應該說，這是一些在特殊年代裡所寫的特殊
日記。一向自持頗嚴、性格內向或（用他自己的話說：）「幼年稟承慈訓，謹
言慎行」的茅公，在那因片言隻語即能釀成大禍的歲月裡，當然不可能在日
記裡縱論時局，發表自己的意見。換句話說，在日記中，我們更多的是可以
瞭解到作者生活上、健康上的狀況，也能感受到他個人生活上的喜怒哀樂的
情緒，但對於當時動盪的政局，除偶而流露出非議的態度外，如關於抄家與
「破四舊」，戴高帽遊街與兩派武鬥等，基本上仍保持沉默的態度。儘管如此，
這仍然是我們藉以瞭解茅公在十年浩劫中的情況的十分珍貴的第一手材料。
從日記中的有所記與有所不記的比較探索中，我們仍然可以看出他當年的處
境、遭遇與是非好惡來。

　　下面，根據茅盾日記和他在「文革」中所寫的詩詞，根據訪問韋韜、小
曼同志所得知的情況，以及從其他方面調查訪問所得，稍加整理，略舉數端，
以紀實的方式，來敘述茅盾在那「沉默的十年」裡所遇到的一些事。

二、抄家前後

　　1966 年夏天，狂風乍起，萬物倒置，一場誰也料想不到的「文化大革命」
的狂風暴雨，剎時間把個中國大地攪得昏天黑地。

　　在那狂亂的歲月裡，除風暴的製造者外，從功勳卓著的開國元勳，譽滿
中外的作家學者、各界名流，直至無數普通小人物，在一片「打倒」、「橫掃」
的狂叫聲中，突然一個個、一串串陷入災難性的境地之中。儘管，在那場
歷史大浩劫中，他們或死或生、或沉或浮、或傷或殘，各人遭遇不同，但每

人都有一段不堪回首的經歷。當時，年及古稀的茅盾，雖已卸去文化部長的職務，閑居家中，然也未能幸免。在一般人的印象裡，似乎茅盾一直是受到保護的對象，那場浩劫在他的生活中彷彿沒有留下多少陰影。其實大謬不然。下面，我們不妨沿著那場風暴初起的軌跡，先來看看茅公在「文革」初期被抄家前後的一些遭遇片斷。

「老骨真不堪使用了」

1966 年春，一場風暴在醞釀中。是年 2 月間，林彪與江青密謀炮製了《部隊文藝工作座談會紀要》，肆意篡改，否定「五四」到建國以來現化文學的發展歷史，特別是 30 年代左翼文藝運動的歷史，提出了所謂「文藝黑線專政」論。4 月 16 日，以彭真為組長的中央文化革命五人小組被撤消，成立了以陳伯達為組長，江青、張春橋為副組長，康生為顧問的新的中央文革小組。4 月 18 日起，被林彪、「四人幫」控製的兩報（《解放軍報》、《人民日報》）一刊（《紅旗》），先後連篇累牘地發表煽動性的社論、文章，系統、全面地宣傳林彪、江青炮製的《紀要》的觀點，在全國範圍內掀起批判所謂「三十年代資產階級文藝黑線」的浪潮。文化藝術界首當其衝，一大批作品先後被打成「毒草」，一大批作家被打成「黑線人物」。其時，茅盾雖然還沒有遭到公開點名批判的厄運，但從批判電影《林家舖子》與所謂「寫中間人物」論以來，他實際上已被視為「三十年代文藝黑線的祖師爺」，在內部被點了名，處境已十分尷尬而艱難。

在狂風將起的四五月間，除出席全國政協的雙周座談會，應邀參加摩洛哥、匈牙利、敘利亞的國慶招待會之類的外事活動，或出席觀看內部放映的電影以外，他大部分時間都閑居在家，或忙於上醫院看病。對於當時陰雲密佈的時局，他保持著沉默的態度，從不對外公開發表談話。如今，唯一能瞭解他在這時期的思緒與活動的文學材料，只有現存的日記與一些詩詞了。有趣的是，即使從 1966 年四五月間的日記裡，我們也找不到作者對當時喧囂一時的兩報一刊社論的反應，也幾乎看不出「風暴將起」的痕跡。作者在自己的日記裡，盡記些生活瑣事，包括從氣象臺的預報裡抄錄下來的每天的氣溫、風力，以及睡眠、起居和看病的情況，閉口不談「國家大事」。下面，僅以「五・一六通知」發出的當天作者所寫的日記為例：

> 五月十六日，晴有時多雲，二三轉四級北轉南風，卅一度、十四度。

今晨三時醒來，加服 M 一枚。五時又醒，此後不能酣睡。六時十分起身，做清潔工作如例。上午閱報，參資。處理雜事。中午小睡僅半小時。下午三時赴北京醫院例診，量得血壓比上月十八日高十五、六度。右臂爲一百卅六度～九十六度，左臂較低七、八度；此在我之年齡，尚不算高。然已比上周高出如許，長此下去，一年之內，可以高得怕人也。四時許返家，閱書。晚閱書至九時半。服藥如昨。十一時就寢，然而轉輾不成眠，至十二時加服 S 一枚，一小時後始入睡。

看完這樣的日記，人們也許要發出疑問：此時的神州，狂風突起，風聲鶴唳，而他倒在安閑地談天說病，彷彿置身於桃花源裡。這究竟是什麼緣故？顯然，素以對形勢具有敏銳觀察力著稱的茅公，並非不瞭解當時的形勢，而是有意對時局採取一種避而不談、靜觀其變的謹慎態度。這使我想起他在抗戰初期寫於香港的一篇文章——《憶孤島友人》。在這篇短文裡，他從懷念友人而談到懶於寫信的原因，其中說了這麼一段話：

後來聽說××實行檢查郵件了，去信措詞，應當萬分小心。爲了一封不過多饒幾句舌的信而惹出大禍，送了朋友一條性命的事，中國本已有過；僅僅兩年前罷，一個見過幾面的朋友忽然失蹤，據說原因就在一封饒了舌的信。憂患餘生，這點兒謹慎是懂得的。但因此也成了偷懶的理由：索性不去信。〔註3〕

由此聯想到「文革」期間那種獨特的「起居式」的日記，作者之不談或少談「國家大事」的原因，也就不說自明了。其實，茅盾在 1964 年以前和「文化大革命」以後所寫的日記裡，並非只記生活瑣事，而往往是既記事，又發議論。有時品評起他看過的內部電影來，直抒胸臆，發表與時評迥然不同的意見，甚至一寫就好幾頁。對比之下，茅公日記之寫法，係視時代環境而變化，也是很清楚的。他之所以對文革初期大批特批所謂「三十年代文藝黑線」，持沉默的態度，實際上是不以爲然而又不好明說，於是只好索性避而不談。

當然，對於一個正直的作家來說，要想對當時一切倒行逆施的做法，完全保持沉默的態度，也是不可能的。因而，在他的日記當中，偶而也曲折地透露出一些對時局、對自身處境的不滿情緒。例如，5 月 4 日的日記，就有這樣兩段記述：「七時赴人大三樓看電影《桃花扇》，此乃三、五年前所攝，今

〔註 3〕見《星島日報》副刊《星座》，1936 年 8 月 8 日。

則作爲壞電影在內部放映矣」;「昨晨因抽水馬桶漏水,水流瀉地。蹲身收拾約半小時。當時未覺勞累,昨晚稍覺兩腿酸痛,不料今日卻更感酸痛。老骨眞不堪使用了!」

從前一段記述的「此乃……今則」的轉折語氣中,可以明顯地感覺到他對江青等把《桃花扇》當作壞電影來批是持腹非態度的。雖然作者沒有直白地說出來,但從他那平淡中略帶揶揄的口氣裡,我們卻可以感覺得到。後一段記述,則透過一椿生活小事,眞實、生動地反映了他在「文革」初期孤寂無助的處境。清晨,抽水馬桶漏了水,阿姨不知何處去了,老伴大約上了菜場,兒孫又遠居市郊,於是,七十高齡的老人,雖有「全國政協副主席」的頭銜,仍得蹲身彎腰,親自來收拾「水流瀉地」的抽水馬桶,忙碌了半小時。換個頭戴烏紗、手握權柄的人物,這類小事,大約不必躬親了!

「老骨眞不堪使用了!」從這一令人辛酸的長嘆聲中,透露出來的遠非一個老人的遲暮之感,而是反映了一代文豪在一種特殊年代裡處境之維艱。

把漢白玉石盆「推翻在地」

風,越刮越猛,茅公的生活越來越不平靜。

1966 年 5 月 31 日晚上,中央廣播電臺廣播了北京大學聶元梓等人的大字報。6 月 1 日,《人民日報》刊登出了大字報,同時發表了《橫掃一切牛鬼蛇神》的社論;次日,又發表《觸及人們靈魂的大革命》的社論。一場所謂橫掃一切「牛鬼蛇神」、打倒「資產階級代表人物」與「反動學術權威」的風暴,迅速刮向全國各個角落。首都北京,大字報舖天蓋地!

是年 6 月中旬起,感嘆「老骨眞不堪使用」的茅盾,也不得不參加緊張的學習討論。六月十七八兩天,他出席了中央統戰部召集的會議,聽了所謂「彭、羅、陸、楊罪行」的傳達報告,接著集中閱讀有關文化大革命的文件。6 月 20 日至 24 日,又接連幾天集中到全國政協參加座談討論。相對平靜的生活被打破了,周圍的氣氛越來越緊張而沉悶。正在發生著的一切,使老人內心極不平靜。他失眠了,不得不加大安眠藥的劑量,乃至用看書來定心催眠。6 月 27 日的日記裡記載,當天下午他聽完報告歸來,「晚閱書至十時,服藥PH、LI,L、N、M各一枚,繼續閱書。但至十一時半尚無睡意,乃加服 S 一枚,仍閱書以催眠,不料一小時後乃入睡。時已爲翌晨一時矣!」第二天,又是「次晨一時許始入睡。」急劇發展的形勢與連日的勞累、失眠,使老人的痔瘡又發作了!這時,「四人幫」加緊了對文藝界的掃蕩。

6 月 20 日，由江青、張春橋炮製的《文化部為徹底乾淨搞掉反黨反社會主義反毛澤東思想的黑線而鬥爭的請示報告》，以中央文件的名義批轉全國。這個文件，荒謬地宣稱文藝界存在著一條「又長又粗又深又黑的反毛澤東思想的黑線」，號召對文藝隊伍實行「犁庭掃院」、「徹底清洗」！

災難迅速擴大，京滬首當其衝！希特勒的陰魂在中國大地上到處游蕩！

文化部大樓裡，出現了矛頭指向茅盾的大字報（由於中央某些領導同志的干預，後來被保護性地集中到某處）；上海作協大院裡，出現了矛頭指向巴金等的大字報專欄。各種嚇人的大帽子，在中國大地上到處胡飛亂舞，誣蔑不實之辭甚囂塵上。

「犁庭掃院」，禍害所及，使無數優秀的作家蒙冤受難。8 月 2 日，著名的文藝理論家以群，在上海含冤逝世；8 月 24 日，傑出的人民藝術家老舍，在北京被迫害致死。他們，成了「犁庭掃院」的首批受害者。

順便說一下，以群同志和茅盾曾有過密切的交往。抗戰期間，在香港、華南等地，為發展抗日文藝運動，以群同志曾協助茅盾做過不少工作，地下黨也通過他同茅盾保持密切的聯繫。當時，以群同志曾為此得到一個美稱：「茅盾的參謀長」。在《脫險雜記》裡，茅盾親切地稱他為 Y 君，並詳細記述了香港淪陷後，他們如何在東江游擊隊的幫助下脫險回到內地。我還清楚地記得，1962 年底，當以群同志帶我走進茅公寓所時，他們之間那種一見如故的情景。想不到當年從敵人魔爪下脫險的以群同志，如今竟冤死於「四人幫」的暴力之下。這個不幸消息傳到北京，在茅公的心靈上留下了陰影。老舍的死，震動文壇，也使已屆古稀之年的老人，內心充滿憤懣與不安。據韋韜同志回憶，老舍死後，周恩來總理曾找過他父親，要他找當時任北京市副市長的王昆崙同志說一說，讓妥善地安置一下老舍的遺屬。為此，茅盾曾專門給王昆崙同志寫過一封信（可惜經過了十年浩劫，這封信至今尚未找到）。

「文革」初，社會上的「遊鬥」風和所謂紅衛兵「破四舊」的運動，像瘟疫一樣很快地波及到茅公寓所周圍——東四文化部宿舍大院及其左鄰右舍。

8 月 11 日，天氣特別悶熱。這天上午，閑居在家的茅公，被室外嘈雜的叫喊聲所驚動。他起身走到窗前，放眼細看，原來是隔壁中國社會科學院情報所的造反派，正在所內草坪上「遊鬥」所謂「資產階級右派分子」與「反動學術權威」。老人心情沉悶，想弄清楚被遊鬥者為何人，犯了什麼罪過，但

自己的目力不行，加上距離也較遠，唯見七頂刺眼的高帽子在人群中晃動。他心想：這大概是所謂反黨反社會主義的右派分子吧！在當天的日記裡，他作了如下的簡要記載：「今天上午比鄰之科學院情報所有一小隊（大概是該所的幹部）在所內草坪內遊行，其中有戴紙帽者七人，當即右派，但不知其為本單位的，抑有科學院其他單位被揪出的反黨反社會主義右派分子。紙帽甚高，有字。在窗前望去，不辨何字。」

8 月 25 日，即老舍被迫害致死的第二天，文化部宿舍大院和茅公寓所前面，演出了一場「破四舊」的鬧劇。一群文化部職工的小孩，在社會上「破四舊」浪潮的影響下，也磨拳擦掌，躍躍欲試。這群把政治運動視同兒戲一般的無知孩童，看準了大院裡的幾個漢白玉石盆，認定了這是「封、資、修」的東西，必須把它們全部「推翻在地」，「再踏上一隻腳」，讓它們「永世不得翻身！」他們「勇敢」地行動了！起先，他們費了九牛二虎之力，把閑置於露天裡的幾只有桌面大小的漢白玉石盆，以及小石獅之類的擺設，一一推翻在地。接著，又衝進了茅公寓所的小院裡，把一個漢白玉小盆，也推翻在地。然後，帶著勝利的喜悅，歡呼雀躍而去。

這場鬧劇，使老人的心境難以平靜。頑童們這種可笑的行為，是在冠冕堂皇的「破舊立新」的革命口號下進行的。「破四舊」的倡導者們之居心何在？實際上在老人心裡留下了莫大的問號。就在這天的日記裡，他以含蓄而略帶嘲諷的口吻，敘述了發生在眼皮底下的這樁怪事：「今日下午有若干小孩，聞係文化部職員之子女，大者十餘歲，小者亦十歲左右，先在文化部宿舍之院子中將舊放在露天之漢白玉石盆（有桌子大小），一一推翻，不知其何所用意。後來又到我的院子裡，見一個漢白石小盆（此亦房子裡舊有之物，我本不喜此），推翻在地。彼等大概認為此皆代表封建主義者，故要打倒也。」

鑒於當時咄咄逼人的形勢，他在日記中並沒有多寫，但這件事給他留下極為深刻的印象。一年多後，在一個天寒地凍的日子裡，茅公寓所的水管清晨即斷水，究其原因，又是頑童輩惡作劇所致。為此，他在 1967 年 12 月 2 日，又在日記中作了詳細的記述，並再次提到一年多以前小兒輩之「破四舊」。他寫道：「今晨三時醒來，加服 S 一枚，五時半又醒，倦甚，然不能再熟睡，正朦朧間，為喚醒，則水管無水，時為六時半。訛言防凍斷水，須至八時才有。後乃知本宅總水管凍了，此管在牆外地穴中，穴上本有木蓋，不知何時被頑童輩取去，昨夜嚴寒，遂有此凍。焚木片燒此凍管，移時遂復有水，已

九時許矣。旋以稻草包管，並覓木蓋仍覆穴口，恐頑童又將取去，上鎮以小石獅。此小石獅本為大院中擺設，去年除四舊，大院中居戶小兒輩掀置草地。」

在那災難性的年代裡，「四人幫」的惡劣手法之一，就是借所謂「革命群眾」之手，來達到自己的政治目的。其時，茅公名義上雖受到了保護，實際上他的寓所時常受到騷擾。頑童們竄入院子裡，隨意亂撳電鈴，驚醒老人的清夢；甚至有人爬牆入院，拉開電閘門，偷去電開關。他的處境越來越艱難，連無知頑童也以到他家搗亂來取樂。對此，老人在日記中，時有記載。例如，1968 年 2 月 22 日的日記裡寫道：「中午小睡（實只朦朧）約一小時。忽聞門鈴聲急且屬，心訝此何人耶！後乃知為頑童所為。」同年 4 月 19 日又記：「中午未能小睡。大院內一些頑皮孩子時時撳門鈴，一連幾次，把睡魔趕走了。」

特別令老人感到不安的是，1968 年 2 月 21 日，有人翻牆入院，把電閘門拉開，偷去了地下室鍋爐房牆上的電開關，而將扯斷了的電線線頭露在外面。燒鍋爐的老李發現後，大為惱怒，因他天黑後回來加煤，每每要摸索牆上的開關，若摸到線頭，豈不造成重大事故。於是，他立即打電話告訴領導，下午有人查看，也毫無結果。茅公開初以為這又是院子裡的頑童所為，後來才知道非也。在 2 月 22 日的日記裡，老人感慨地寫道：「據服務員及老李等推斷，電閘門裝在牆上，相當高，至少十七八歲之青年方能夠及。此與今日按電鈴取樂之頑童，不可同日語。然要查知為誰何，恐亦不易也。」

小兒輩把推翻漢白玉石盆，誤作革命行動，其愚昧無知，實可嘆也！然而，趁老人午睡之時，亂撳電鈴，則純屬惡作劇。至於偷兒竟然登堂入屋，竊取電開關，則更發人深思。其時，老人門庭之冷落，失去安全保障，可想而知。這同當日新貴們之前呼後擁、門禁森嚴，形成鮮明的對照。

紅衛兵抄家

說起「文革」初的「破四舊」與抄家風，凡是經歷過那個年代的人，並不陌生，但像茅盾這樣在國內外有廣泛影響、當時似乎又受到保護的一代名家，居然也被抄家了，卻是一般人所想像不到的。然而，這是千真萬確的事實！

1966 年 8 月 30 日上午，就在小兒輩大破「四舊」後的第五天，也是老舍含冤逝世後的第六天，東四頭條五號文化部宿舍一號小樓，突然來了一群「紅衛兵」。這天的氣候悶熱，茅公和老伴在家，兒孫們都住在西郊，家裡顯得冷

清寂靜。大約上午 9 時 30 分光景，這群不速之客，胡蹦亂竄，口出狂言，登堂入屋，翻箱敲鎖，四處亂翻，折騰了一個多小時。在當天的日記裡，一向以穩重謹慎著稱的茅公，按捺住內心的怒火，用一種小說家的冷靜而含蓄的口吻，記述了這件事：

> 今日上午九時半，有紅衛兵來檢查，十一時許始去。箱子都細看，抽斗都細看，但獨不要檢查書籍，只說書太多了無用，只要有毛選就夠了。有一樟木箱久鎖未開，鎖生銹，不能開。乃用槌破鎖。

看了這段全文僅七十四個字的記載，人們可以得出一個明確的結論，即茅盾的家確實被抄過。但對於當時抄家的具體經過及他本人的反應，我們從字裡行間，從只細看箱子、抽斗，不查書籍，以及以槌（錘）破鎖等簡潔含蓄的細節描述中，雖也能感受到作者的弦外之音，然總的說來還是語焉不詳。他用「紅衛兵來檢查」這樣文縐縐的說法，來記述這件事，是因為這次抄家是以「檢查是否有四舊」的名義進行的。

茅盾逝世以後，應我的要求，韋韜和小曼同志，曾先後兩次較詳細地敘述了這次抄家的經過。1966 年 8 月 18 日，毛澤東主席在天安門首次接見、檢閱紅衛兵後，紅衛兵運動在全國興起，大批中學生上街「破四舊」，大反「封、資、修」。這次的抄家，就是在這樣的背景與氣氛下進行的。但促成這次抄家的，卻是茅盾家的一個公務員。他為了些小事同茅盾的夫人孔德沚頂了嘴，就威脅道：「好，你們家裡有四舊，要抄！」孔德沚聽了就回道：「好嘛，你抄，你去叫人來抄！」果然，這個公務員去打了電話，喊來了人大「三紅」的紅衛兵，實際上是一群中學生。他們氣勢洶洶地衝進茅公家裡，為首一人，手執一把從張治中家裡抄來的日本指揮刀（時張治中還在北戴河），衝著茅盾嚷道：

「我們剛從張治中家來，抄了他的家。對你算是客氣的！你家有四舊，我們要檢查！」

面對這群臂帶袖章、毛手毛腳的小傢伙，老人知道無理可說，只回答道：「這件事，得通過全國政協，你們無權在這裡亂翻！」

俗話說：「秀才遇到兵，有理說不清。」這群「紅衛兵」雖說不上是真正的「兵」，但卻頗得「御封」之勢，故對茅盾的話，查本不予理睬，徑自四處亂翻起來。

老人見勢不妙，就親自給政協打電話，得到的答覆是向上反映。其時政

協本身，已處於半癱瘓之中，完全無能爲力了。抄家者氣焰囂張，他們拉開抽屜，打開箱子，煞有介事地「檢查」了起來，似乎想尋找什麼寶貝。看到滿屋子的書，有鉛印的、木刻的，有中文的、外文的，他們擺出一付不屑一顧的神態，大聲呵斥道：

「書太多了沒有用處，都是些『封、資、修』的東西！只要有部毛選就夠用了！」

這短短的幾句話，給老人的印象太深刻了，所以他在日記中特地記上「獨不要檢查書籍，只說書太多了無用，只要有毛選就夠了」這樣一段話。

忽然，他們之中有人發現墻上掛著一幀軍人的照片——這是茅公的女婿蕭逸烈士的照片，他早在解放太原的戰鬥中不幸犧牲了。好像抓到了什麼把柄似地，這人指著照片嚷嚷道：

「這個國民黨軍官是誰？」

「國民黨軍官是什麼樣子的？你知道嗎？我同你們沒什麼可說的。你們問統戰部去！」老人氣壞了。一句愚蠢無知的責問，刺痛了他的心，使他想起了在解放戰爭中爲祖國獻出了年輕生命的女婿，想起了因醫療事故不幸死於延安的愛女沈霞，不禁氣憤地反詰道。其實，照片裡的蕭逸同志，穿的是解放軍的軍裝，抄家者胡言亂語，更暴露了他們的無知。

茅盾家裡還掛著一張蘇聯電影明星拉迪尼娜的照片，這是她本人贈送給茅公的。紅衛兵們看到後，也斥之爲「封、資、修」的東西，並且動手把照片翻轉過來，在背後寫上「不准看」三個字。在他們眼裡，這彷彿如畫上符咒一般，從此可驅魔避邪，萬事大吉了。

寫到這裡，我忽然想起了阿 Q 的革命來。雖然，時間已過去了半個多世紀，但誰敢說阿 Q 就斷子絕孫了？

在這次抄家的過程中，文化部的群眾組織得知消息後，也派來幾個人協助抄家。名爲協助抄家，實爲防止意外。他們之中有個頭頭，悄悄地對茅公說：「我們是來監視他們抄家的。」

這批人大「三紅」的中學生，在老人家裡折騰了一個多小時，直到上面派來一個工作人員，才把他們打發走。

說來也巧，就在茅盾家被抄的 8 月 30 日，周恩來總理寫了《一份應予保護的幹部名單》。現抄錄如下：

宋慶齡　郭沫若　章士釗　程潛　何香凝　傅作義　張治中

邵力子　蔣光鼐　蔡廷鍇　沙千里　張奚若

（1）副委員長、人大常委、副主席

（2）部長、副部長

（3）政副

（4）國副

（5）各民主黨派負責人

（6）兩高

（李宗仁）〔註4〕

周總理之所以寫這樣一份名單，是由於 8 月 29 日夜某校紅衛兵查抄章士釗家引起的。章士釗於 8 月 30 日晨給毛澤東主席寫信，毛澤東批示道：「送總理酌處，應當予以保護。」周總理接到批示後，嚴屬批評了有關人員，責令立即送還章士釗被抄走的全部書籍。同時，當時也面臨巨大壓力的周總理，又機敏而果斷地抓住這一難得的時機，於當天寫下這份「應予保護的幹部名單」。其中，「政副」一項指全國政協副主席，茅盾也包括在內。遺憾的是，周總理寫這份名單之日，正是茅盾家被抄之時。事後統戰部向周總理反映了茅盾家被抄的情況，提出對茅盾同志應予保護，又再次得到總理的支持。正因為如此，所以儘管他後來的處境越來越艱難，但抄家之類的事再也沒有發生過。那個打電話喊人來抄家的公務員，此後也仍然在茅公家工作了很長一段時期。

裸體女神穿上了連衣裙

這次抄家，雖然喜劇性地結束了，但它給老人的心靈和一家的生活，蒙上了一層陰影。就在這件事發生後，住在北京西郊的韋韜同志所在宿舍區，也出現了「沈雁冰是××××」的污蔑性大字報。更發人深思的是，抄家與破「四舊」的風潮，對茅公老伴心理上所產生的壓力。小曼同志曾告訴我一件事，乍聽之時感到好笑，仔細思忖，不僅笑不起來，而且感到有些悲涼。她說：「有件事，給我的印象特別深。我們家裡有一隻銅質的檯燈，燈架是一個裸體女神的塑像。她雙手向左右伸出，手上各拿著一盞小燈。這本是一件既有實用性又帶藝術性的檯燈，但抄家時被視為『四舊』。有一次，我回到家裡，發現這只檯燈上的裸體女神，忽然穿上了一件連衣裙，感到很好笑。我問了媽媽，她說：『這是四舊，不讓用，丟了又可惜。我特地做了這件衣服給

〔註4〕見《周恩來選集》（下卷），人民出版社，1984 年 11 月版，第 450～451 頁。

穿著,免得麻煩。』」這件事,今天聽來,人們會感得更加好笑,然而,在那
災難性的年月裡,加上一件連衣裙,無疑給主婦心理上增加了一份安全感。
這種舉動,雖說有點荒謬,然而對於那個荒謬的時代,倒是具有諷刺的意味。

　　茅公在「文革」初期的處境,是十分微妙的。他一方面受到保護,另一
方面又被當作「文藝黑線的祖師爺」在內部批判;一方面應邀參加毛澤東主
席八次接見紅衛兵的盛典(第八次因病未出席),另一方面又成爲紅衛兵抄家
破『四舊』的對象。1966 年 8 月 18 日上午,他應邀參加「八・一八」首次接
見紅衛兵的大會。當天凌晨 4 時許,七旬老人被震耳的鑼鼓聲吵醒,連忙起
身,自己動手燒水做早餐,滿懷熱情地做好準備工作,趕赴天安門城樓出席
大會。對此,他在 8 月 18 日的日記中,作了比較詳細具體的記述:

　　　　八月十八日,晴,西北風二、三級,轉東南風。三十四度,十
　　九度。

　　　　昨入睡後約二小時即醒,加服 S 半枚,M 一枚,半小時後仍未
　　沉睡,乃加服 M 一枚,旋即入睡。但四時許即醒,聞街上鼓聲咚咚,
　　蓋群眾赴天安門集會,毛主席將在門樓與群眾見面。四時半起身,
　　開爐燒水及早餐,蓋保姆例假,而德沚又因腰疼不能工作也。至六
　　時許早餐已畢。六時二十五分機關事務管理局來電話請到天安門樓
　　主席臺。時司機尚未到來,打電話找司機,六時五十五分來了,即
　　出發,七時五分到天安門樓。七時半大會開始。九時回家。九時半
　　又赴政協參加追悼轟洪鈞之追悼會。十一時返家。

此時,七十高齡的老人,不僅要靠安眠藥來維持短暫的睡眠,而且還得起早
摸黑地忙碌一番,在一個上午裡接連參加兩個會。但是,就在他滿懷熱情地
參加首次接見紅衛兵的大會後不久,他聽到老舍被迫害致死的噩耗,接著自
己也被紅衛兵抄了家。抄家後的第二天下午,他又接到通知,出席毛主席在
天安門廣場第二次接見紅衛兵的大會。當天午後氣候由熱轉涼,衰弱的老人
忘了多穿衣服,在天安門城樓由傍晚五時站到七時,即「覺冷不可支,渾身
發抖,乃於七時半返家。急服羚翹丸三丸,薑湯一盞,幸未發燒。」(1966 年
8 月 31 日日記)

　　實際上,在「文革」初期,有幸上天安門出席接見紅衛兵的要人、名人
中,後來不蒙災受害者,幾乎是微乎其微。相比之下,茅盾的處境還算是比
較好的。對於當時的紅衛兵運動,他在公開場合保持沉默,內心則持否定的

態度。他曾在親屬面前說過：「他們那樣搞，天怒人怨。」此後，隨著「四人幫」陰謀活動的加劇，他越來越少在公開場合露面，最後被擱置一旁，完全過著賦閑的生活了。

三、難解之謎

十年浩劫，冤假錯案叢生，謎一樣的事情屈指難數。在那個漫長的年月裡，茅盾長期靠邊賦閑，除了被林彪、「四人幫」視為「文藝黑線祖師爺」這一盡人皆知的原因外，還有不明不白的謎一樣的原因。他在世時，長期為此鬱鬱寡歡。直到「四人幫」垮臺後，他親眼看到黨中央決心撥亂反正，恢復實事求是的作風，才於臨終前寫信給黨中央，要求以共產黨員的標準嚴格審查自己「一生的所作所為，功過是非」。這裡，當然包括十年浩劫中關於他的那難解之謎。在茅盾生前和逝世以後，我曾得知一些有關的傳聞，並作過一些調查訪問，現不妨略述如下。

遠的不說，從「文革」初開始，康生搞了一個黑名單，其中也點了茅盾的名，聲稱他「有嚴重問題」。從 1966 年「文革」開始到 1969 年 9 月初，他雖然在實際上已被擱置一旁，但遇到一些重要的場合，仍然可以全國政協副主席的身份參加活動，如天安門城樓的慶祝大會之類。1969 年「五一」國際勞動節，他還應邀出席天安門的慶祝活動。他在當天的日記中寫道：「晚七時到天安門樓參加慶祝勞動節晚會。十時許回家。」不過，這是「文革」中他最後一次在天安門公開露面。稍後，1969 年 9 月 6 日，他還同宋慶齡、陳毅、郭沫若、李四光等，一起到越南大使館吊唁胡志明逝世。但是，緊接著同年 10 月 1 日國慶節的慶祝活動，他就接不到邀請通知，從應出席者的名單中被勾去了。當時，老人還被蒙在鼓裡，國慶節前一天，還焦急不安地等待著通知，後來還打電話到政協詢問何以未收到通知，得到的答覆是「不知道」。從此以後，文件也不發給他了，連新華社內部編印的兩本「大參考」也停發了，實際上他已被靠邊審查了。

這件事發生三個多月後，他的老伴也因病情惡化而謝世了。儘管有兒孫們在身邊陪伴，聊解孤寂之感，然而卻無法排除他心中的疑慮與不安。1968 年 10 月，劉少奇同志被誣陷為「叛徒」、「內奸」、「工賊」，並遭到開除黨籍和撤消黨內外一切職務的厄運，隨之而來的是一場所謂批判劉少奇與清理階級隊伍的惡風濁浪。1969 年 4 月黨的「九大」召開後，林彪、江青集團的主

要成員進入了政治局，控制了中央的主要權力，更加肆無忌憚地推行其顛倒乾坤的陰謀活動。對於飽經政治風浪的茅盾說來，他深知自己正處於有口難辯、有理難分的境地，國將不國，個人的問題更何容置辯。因此，在相當長的一段時間裡，他採取聽其自然、靜觀其變的態度。閑來無事就寫些舊體詩詞，藉以抒發感時憂國的情懷。

1970 年秋，他寫下《七律》一首。這是為紀念他母親陳愛珠逝世三十週年而作，同時也是十年浩劫中他開筆寫下的頭一首舊體詩。

> 鄉黨群稱女丈夫，
> 含辛茹苦撫雙鶵。
> 力排眾議遵遺囑，
> 敢犯家規走險途。
> 午夜短檠憂國是，
> 秋風落葉哭黃壚。
> 平生意氣多自許，
> 不教兒曹作陋儒。〔註5〕

這是首悼念詩，也是首明志的詩。詩中對母親撫養教誨之恩，傾訴了無限思念之情。所謂「力排眾議遵遺囑，敢犯家規走險途」，指的是他母親不顧族人的非議，毅然以有限的積蓄，讓茅盾及其胞弟沈澤民出遠門求學深造，後來又堅決支持他們弟兄兩人參加中國共產黨的革命活動，為國獻身「走險途」。「哭黃壚」句，則指 1933 年 11 月間沈澤民病故於鄂豫皖蘇區事。他母親曾為此而悲傷，但仍然能以國為重。茅公實際上也藉此以明志，回顧自己畢生所走的道路，並無背母教，心中坦蕩也。所謂「不教兒曹作陋儒」，寓意轉深，既有對母親的讚美，也含有對自我的衡量與自慰。他在靠邊之後，突然寫這樣的詩，實非偶然的即興之作。

1971 年 9 月 13 日，林彪折戟沉沙、潛逃摔死後，當時規定除反革命與敵我矛盾者外，其他人都可逐級逐層聽傳達。但是，在茅盾家裡，兒子、媳婦聽了傳達報告，連他的小孫子在小學裡也聽了傳達，唯獨老人聽不到任何組織向他傳達。這時，不僅老人深感事情的蹊蹺與內心的不安，兒子也深感不安，於是動員父親向中央寫信說明自己的處境，要求澄清。但是，老人沉默良久，不置可否，最終還是保持沉默。然而，就在林彪事件發生後不久的 1972

〔註 5〕見《茅盾全集》第 10 卷，第 437 頁。

年春，他又寫了七絕《偶成》一首，抄寫在一個筆記本上，詩曰：

> 蟬蜩餐露非高潔，
>
> 蜣螂轉丸豈貪癡？
>
> 由來物性難理說，
>
> 有不爲焉有爲之。〔註6〕

此詩借蟬蜩之餐露與蜣螂之轉丸，比喻物各有其本性，其所作所爲並非偶然。蟬蜩即夏天鳴叫不停的知了；蜣螂是一種嗜好糞土的黑甲蟲，體圓而純黑，以土裹糞，弄轉成丸，俗稱屎殼螂。作者藉此二物，暗指林彪集團的敗露與「四人幫」的唱高調、洗刷自己，雖表現不同，本性實一也。老人雖身處逆境，然對猖獗一時與猶唱高調的林彪、江青一伙，心中是十分鄙視的。1972年夏，他又寫了《無題》兩首，相當直白地流露了自己的心境：

> （一）
>
> 驚喜故人來，
>
> 風霜添勞疾。
>
> 何以報赤心？
>
> 亦惟無戰慄。
>
> （二）
>
> 誰見雪中送炭？
>
> 萬般錦上添花。
>
> 朝三暮四莫驚嗟，
>
> 「辯證」用之有法。〔註7〕

前一首寫「五‧七幹校」的一位文藝界故人來訪，其時「批林整風」運動正在全國開展，人們對形勢又寄予希望。老友重逢，互通情況，使寂居家中的老人分外喜悅。他感慨歷年的風霜，使朋輩倍添勞疾，又期望以「無戰慄」的一顆赤子之心，來報效祖國。老人一時已忘了自身的處境，對未來又寄託了希望。後一首則對林彪、江青一伙言行不一、朝三暮四的種種行徑，特別是「四人幫」在林彪事件後的詭辯術，加以嘲諷。

但是，老人的期望並未能實現，他的處境仍然沒有改變，「四人幫」依舊猖獗，局勢並未改觀。大約就在這個時候，老友胡愈之來訪，談到茅公的處

〔註6〕見《茅盾全集》第10卷，第438頁。

〔註7〕見《茅盾全集》第10卷，第439～440頁。

境時，告知老人一個消息：有人揭發他大革命後從武漢到上海，在報上登過什麼脫黨「聲明」之類；又說他 1930 年從日本回國，曾到過東北，有嚴重問題等等。總之，誣告他為「叛徒」。老人得知這一消息後，十分氣憤！1928 年，太陽社、創造社的一些同志批判他的《蝕》三部曲等作品時，還沒有給他加過這麼一頂嚇人的大帽子，如今在林彪、「四人幫」猖獗之時，竟然有人落井下石，莫須有地向他大潑髒水。後來，他又從其他渠道印證了這一消息。這使老人感到無比的痛楚與震怒。從此以後，他開始改變以往那種消極靜觀的態度。

1973 年，國內形勢小有轉機。在全國性批林運動中，是年 3 月鄧小平同志復出任國務院副總理；8 月中共中央通過《關於林彪反黨集團罪行的審查報告》，決定永遠開除林彪及其反黨集團的主要成員出黨；年底鄧小平同志參加軍委，任總參謀長，朱德、賀龍、羅瑞卿等一批老將帥恢復了名譽。江青等「四人幫」忙於洗刷自己，以守為攻；全國人民翹首企望春回神州。

正是在這樣的形勢下，老人接受了兒子的建議，於 1973 年七八月之間，前後兩次給周恩來總理寫信（因擔心總理收不到，兩次都寫給鄧穎超同志轉）。第一次的信，主要談他當時的處境與疑問，如：文件看不到，也無人傳達。他究竟有什麼問題？從來沒人跟他談過，等等。老人在信中要求搞清楚是非曲直。此信發出後，沒有回音。接著他又寫了第二封信，進一步就自己過去的情況作了說明，對一些誣蔑不實之辭進行反駁，如指出他當年從日本回國後根本沒有去過東北等等。第二封信發出發，也沒有回音。但 1973 年 9、10 月間，新任的政協秘書長登門來看望他，說明情況開始有變化了。當時，老人曾當面追問自己究竟出了什麼問題。秘書長答以剛來不久，不瞭解情況。是年十一月二日，他在《壽瑜清表弟》的詩中，有「往時真理共追求，一擲何慚年少頭」〔註8〕句，表明老人仍為自己昔年的革命經歷而感到自慰！

此後又傳來消息，上海正在醞釀補選四屆人大代表，增補了十幾個人，其中有宋慶齡、胡愈之、葉聖陶等，茅盾也在其中。茅盾被重新列為全國人大代表的人選，還經歷了一番曲折。1971 年春開始醞釀人選時，他曾被列為山東選區的代表，但後來被「四人幫」勾去了。林彪死後，四屆人大拖延下來，1973 年重新醞釀選舉代表時，最初的名單上仍舊沒有茅盾。就在他兩次寫信後的一段時間裡，傳來他被增選為上海選區代表的消息。不久，政協秘

〔註 8〕見《茅盾全集》第 10 卷，第 444 頁。

書長登門，正式通知老人說：「你是四屆人大的代表。」他當即反問道：「我的問題究竟是什麼回事？」秘書長答曰：「你已是人大代表了。過去的事就不必管它了，也不必查問了！」老人默然。從此以後，這個難解之謎似乎已有了答案，但此後也始終沒有人對他正式解釋過。

謎一樣的問題就這樣不明不白地發生了，又不了了之地結束了！

四、喪偶之痛

俗話說，人忌晚年喪偶。正當茅盾處境維艱之時，老伴突然離他而去，使他又遭受了一次重大的打擊。

在「文革」初期的狂風急雨中，茅盾的老伴孔德沚，始終陪伴著被打入「冷宮」的七旬老人，在東四頭條原文化部宿舍的那幢小樓裡，共同度過那憂患餘生的日日夜夜。當時，家裡只有他們老倆口，兒孫們都住在北京西郊，因路太遠，只能每周來看望幾次。但是，誰也沒有料到，看上去似乎身體比茅盾強壯的孔德沚，竟先老人而去。由於疾病的纏繞與精神上的折騰，使她沒能同茅公一起走完十年浩劫的漫長路程，更沒能看到陽光重新普照神州的情景。

十年浩劫，她只走了三年半的時間，這只占布滿荊棘與寂寞的漫長歲月的三分之一。她撇下老伴與兒孫，相當寂寞而淒涼地倒下了，這給茅盾晚年的生活，帶來莫大的孤寂與不安。幸好，為了照料與安慰獨處孤樓的老人，遠居西郊的兒子、媳婦和三個孫兒女，在孔德沚逝世後不久（1970 年 3 月 2 日），全都搬來和老人同住，使他得以享受天倫之樂。此後，他同兒孫們一起生活，又度過了動蕩起伏的十個春秋，直到 1981 年 3 月 27 日他離開人世為止。

這位馳騁文壇六十餘載的一代文豪，畢生曾寫過許多悼念前輩、同輩甚至晚輩的文章，然而對於老伴之死，卻只能用沉默與神傷來暗自悼念。1970年，中國正處在天昏昏、地沉沉的時刻，林彪、「四人幫」的陰謀活動日益猖獗，老人已不能公開露面，更何論撰文來紀念老伴。不過，他在日記和書信中，對於老伴的患病與突然逝世，卻不時有詳細的記述。1974 年 1 月 24 日，他在《致碧野》的信裡，以一種傷感與思念之情寫道：「老伴謝世，亦既四年，追思往事，暗自神傷。」

那麼，孔德沚究竟是死於何種疾病呢？1970 年 3 月 15 日，就在老伴去世

一個半月後，茅盾在寫給杭州的表弟陳瑜清的信裡，對老伴謝世前的病況曾作過詳細的敘述。現不妨摘引如下：

> 瑜清表弟：
>
> 　　十一日來信敬悉。德沚患病多年（糖尿、心臟病、高血壓等），去年春間檢驗：糖尿已控制，血壓亦正常，惟冠狀動脈硬化稍有進展（醫謂此乃高年常態，她七十歲，不必過慮），體氣如常，惟較前為瘦。老年人與其肥，不如瘦，她過去太肥胖了，醫生屢以為言，所以見她瘦了，方以為乃佳兆。去年秋後，瘦愈甚而下肢浮腫，但血糖、尿糖仍正常，天天吃藥，未見改輕亦未見劇增。去年十一月間，突然食欲不好，後服開胃藥，未幾漸好。十二月尾又食欲不好，同時手亦浮腫，服中西藥皆不見效。今年一月中旬，體力益弱，行步須扶持，且甚慢，已不下樓。此段時間，連進醫院三次門診，醫生只謂年老，積久慢性病，等等。除服常服之四、五種藥外，別無他法。逝世前二、三日，她日間昏昏欲睡，飲食不進，前半夜則不能睡，後來人家說此是酸中毒現象。當時我們但覺不妙，未知其究竟也。二十七（葉按：據《茅盾日記》載，應為二十八）日進醫院急診，則神智昏昏，驗血，斷為酸中毒，尿中毒，慢性腎炎併發，搶救十多小時，無效。此為大概。七十三歲，未為短壽，觀其病中痛苦，逝世亦為解脫。惟孫兒女皆未成立，她死時必耿耿於心也。……
>
> 　　　　　　　　　　　　　　　　　　　　表兄　雁冰
>
> 　　　　　　　　　　　　　　　　　　　三月十五日〔註9〕

從這封信裡，我們知道孔德沚是死於老年性多發病，而導致她最終離開人世的是酸中毒（或尿中毒）併發慢性腎炎症。實際上，根據家屬後來瞭解的情況，她主要是死於腎炎晚期，而較長時間被當糖尿病，未能及時對症治療。不過，從當時的具體歷史環境看，似乎還應該作這樣的補充，即她是死於腎炎加精神上的壓抑症。換句話說，她的死除了疾病的原因外，還同當時茅公政治上的處境有關。這種論斷，並非毫無根據的推測。

　　正如老人信裡所說的，孔德沚本患有多種疾病，「文革」前常看病服藥，向無大礙。1966 年「文化大革命」開始後，特別是 8 月底經歷了那次所謂查

〔註 9〕見《茅盾書簡》，第 265～266 頁。

抄「四舊」的風波以後，她心情特別緊張，精神上產生了一種無形的壓力，時常提心吊膽地為老伴的處境擔憂。前面提到的她出奇地為家裡那只工藝性檯燈上的裸體女神，做了件遮體的連衣裙，就是個突出的例證。加上在那動亂的日子裡，有些療效較好的藥也搞不到了。這一切，都反過來加重她病情的發展。秦似同志在《回憶茅盾》一文裡，曾回憶起 1974 年到北京拜望茅盾時，聽老人說起過一件事。他說：「這一次去，沈夫人已去世，茅公伉儷情深，特別詳細同我談了夫人的治療經過。他說，夫人患的是糖尿病，要打胰島素，靠託香港友人買了寄來，後來不讓寄了，也就只能眼看著她沉疴不起了。言下不勝唏噓難已。」〔註10〕

十分耐人尋味的是，孔德沚病情進一步惡化之日，恰好是茅公政治上的處境進一步惡化之時。正如前面所提到的，從 1969 年國慶節以後，茅盾的處境發生了重大而微妙的變化。此前，每逢「五·一」與「十·一」大慶，他還以政協副主席的名義被邀出席天安門城樓的觀禮活動，在公開場合露面，但是，到了 1969 年的國慶節後，他沒有接到出席觀禮的邀請，他的名字從一長串觀禮者名單上悄然消失了。孔德沚從病重到逝世，正好發生在這期間。

從 1969 年 11 月到 1970 年 1 月 29 日，前後兩個多月，她的病情突然惡化。其間，曾幾起幾落，先後發作了幾次，且一次比一次嚴重。這個期間，在那幢寂靜的小樓裡，平時就只有他們老兩口和阿姨在家，年逾古稀的茅公，經常要半夜起來親自服侍、照料老伴，有時是一夜三起侍。每逢阿姨放假回家，老人怕煤爐熄火，還要半夜到廚房給蜂窩煤爐加煤，清早起來燒水、沏茶、煮粥，服侍老伴。如 1969 年 11 月 13 日，他在日記裡寫道：

> 昨夜睡眠如舊，今晨二時醒來，曾到灶下看爐火，加煤結半個。

加服 LI、PH 各一枚，此後又醒兩次，七時許起身，煮粥、沏茶，因女工例假回家也。

生老病死，本是自然規律，但當人們處於一種非常的環境裡，精神上的壓抑與苦悶，往往會導致病情的惡化，甚至使人變得性情乖張。在孔德沚病重期間，就出現這種情況。例如，在她逝世前，經常一個人獨自抽煙解悶，厲害時一天能抽兩包以上。醫生知道後，曾嚴加勸阻，老人也竭力規勸，然而她表面唯唯，實際上依然故我。有時，每當夜深人靜，她躺在床上抽煙，人卻迷迷糊糊，不慎將煙頭掉到床上，把衣服被褥燒著了，頓時滿屋煙霧彌

〔註10〕見《憶茅公》，第 308 頁。

漫，驚醒中連聲呼喊老伴。睡在隔壁房間的茅盾，聞聲連忙趕到老伴房間滅火。這種事接連發生多起，使老人深為煩惱與不安，在日記中作了詳細記述。為防意外，他不得不採取斷然措施，盡搜其香煙、火柴，藏於別室，以斷其煙火。為此，老倆口有時不免要鬧點小磨擦。儘管如此，老人仍時常要在夜裡起身探望，服侍老伴，生怕發生意外。

當時，孔德沚的病情已日趨惡化，手腳浮腫，臥床不起。即使到醫院也只能看一般門診，病越拖越重。發展到後來，甚至屎尿不禁，或夜裡從床上翻倒到地上。遇到這種情況，老人就得夜裡起來為老伴換衣服，或喊來阿姨一起把她扶上床。有一次，孔德沚夜裡又跌倒在地，阿姨又放假回家了，年邁而瘦弱的老人，一個人扶不起老伴。這時候，老人只好陪著她坐在地上等天亮，待到早上 8 時兒媳陳小曼到附近的人民文學出版社上班後，才打電話到辦公室喊她回家一起將病人扶上床。當陳小曼同志告訴我這件事時，乍聽之時，我幾乎不敢相信會發生這種事情。但是，事實確實如此。在那年月，兒子、媳婦都得忙於參加運動，又遠居北京市郊，只好由賦閒靠邊的老人，勉力來親自照料病人。這類小事，從一個側面反映了茅公在老伴逝世前後的真實處境。

就在孔德沚病危期間，陳小曼同志接到所在單位——人民文學出版社的軍工宣隊的通知，要她到湖北咸寧的「五・七幹校」去接受「再教育」。當孔德沚知道這個消息時，拉著媳婦的手說：

「求求你向領導上請個假吧！我反正活不長了，等我死了，你再走行嗎？」

兒媳懷著不安的心情，去找軍工宣隊的頭頭請假，得到的答覆是：不同意。

俗話說：人非草木，孰能無情。但在十年浩劫期間，有的人連草木都不如！平時處事謹慎的茅公，得知這一情況時，也十分生氣，但他又能有什麼辦法呢！

就在兒媳到「五・七幹校」後不久，孔德沚的情況也急劇惡化：不思飲食，昏迷不醒，屎尿不禁，心悶氣粗，老人感到情況不妙，決定送老伴到醫院急診。1970 年 1 月 28 日上午，他找來阿姨與工勤人員，把昏迷不醒的老伴抬下樓，親自陪伴她到北京醫院急診。此時病人已昏昏然，不能說話，也不認識人，已處於垂危狀態。老人心急如焚，要求醫院讓病人住院搶救，得到

的答覆是：沒有床位，只能暫住急診室觀察治療。這時，兒子也聞訊趕要醫院，精疲力盡的老人，只好讓兒子與阿姨輪班在急診室陪伴、服侍病人，期望老伴能化險爲夷。

當天晚上，獨處小樓的老人，寢食不安，到了子時尚不能入睡，又加服了安眠藥。當他剛剛入睡不久，29 日凌晨 3 時，被阿姨的急劇叩門聲驚醒，謂剛接醫院打來的電話：夫人已謝世了！老人聞訊慌忙起身，於凌晨 3 時 30 分趕到北京醫院急診觀察室，則已人去室空，孔德沚的遺體已被移入太平間了！老人連忙同兒子等一起趕到太平間，默默地把帶去的綢短衫褲及綢夾旗袍，給老伴換上。面對突然逝去的老伴，想起她辛勤節儉的一生和積習難改、招人非議的弱點，老人百感交集。這位歷經風霜、不輕易動情的一代文壇宗師，禁不住放聲痛哭起來！

茅盾與孔德沚的結合，屬舊式包辦婚姻，早在他五歲的時候，父輩爲了卻與孔家的一段不幸的因緣，由茅盾的祖父、父親作主，就讓他和只有四歲的孔德沚定了終身。到茅盾二十二歲完婚時，才發現新娘子只認得一個孔字和一至十的數目字，甚至連個名字也沒有（德沚二字是新婚後茅盾爲她起的）。儘管後來他積極支持夫人讀書認字，接受新式教育和參加中國共產黨早期的革命活動，但兩人在文化素養、生活方式、待人處世乃至個性方面的巨大差距，並沒有得到彌合與調諧，因而在家庭生活上不免要產生一些矛盾，甚至一度出現過短暫的風波。但是，同魯迅、郭沫若對舊式包辦婚姻的處理不同，茅盾以自己特殊的方式，接受了父輩對其婚姻生活的安排，在時代風雨與生活的磨難中，同原配夫人相依爲命地度過了五十餘個春秋（其間，除1928 年夏至 1930 年春，曾和秦德君女士在流亡日本期間發生過富有傳奇色彩的愛情糾葛與恩恩怨怨外），究其原因，主要有二：其一，在個人婚姻問題上，茅盾基本上是接受中國傳統倫理道德的影響，屬東方型的。這是他畢生諸多矛盾現象之一。其二，在茅盾婚後五十餘年的風雨歲月中，孔德沚和他患難與共，辛勤地操持家務，從事業上、生活上支持、照顧他，在長期的共同生活中結下了深厚的，或者說無法排解的夫妻感情。應該說，這也是使這種有缺陷的婚姻得以維繫至終的重要原因。

正因爲如此，所以當他得知老伴病故的消息，不禁放聲痛哭。歸來之後，老人獨對孤燈，把滿懷心曲，訴之日記。就在夫人謝世的當天晚上，他在日記裡流露出複雜的思想感情：

　　（一九七〇年）一月二十九日……今晨三時，阿姨叩門，謂得
北京醫院電話，德沚已故世。急起身，並叫老白起來叫出差汽車，
於三時二十分到醫院，則屍體已移入太平間矣。於是與阿桑（按：
即韋韜）、老白、阿姨同到太平間將帶去之衣服（綢短衫褲及綢夾旗
袍）換上。此時我不禁放聲痛哭，蓋想及她的一生，確是辛辛苦苦，
節約勤儉。但由於主觀太強，不能隨形勢而改變思想、生活方式，
故使百不如意而人亦對她責言甚多。其最為女工們所嫉惡，乃其時
時處處防人揩油，其實以我們之收入而言，人即揩點油，也不傷我
脾胃，何必斤斤計較，招人怨詈。我和阿桑曾多次規勸，她都不聽，
反以為我們不知節儉。據醫生所開死亡證明書，乃因酸中毒（與糖
尿有關）、尿中毒、腎炎同時併發，故辛不能挽回也。

　　老伴謝世幾天後，茅公又同他最喜歡的大孫女，談起招人非議的老伴為
人處世的短長，進一步流露出自責的心情。在 1970 年 2 月 2 日的日記裡，他
寫道：

　　……九時許曹靖華來訪，蓋聞德沚去世消息故來弔唁也。談至
十二時，留飯，堅不肯，只能任之。中午未能小睡。下午與小剛（按：
茅盾大孫女沈邁衡的小名）談奶奶之為人。過後思之，我倒很對不
起她；因為我不善於教育她，使她思想能隨時代變化，因而晚年愈
見主觀、躁急，且多疑也。

　　孔德沚的喪事，以十分簡樸的方式進行，遺體很快就火化了。

　　當時，北京城裡，知交半零落，除去受審查、下放者外，在京友人各有
各的煩惱。因此，老人除了給至親及極少數好友報喪外，其餘概不驚動。1 月
30 日上午，葉聖陶老人聞訊登門弔唁，勸慰了一番。老人原想等遠在湖北幹
校的兒媳回來後，讓他們見上最後一面，再行火化。誰知 30 日下午接陳小曼
的電報，告知請假不准，無法趕來。於是，老人決定於 1 月 31 日下午為老伴
火化。這一天，除親屬七八人外，葉聖陶老人及其長媳滿子，也參加了喪禮。
隔天，為了答謝老友的深情厚意，已是疲憊不堪的茅公，又特地到葉老家回
拜、致謝。

　　1970 年 2 月 5 日，陰曆除夕。為了給老人一點溫暖與安慰，兒孫們全家
都到了東四寓所，與老人共度傳統佳節。兒媳也趕到了，經過交涉，她總算
獲准從湖北回家探望。除夕之夜，闔家團聚，多少也給孤寂的老人帶來一點

慰籍。但是，由於長期的勞累與憂傷，老人自己也病倒了。原先他都是在北京醫院門診，享受高幹待遇，從靠邊後就不能上北京醫院了，改到北大醫院看病。這次發病前在北大醫院作過肺部 X 光透視，當時醫院裡沒有暖氣，體弱的老人脫衣透視著了涼，結果由發燒引起了肺炎。正好在這時候，老友胡子嬰（宋霖）來訪，告知他仍然可以到北京醫院看病治療。於是，就在 1970 年 2 月 7 日，家人把他送到北京醫院治療，直到 2 月 28 日方病愈出院。

從此以後，在兒孫們的陪伴、照料下，體弱多病的七十五歲高齡的茅公，又奇跡般地繼續以頑強的毅力，走完他人生道上最後的十一年路程。

五、置閑生活

人生能有幾個「十年」？然而在那乾坤搖蕩、刻無寧日的十年浩劫期間，忙「革命」、忙站隊、忙「檢查」乃至於賦閑逍遙者等等，到頭來都痛感虛度年華，枉活了一個「十年」！

對於像茅盾這樣見多識廣、惜時如金的作家來說，這也是個擱筆賦閑的十年，默默無聞的十年！如果同他經歷的「八年」的持久抗戰相比，從時間上看還多了兩年，但從文學成就上看，卻黯然失色，幾乎沒有留下什麼東西（除偶而寫下的少量詩詞，以及爲準備寫《回憶錄》所作的系統錄音和某些未完成的寫作計劃外）。就辛勤筆耕了一生的一代文學大師來說，這是他晚年最大的損失；就備受挫折的我國社會主義文學事業來說，這同樣也是一個令人不堪回首的年代，一個令詩神歌喉難開乃至失啞的年代！

在這十年當中，已過古稀之年的茅盾，除了「文革」初期還參加些活動外，基本上賦閑在家，深居簡出，過著不爲世人知曉的隱居般的閑散生活。在那些年月裡，他究竟在忙什麼，幹什麼？下面就所知情況，略舉數端，稍作介紹。

「知之爲知之，不知爲不知」

「文革」初期，茅公一度也並不清閑。因爲，他雖閑居家中，卻時常要接待來自四面八方的川流不息的外調者，以及答覆各種函調信件。這類活動，主要集中在 1966 年 8 月至 1969 年 9 月，就是他自己也被靠邊審查、不能公開露面以前。絡繹不絕的外調人員與外調函件，使老人窮於應付，費去了他大量的時間和精力。在「文革」中的日記裡，對來函來訪者，細心的茅盾大

多作了或詳或略的記述。我在翻閱日記時，曾粗略地統計了一下，大約不下一百五十多條。這說明「文革」初期，他賦閒不得閑，老人閉門家中坐，卻要應付來自四面八方的不速之客的調查、盤問以至責難，真可以稱得上是別一種形式的「車輪戰」、「消耗戰」。

起先，老人對此還是十分認真的，常常要花費許多時間接待來客或寫書面材料。因來者大多打著各種旗號或持各類介紹信，甚至矛頭直接對著他的，他不得不嚴肅認真地對待。例如，1966 年初，有人從河北某地寄來一篇《這是對地下黨員的侮辱》的大字報，指責《子夜》裡關於蘇倫的描寫，嚴詞質問茅公「居心何在？」看了這篇氣勢洶洶、上綱上線的大字報，老人既不能置之不理，又不能違心地接受這種罪名，便很認真地寫了一份答覆，「說明大字報的作者沒有看出蘇倫是托派等等三點。」他把答覆寄給了當時的全國政協秘書長，並附信請他們考慮決定是否能轉交作者。因為，他擔心如直接寄給大字報的作者，可能被視為「抗拒批評，為自己辯護」（以上引文見 1966 年 8 月 5 日《茅盾日記》）

1967 年春，林彪、江青一伙進一步在全國掀起一股「揭批三十年代文藝黑線人物」和「揪叛徒」的惡風。這時，老人的寓所更是幾無寧日，名目繁多的造反派組織與各色人等，紛至沓來。規矩者通過有關組織事先約定時間，或持正式介紹信；而「造反精神」強者則什麼手續也不辦，直接登堂入室，糾纏不已。1967 年 5 月至 1969 年底，來訪者不僅數量劇增，有時一天是兩三批，而且所涉及的範圍與對象也越來越廣泛，使老人疲於應付。

這些調查者，也有比較講道理的，聽了老人的答覆之後，能尊重客觀事實。如 1968 年 2 月 10 日，有人來瞭解茅公女婿蕭逸的情況，想通過蕭調查另一個人的問題。當他們得知蕭逸早已犧牲時，沒有再找話題胡攪蠻纏。對此，老人特地在當天的日記裡寫道：「彼等蓋不知蕭逸早已犧牲」；「我談蕭逸犧牲情況，他們嗟嘆不已。」在那年月裡，能遇上這樣的人，對茅公來說也似乎得到一點慰籍。有時，他從一些調查者口中，也能得到有關故交的重要消息。如 1968 年 11 月 11 日，他得知當年奉新疆軍閥盛世才之命，用毒藥針殺害杜重遠之兇手已查獲的消息。茅公解放前曾寫過《談杜重遠的冤獄》，為故友伸冤，揭露盛世才的罪惡，但其時尚不知杜是怎樣被害死的。這回來訪者為「確定杜在新疆時之被陷害經過及杜作為進步民主人士之表現」，特地來向老人調查的。對於這種事，他自然是樂於幫助，從心底裡感到高興的。然

而，更多的調查者，常常是持有先入爲主的結論，要老人按照他們的意圖提供證明和整人的材料，這使他感到不勝其煩乃至產生反感情緒。對於這類先入爲主者，富有社會經驗的老人，是堅持「知之爲知之，不知爲不知」的態度，據實答覆。他往往在當天的日記裡，以冷靜、簡潔的客觀敘述的筆法，記錄其事。這裡略舉二例：

一、1967 年 11 月 22 日的日記裡，他記錄了一些不速之客傍晚闖宅，調查關於夏衍的一件事：

> 上午頭昏昏然，處理雜事而已，未閱書。中午小睡一小時半，下午頭暈稍可……七時半，有自稱文化部人（共四人，無介紹信，亦未自通姓名，我亦未問其姓名，只說你們是文化部的？他們說，就在前面大樓），來詢夏衍歷史情況。據云夏在抗戰時期去過上海，且不止一次，現在有人揭發，並謂我知此事。然而我實不知有此事，他們似不信。九時許辭去。

對這些來歷不明的調查者，老人在一則不長的日記裡作了細心的記述，連無介紹信、未通姓名以及他們含糊其辭的回答，都一一寫明，頗有史筆的味道。

二、關於調查錢亦石的事。1968 年 6 月 13 日，有人從廣東千里迢迢來到北京，持政協介紹信來找茅公，瞭解抗戰初期錢亦石組織的戰地服務團的情況。結果，老人據實以告，他們只好失望而歸。

說起錢亦石，其實茅盾對他還是有所瞭解的。抗戰初期，作爲一個著名的社會科學家，錢亦石受張發奎的委託，組織戰地服務團，爲抗日救亡而奔波。在他將赴嘉興、湖州一帶工作前，曾約請茅盾向隊員們介紹嘉、湖一帶的風土人情。後來，錢不幸於 1938 年初病逝。茅公曾於 1938 年 2 月寫了《憶錢亦石先生》一文，讚揚他爲抗日救亡鬥爭而獻身的精神，說過「民族的危機到了嚴重關頭，民族需要像錢先生那樣有過無數鬥爭經驗而且從鬥爭中獲得正確認識與堅毅品性的工作者。」〔註 11〕想不到事隔四十年後，這樣的愛國志士及其組織的戰地服務團，也成了懷疑對象。對於這樣的調查，茅公的答覆十分謹愼。從他 6 月 13 日的日記裡所作的記述，可以看出老人對此事是深有感觸的。他寫道：調查者「見所得不多，似頗失望。但我則知之爲知之，不知爲不知，無可奈何。」（按：著重號系筆者所加）

〔註 11〕見《茅盾全集》第 11 卷，第 475 頁。

此後，在他的日記裡，常常可以看到這樣的語言：「我所談不多，因所知極少」，「無可多告」；「我不知其人」，「我未識此人」，「我根本不知有此人」，「毫無印象」；「荒唐之至，我與復旦大學無任何關係」（指有人稱在復旦時為茅公的學生）等。從這些否定性的詞句與言簡意賅的表述中，流露出老人的厭煩與反感情緒。他不再像初期那樣來者不拒了，而是提高了警覺，有時索性把來歷不明的函件送交有關部門。如 1968 年 4 月 22 日，他在日記裡有如下記載：「今日下午收到遼寧某地孫姓來信一封，此人素不相識，其中所言各事亦毫無所知。以其形跡詭祟，已將此信交機關事務管理局負責同志，以便查考。」

更有趣的是，就那動亂的日子裡，光怪陸離的奇事層出不窮，茅公本人就遇到過令他啼笑皆非的咄咄怪事，下面且舉一事為例。1967 年 10 月 23 日，從山西來了兩名公安人員，持北京公安局東城區分局介紹信來找茅公，謂有一青年冒稱為茅公親屬到處招搖撞騙，現已扣押，需老人證明此騙子所言純屬子虛烏有，以便處理。老人聽後感到莫名其妙，忙請來人詳加介紹。原來此騙子係山西太原某工廠的徒工，乘「文革」初期動亂之機，冒稱自己是茅公夫人的乾兒子，拐騙一杜姓女徒工來京，且以抓「叛徒」為名到處招搖撞騙，最後被北京公安人員發現扣押。在 10 月 23 日的日記裡，老人對此事又作了詳細的記述，並感慨萬端地稱之為「真大笑話」！他寫道：

> 該騙子對杜女說我妻名劉利勤，在總政文工團工作，我女名劉鳳珠，為該團演員，而騙子自稱為劉利勤之乾兒子，以此謊言，拐杜女來京，云可介紹她當演員；該騙子又冒稱受總理命令，整理叛徒材料，曾到科學院某研究所副主任處訛詐，到王某──前山西省長×××之子，現在中南海醫療處門診部工作──處騙去二百元……該騙子招搖撞騙，種種不一，到過多處撞騙，始為本京公安人員發覺扣押。張等從太原來提人，故需我寫字證明該騙子之謊言，此事真大笑話！

這真可謂閉門家中坐，怪事天上來！這種天下奇聞，從反面證明了當時天下大亂，正好為形形色色、大大小小的騙子們提供了活動的機會。不過，為揭露騙子而替公安部門提供書面證明，對老人說來，倒是一件快心的事。儘管這件事令人啼笑皆非，他還是樂於從命。

以上所述，從一個側面反映「文革」前期老人賦閒生活之一角。

老來猶充「火頭軍」

古人有云：「開門七件事，柴米油鹽醬醋茶」。對於平民百姓一般幹部和知識分子來說，這是一覺醒來就必須操心的大事。但是，像茅盾這樣已經年過古稀之年，且身居高位又是一代文豪，即使在靠邊賦閑的日子裡，煩心之事有之，家務雜事大約就不必躬親了。其實，這種推想大謬不然。

「文革」以後，我從茅公親屬及其身邊的工作人員那裡獲悉，老人時常要半夜裡下廚房照料煤爐，晨起也要忙一陣家務雜事。後翻閱了他的日記，發現他同樣也有凡人的困擾。說來也不奇怪，他既非不食人間煙火的「神仙」，又非有成群的勤雜人員服侍的官僚，自然也得為生活瑣事而忙碌。早在「文革」以前，他在家裡就充當過臨時「火頭軍」兼忙點家務雜事了。當時，他雖然擔任文化部長的職務，但家裡並無煤氣管灶，也沒有今天已相當普遍的液化氣灶，一日三餐靠的還是老式的蜂窩煤爐。此君可為人供熱，也需人服侍，稍有不周，就要熄火怠工。每逢家裡女僕不在，此種服侍灶頭爐君的任務，就落在長期失眠晚睡的茅公頭上。因為，那時他們老兩口與兒、媳分住，雖說操持家務主要是老伴的事，但她素有早睡習慣，家裡又無幫手，照料爐灶之事，就非茅公莫屬了。1961 年 10 月 16 日，在他率團出席開羅的亞非作家會議前夕，就發生過一起文化部長晨起搶救爐火的趣事。他在這天的日記裡，有這樣的記述：「今晨三時許醒一次，又睡，六時許又醒，即起身。因昨夜封爐（蜂窩煤球爐）不善，幾熄滅，不得不進行搶救工作。煙皆上升，二樓煙霧迷漫，人不能忍；於是開窗，鬧到七時方才爐旺煙散。」當天下午三時，「夏衍、嚴文井來談亞非作家會議事」，不知當年夏、嚴二公，知否即將率中國作家團出國的茅公晨起曾為搶救爐火而忙碌？

有時遇到家中保姆辭去，新保姆又未找到，除照顧爐火外，他還要清晨提早起身擔任「灑掃庭院」及煮牛奶等工作。在「文革」前的茅盾日記裡，就經常見到「做清潔工作半小時」，「做清潔工作及家務勞動一小時」，或「做清潔工作如例」之類的記載。

下面不妨再摘引數例為證：

「今晨五時許即醒，不能復睡。六時起身，因女僕走了，自己做清潔工作。」（1961 年 5 月 1 日日記）

「六時起身，做清潔工作（把臥室的桌椅、窗，以及書房窗上的積土弄掉。積土之厚驚人，足見所謂女僕之成績），七時半止。」（1961 年 5 月 2 日日記）

「今日上午時時頭暈，想因今晨四時服藥未睡夠之故，然而六時不得不起身，因為家無僕人，室內清潔工作不得不自己做，而作為早餐之牛奶也歸我負責煮，再遲（六時半如不把牛奶煮好）則小鋼〔註12〕將空腹上學矣。」（1962年4月3日日記）

「今晨三時許醒來，後又睡，但已不酣，五時許又醒，到廚房看煤爐是否熄滅？蓋昨晚看電影回來，煤爐（蜂窩煤球爐）已奄奄一息，急圖挽救，燒了木柴，至十時後似有望，十時後我下去看過三次，十一時始將爐門閉緊。但心中唯恐再生毛病，蓋不閉又恐不能維持至今晨，閉則又恐其熄，幸而尚好，於是把粥鍋放上，又回來睡了一小時。朦朦而已，半睡半醒，至六時半起身，做清潔工作半小時，煮牛奶。」（1962年4月27日日記）

「六時許醒，即起身，做清潔工作一小時，昨日女工以出嫁女兒為藉口，請假一星期。然料其乃是花招，蓋已另找人家。」（1963年3月15日日記）

「今日來了新女佣，蓋已閱月斷了人了，不知此人能作多少日子？」（1964年4月20日日記）

從這些或略或詳的記載中，我們可以看出他雖身為大作家兼文化部長，聲名在外，而在家中卻同樣擺脫不了家務事的纏擾。

對於已經年過花甲的茅公來說，除了要應付繁忙的公務外，他還時刻關心著國內外文化藝術的動向，利用工作之餘來讀書、寫作，發現與扶植文學新秀，這是他生活中的最大樂趣，然而，時時擺脫不了的家務雜事，卻占去他清晨與夜晚的寶貴時光，使他頗為頭痛。為此，他不時要發發牢騷，甚至就此發一通與眾不同的高論，聊以解嘲。例如，1961年5月，在連續忙了近一月的家務後，一向謹言慎行的茅公，忽然把忙家務與治便秘、改造思想奇妙地聯到一塊，走筆發起一通頗有犯忌之嫌的妙論來：「今晨五時醒後不能復睡，五時半起身……做清潔工作一小時。計家中無女僕已將一月矣，每日早起灑掃，原亦不壞，至少可醫便秘（恐怕這些勞動對於改造思想未必有助，不但這些勞動，我曾見下放農村勞動一年者，臉晒黑了，手粗糙了，農業生產懂一點會一點了，嘴巴上講一套，比過去更能幹了，然而思想深處如何？恐怕——不，不光是恐怕而是仍然和從前一樣）。矛盾之處在於清晨精神較好之時少讀一小時的書了。」（1961年5月30日日記）

按理說，像茅公這樣的家庭，無論從社會地位與經濟條件看，找個保姆

〔註12〕茅公大孫女沈邁衡之小名，時住祖父家中，為的便於就近上學。

料理家務是完全不成問題的事，何以反倒成了問題了呢？究其原因，似乎主要有二。其一，茅公的老伴素以持家嚴、個性強而著稱。她陪伴茅公度過了解放前風險迭起、顛沛流離的艱難生活，時時要為「柴米油鹽」而費心。長期的生活經驗養成她尚節儉注意精打細算的習慣，生活上有其一套規矩。解放後情況改變了，她的積習未變，由於她對保姆也是以自己的習慣嚴加要求，非老練而勤快者大多難以適應，故時常藉故離去。而素來不大過問家事的茅公，對此雖多次勸說應以寬厚為宜，但總拗不過主持家政的主婦，故而免不了時遇「家無女僕」、需分擔點家務之苦惱；其二，在要人、名流雲集的北京城裡，精明能幹的保姆大多是各方爭覓的對象，她們可以擇高而就，論條件茅公家裡則略遜一籌，缺少吸引力也。關於這一點，聲名顯著然官階不高、文人習氣又太濃的茅公，也不得不有所感慨。他曾寫道：「連日有人介紹女僕來，都是看了看，瞭解一下，就不再來了。梅坤介紹一紹興人，原說次日由梅坤帶她來，不料次日梅坤來電話謂該人已另有高就。女僕之吃香，架子之大，一般中級幹部望塵莫及。」（1961 年 6 月 5 日日記）；「據各人說，現在所謂保姆者，有如前清末年戲班中之名角，各方爭聘，她儘有十二萬分可能擇肥而噬也。」（1961 年 6 月 12 日日記）。

如果說，「文革」前茅公為家務所擾還不時要發感慨的話，那麼，到了「文革」期間，他靠邊置閑，已無啥大事可做，晨起忙洒掃半夜下廚房，則成了他生活中的一項重要事務，連感慨也不必要發了。其時，老倆口仍然與兒孫們分別住在城內外，在原文化部宿舍的茅公寓所裡，已是門庭冷落車馬稀，一幢原先顯得狹小擁擠的小樓，如今是空蕩蕩的，自己料理生活上的瑣事成為日常的「必修課」。如若遇到老伴生病，或女工例假回家，則洒掃、生爐子之外，還得兼管燒飯洗碗等等事務。這時候，茅公對這類事情做得十分專心而認真。他時常在凌晨三四點鐘，一覺醒來就惦記著爐火，連忙披衣下廚房照看一番，有時還得臨時添加煤基，以防爐火熄滅。日記裡時有不少如下的記載：

「今晨三時許醒來，到灶間看了爐子，因女工例假回家，自己封爐，常恐熄滅（有時是燒枯，有時悶熄），此時室內悶熱，一醒就不能再睡。」（1968 年 7 月 11 日日記）

「今晨三時醒來一次，到廚房看煤爐，加煤結一塊。女工例假回家，故自己照料灶頭事也。六時半起身，做清潔工作如例。」（1968 年 11 月 7 日日記）

「今晨三時許又醒一次，五時許醒來。到灶下一看，壺水已開，燒去五分之一，加水，又加煤結半塊，仍思再睡，然而未能落眃，朦朧至六時半。」（1968 年 11 月 8 日日記）

「德沚仍然有一度多的燒，……今日仍服四環素，又使其比較多的休息，午晚飯由我做，並洗碗盞等等。」（1969 年 1 月 7 日日記）

「今晨二時醒來，曾到灶下看爐火，加煤結半個，加服 LI、PH 各一枚。此後醒兩次，七時許起身，煮粥、沏茶，因女工例假回家也，做清潔工作如例。」（1969 年 11 月 13 日日記）

在那動亂的日子裡，老人雖受到周總理等的保護，但在「四人幫」的眼裡他是個犯忌的人物，只是一時又搬不倒他，於是，他得以在這種夾縫裡過著賦閑生活。在漫長的寂居日子裡，他只好丟下筆桿拿鐵鏟，專心做鏟煤灰、加煤基的「火頭軍」。這成了他生活中的一件十分突出的大事，因而也時常成了他日記中的重要內容之一，且記來相當具體。在現代作家的日記中，像這樣的日記怕是十分罕見的吧！

同「文革」前不同的是，這時茅公已是年逾七旬的老人，精神體力大不如前，加以他長期靠反覆服用多劑量的安眠藥來換取短暫的睡眠，常常於子時後一覺醒來，不管凌晨二時、三時或五時，都得精神恍忽地從二樓臥室，穿過十分狹窄的樓梯，到廚房去照看爐火，這對他來說實在不是件輕鬆的事。因此，夜半摔跤撞破頭皮之事有之，打破水瓶之事也有之。1978 年 7 月間我拜訪茅公時，曾當面聽他說過不久前跌跤的事〔註 13〕，那是他夜裡如廁因安眠藥的藥性未退，下床後站立不穩跌倒在臥室裡，事後就及時進醫院治療休息。但「文革」期間的跌跤，情形就不大相同了。這時發生過兩次事：

一次是 1968 年 11 月 10 日，老人因怕冷，自持有生爐火的經驗，竟在室內生起火盆，結果因煤氣中毒而數次跌倒，撞頭出血。幸虧尚有知覺，呼喚老伴相助，才得以免遭大禍。關於這次意外事故，他隔天在日記中作了詳細的補記：

> 昨晚因冷，把炭火盆移在臥室內，且加生炭；今晨一時醒來，又加生炭，其時已覺胸口飽脹，但不悟為炭氣之故，只服銀翹二片。三時許又醒，且下床小便，不料兩腿軟癱，下床即倒在地下。此時已悟為炭氣之故，欲走向門邊，但此三步路竟不能行。扶牆而前，

跌倒數次、及門邊又倒，不知頭碰在何處，碰傷出血甚多。但竟不知痛，以手帕掩傷處，努力伸手開門，呼德沚；待她來時血已止，且凝結，但雙腿仍不能立，扶至床上睡下，此後又嘔吐少許。（1968年11月10日日記）

第二天，老人頭昏腿軟，不能起身，整整臥床一天。但這天上午仍有人調查杜重遠被害事，老人只好強打精神，同來訪者「在榻前談話」，並答應為故友遇害事寫證明材料。

事隔不久，老人又得照樣擔負起深夜照看爐火的事，結果又因睡眠不足，服用安眠藥過多，在捧盤子上樓時步履蹣跚，摔破了熱水瓶一隻。請看他自己的記述：

今晨四時許醒來（前此約於二時許醒過一次，加服 N 一枚），到廚下看爐子。水尚未沸，乃稍開爐門。後入睡至五時半始醒，即起身。頭暈脹，步履不穩，故在捧盤到樓上時（盤中有熱水瓶二、茶壺一），因盤滑，將盤中物掉在地下，計毀熱水瓶一個。做清潔工作如例。（1968年12月31日日記）

在寂居生活中，偶而也有點歡樂。那就是每逢周末，兒子、媳婦及孫子、孫女，從西郊住地進城來看望老人，才打破日常的寂靜。特別是到了每年一度的大年除夕，兒子一家進城團聚，共敘天倫之樂，老人暫時忘卻了煩悶，臉上也綻開了笑容。比如，1968年陰曆除夕，老人的心情就十分開朗，同兒孫們高高興興地共進團圓飯。他在這天的日記裡寫道：「今日為農曆除夕，保姆放假，於昨午後回去。桑（按：即韋韜）等昨起在家，故頗熱鬧，人手眾多，灶頭上事容易了卻也。」（1968年1月29日日記）有趣的是，在這段簡潔的記載裡，他仍然沒有忘記提及灶頭的事，所不同的是，用的是一種輕鬆愉快的筆調。兒孫們進城團聚，使老人免卻家務之累，偷得數日閑。

在十年浩劫期間，茅公的這種「老來猶充火頭軍」的生活，直到1970年3月間兒子一家搬進城與老人同住之後，方告結束。

拳拳之心在兒孫

作為一名傑出的作家兼社會活動家，茅盾畢生的精力，都傾注在文藝事業與各種社會活動上，但如同常人一樣，他也有父母兒女之心。在解放前激烈動盪的年代裡，他也曾過著「挈婦將雛鬢有絲」的生活。1940年秋離開延

安時，爲了民族興亡的大業，他毅然將膝下一女一子，留在延安，此後就同子女天各一方，無暇顧及。1945 年抗戰勝利前夕，長女沈霞（小名亞男），因急於要上前線，進行了人工流產，手術後不幸感染早逝。當年，他曾爲愛女之噩耗而涕零；留下的獨子沈霜，也投入革命鬥爭的洪流，父子之間難得一見。

十年浩劫期間，多少家庭被搞得妻離子散，多少青年被煽起的狂熱失去了理智，賦閑在家的茅盾，在這動盪不安的歲月裡，也時刻爲兒孫們擔憂，特別是爲尚未成年的孫輩擔憂。「文革」初起的 1966 年，茅盾膝下有孫女、孫子各一。孫女沈邁衡，小名小鋼，從小就經常在祖父身旁，樸實好學，深得老人寵愛。其時小鋼 13 歲，正在讀中學；孫子沈韋寧，小名小寧，僅九歲，還是小學生。按理說，他們的年齡都還小，不懂世事，老人大可不必太操心。但在那「革命」口號滿天飛的狂熱年代裡，尚不知「文化大革命」爲何物的中小學生，也大多滿懷著天眞的好奇心，捲入那場所謂革命熱潮中去。當時，中學裡正在搞「停課鬧革命」，老人對於孫女特別不放心，曾把一片拳拳之心，傾注在她身上。這裡，我想就後來得知的一些情況，略舉數例，以見茅公置閑生活之另一側面。

1966 年底，全國掀起了一股「大串連」的狂潮。其時，年方 13 歲的沈邁衡，也約了幾位同學，先斬後奏地加入了「大串連」的行列。她先搞到車票、介紹信，然後才告知父母，臨行前又特地從火車站給祖父打電話。這件事，可急壞了七旬老人。孫女的革命熱情，他無法阻攔，但又擔心孩子年幼無知，萬一路上生病或出點差錯就糟了，爲此他心急如焚。就在她從北京到上海串連期間，老人終日提心吊膽，把滿腹愁思形諸日記，且寫得十分具體詳細，對孫輩的慈愛關切之心，充溢於字裡行間。下面，請看老人當年所寫的幾則日記：

> 1966 年 11 月 18 日日記：十時接電話，乃小鋼從車站打來，說她今日要到上海進行革命串聯，同行者六、七人。因昨晚得票，不及告知，故今日打電話。小鋼今年十三歲，去冬今春因肝炎綴學四、五個月；近來雖說肝炎已愈，但恐身體未必強健。火車甚擠，據新從上海來者（學生坐專車的），言車中無立足地。小鋼如果不在車中生病，那就證明她身體眞正強健了。以去年之動輒感冒，而且每次感冒必燒至四十度而觀，正恐其將在途中生病也。及電詢小曼，小

曼謂她也怕小鋼身體不好，勸她不要去，但小鋼堅欲去（弄車票、
介紹信，她都瞞過大人去做的），特電告阿桑（按：即指韋韜）。阿
桑進城來，看小鋼執意要去，他們只好同意。

1966 年 11 月 19 日日記：小曼來，謂昨晚八時她曾至車站（偕
同另外三個與小鋼同行的孩子們的父母），見站上學生候車者甚多。
他們呼各人之孩子的名字，無應者。料想她們已乘車走了（據云下
午七時許開出一列車），但也許沒有走成，人多未聞他們呼喚。昨夜
和今天也許還有列車開出，但明天起一律暫停串聯，如果擠不上，
則小鋼只可回家──可能在明日，因爲她們非至最後無望，必不肯
回來也。

1966 年 11 月 28 日日記：昨日接小綱來信，知她和同伴於十八
日下午四時上了火車，二十日晚十時到上海。現在住滬西武定路武
定二中。二十一日晚她寫的信，二十二日投郵。但昨日我們方才收
到。連日憂疑，一掃而空。昨晚我覆信，航空寄，不知可能早日到
滬否？

1966 年 12 月 7 日日記：中午只朦朧半小時。小寧持小綱來信，
叫醒了我。小鋼此信乃報告定於五日下午三時零二分乘車返京，信
爲四日夜寫的。小鋼赴滬時在車中共五十四小時，此次返京，若仍
如上次，計程當於今晚九時許到京。但近來火車已不甚擠，且行駛
較快。原因是停站少而停的時間也縮短些了，故可能只要四十八小
時，即今日下午三時到京。後來果然於四時許來了。看她精神很好。
閱報、書。小鋼洗澡，吃了晚飯後始去。

看了上引的日記，簡直不需要再加什麼說明了。從他那具體詳細，甚至
可以說近乎婆婆媽媽的記述中，他對孫女參加串聯的經過、行止，以及憂喜
交加的複雜心情，甚至連孫女的來信何時所寫、何日投郵，列車往返各費多
少小時等細微末節的問題，都仔細計算，不厭其煩地一一記述。眞可謂關懷
到無微不至的地步。當年的「大串聯」是一種魚龍混雜的混亂情況，不幸死
於「大串聯」途中的孩子不在少數。老人爲年幼無知的孫女擔憂，是不無道
理的。

此後，隨著「文化大革命」形勢的起伏變化，茅公還曾爲其孫女之參加

軍訓，下農村勞動，1970 年 12 月間赴東北參軍，以及年僅十一歲的小孫子下農村勞動鍛鍊等事，頗爲操過一番心思。關於這方面的情況，他在日記中也時有記述。

老人的拳拳之心，還表現在他對孫輩健康成長的關注上。文革期間，他閑居無事，曾親自爲孫女講解古文和詩詞，爲她學習古典文學的知識與名篇佳作，費了一番心血。我曾從韋韜同志處得知，一九七〇年底沈邁衡參軍前，有近一年的時間呆在家裡。當時，她閑來無事，想自學古典文學。茅公就爲孫女擬定了學習計劃，親自爲她選了一些古文與唐詩宋詞，並就一些疑難詞句與典故，親自動手加了注釋，供孫女自學之用。據說，由他選注的古文與詩詞，裝訂成有厚厚的一大本。

其實，早在「文革」以前，課孫女讀詩文之事，早就開始了。當小孫女還在小學讀書時，他就開始利用公餘時間，爲她講解古典詩詞。他發現當時小學語文自編課本選材不適宜於小學生學習，這位大作家、文化部長在日記中發了一通議論，頗有參考價值，引錄如下：

> 晚聽小綱彈鋼琴半小時，爲小鋼講解舊體詩半小時（她的學校教一些古詩，自編一本兒童適用的古典詩，多半唐、宋人的五、七言絕句；小鋼治眼時請假一個月，故今爲補課）。景山學校所編此詩集，有許多首詩的內容（思想、情感）非九、十歲兒童（小學三年級生）所能領會。例如賈島的「松下問童子」一絕，題目的《隱者》就很難使兒童明白這是一種怎樣的人，何以要「隱」？何以這樣的實際上脫離群眾、且不勞動的人，不算壞人。類如此等的不適合於小學三年級生的詩，還選了不少。

這段日記，今天讀來也是發人深思的。它涉及的，不僅僅是一個兒童教材的編選問題。

到了「文化大革命」前夕，茅公已辭去了文化部長的職務，在山雨欲來風滿樓的形勢下，他閉門閑居，又曾應孫女的要求，爲她選講杜詩。對此，他在 1965 年底的日記中，也時有記載。如：「下午準備教小綱杜詩，蓋她有此請求也（每星期六教一首）。」（1965 年 10 月 28 日日記）「下午爲教小鋼選杜詩」（1965 年 11 月 2 日日記）。這說明「文革」期間之課孫女讀詩文，並非偶然，只不過後來老人更爲清閑，做起這件事來就更加認眞了。

這裡，我還想講一件更加令人感到意外的事。有一次，陳小曼同志告訴

我，「文革」末期，茅公還曾親自爲小鋼抄寫了兩本英語課本。當時，孫女想學習英語，又找不到合適的課本，曾從別人處借到香港出版的英語教材，但書總要歸還的，自己又買不到。正在爲難處，茅公就讓小曼上街去買格子紙，說：「讓我來抄吧！」兒媳聽後覺得不妥，忙道：「這抄起來很費事，我看不好！」但老人堅持說：「不要緊的，反正我也沒事！」就這樣，在茅公的堅持下，他親自爲孫女抄了兩本英語課本。當我聽到這一出人意外的事時，心裡深受感動。一位馳騁文壇數十載的大作家，晚年寧願停下手中的如椽大筆，爲孫輩抄寫英語課本。後來，我又曾爲此事問過韋韜同志，他也回答確有此事。據他回憶：1975 年底，他女兒從部隊復員回家，開始是想跟祖父再學習古典文學。當時，茅公的身體已不大好，所以就改學英語，他們替她找了位老師。起先找不到合適的課本，後來借到香港出版的英語教材，是專供香港華人學習用的。「文革」期間，這類教材不易買到，他父親就主動提出由他來抄寫。據他說，當時他的手還不抖，抄寫的課本，字寫得很秀麗。

以上所說，看來似乎都是些生活瑣事，但透過這些生活瑣事，我們卻可以強烈地感受到這位孤寂老人的拳拳愛心。這使我聯想起茅公晚年多次提到的事：他童年時代，曾得到母親的教誨與薰陶，所謂「課兒讀詩史」，使他永記不忘！昔年長輩在他身上寄託著希望，如今他又把新的希望，寄託在下一代身上了。人生的接力棒總是這樣一代一代地傳下去！

六、心火未滅

歌德曾經說過：「每一個人，包括最偉大的天才在內，都在某些方面受到時代的束縛，正如在另一些方面得到時代的優惠一樣。」〔註 14〕巴爾扎克也說過：「我們曾試圖說明藝術家具有何等廣闊而持久的威力，同時我們也坦率地談到他一生的勞動和痛苦都是在貧困的處境中度過的；經常不爲人所理解；又窮又富；又批評人又爲人所批評；精力充沛而又疲憊不堪；有時被捧成天高，有時又被一腳踢開。」〔註 15〕借用他們的話來考察茅盾一生的經歷，特別是他在十年浩劫的境遇，在一定程度上也是相當合適的。他的被抄家與受保護、沉默與賦閑，如此種種，都深深地刻上那荒謬而艱難時代的烙印。

〔註14〕歌德：《文學上的暴力主義》，見吳蠡甫主編《西方文論選》（上卷），第 459 頁。
〔註15〕巴爾扎克：《論藝術家》，《側影》周報 1830 年 3 月 11 日。

但是，需要補充的是：對於一個在火與劍、眞理與謬誤的錯綜複雜的歷史環境中，曾爲民族振興與藝術發展而執著地追求了一生的藝術家來說，雖身處逆境，然不到絕處，生命之火是不會熄滅的。

「見獵而心動」

「文革」後期，年近八旬的茅盾又重振精神，續寫《霜葉紅似二月花》與開始爲準備撰寫回憶錄進行口述錄音。

「文革」頭幾年，他除了應付紛至沓來的外調者和自理點家務外，每天大多是閱讀報紙和兩本「大參考」，瞭解國內外的形勢，沒有多少時間再看其他書籍（當時那些宣揚「三突出」的作品他是不願看的）。1969 年國慶期間，他被剝奪了出席天安門慶典的資格，連兩本「大參考」也停發了，不久老伴又先他而謝世。此後，老人對一切似乎都看開了，心境反趨於平靜。特別是1970 年春，兒孫們搬來同住以後，家務的煩惱擺脫了，老人開始利用閑暇時間，閱讀起歷史著作與翻譯作品來。在 1970 年 6 月 30 日的日記裡，他有如下的記載：「三月至六月，計讀書如下：郭沫若主編之《中國史稿》第一、二冊，謝緬納夫之《中世紀史》，法人 Edita Morris（女）的《廣島之花》英譯本，其間亦曾流覽別的書，不具書。」值得注意的是，老人的興趣忽然轉向中國古代史與歐洲黑暗的中世紀時代的歷史，似乎想從中思考些什麼？這是頗耐人尋味的。

我還想特別提到一件事：1971 年初，當茅盾讀了楊熙齡於 50 年代翻譯的一本書——英國浪漫主義詩人拜倫的名著《恰爾德·哈洛爾德遊記》後，那似乎早已熄滅的激情——對思想與藝術的追求之火，在他內化深處重又噴燃起。辛亥革命前，魯迅在《摩羅詩力說》裡，曾把拜倫推崇爲「立意在反抗，指歸在動作」的摩羅詩派之「宗主」，盛讚他的《恰爾德·哈洛爾德遊記》爲「波譎雲詭，世爲之驚絕。」六十四年後，已入垂暮之年的茅盾，同樣給這部充滿對暴政與邪惡的憎恨和對自由與正義的追求的詩篇，予以高度的評價；並浮想聯翩，萌生了以騷體重譯拜倫的這部「抒情史詩」的念頭。他寫道：

> 昨日閱拜倫的《恰爾德·哈洛爾德遊記》完。此爲楊熙齡譯本，
> 一九五六年上海新文藝出版社印本。譯筆算是不差的，因爲原作是
> 斯賓塞詩體，極不易譯；想到這一點，應當說譯本是好的。原作上

> 下古今，論史感懷，描寫大自然，包羅萬有，洋洋洒洒，屈原《離
> 騷》差可比擬，而無其宏博。在西歐，亦無第二人嘗此格。從這裡
> 看，又覺得譯本（散文，語體）太簡陋了。余老矣，雖見獵而心動，
> 徒擱筆而興嘆。倘在廿年前，假我時日，試以騷體譯之，不識能差
> 強人意否？（1971 年 2 月 1～9 日日記）

在茅盾文革期間的日記裡，這種一反起居記與流水帳式的寫法，專就一部文學名著及其譯本進行品評，流露出內心的衝動與壯志難酬的感概，實爲罕見。且此則日記信筆寫來，猶如行雲流水，言簡意賅而自然酣暢，不失爲一篇短小的文評佳品。尤其值得注意的是，以現實主義文學大師著稱的茅盾，晚年身處逆境，忽然對浪漫主義文學巨子拜倫的詩作發生了濃厚的興趣。其中，必有某些東西強烈地吸引住他，才能喚起他沉寂已久的心靈深處的激情。

今天，茅盾早已仙逝，當年他何以會產生想以屈原的騷體重譯拜倫詩作的意念，對此已無從深究。這裡，不妨試加解釋：

其一，他所盛讚的「上下古今，論史感懷」等等，似指《恰爾德‧哈洛爾德遊記》中，詩人對拿破侖專制統治下西班牙人民爲自由、正義而英勇鬥爭精神的讚頌，對遭受土耳其奴役的具有光榮歷史的希臘人民之懦弱的哀嘆，以及詩人對滑鐵盧戰場之憑弔，對啓蒙主義先驅盧梭、伏爾泰的自由民主思想之追懷，等等。總之，正是貫穿於全詩的這種對專制統治的無比憎恨與對自由正義的熱烈追求，強烈地觸動了老人的那顆沉寂的心。應該說，從上述那段含而不露的日記中，也可間接窺見他對當年「四人幫」暴虐統治之不滿。

其二，他所說的原作的「斯賓塞詩體」，指拜倫沿用的英國詩人斯賓塞所採用的九行一節的詩體（前八行十個音節，第九行十二個音節，按 ababbcbcc 押韻）。斯氏深受歐洲古典文藝的薰陶，注重寓教於樂，藝術上刻意求工，創立這種嚴格的詩體，曾被後人稱爲「詩人的詩人」。茅盾本人精通英語又是個翻譯大家，一向主張譯作不僅要傳達出原作的神韻、風格，而且應力求保留原作的藝術格調。因此，他對楊譯之改用散文語體來翻譯拜倫的名著，就覺得「太簡陋了」。在他看來，如能採用屈原之騷體重譯，也許還能表達出拜倫詩作的韻味與格調。然七十五歲高齡的茅盾，雖有此意念與衝動，畢竟年邁體衰，故而發出「余老矣，雖見獵而心動，徒擱筆而興嘆」的感概。

從這一長嘆聲中，清楚地說明了這位爲中國現代文學的誕生與發展筆耕

一生的大師，即使在那十年浩劫的災難歲月裡，心靈深處的火光並未熄滅。如果沒有這一心火的燃燒，我們就很難理解他後來能以近八十的高齡，又開始著手續寫《霜葉紅似二月花》和爲撰寫回憶錄進行長久而認眞的準備。

「文革」後，我聽說茅公在「文革」期間曾寫過什麼東西，但具體情況並不瞭解，也未曾當面向他詢問過。直到他逝世以後，爲了著手編輯四十卷本的《茅盾全集》，我們在搜集整理其著述過程中，韋韜同志透露了他父親曾續寫過《霜葉紅似二月花》。後來，我曾利用開會的間歇，專就茅盾在「文革」期間的情況，包括續寫《霜》書和爲寫回憶錄進行準備等事，同韋韜同志作過一次長談。據他說，大約在 1973 年，他們見父親閑居無事，曾建議他何不趁此機會，把《霜葉紅似二月花》續寫下去。他們勸說道：「如今反正沒有什麼事可做，你何不悄悄地寫下來，雖然現在不能發表，我們把它留著也是好的。」茅公經過認眞考慮，終於同意了。

事實上，早在 1942～1943 年間，當這部未完成的小說問世以後，就獲得廣泛的好評，當時故友知交勸他續寫下去，終因世事變遷未能如願。茅盾在 1958 年寫的《〈霜葉紅似二月花〉新版後記》裡說過：「這部書本來是一部規模比較大的長篇小說的第一部分，當初（一九四二年）迫於經濟不得不將這一部分先出版，現在就應當暫時停印，等待全書脫稿後一總再印。但是慚愧得很，荏再數年，沒有續寫一字，──而且自審精力和時間都未必有可能照原來計劃中的規模把它寫完成了。」又說：「如果我能夠多活幾年，找出時間，續成此書，了此宿願，那當然更好。不過，我不敢在這裡開支票。」〔註 16〕這說明，直到解放以後，續成此書，始終是懸在他心上的一樁未了的心願。這回，經兒、媳們的提醒與支持，老人果眞動手來了此三十餘年來未曾了卻的宿願。據韋韜同志說，當時他父親開始醞釀、構思新的續寫計劃，寫過一份比較詳細的提綱，積累了一些素材，並且動手寫了一些章節段落。十分遺憾的是，1974 年 12 月初旬，他們全家從東四頭條搬到交道口新居後，此事就停下來了。大約因續寫計劃規模太大而自己年事已高、精力不濟，老人自忖一時難以完成，索性又把它擱置一旁了。現在由他親屬珍存下來的就只有一份較詳細的提綱與若干已寫成的章節。相信這些手稿，以後會同廣大讀者見面的。

〔註16〕見《茅盾全集》第六卷，第 247、251 頁。

二十餘盤錄音磁帶

　　茅盾在「文革」後期所做的另一件重要的工作，就是開始為撰寫回憶錄做準備，在兒、媳們的幫助下，悄悄地進行了持續一年之久的口述錄音。而這一工作，為他在粉碎「四人幫」後動手撰寫《我走過的道路》一書，勾勒了大體的輪廓，奠定了一個初步的基礎。應該說，這是他在十年浩劫期間所做的一件十分重要的工作，只是當年為了防止萬一，他們一家都嚴守秘密。

　　「文革」後期，茅盾曾讀過不少人物傳記與回憶錄一類的書。1973 年以後，老人要找書看，韋韜同志曾替他從新華書店買來一些內部出版的書籍，如四厚本的《丘吉爾回憶錄》和《赫魯曉夫回憶錄》、《艾登回憶錄》等。對於這些政治人物的回憶錄，老人也饒有興趣地一一看完了。他比較集中地閱讀了回憶錄之類的書，是否對他後來著手準備寫自己的回憶錄，也起過一定的觸動作用，我就不得而知了。但這說明「文革」後期，老人的處境、心情已開始好轉，閑居中，他又恢復了廣泛閱讀各種中外書籍的習慣，其中包括閱讀黃庭堅、溫庭筠等人的詩詞，以及為了寫些感時抒懷的舊體詩詞，時常翻閱些詩詞格律與韻書。

　　他開始回憶錄的準備工作，始於 1975 年。是年初，鄧小平同志復出，周總理在四屆人代會上重申建設四個現代化的社會主義強國的戰略目標；文藝界出現電影《海霞》的事件，江青因《紅都女皇》事受到中央批評，毛澤東主席批評了「四人幫」（這一消息，最先是胡愈之告訴茅盾的）……。國內的形勢開始出現轉機。老人從知交和親屬處不斷聽到一些喜人的小道消息，從報紙上也看出這一變化的端倪，感到十分高興，期望著國家從此能步入正確的軌道。當時，就有好心的同志通過茅公的家屬，建議他著手寫回憶錄，為後世留下些珍貴的資料。其實，那時茅公及其家屬，對此已有所考慮。只是他們對外沒有吭聲，也尚未真正動手而已。然而，不久形勢又急轉直下，1975年 8 月，「四人幫」又挑起評《水滸》、批宋江，抓現代投降派的惡風，寫所謂「與走資派鬥爭」的影片《春苗》出籠，緊接著「四人幫」大批文藝界的所謂「右傾翻案風」……。這種種不祥的跡象，使老人深感不安，他和兒子分析形勢，感到一場新的災難又將來臨。「文化大革命」不知將拖到何年何月！

　　就在這種起伏不定的形勢下，頗有點韜略的兒子，又向父親提出寫回憶錄的問題。此時老人也自覺來日無多。很想把自己一一生的經歷和所走過的道路，作一次系統的回憶與清理，以留下一份真實的記錄。於是，他接受了

兒子的建議，並在親屬的協助下，開始著手進行這項工作。當時，他不可能系統地去搜集、查閱舊報刊及有關資料，要寫成書面的回憶文章，一時是難以辦到的。經過商量，他們決定採取口述錄音的辦法。那時候，茅盾家裡有一個舊的小錄音機，這是從舊貨店買來的。他們就利用這臺舊錄音機，由茅盾憑記憶一段一段地口述，兒子、媳婦幫他一一錄下來。他從家庭和童少年時代的事說起，一路講下來。每天講一點，錄一點。就這樣，從 1975 年底起，斷斷續續地講下來，基本上沒有停止過。1976 年唐山地震波及北京時，曾停了段時間，後臨時遷居到三里河宿舍區，又繼續錄音。這項工作，前前後後持續了一年左右的時間，大約到 1976 年底才結束。他從童少年時代說起，一直講到解放前夕，先後錄製了二十多盤磁帶（那是一種大盤的磁帶）。這是一年多來的一項重要成果，也是由茅盾口述的一份十分珍貴的史料。

在錄音的過程中，由於茅盾是順著自己的經歷，憑回憶梳理出一個大體的輪廓，不像寫文章事先有個嚴密的章節提綱，所以難免也有跳漏。因此，兒子也時常從旁提問，建議他再補講一些問題，凡記得起來的，老人也一一補敘。當他講到全國解放時，就表示解放以後的事不用講了。兒子又建議解放後也可以選一些比較重要的事情講講，這樣多留點材料也是好的，如建國初期是怎樣當上文化部部長的。1957 年同毛澤東主席到蘇聯的情況，以及一些知交故舊的情況等等。

這個建議合情合理，老人接受了，於是又講述了一些解放後的重要經歷與交往情況。因此，這二十多盤錄音磁帶，雖然主要是以回憶解放前的經歷與文學活動為主，但同時也包含了解放後的若干重要經歷。

當茅盾以主要精力開始回憶自己一生所走過的道路時，正是我們的國家、民族、人民，以沉重、憤怒、期待的心情，步入一個關鍵性的時刻——1976 年。這一年，天災人禍，人禍天災，接踵而來。周恩來總理、朱德委員長逝世之後，相繼爆發了震驚中外的天安門事件與唐山大地震；神州大地猶如一座一觸即發的巨大火山，億萬人民承受無休止災難的忍耐力已經達到極限，天怒人怨，兆示著「四人幫」的倒行逆施已到了盡頭。這一年，對於年邁體衰的茅公來說，也是他邁進八十高齡的時刻。面對「四人幫」垮臺前夕風雲變幻、撲朔迷離的政治形勢，老人自感來日無多，當他追憶自己一生所經歷的烽火歲月與文壇風雲時，不禁感慨萬端。他從青年時代起就立志獻身於共產主義理想，後來又通過歷史畫卷式的藝術創作呼喚祖國的春天，他親

聞目睹無數先烈用鮮血換來的社會主義新中國，在十年浩劫中被「四人幫」折騰得瀕臨崩潰的邊緣。在這樣的年月裡，老人自身的處境時好時壞，更無回天之力，只能以複雜而沉重的心情來回憶往事，爭取為後世留下一點史實。在這種心境下，他對自己以往的經歷與創作，無心去作自我欣賞，反倒產生了「俯仰愧平生，虛名不符實」的自責心理。他在這一年的 7 月 4 日八十壽辰時所寫那首著名的《八十自述》裡，就明顯地流露出這種複雜的心情：

> 忽然已八十，始願所未及。
> 俯仰愧平生，虛名不符實。
> 昔我少也孤，慈母兼父職。
> 管教雖從嚴，母心常戚戚。
> 兒幼偶遊戲，何忍便撲責。
> 旁人冷言語，謂此乃姑息。
> 眾口可鑠金，母心亦稍惑。
> 沉思忽展顏，我自有準則。
> 大節貴不虧，小德許出入。
> 課兒攻詩史，歲終勤考績。

這似乎是一首尚未寫完的自述詩。從題目看，作者是想用詩歌的形式，來抒懷述志，情真意切而又樸實無華，完全是一種發自心靈深處的聲音。開首的「忽然已八十，始願所未及。俯仰愧平生，虛名不符實」兩句，帶有總攬全詩的意味。下面似擬一一概述，然而卻只寫了童年少年時稟承慈訓，即戛然而止，留下中途綴筆的明顯痕跡。其所以綴筆，大約在當年的情勢下，這樣的自述難以終篇。其時，「四人幫」加給他的「三十年代文藝黑線的祖師爺」這頂莫須有的大帽子，尚扣在他頭頂上，他畢生所從事的文學創作與社會活動，涉及的許多同時代人，也大多不是進了「牛棚」，就是被打入冷宮。凡此種種，都使他的八十自述，不得不戛然而止，無法終篇。不過，有兩點是可以肯定的：第一，當年老人正在進行的口述錄音的回憶錄準備工作，是觸動他寫這首詩的重要原因之一；第二，這首詩留下了那艱難時代的痕跡。從字裡行間，我們可以感受到作者的沉重、壓抑的心情，同時也可感受到他對自己一生的行止並未失去自信。「大節貴不虧，小德許出入」句，就是一種對誹謗者的答覆，也是一代文學大師坦誠的自白。

歷史是無情的，把國家、民族的命運玩弄於股掌之上的少數野心家，最

終必爲人民所唾棄。1976 年，既是災難深重的年頭，也是宣告「四人幫」徹底垮臺的歷史轉折關頭。1976 年 10 月 10 日，兒子首先得悉「四人幫」已被抓獲的消息，當天就興匆匆地趕回家告訴老人。他聽後十分興奮，說：「這是件大好事，他們（按：指「四人幫」）該有那麼個結果。」茅盾及其一家，有好幾天都爲此而興奮不已。用韋韜的話來表述：「大家都高興得要命」。已入垂暮之年的茅盾，又以歡快喜悅的心情，與全國人民同慶粉碎「四人幫」的特大喜訊。他一方面繼續進行未了的口述錄音工作，一方面又重開歌喉，提筆寫下了聲討「四人幫」、歡呼日月重光的詩篇：

粉碎反革命集團「四人幫」（四首）

其二

驀地春雷震八方，

兆民歌頌黨中央。

長安街上喧鑼鼓，

歡呼日月又重光。

1976 年 10 月〔註17〕

十月春雷

白骨成精善變化，

人妖莫辨亂眞假；

喬妝巧扮自吹噓，

笑臉獰眉藏詭詐。

因緣時會忽登龍，

身價已非舊阿蒙；

自封左派鼓簧舌，

妄圖隻手蔽天聰。

畫皮未剝多威武，

悶棍斃人勝刀斧；

翻新帽子滿天飛，

喜怒隨心誰敢迕？

挑起武鬥製分裂，

〔註17〕見《茅盾全集》第十卷，第 457 頁。

破壞生產手段辣；

迫害總理圖奪權，

人人切齒曰可殺！

十月春雷布昭蘇，

剝落畫皮驗眞身；

萬眾歡呼天又晴，

徹夜鑼鼓慶新生。

1976 年 12 月底〔註18〕

　　從這兩首十分輕快而直白的詩中，我們可以感受到當年老人的喜悅歡快的心情。從 30 年代以來，他對江青的行跡及其後的所作所為，是相當瞭解的，特別是對她在「文革」中的醜惡表演，她給廣大文藝工作者帶來的災難，也是深惡痛絕的。正因為如此，所以「四人幫」一垮臺，茅公立即打破長期的沉默，寫下了一些辛辣諷刺江青的醜惡行徑的詩篇。如果把這些相當直白的詩篇，同幾個月前寫的《八十自述》相比，後者的那種沉重、壓抑的心情已一掃而光。

「回憶錄」寫作見聞點滴

　　結束了十年浩劫的動亂歲月，特別是黨的十一屆三中全會以後，萬物復蘇，本來已是年邁多病的茅盾，彷彿又注入新的血液。生命之火，希望之火，重新在年逾八旬的老人心中燃燒。他又振奮起精神，為業已凋零、沉寂的中國社會主義文藝的復蘇與發展，重新放聲呼喚，提筆寫作。國內外的廣大讀者，又開始聽到這位沉默了十餘年的文壇領袖人物的聲音。他在「文革」後四年多時光裡，再也沒有停下手中的筆。在其晚年發表的多種著作中，回憶錄《我走過的道路》可以說是一部最重要的著作，也是他傾注最後幾年的心血精心撰寫的主要著作。這部著作在黨的十一屆三中全會前夕，開始陸續問世。

　　這裡，我想再就自己「文革」後同茅公的直接接觸及所知所聞，談談他晚年撰寫「回憶錄」的一些情況。

　　我得知茅公正在著手撰寫回憶錄的消息，已是 1978 年夏天的事。這年 7 月 16 日，我到交道口拜訪茅公，他因跌了一跤行動不便，在臥室裡接待了我。

────────────

〔註18〕見《茅盾全集》第十卷，第 459～460 頁。

當時我隨身帶去一份《上海地方兼區執行委員會紀事錄》（1923 年 7 月至 1925 年 10 月 7 日）的摘抄件。這是一份重要的歷史文獻，實際上是早期上海地下黨領導機關的會議記錄，其中也記載了許多青年時代的茅盾（其時叫沈雁冰）參與地下黨領導機關活動的原始材料。我帶去這份材料的目的，一是想問他是否記得這份材料，如需要就準備抄留一份供他參考；二是想就材料中所提及的一些人與事，向他當面請教。這份材料引起了他極大的興趣，當時他就向我透露正在著手撰寫回憶錄的消息。他說：「最近，我正在準備寫回憶錄，從我的家庭寫起，從外祖父、外祖母、我的父親、母親寫起，然後寫我的學校生活和文學經歷、社會活動，等等，準備寫到解放前爲止。目前先寫進商務編譯所後的一段經歷，準備作爲內部資料發表。你的這份材料，對我寫回憶錄倒是很有用處的。能給我抄留一份最好。」〔註 19〕這份材料勾起了他對往事的回憶，這次談話持續了兩小時四十分鐘之久。事後我從陳小曼同志處得知，由於談話時間過長，老人心情又比較興奮，當晚又發低燒，我爲此深感內疚。因此，當 7 月 25 日我再次登門拜望時，心情就有點惴惴不安，誰知一見面他就問起那材料的事，埋怨起自己當時沒有讓我把它留下來，由他找人代抄，省得我花時間爲他重抄。這回他又談起寫回憶錄並不是件容易的事，因年代久遠，光憑記憶生怕有誤，需要查核許多原始材料，力求確鑿可靠，所以寫起來比較慢，不像年輕時寫小說那樣來得快。

　　這兩次談話給我留下十分深刻的印象。我不僅從茅公的談話內容，而且從他的神態、語調中，深切感受到他是以一種十分嚴肅認眞的態度來對待回憶錄的寫作的。在我的印象中，他是把回顧自己一生所走過的道路，視爲他晚年急需完成的一項最重要的工作。

　　1976 年他雖然口述錄製了二十多盤磁帶，對自己一生的經歷梳理出一個輪廓，但當他眞正動手來撰寫回憶錄時，素以嚴謹認眞著稱的茅公，就不以此爲滿足了。據韋韜同志告訴我，回憶錄前幾部分，他後來又自己動手重新寫過，有些章節都重新整理、充實、改寫。爲了做好這一工作，他曾向有關部門提出要求，先是讓他兒媳陳小曼同志協助搜集、查借各種資料，後來他的兒子提前離休，專門到他身邊當助手，協助他搜集、複印、查核有關資料。韋韜同志對他父親的情況比較熟悉，有時還能幫助他回憶起一些往事。他離休後全力協助工作，甚至代爲答覆來往書信及處理各種雜事（1977～1978 年間，我提出求教

〔註 19〕參見本書第四章《十年一覺重相會》中的 1978 年 7 月 16 日訪問記錄。

的問題，茅公大多親自覆信，從他著手寫回憶錄以後，就改由韋韜與小曼同志代爲答覆了），使得老人得以集中精力專心致志地撰寫回憶錄。此外，他還託親友在上海等地專門爲他搜集過去的各種著作版本與複印舊報刊資料，供寫回憶錄時使用。這裡，我想講幾件自己經歷和同我有關的事。

一、1978 年 8 月 16 日，就在我給他抄留那份《上海地方兼區執行委員會紀事錄》材料後不久，陳小曼同志來信轉達茅公的意思，要我代爲查借他的第一部翻譯作品《衣》、《食》、《住》的舊版本。信裡說：「他急需用，北京圖書館沒有，他讓我順便問一下，不知南大圖書館有沒有？如果能借閱的話，保證不損壞，用完立即掛號奉還。」我接信後幾乎查遍南京的幾家圖書館，最後終於在龍蟠里圖書館，找到了一部 1928 年 2 月印行的《衣》、《食》、《住》第七版，雖非初版（初版時間爲 1918 年 4 月），卻已喜出望外。由於要辦理借出手續，需費一番周折，因而耽誤了些時日。就在我剛把書寄出後沒兩天，突然接到小曼同志九月一日拍來的電報，謂「書已借到」。開始我還感到有點突然，事後才知道，就在她發信後不久，上海的孔海珠同志已替茅公購到了此書的第六版。老人即讓小曼同志以最快的速度通知我，以免再費奔波。後來他收到書後還是把它同從上海購得的版本進行比較，並於 1978 年 9 月 29 日，親自給我寫了封信，就他正在進行的回憶錄寫作之難處，講了一大段話。

他在信中說：「二十七日信悉。《衣》、《食》、《住》三書當日掛號寄奉，想可收到。上海方面，有人代爲收集，已買得《衣》、《食》、《住》第六版。你在上海事忙（按：當時我寫信告訴他，近日已到上海參加以群主編的《文學的基本原理》的修訂工作），瑣碎事不麻煩您了。近來我收集舊作，因爲要寫回憶錄。此事難在不看從前的文章，則有些事難以核實。而從一九一八年起至一九二〇年，我在上海各報副刊及商務各雜誌發表文章之多出我記憶及者數倍之多。這個回憶從我的家庭，外祖父、母，母親、父親等寫起，然後是學校教育，然後是職業生活。現在先發表的是商務編譯所生活（內部發行之《新文學資料》，年內出版）。一些大專院校近來搞一些茅盾著作年表等，錯誤很多。皆因他們未查得原件，只知篇名之故。對於我的家庭及其它活動也有以耳代目之病。」〔註 20〕從這封信中，他那種嚴肅認眞、一絲不苟的精神，實在令人感佩不已！他所批評的那種「以耳代目」的弊病，實在值得我們這些從事教學與研究工作的同志注意。

〔註20〕見《茅盾書簡》，第 428 頁。

　　二、我給茅公提供那份早期上海地下黨的會議記錄，原先只是想供他作翻閱、回憶之用，沒想到他為了查實這份材料中所提到的人和事，竟十分認真地約請一些當年的老同志幫助回憶核實。1979 年 9 月間，他為這份材料曾約請了羅章龍同志面談，後又讓羅章龍同志把材料帶回去慢慢推敲回憶。此事我是在茅公逝世數年之後，在翻閱他留存下來的日記時得知的。

　　1979 年 9 月 27 日他在日記裡寫道：「下午三時半羅章龍來談，此蓋我預約他，有些事（關於一九二三年中共上海地方兼區執委會的記錄中有些人的情況）要請教他。他談了些當時的情況（例如張國燾在辦上海勞動組合書記部時用了特立這個名字），並謂解放後他先在湖南大學任教，後到武漢大學。後來我將上海地方兼區執委會的記錄抄本（原件存上海檔案館，此為葉子銘抄來的）給他帶回去慢慢思索其中一些人名的情況。」〔註 21〕當我談到這段日記時，起先大感意外，後來仔細一想，這正是他為人、治學的一貫態度。事情並未到此為止，茅公看了我摘抄的材料後，為了核對材料中提到的黨員分組名單，他又曾讓韋韜持全國政協介紹信，專程到上海市委檔案館查閱原件。十分遺憾的是，韋韜同志最後還是沒有能看到這份原件。今天這份材料已成為黨史研究的重要歷史文獻，茅公逝世後已由有關部門整理公開發表了。我之所以就這份材料說了這許多話，目的在於說明：茅公的處世、為人、治學、寫作，是何等的嚴謹、認真。

　　三、1978 年 7 月 16 日我拜訪茅公時，當得知他為寫回憶錄需搜集各種資料，曾提到我手頭除有一些高校與圖書館編印的《茅盾著作及研究資料目錄》外，還保存了一份 1962 年的訪問記錄稿的抄件，其中有許多茅公的朋輩談及他過去的許多活動情況，如有需要可以提供。茅公聽後很高興，當即表示希望我寄給他看看，說也許能幫助他回憶起那些陳年舊事。

　　關於這份 1962 年的訪問記錄稿的來歷，這裡稍作說明。1961 年底至 1962 年間，在中國作協上海分會的領導下，曾組成「茅盾著譯及研究資料」編輯小組，擬搜集、編輯一本較詳盡的《茅盾著譯作品及研究資料編目索引》，作為《中國現代文學資料叢書》之一，由上海文藝出版社出版。這套叢書的編委有孔羅蓀、丁景唐等同志，而「茅盾著作及研究資料」編輯小組，則由當時上海作協資料室負責人魏紹昌同志擔任組長，成員有翟同泰、徐恭時和我。

〔註21〕參見本書第四章《十年一覺重相會》中的第三節《一九七八年七月十六日談話記錄》。

（當時，我的主要精力集中於參加以群主編的《文學的基本原理》的編寫與統稿工作，沒有參與多少活動）爲了編好這本資料，1962 年底，在上海作協的領導下，曾派一些同志到北京等地，訪問了張靜廬、葉聖陶、胡愈之、邵荃麟、馮雪峰、樓適夷、楊之華、包惠僧、錢杏邨、王任叔、孫伏園、徐梅坤、張仲實、宋雲彬、張琴秋、高爾松等三十多位熟悉茅盾情況的老同志，並整理過一份訪問記錄稿，內容涉及茅盾從 20 年代至抗戰時期的許多重要活動。「文革」期間，這些材料大多散失了，而我的一份抄件卻得以保存下來。

我回南京後不久，就將這份訪問記錄稿連同一些資料目錄寄給茅公。1978年 8 月 29 日，他特爲此事給我寫了回信，說：「八月十三日手示及抄件均收到，謝謝。北京天氣也熱，前昨日大雨，又忽涼，但今已放晴，不知是否晴了幾天又將熱。向來北京立秋後，下一次雨就涼一點，今年則反常。南京近來仍酷熱否？請維珍攝爲念。」〔註 22〕從他這封簡短而親切的覆信中，我知道茅公接到這份材料後是比較高興的。

在《〈我走過的道路〉序》裡，茅盾曾說過：「他人之回憶可供參考者，亦多方搜集，務求無有遺珠。」就我所知，對於他人的回憶材料，他雖也「多方搜求」，但同樣是以嚴肅認真的態度，經過反覆回憶、核實後方加以採用，一旦又發現有誤記者，他則立即加以更正。且舉關於他參加上海共產黨小組的事爲例。

根據茅盾本人和黨的「一大」代表包惠僧、張國燾，以及許多老同志的回憶，青年時代的茅盾曾參加黨的「一大」前成立的上海共產黨小組，是確定無疑的事。然而，關於他參加的時間以及這一組織的名稱，由於年代久遠，加以許多人的回憶說法不一，一時就很難作準確的判斷。1962 年 10 月間我第一次拜訪茅公時，他就此事回答我說：「一九二〇年上海成立的共產主義小組，我也參加了。記得是李達先跟我講的，我同意了。……記得最早的成員有陳獨秀、李達、陳望道、李漢俊、俞秀松、楊明齋（懂俄文，開會時也當翻譯。當時開會第三國際都有人參加），還有邵力子和我。」〔註23〕「文革」後，他寫到這段經歷時，起先又把時間推後至 1921 年初。他在最初發表的《複雜而緊張的生活、學習與鬥爭》（上）裡，說他「是在一九二一年二、三月間由李漢俊介紹加入共產主義小組」〔註24〕的。這一改動，主要是根據一些有

〔註22〕見《茅盾書簡》，第 424 頁。
〔註23〕參見本書第二章《六年後的第一次會面》。
〔註24〕見《新文學史料》1979 年第 4 輯，第 4 頁。

關人的回憶材料，包括 1962 年底上海一些同志訪問包惠僧、胡愈之、徐梅坤等人的談話記錄推算出來的。後來我得知，他之所以把參加的時間定在 1921年二三月間，主要是根據包惠僧的回憶推斷的。包在 1962 年 11 月 6 日的談話中說：「雁冰正式入黨是在一九二一年一、二月間，與邵力子同時。當時，陳獨秀已去廣州，是由李漢俊在上海負責。我和他初次見面是在李漢俊家裡開支部會時。」這裡所說的正式入黨，即指「一大」前的上海共產黨小組。包惠僧是黨的「一大」代表之一，比較熟悉建黨初期的情況，所以茅公覺得他的回憶比較可靠，就據以更正。不過，對所說的時間，他又稍作更動，推遲至二三月間，其中大約另有根據。這一變動，與他 1962 年同我講的時間，就有較大的差別。

　　後來，在 1981 年 10 月正式出版的《我走過的道路》（上）裡，他又根據有關的史料追憶，把這個小組的名稱和自己參加的時間，再次作了改動，說是「一九二○年十月間由李漢俊介紹加入共產黨小組」。〔註25〕起先，我對此也感到迷惑不解，曾問過韋韜同志。據他說，這主要是根據如下的史實推斷更改的：1920 年底，上海共產黨小組籌辦了第一個黨刊《共產黨》。應主編李達之約，茅盾在該刊第二號上，發表了署名 P.生的四篇譯文，即《共產主義是什麼意思》、《美國共產黨黨綱》、《共產黨國際聯盟對美國 IWW（世界工業勞動者同盟的簡稱）的懇請》、《美國共產黨宣言》等。當時，該刊屬黨內秘密刊物，凡在刊物上發表文章的人，大多是上海共產黨小組的成員。這一期出版於 1920 年 12 月 7 日，從茅盾應約為其譯稿到正式出版的時間看，他推斷參加小組的時間約在 1920 年 10 月間。此外，據茅盾本人的反覆回憶，他雖然不是上海共產黨小組的最早發起人，卻是小組成立後最先發展的成員之一。他的這一說法，也是有根據的。據張國燾的回憶，中國共產黨上海小組於 1920 年 8 月成立前，他聽陳獨秀說過，除最初的七個發起人外，「預計沈雁冰、俞秀松等人也會很快參加。」張國燾還推斷：「沈雁冰、俞秀松等人的參加」，「都是在第一次正式會議以後的事」。〔註26〕從以上兩點看，包惠僧的說法只是個人一時的回憶，並不是很準確的，茅盾根據上述情況又重新把參加的時間改為 1920 年 10 月間，雖也屬推算，但應該說是比較接近歷史事實的。至於小組的名稱，過去茅盾曾稱之為上海共產主義小組或馬克思主義小

〔註25〕見《我走過的道路》（上），第 175 頁。
〔註26〕參見張國燾：《我的回憶》第二編第一章《陳獨秀的最初策劃》。

組，後來則是根據國內黨史研究的有關資料，把它改稱爲上海共產黨小組。這說明他在寫回憶錄的過程中，對一些那怕是十分具體的細節，也是十分認眞的。

這裡，我還想補充一點證據，說明茅盾對自己早年參加共產黨小組的時間這一細節問題，不斷地進行查核、修改，是有道理的。早在黨的「一大」以前，茅盾就公開發表文章，明確表示自己對馬克思主義學說的嚮往與信仰。例如，他在 1919 年五四運動前後發表的《托爾斯泰與今日之俄羅斯》一文裡，就高度評價俄國十月革命後的布爾什維克主義，預言「二十世紀後數十年之局面，將受其影響，聽其支配。」〔註27〕1921 年 1 月，在《家庭改制的研究》一文裡，他則明確宣告：「我先欲聲明一句話，我是相信社會主義的；社會主義者對於家庭的話，遠如恩格爾（按：即恩格斯）的《家庭的起源》中所論，近如伯伯爾（按：即倍倍爾）的《社會主義下婦人》所論，我覺得他們不論在理想方面在事實方面都是極不錯的（尤佩服他們考史的精深），所以我是主張照社會主義者提出的解決法去解決中國的家庭問題。」〔註 28〕這兩篇文章寫於上海共產黨小組成立前後，對於我們從思想信仰上來印證茅盾很早就參加中國共產黨的建黨活動，可以說也是一個重要的論據。

我之所以不厭其煩地就這一問題，說了一大通話，目的是說明茅公在撰寫回憶錄的過程中，對自己或他人的回憶，都不是輕易地據以下筆，而是要反覆地查閱大量的資料，力求準確或比較接近歷史事實，方感心安。一個年逾八旬的老人，依然保持這樣一種去僞存眞的精神與實事求是的態度，實在令人敬佩。雖然，1976 年他早就搞過一套關於自己一生經歷的口述錄音，但由於他對自己採取了一種近乎苛求的態度，所以從 1978 年起至 1981 年 3 月 27 日他逝世前，前後花了三年多的時間，他的回憶錄寫作計劃，只完成了一半，最終還是未能親自把它寫完（當然，這同他年邁多病，精力不佳，加上雜事干擾，也有密切關係）。我想，如果茅公不是以一種作家兼學者的生動筆調與嚴謹態度來進行這項工作（即如他所說「所記事物，務求眞實。言語對答，或偶添藻飾，但切不因華失眞。」），而以詩人或小說家的寫法，憑記憶與想像一氣呵成，恐怕他的回憶錄早就完成了。不過，後一種寫法，也許能爆發出一些感情的火花，給後人留下一些想像的空間或撲朔迷離的感覺，但

〔註27〕《學生雜誌》1919 年 4～6 月第 6 卷，第 4～6 號。
〔註28〕《民鐸》1921 年 1 月 25 日第 2 卷，第 4 號。

就其本人豐富複雜的人生經歷來說，在史實的準確性與材料的豐富性上，則又當別論了。至於同後來文壇上某些帶有自我炫耀色彩或多水份的回憶錄相比，則不可同日而語了。當然，今天看來，他的回憶錄也迴避了一些東西。如關於他流亡日本期間與秦德君的一段感情糾葛的事實，就隻字未提，這雖屬作家的生活隱私，但與他對婚姻的處理和創作活動關係十分密切。茅公生前避而不談，反倒給後人與研究者留下弄清事實的難題，這也許是他所始料莫及的。

那麼，茅盾親自撰寫的回憶錄，究竟寫到哪一年為止？餘下的部分，又是由誰，根據什麼材料續寫下去的呢？對這個問題，我想再補敘幾句。

《新文學史料》1983 年第一期上，在刊登茅盾的回憶錄第十八節《一九三五年記事》時，編者加了這樣的按語：「茅盾同志的回憶錄，其親筆撰寫部分已經登完；自本期起續載的，是其親屬根據茅盾同志生前的錄音、談話、筆記，以及其他材料整理的。」這就是說，茅公親筆撰寫的部份，只寫到 1934 年為止，其最後部份，即刊登在《新文學史料》1982 年第 4 期上的《一九三四年的文化圍剿和反圍剿》。這一節回憶錄篇末署名的寫作時間，是「一九八一年二月八日」。這個時間離茅公住進北京醫院的 2 月 20 日還有十二天。這是見諸公開記載的說法。

1981 年 4 月 12 日，我赴京參加茅盾先生的追悼大會後，曾同韋韜、陳小曼同志作過一次長談，韋韜夫婦曾向我談過茅公住院前兩天還在寫回憶錄。他們說：「沈老（按：在茅公生前，我們都習慣於這樣稱呼他）是 1981 年 2 月 20 日住進北京醫院的。他是 2 月 18 日寫完關於《虹》的部分的，這是又回過頭來補敘《虹》的創作情況的，大約插進《亡命生活》一節裡。因為，我發現了當時他給鄭振鐸的一封信，鄭後來將此信節略刊登在雜誌上。信裡說，他寫完《虹》後還擬寫《霞》。2 月 18 日，我父親就趕寫《虹》的回憶部分，他感到比較累。19 日就有低燒，休息了一天。我們勸他住院治療，他不肯。第二天，精神更不好，他才說：『看來我得住院了。』這樣，2 月 20 日他就住進了北京醫院。」

這就是說，茅公親筆撰寫的回憶錄，從寫作時間看，最後寫的不是《一九三四年的文化圍剿和反圍剿》，而是回頭補寫了當年寫完《虹》之後曾擬寫新的長篇《霞》的情況。這最後補寫的幾頁文字，後來就插入《亡命生活》一節裡，刊於 1981 年《新文學史料》第二期上。其內容，主要是依據當年他

給鄭振鐸的信，追憶《虹》的命意及《霞》的創作構思。被鄭振鐸摘錄發表的信，刊載於《小說月報》第二卷第五號（1929 年 5 月 10 日）的《最後一頁》上。其中有一段話，喚起了老人對昔年在日本京都創作《虹》時新的藝術構思的追憶。這段話不長，不妨引述如下：

> 「虹」是一座橋，便是春之女神由此以出冥國，重到世間的那一座橋；「虹」又常見於傍晚，是黑夜前的幻美，然而易散；虹有迷人的魅力，然而本身是虛空的幻想。這些便是《虹》的命意：一個象徵主義的題目。從這點，你尚可以想見《虹》在題材上，在思想上，都是「三部曲」以後將轉移到新方向的過渡；所謂新方向，便是那凝思甚久而終於不敢貿然下筆的《霞》。

茅公臨終之前，依據上引的這段文字，抱病補寫的關於《虹》及其姊妹篇《霞》的一段回憶〔註 29〕，成了他留給世人的最後文字。在國內外的讀者中，包括茅盾研究者在內，都不知這位著作等身的一代文學大師，曾想繼《虹》之後再寫一部新的長篇《霞》；即使有知情者，也只知道他有過這麼一個計劃而已。所以，他留下的這一段最後的回憶，是十分珍貴的。令人無限嘆息的是，當他寫完這段久藏於心底的回憶之後，就帶著衰弱的病體與霞一般的期望住進醫院，一個多月後就與世長辭了。當然，值得慶幸的是，經歷了十年浩劫之後，心火重新燃起的茅公，也猶如春之女神由冥國重回人間一般，是踏著彩虹，迎著霞光，給世人留下了他親筆撰寫的五十餘萬字的回憶錄的。應該說，無論是對茅公或對後世的讀者說來，都是不幸中之大幸。

茅盾逝世之後，他那未曾寫完的回憶錄，是由他的兒子韋韜，根據 1976 年茅公的口述錄音，以及他們長年累月為回憶錄所進行的對答談話，包括茅公所留下的札記、素材和大量書刊資料，加以整理、續寫下去的。據我所知，為了完成茅公留下的未竟工作，韋韜同志默默無聞地付出大量而艱巨的勞動。他努力按照父親原有的總體構思、口述錄音，以及各種材料，乃至行文的筆調、風格，包括那種認真查閱大量原始資料的求實存真的精神，來進行這一頗有難度的續貂工作的。

最後，再說點有關韋韜同志的題外逸事。我曾以好奇的心理，問過韋韜何以要改名？因為，許多人都知道，他原名沈霜。據他的答覆，沈霜這一名字，用上海話讀起來，同「損傷」諧音，他很不喜歡。因此，解放以前，他

〔註 29〕見《新文學史料》1981 年第 2 期，第 11～13 頁。

就向他父親提出要改個名字。茅公說：「那就叫沈夢韋吧！」所以，在 1946 年至 1947 年間，他曾用過沈夢韋的名字。但是，1947 年他到東北工作以後，頗有個性的這位名作家之子，忽然不想同沈字發生關係，就自作主張地去掉沈、夢二字，單取一個韋字作姓，心想反正也有姓韋的。至於名字，他則仍用單名，就取了個「韜」字。據他說，這是針對自己脾氣急躁的毛病，取「韜略」之意以自勉。後來，韋韜的名字用開了，他父親也不想干涉，於是就默認了。正是這位如今也年過花甲、曾在軍事院校長期擔任過編輯工作的韋韜同志，後來在他父親醞釀、準備並開筆撰寫回憶錄的過程中，默默地起著不大為世人所知的重要作用。茅公逝世以後，他又義無反顧地挑起了續寫回憶錄的重擔。這，也算是一段文壇佳話吧！

第四章 十年一覺重相會
——「文革」後我同茅盾先生的交往

經歷了十年浩劫的風雨歲月之後，我同茅盾又恢復了聯繫，並且開始了比較密切的交往與接觸。

從我青年時代開始寫信向他求教起，直到 1981 年 3 月間他逝世前止，在前後近二十五年的斷續交往中，可以說只有到了「文革」後的四年多時間裡，我才真正同他有了較多的直接接觸與密切交往，並從他那裡獲得更多教益。三十餘年前，我在寫作與修改《論茅盾四十年的文學道路》時，雖然曾多次向他寫信求教，得到過他的親切幫助與熱情扶植，但主要還是通過作品來瞭解、研究他的，直接的接觸並不多。後來，由於業務工作的幾度轉移與十年「文革」的劫難，我們又中斷了十餘年的聯繫。但說來也怪，經歷了那災難性的歲月之後，似乎有一種無形的拉力，使得我這個在年齡與閱歷上都相差甚遠的晚輩，同已年逾八旬的茅公之間，在感情上反而更加接近了，交往也日益密切了。1959 年，當那本《論茅盾四十年的文學道路》出版後，我已考上中國古代文學史的研究生，接著提前留校從事古典文學的教學。不久又到上海參加以群主編的《文學的基本原理》的編寫、統稿工作，到「文革」後期「復課鬧革命」時則擔任起寫作教研組組長。想不到「四人幫」垮臺後，我又轉回到茅盾研究上來，在業務上兜了一個大圈子，同晚年的茅公建立起比青年時代更為密切而直接的聯繫。這是連我自己也料想不到的事。

一、我是怎樣同茅盾先生恢復聯繫的

我同茅盾先生恢復聯繫，始於 1977 年元月初，時當「四人幫」垮臺不久的乍暖還寒時節。

前面已經說過〔註1〕，促使我重新同他聯繫的最初動因，是「文革」初期我丟失了幾張他借給的珍貴照片。這件事一直使我感到內疚與不安。1966 年，「五‧一六」通知下達不久，我就因寫過《論茅盾四十年的文學道路》一書而受到批判，被視爲「三十年代文藝黑線的吹鼓手」而靠邊檢查。隨後又奉命把有關茅盾研究的三十餘萬字手稿、資料，連同他借給我的幾張二三十年代的照片，一起上交。1977 年南京兩派武鬥期間，這些東西喪失殆盡。1962 年間，應我的要求，他讓秘書寄來幾張他個人的照片時，曾囑咐過，這幾張舊照片手邊無留底，要我用後（爲《論茅盾》一書的再版）歸還。然而我不僅未遵囑歸還（想等待機會再用），而且一誤再誤，於「文革」中連茅公私人借給的這幾張照片也一起上交了。這件事，一直成爲我心中的一個難以排解的疙瘩。

1976 年底至 1977 年初，當舉國上下歡慶粉碎「四人幫」之際，學校領導要我赴京到教育部接受一批外國留學生。到了闊別十餘載的北京城後，就有一種強烈的欲望，使我想去拜訪沉默了十餘年的茅公，向他當面說明、致歉，以求得他的原諒。其時，已被砸爛的全國文聯、作協均未恢復，茫茫人海之中，我一時無法得知他的住址，打電話到政協機關打聽，又碰了一鼻子灰。離京前夕，我給茅公寫了封短信，表達求見無門的失望心情，但投郵無路，左思右想，還是試著寄請全國政協轉交。就在我返回南京後不久，忽然意外地收到他 1977 年 1 月 9 日的親筆覆信。信中，他不僅告知了他的地址，而且以長者的風度寫道：「大函由政協轉來，已爲八日下午，您已上車久矣，而且想來已過天津。失此晤面機會，極爲可惜。南京師範學院研究《紅樓夢》的一些不認識的教師們常有信來。不知您在南京大學工作，有暇請來信。」〔註2〕

當我收到「文革」後茅公給我的這頭一封覆信時，喜悅之情，就如同 1956 年 10 月間接到他第一封覆信時一樣。來信雖十分簡短，但字裡行間充滿對我這個晚輩的信任與眞摯的感情。它說明經歷了十年浩劫之後，茅公也沒有忘記我，而且是歡迎我同他恢復聯繫的。因此，我鼓起勇氣，立即寫信就丟失

〔註 1〕 參見本書第三章《十年浩劫中的茅盾》的《沉默的十年》一節。
〔註 2〕 見《茅盾書簡》，第 382 頁。

照片事向他致歉，並對政協之擋駕者發了點牢騷，還希望他如有機會到南方能告知行止，以便去看望他。不久，我又收到他 1 月 19 日的覆信。信裡說：「十三日來信敬悉。政協秘書處不以舍下地址見告，乃例行公事，幸勿介意。此次失卻晤談機會，可惜。您或者還有機會來北京。至於我，衰老多病，憚於行動，未必能到南方了。舍下地址爲『交道口·南三條·十三號』。有暇尚祈時通訊爲荷。照片失卻，小事。茲附奉去年所攝小影一幀，以爲投桃之報。」〔註 3〕

　　茅公先後兩次的覆信，話雖不多，卻親切感人。當他得知我將他的照片上交丟失後，不僅絲毫也沒有責怪，反而用勸慰的口吻，用「照片失卻，小事」這樣一句話把此事輕輕帶過，似乎一切盡在不言中了。不僅如此，他還特地回贈了一張他八十壽辰時攝於交道口寓所的照片。親切地稱之爲「投桃之報」（我第二次寫信曾附去一張自己的照片）。接到他的信和照片後，我又寫信致謝，表示一定要爭取機會去拜望他，並情不自禁地隨函寄去一張我全家的合影，同時就魯迅致胡風信中所說的爲史沫特萊翻譯的英文本《子夜》作序事，向他請教。1977 年 2 月 9 日，茅公又給我寫了一封長信，除回答我提出的問題外，又出乎我意料之外的回贈了一張他八十壽辰時同兒孫們的全家合影。照片背後，他用毛筆書寫了「子銘同志惠存沈雁冰一九七七」。使我倍感親切的是，他在這封信中，一開始就用一種拉家常的口吻，詢問我倆個孩子的情況並對他家中的成員一一作了介紹。這裡不妨摘引如下：「得您全家照片甚爲高興。料想倆個孩子現在都成人了，尚在讀書呢，或已參加工作了？我隨信奉上一張全家的照片，也是去年攝的。右邊的一男兩女都是孫兒女，大孫女參軍後現在我身邊工作，孫子在師範大學學無線電，小孫女是小學生。兒媳是在人民文學出版社，兒子是解放軍。」〔註 4〕

　　在粉碎「四人幫」後的第一個冬末初春，我同茅公恢復聯繫，就這樣從「照片問題」開始，在他的熱情覆信和回贈照片的親切而輕鬆的氣氛中，又重新開始了。不久，我又獲得再次出差北京的機會，於 1977 年 3 月 6 日登門拜訪茅公，同他進行了「文革」後的第一次長談。在最初的通信往來與登門拜訪中，對於十年浩劫中的種種不愉快的往事，他幾乎是隻字不提，但彼此都心照不宣。眞可謂十年一覺重相會，一切盡在不言中！

〔註 3〕　見《茅盾書簡》，第 383 頁。
〔註 4〕　見《茅盾書簡》，第 386 頁。

此後，隨著國內形勢的好轉與文藝事業的復蘇與發展，我同茅公的聯繫與交往也越來越密切，我向他求教的機會也越來越多了。黨的十一屆三中全會前後，我在重新修訂出版《論茅盾四十年的文學道路》與重新開設「茅盾研究」的選修課，以及針對「四人幫」的「文藝黑線」論重評茅盾的《子夜》、《林家舖子》等作品的過程中，每逢遇到疑難問題，就寫信向他求教，他也一一親自覆信答難解疑，給予熱情的支持與幫助。每週有機會出差北京，我也必定要登門拜訪，向他當面討教，而交道口南三條十三號那座寧靜的四合院的大門，也一直向我敞開著。特別是黨的十一屆三中全會之後，應上海文藝出版社之約，我開始協助他編選《茅盾論創作》與《茅盾文藝雜論集》之後，我同他的直接聯繫與接觸，就更多了。

從 1977 年元月起至 1981 年 3 月他逝世前止，我經常就各種問題寫信向他請教。在開始動手寫回憶錄以前，他大多親自覆信，用的也多數是中式八行信箋，有時也用普通的信紙，前後共有十六封。其中，有不少覆信是用毛筆書寫的，最長的達八九頁。令人驚嘆的，其時茅公已是八十餘歲高齡的老人，目力又不好，但毛筆字寫來卻十分清秀俊逸、一絲不苟，頗近於瘦金書，其功力實令我等晚輩折服。我保存的茅公的十六封書信，早已公開發表，這裡不一一細述。從他開始撰寫回憶錄以後，為了不干擾他的工作，每逢有事請教，特別是涉及編選兩本文藝論文集的具體而瑣碎的問題，我都改為同韋韜、小曼同志聯繫，請他們代為轉達。茅公也通過他們把他的答覆或意見告訴我（他給我的最後一封親筆信，寫於 1979 年 10 月 15 日，內容是對北大、南大等九院校集體編寫的《中國現代文學史》中的《茅盾》一章提意見）。由韋韜、小曼同志代他轉達意見的書信，數量更多，約有四十多封。其內容主要是有關編選《茅盾論創作》與《茅盾文藝雜論集》的原則、設想、體例，以及一些具體篇目的取捨等方面的意見，其中也有些是回答關於他的生平史實與創作活動方面的問題的。比如，關於「一·二八」上海戰事後茅公是否回過故鄉烏鎮的問題，起先他在親筆覆信和當面答覆中，因記憶失誤曾三次明確否定。但此事涉及《春蠶》、《林家舖子》的題材來源與藝術構思的問題，所以後來我又再次通過韋韜同志提出了異議，希望進一步回憶、核實。最後，由韋韜同志幫助回憶並提出了有力的旁證，終於使茅公記起了「一·二八」後他確實回過烏鎮奔喪，且此行對《春蠶》、《林家舖子》的創作確有一定的關係。在弄清了事實之後，他就讓韋韜同志覆信詳加說明，糾正了以前的失誤，並就《春蠶》等作品的取材與

構思問題，談了許多重要的情況。後來，我曾就此事寫了《〈春蠶〉小議——關於題材來源與藝術構思問題》一文。〔註5〕

再如，茅盾在《從牯嶺到東京》一文裡曾說過，《動搖》是以大革命時代湖北某縣城的一些真實情況為素材創作而成的，胡國光這一人物形象就是從中虛構出來的。他說：「在對於湖北那時的政治情形不很熟悉的人自然是茫然不知所云的，尤其是假使不明白《動搖》中的小縣城是哪一個縣，哪就更不會弄得明白。人物自然是虛構，事實也不盡是真實；可是其中有幾段重要的事實是根據了當時我所得的不能披露的新聞訪稿的。」〔註6〕我曾就他的這段敘述，寫信請韋韜同志代問茅公：他所說的湖北某縣城是什麼地方？「不能披露的新聞訪稿」的內容是什麼？1979 年 11 月 17 日，韋韜同志覆信道：「您要問的問題，我問了沈老，有的他也記不清了，只能作簡略的答覆。1927 年沈老編《漢口民國日報》時，曾看到一些當時不能披露的來稿，主要是報導武漢附近某些縣發生的一些過左行動，而這些『左』的東西有的又是右派在背後煽動的，如所謂『婦女解放』（分配尼姑、婢妾等）。至於是哪個縣，沈老記不得了。」

「文革」後我同茅公的交往，無論是書信往來或登門求教，包括由韋韜、小曼同志代為答覆與轉達的意見中，涉及的人與事和有關他生平創作的問題甚多。下面，我想就幾件比較主要的事情，再作一追憶與敘述。

二、《集外集拾遺》注釋稿的審閱

重新編輯出版《魯迅全集》，是始於「文革」後期，在當時的形勢下，採取的是所謂群眾路線的辦法，即由專家、大學教師與群眾組成注釋組，搞「大兵團」作戰。《集外集拾遺》一卷的注釋，最初就是由「南京工人魯迅著作學習組」與南京大學中文系教師聯合承擔的。由於這種搞法，質量得不到保證，後來又重新組成以大學教師為主的注釋組，對原注釋稿進行修訂，並廣泛地聽取有關專家、學者的意見。我也一度參與《集外集拾遺》注釋稿的修訂工作，並於「四人幫」垮臺後的 1977 年 4 月初，受陳瘦竹教授的委託，將修訂後的注釋稿，以及內部油印的各地專家的「意見摘錄」，一併寄請茅公審閱，希望能得到他的批評指正。為此，他曾於 1977 年 4 月至 6 月間，先後給我覆了三封信。

〔註5〕　見拙作《茅盾漫評》，第 158～168 頁。
〔註6〕　見《茅盾論創作》，第 34 頁。

　　今天回想起來，此事給體弱多病、目力又不好的茅公，增添了不少麻煩。原因有二。其一，魯迅的《集外集拾遺》正文連同注釋稿、「意見摘錄」等，加起來有三十多萬字，且皆鉛印小字或字跡不清的油印件，審讀起來是十分費時費力的；其二，當時文藝界的極左思潮尚未得到認眞的糾正，關於 30 年代文藝界的一些史實尚未得到澄清，有些話也就不大好說了。令人既感動又不安的是，茅公對我們加給他的額外負擔，並沒有一推了事，而是勉爲其難地給予支持與幫助。1977 年 4 月 17 日，他在覆信中說：「七日來信及魯迅《集外集拾遺》注釋鉛印油印稿等共四件均收到。鉛印油印皆小字，而油印字跡不清，用放大鏡始能閱讀。我左目失明，右目僅 0.3 的視力，閱讀小字書困難，進程很慢。委託提意見，恐不能仔細，且原文未附在注釋本上，而《拾遺》原文印本亦是小字，望之生畏。現在只能就注釋及『意見摘錄』每日看一點，可補充提意見者即在原印稿上注明，不能再仔細了。估計五月末可以做完寄上。先此函達。」在這封信的末尾，他又特地聲明道：「來函謂我對魯迅情況及『五・四』至三十年代情況很熟，其實不然。只能說略知三四，但年代久遠，老年記憶力差，大都渺茫恍惚，拿不准了。」〔註7〕接信後，我深感不安，自知做了件考慮失當的蠢事，連忙寫信致歉，請他不必爲此而花費時間了。誰知茅公仍然按原定計劃將注釋稿校閱一遍，雖然沒有詳細提出修改意見，但卻如約於 5 月下旬將材料寄還，並著重就各地專家所提的「意見摘錄」表示了取捨意見。他用剪刀剪下他認爲可取的意見若干條，並加批隨 5 月 22 日的覆信附還。信中說：「四月二十五日來信未及作覆，因校注未竟事也，不料本月八日突發高燒至三十九度五，幾乎送了老命。住院半月餘，昨始出院。積壓函件甚多，現仍按序清理。已將《集外集》注釋校完，有意見可供參考者均剪取原件隨函奉上，草草了事，聊以塞責。無法查原文，只就注釋及專家所提修改意見，表示取去而已。專家所提修改意見甚多，我剪寄者僅若干條，其餘不提及者即鄙見以爲不必照他們的意見修改原解題或注釋者也，附此申明。」〔註8〕

　　接讀茅公的先後來信，我同注釋組的同志，都被他這種認眞的精神所感動。按理說，他視力不好，後又發燒住院，對於這件本來就十分麻煩而瑣碎的事情，完全可以置之不顧，但他還是勉力校閱一過，並提出了意見。我想，

〔註 7〕見《茅盾書簡》，第 391～393 頁。
〔註 8〕同上。

這主要出於他對魯迅先生的深切感情，以及對《魯迅全集》出版工作極其重視的緣故。遺憾的是，當年茅公剪寄和加批的材料，後來散失了，他所表示的意見，已記不清了。

有一件事，我卻記憶猶新。「文革」中和「四人幫」垮臺後的一段時間裡，曾出現過一陣魯迅詩注釋熱。當時，由於受到「四人幫」的形而上學的思想方法的影響，對魯迅舊體詩的理解與注釋，一度產生牽強附會、主觀推測或拔高的傾向。有的人為了替自己的主觀推測尋找根據，時常寫信糾纏，要茅公支持與證實自己的「假設」，使他不勝其煩。對這種不實事求是、穿鑿附會的做法，他十分反感。1977 年 3 月 12 日，我第二次拜訪他時，談話中，他對有人力圖把魯迅的《湘靈歌》解釋為寄託對楊開慧烈士的哀思的說法，大不以為然。他說：「一九二六年初，我在廣州任國共聯合時期的國民黨中央宣傳部秘書時，曾與楊開慧住在同一幢樓裡。當時，她和毛澤東同志住在樓上，身邊還帶著兩個孩子，我同蕭楚女住在樓下。我那時常見到她，但很少講話。她給我的印像是賢惠恬靜、沉默寡言，同早期一些女革命家的性格大不相同。有時我們說了許多話，她才回答一兩句。當時，毛主席工作很忙，兩個孩子又小，家務事就落到她身上，很少參加公開活動。後來，她在『長沙事件』中落入反動派手中，不幸犧牲了。魯迅並不認識楊開慧烈士，對她的情況也不瞭解，硬要把《湘靈歌》說成是悼念楊開慧烈士的，未免穿鑿附會，缺乏根據。」就在這次談話後不久，他在《致臧克家》的信（1977 年 5 月 8 日）裡說：「有些中學教師鑽研魯迅著作，熱情可嘉，但他們誤以為我有不少關於魯迅的秘聞，時常來信詢問……最近有兩個青年教師極力想證明魯迅的某幾首舊體詩是悼念楊開慧烈士的，屢次來信，希望我支持他們的論點，但我卻以為他們的論點不免穿鑿。我近年來親為這些事忙，實在啼笑皆非。」〔註9〕後來，他又在《人民日報》上發表《魯迅研究淺見》〔註 10〕一文，不點名地對魯迅詩注釋中的這種不良傾向提出批評，認為這是「四人幫」形而上學的思想方法的流毒尚未肅清的表現。結果，引來了一場內部的筆墨官司，連我自己也被扯進去了，有些人蠻不講理的做法，弄得老人十分不快。這裡就不細述了。

〔註 9〕見《茅盾書簡》，第 392～393 頁。
〔註 10〕見《人民日報》1977 年 10 月 19 日。

三、《論茅盾四十年的文學道路》的修訂

說來也巧，「文革」後我在修訂《論茅盾四十年的文學道路》一書時，曾再次得到茅盾先生的支持與幫助。這是我同他晚年的接觸中又一件值得懷念的事。

1978 年元月初，上海文藝出版社理論編輯室的老友余仁凱同志，代表出版社提出要重新出版《論茅盾四十年的文學道路》，並表示準備不用舊紙型，擬重新排印，希望我在短期內作些必要的修改補充。其時，「四人幫」垮臺只有一年多時間，現代文學研究這一重災區還是瘡痍滿目，大量撥亂反正的工作尚未開始，文化藝術界的許多冤假錯案尚未糾正，對「四人幫」的極左路線與「文藝黑線專政論」的批判也剛剛開始。人們普遍期望著萬物的復蘇與文藝春天的到來。在這樣的時候，我意識到出版社建議重新修訂出版我二十年前的舊書，不僅僅是直接涉及到備受歪曲與攻擊的一代文學宗師──茅盾及其作品的重新肯定與再認識的問題，而且也是現代文學研究領域裡撥亂反正工作的一個重要組成部分。「文革」前夕及「文革」中，茅盾被當作「三十年代文藝黑線的祖師爺」而遭到批判，他的許多名篇名著統統被列爲「黑書」、「禁書」，包括我青年時代的那本習作在內的一些茅盾研究著述，也受到株連。記得「文革」初期造反派組織內部出版的一本鉛印的「批判材料」裡，就公開聲稱：「簡言之，小資產階級→資產階級→特務，這就是茅盾的創作道路。周揚之流把茅盾吹捧爲『語言大師』，『傑出的社會主義現實主義作家』，『卓越的前輩革命作家』，而其實他是一個十足的資產階級作家、權威。」（紅代會北京廣播學院「九月風暴公社」編：《中國三十年代文藝戰線上兩條路線鬥爭大事記》）這個關於茅盾創作道路的十分荒謬的公式，相當典型地反映了「文革」期間茅盾的形象所受到的嚴重歪曲。正因爲如此，所以對出版社的建議，我欣然接受了。

在動手修改之前，考慮到《論茅盾四十年的文學道路》已是二十年前的舊作，其中無論在史實的考訂或文藝思想、創作道路、主要代表作的評述，都有錯訛和評價失當之處，也存在不少薄弱的環節，雖然不可能在短期內改變全書格局，但總想盡可能把它修改好。當時，上海文藝出版社希望我短期內交稿，於 1978 年內就出書。爲了爭取在寒假裡盡可能把修訂工作搞好，我又再次寫信求助於茅公，同時郵去一本舊作，請求他抽空重新審閱和提出意見，並希望他同意在修訂本中引用我們通信中的一些材料。爲了這件事，從

1978 年元月至 6 月間，茅公先後給我寫過六封信，就修訂工作中有關他生平史實和創作方面的問題，糾誤答疑，不厭其煩地提出詳細的意見，並同意引用我們通信中的一些材料。同二十多年前一樣，他仍然只就史實方面的問題提出意見，並親自作了補充訂正，供我作修訂時的參考；對有關他本人的評價問題，則迴避發表意見，意在不以個人之見左右研究者的看法。當然，經歷了風雨歲月之後，茅公對上海文藝出版社較早地重新出版研究他的著作，恢復正常的學術研究工作，是很高興的。同二十多年前相比，他對我的修訂工作的支持與幫助，也顯得更加親切熱情。在他的親筆覆信中，有幾封寫得相當具體詳細，最長的一封寫了二千餘字，用鋼筆書寫在三十二開的筆記本上撕下的白紙上，字跡工整秀麗，幾乎不留天地頭，密密麻麻地寫了六張紙。這些信均已公開發表，無須一一細述。這裡，只想就給我留下深刻印象的幾件事，略加記述。

　　第一、茅公對我的修訂工作所給予支持與幫助，其認真的程度令人驚嘆不已，可以說有點出乎我的意料之外。

　　1978 年元月 2 日，當我寫信告訴他《論茅盾四十年的文學道路》舊版本已寄出，希望他審閱後儘快告知意見時，他於元月 25 日覆信道：「尊作尚未收到，我這裡原來有一本，可是現在找不到，可能丟了。」〔註 11〕不久，我又收到他 2 月 2 日的覆信，乃隨函附來的審閱意見。信裡說：「信及書均收到。茲就書中有關事實方面之小小錯誤，另紙書呈，供參考。至於全書論點，我無意見。又，書中引陳伯達語，似乎可刪。」〔註 12〕當我翻閱了那寫得密密麻麻的六頁審閱意見後，實在驚訝不已，深受感動。為了這本書的修訂工作，年已八十二歲高齡的茅公，在短短的一星期之內，就親自為我寫出如此詳細的糾謬與補充材料。他的這種熱情支持與扶植晚輩的態度，使我倍添在寒假裡突擊完成修訂工作的勇氣與信心。他所指出的史實方面的錯誤，大多集中在有關他童少年時代的家庭與學校教育，以及大革命時期的革命活動方面；而且寫得很具體，均注明某頁某行的某一事實細節有誤，或加以更正，或就某些史實詳加補充。這類意見共有十二條。下面僅舉兩條為例。

　　（一）茅公對他母親陳愛珠的感情特別深，大約覺得我在書中的介紹過於簡單，所以他親自為我補寫了一段關於他母親情況的文字，行文直接用第

─────────────────

〔註11〕　見《茅盾書簡》，第 411 頁。
〔註12〕　同上，第 412 頁。

三者的口吻，以供我修改時採用。這種近乎代人捉刀的提意見方式，在我過去同他的長期交往中，是從未有過的現象，因而也給我留下特別深刻的印象。他寫道：

> 頁十：關於我母親的一段，應有如下內容：母親姓陳，是烏鎮名醫陳吾如的唯一女兒，吾如先生名馳杭、嘉、湖三府，白手起家，積資較多，把這女兒從四歲起就請人教古典文學。茅盾的父親在訂婚後到丈人家學醫，茅盾的母親十九歲出嫁，受丈夫影響，改學當時所謂經邦濟世之學，先習中國史、地，後學世界史、地等等，但不學聲光化電。茅盾的父親除數學外，也習聲光化電，《格致匯編》是當時上海出版的期刊性的介紹西洋聲光化電的書。〔註13〕

從這段表面上十分冷靜而客觀的補充敘述中，我們彷彿觸摸到晚年的茅公那顆跳動的心，他把對自己母親的深深懷念與崇敬之情，含蓄地埋藏在這段看來十分平靜而簡潔的敘述之中。茅盾的母親不愧是中華民族的一位偉大的女性。作為一代文學宗師，茅盾在其成長過程中，曾受到這位慈母兼父職的開朗而堅強的女性的多方面薰陶，後來他在從事新文學運動與革命鬥爭的過程中，又得到她的堅韌有力而又默默無聞的支持。難怪後來他在回憶錄《我走過的道路》中，以相當大的篇幅，詳細而滿懷深情地描述她母親的行止。遺憾的是出於自尊心的作怪，當時我並沒有把茅公親自補寫的這段文字，照抄到修訂本中去，而是根據其內容在文字上作了些改動。回想起來，實在是辜負了他的一片深意。

（二）在舊版第四章《從〈蝕〉到〈虹〉──苦悶、追求、摸索的時期》裡，一開頭我曾根據孔另境的《懷茅盾》等文章，對茅盾 1925 年底至 1926 年春從上海到廣州參加大革命鬥爭的經歷，作了十分粗略且不夠準確的敘述。茅公審閱到這由，顯然感到很不滿意，就對當時的事實情況，親自寫了一長段補充材料。全文如下：

> 頁 48～49 事實是：一九二五年國民黨西山會議派勾結帝國主義占奪了上海環龍路 44 號的房子（這所房子本為孫中山私宅，是辛亥革命後華僑送給中山先生的，在孫中山改組國民黨和共產黨時，這所房子就成為「上海執行部」的辦公大樓，其時尚未建立國民黨上海市黨部），上海市的國民黨左派黨員失去了領導機構，於是黨命令

〔註13〕見《茅盾書簡》，第 413 頁。

惲代英和我籌組左派的國民黨上海市黨部，於一九二五年十二月成立，另租房子爲辦公室。此時，國民黨召開第二次全國代表大會，左派的國民黨上海市黨部選派代表六人去廣州開會，惲代英和我是代表。到廣州已是十二月下旬，大會後，惲與我被留在廣州工作，惲進黃埔，我進中宣部。二次大會選汪精衛爲中宣部部長，汪因已任國民政府主席，不能兼顧，當場推薦毛主席爲代理部長。我進中宣部即在毛主席領導下工作。同時進中宣部的還有蕭楚女及二、三個廣東左派國民黨年輕黨員，後又從浙江調來了張秋人（也是共產黨員）。中山艦事變後，毛主席辭去代理部長（汪精衛出國，中宣部長實際上無人，蔣介石請顧孟餘──北大教授──擔任中宣部長），我和蕭、張都退出中宣部，蕭留廣州，在農講所工作，又兼黃埔政治教官，張秋人（他原是浙江地下黨省委委員）專編《政治週報》，我回上海。我是中山艦事變後一星期方回上海，原文謂中山艦事變後第二天我即回上海，與事實不符。

又原文（頁 48）「那時的部長是汪精衛，後來的代理部長是毛主席」，亦與事實有出入。可照我上面所述事實酌改。〔註14〕

在茅盾回憶錄發表以前，他上面所寫的關於大革命時期他如何從上海到廣州的活動經歷，可以說是相當具體詳細了。早在 50 年代，我從第三者的回憶文章得知，大革命時期茅盾在廣州期間，曾在國共合作時期的中宣部裡，當過毛澤東同志的秘書。但當時他爲什麼忽然從上海到廣州，又是怎樣當起了毛澤東同志的助手的，其來龍去脈，則不甚了了。「文革」後的 1977 年 9、10 月間，我還曾就此事寫信向他核實過，茅公覆信作了肯定的答覆，但講得很簡單。〔註 15〕這次爲了幫助我修訂舊作，他主動就此事的經過作了比較詳細的補充介紹，並表示可以照他所提供的事實進行修改。

令人遺憾的是，1978 年間，「凡是派」的觀點仍然居統治地位，各種禁忌對文化出版界的影響還很大。當出版社看到我的修訂稿後，也不得不提出暫時刪去茅公所提供的上述這段材料，理由是涉及到黨史問題，最好暫時避而不談。大約茅公以當事人的身份所提供的一些事實細節，如上海環龍路 44 號的房子與左派國民黨上海市黨部的成立，特別是關於汪精衛「當場推薦毛主

〔註14〕見《茅盾書簡》，第 414～415 頁。
〔註15〕參見《茅盾書簡》，第 404 頁。

席為代理部長」的細節，有點犯忌（其實，這是歷史事實。汪精衛之墮落為民族罪人，是後來的事，不必因此而迴避此前的事實）。結果，修訂本除保留了茅盾曾在國共合作時期的中宣部擔任過毛主席的秘書這一事實外，茅公本人所提供的一些生動細節都刪去了。後來，我曾十分遺憾地將此事寫信告訴茅公，他於 1978 年 5 月 7 日的覆信裡說：「關於您所說涉及黨史（大革命時期我的活動），上海文藝出版社編輯部擬刪，那就隨它刪罷。其實，自從五、六年前，就有各地的革命圖書館派人持涵訪問我於一九二六年在廣州、一九二七年在武漢的見聞及工作，他們都說是備參考的。今年起，來者更多，應接不暇。」〔註 16〕顯然，這件事對茅公說來，也是出乎意料之外的。後來，他在回憶錄中，仍然據實對這段經歷作了比上述更為詳細具體的記述，那時已是黨的十一屆三中全會以後了，所以能順利地公開發表。每當我回想起這一往事，不禁感慨萬端！

第二，在修訂工作中，我碰到的另一個棘手問題是，瞿秋白同志在「文革」中備受攻擊歪曲的影響，當時尚未消除，他應有的歷史地位尚未得到正式的恢復。因此，出版社領導又提出暫時刪去我書中引用的瞿秋白評《三人行》、《子夜》的五段引文。對此，我實不以為然，心想茅公對瞿秋白的問題，必然比較瞭解，就寫信徵求他的意見。他在 1978 年 2 月 19 日的覆信中，以十分鮮明的態度答覆道：「瞿秋白的幾句話，可以不刪。因為對瞿的評價，從前年起，就不同了。詳情將來再奉告。」〔註 17〕顯然，茅公不僅對瞿秋白同志是持肯定態度的，而且對他評論自己創作的意見（包括尖銳的批評與熱情的肯定），也是十分重視的，故明確支持我保留那些引文。

後來，我們在通信與會面時，又兩次談到這件事，他對瞿秋白同志的問題遲遲未有明確的結論，也流露出困惑不解的情緒。1978 年 5 月初，當書稿印好付排時，他在 5 月 7 日的覆信中說：「瞿秋白仍未有明確結論。……我前信說瞿的問題有時間我可多說一點，這也待見面時說罷，因為牽涉許多人，而主要的周建人又極力否認當時外間所傳他對外賓說的話。」又說：「瞿秋白事，前已談到。此不再談。您聽說主席逝世前對瞿的問題曾說過一句話，我未有所聞，此間亦從無人說起，想來是謠傳。」〔註 18〕1978 年 7 月 25 日下午，

〔註 16〕見《茅盾書簡》，第 420 頁。
〔註 17〕見《茅盾書簡》，第 416 頁。
〔註 18〕見《茅盾書簡》，第 420～421 頁。

我利用出差機會去交道口拜望茅公，又當面詢問他覆信中所說關於秋白同志的事「待見面再說」，究竟是什麼事？茅公以一種大惑不解的神情說：「我當時寫信告訴你，瞿秋白的話可以不刪，那是根據好多年前有人告訴我的消息，不過，後來有關的同志又否認，所以我信裡沒有多說。記得那還是『四人幫』在臺上的時候，大約是一九七三至七四年間，大概是胡愈之告訴我的。他說，當時有一個法國外賓要求見周建人，此人對瞿秋白的問題很關心，要向周瞭解瞿秋白與魯迅的關係。為了這件事，周建人通過統戰部向中央請示應該如何講，問瞿秋白算不算叛徒？大約是周總理等中央領導同志指示：可以稱瞿秋白為同志，他不算叛徒。又說這個問題，中央正在研究。後來，我曾當面問過周建人，他說：『那是謠傳，我沒有請示過中央。』否認了。」我連忙問道：「那是什麼時候？」他答道：「大約是四屆人大召開前（1975年初）。」[註19] 談話中，茅公流露出對周建老的答覆頗不滿意的情緒，甚至在我這個晚輩面前，公開非議道：「周建人為人膽小。」從他的言談神態中，我感到茅公仍然相信是確有此事的，他似乎懷疑由於當時「四人幫」尚未垮臺，所以周建老矢口否認，不講真話。不管當時是否有過這件事，也不管周建老是否因膽怯而未道出真情，從幾次的通信接觸中，我深深感到茅公是不相信瞿秋白同志會成為叛徒的。就在 7 月間我訪問他的時候，老人還滿懷深情地向我談起30 年代他同瞿秋白夫婦密切交往的一些逸事。

　　我在寒假裡日夜兼程，總算如期把修訂工作完成了，但幾經努力，出版社的編輯和某些好心的領導，雖然對我的努力也持同情的態度，但最終除同意保留以群同志所作的序文（當時也差點被刪）外，書中所引的瞿秋白的幾段話，不得不刪去了。

　　出乎我意料之外的是，修訂本於 1978 年 10 月出版時，印行數竟然高達十萬冊。據出版社的老友余仁凱同志告訴我，原先通過新華書店徵定時，訂數高達三十萬冊，由於缺之紙張，最後只印了十萬冊。在理論書的印數中，這樣高的印數實屬罕見。究其原因，是因為在「四人幫」垮臺之後與黨的十一屆三中全會之前，出版界正處於書荒時期，加以人們對茅盾這位現代文壇的一代宗師仍然懷有濃厚的興趣，所以時隔二十年之後，我的這本舊作修訂本，就碰上了好運氣。然高興之餘，仍深感遺憾。在那個特殊的年代裡，一些今天看來已屬常識範圍的問題，卻無法解決，連茅公親自提供的第一手材

〔註19〕參見本章《一九七八年七月二十五日訪問記錄》。

料也難以使用。這種困境，許多當年購買我那本書的讀者，大約是想像不到的。如今，年曆轉眼又翻過了十餘本，回憶這些陳年舊事，真有恍如隔世之感。凡是經歷那個極左思潮泛濫與影響的人，對此都會有同感的吧！其實，當年我修訂《論茅盾四十年的文學道路》，只不過是在以往研究的基礎上，重新做了點撥亂反正工作。還談不上有什麼新開拓。即便如此，在「四人幫」的極左思潮沒有得到肅清，許多重大歷史問題沒有得到糾正以前，仍然要遇到種種意想不到的困難。

四、《茅盾論創作》與《茅盾文藝雜論集》

繼《論茅盾四十年的文學道路》一書的修訂出版之後，從 1979 年初至 1981 年初茅盾逝世前夕，應上海文藝出版社之約，我又接連協助他編選了兩本文藝論文選集──《茅盾論創作》（1980 年 5 月初版）與《茅盾文藝雜論集》（1981 年 6 月初版）。為了這兩本書的編選，我同他的聯繫與接觸就更加頻繁、密切了，有機會耳聞目睹他一生中最後兩年的工作、生活情況。關於這兩本茅盾文藝論文選集的編選經過與內容、特點，我在兩書的《編後記》裡已作過介紹，無須贅述。這裡，我只想就協助他編選這兩本集子的一些背景情況與感受，再作一些補敘。

茅盾畢生寫了大量的中外文藝理論批評的著述，數量不下於他的創作，然而奇怪的是，他的創作不斷重印或編集，文論著述卻很少編集出版。當然更不曾像魯迅先生那樣，有條不紊地把歷年所寫的雜文、文論匯編成集，以《華蓋集》、《三閒集》、《準風月談》、《偽自由書》等寓意深沉的書名公開出版。解放後，茅盾也曾出過《夜讀偶記》、《鼓吹集》、《鼓吹續集》、《關於歷史和歷史劇》、《讀書雜記》等幾本文藝評論集，但對解放前的文論著述，則幾乎從未編集出版。即使在解放以前，除了 20 年代至 30 年代初，曾出版過《小說研究 ABC》、《歐洲大戰與文學》、《神話雜論》、《西洋文學》、《創作的準備》等一些專題性的論著外，散篇的文論實際上只編過一本，即 1942 年重慶群益出版社出版的《文藝論文集》。是不是他在這方面的著述不多，或影響不大呢？顯然不是。就數量而言，茅盾逝世後第二年，我們開始搜集、編印的四十卷本的《茅盾全集》中，中外文論部分就佔了十六卷（多數是散篇），總數約五百萬字，遠遠超出同時代作家文論著述的數量。就影響而言，五四運動以後，茅盾一開始就是以著名的青年文藝評論家而蜚聲文壇的，他那些

著名的倡導文藝為人生的論文和作家作品論，以及總結新文學運動歷史經驗的文章，在我國現代文學發展史上曾產生了重要影響，其中許多篇章已成為重要的歷史文獻。

那麼，是什麼原因使得他不熱心於為自己的文論著述編集呢？從我同他的長期接觸中，感覺到這同解放後他在文藝理論批評方面的貢獻長期得不到應有的重視有關；同時，也與解放後不斷「運動」起來的文藝思想鬥爭和他本人的心態有密切關係。茅盾在左聯以前，曾寫過大量評介歐洲各種文藝思潮、流派的文章，在同道與戰友之間也進行過文藝思想的論戰。其中，特別是關於左拉的自然主義的論戰，關於與創造社的論戰以及 1928 年革命文學的論爭等，都曾給他招來非議、誤解與不快。這些陳年老帳所留下的歷史陰影，我想也是使得他不願意重印舊作的原因之一。三十餘年前，當我與胡興桃同學聯名，第一次寫信問他出版過那些論文集時，他的答覆很乾脆：「我從來沒有出過論文集，我也不留底稿或剪報，所以自己也不知道有那些論文了。」（1956 年 10 月 23 日覆信）後來，我把自己編寫的包括他的文藝論著在內的資料目錄寄請他審閱，他又說道：「現在我也沒有興趣去炒那些『冷飯』，我覺得我的一些論文都是『趕任務』的，理論水平不高，沒有編集子出單行本的必要。」（1957 年 2 月 21 日覆信）。以後，每當提及這個問題，他也總是用「炒冷飯」、「趕任務」、「雜湊的東西」等等自貶的說法，來評價自己的舊作。

我萬萬沒有料到，到了茅盾晚年，我竟然協助他編了兩部篇幅在一百三十餘萬字的文藝論文選集來；我更沒有料到，這成了我們交往中最後一件事。值得慶幸的是，這兩本集子最後都由他親自審定，並且都由他親自寫了序。遺憾的是，他生前只見到《茅盾論創作》的出版（茅公逝世後，我見到他臥室書桌上還擺著這本書，當中夾了許多紙條），而《茅盾文藝雜論集》出版之時，他卻已離開了人世。在協助他編選這兩本集子的過程中，他給我留下許多令人難忘的記憶，下面就印象最深者，略作記述：

一、茅盾於「文革」後雖然改變了往昔的態度，同意為他編選文藝論集，但仍然流露出一種晚年理舊作、思緒萬千，以及對半個多世紀來沉浮起落的那些故人故事的無限感慨，表現出一位歷經滄桑的一代文壇宗師的深沉而複雜的心境，給人以「言未盡而意無窮」的感覺。每當我問到一些往事時，常常會勾起他對一些故人故事的追憶。且不說對魯迅、瞿秋白、鄭振鐸、楊賢江、史沫特萊等同道戰友的深情懷念，即使是對一些熟悉或不熟悉，甚至

打過筆墨官司的作家，他也會忽然談起一段文壇掌故。比如，當我提到是否要增選他 1921 年批評《學衡》派代表人物之一吳宓的文章《寫實小說之流弊？》時，他說：「吳宓是當時東南大學的教授，熟悉西洋文學，但思想保守。我寫這篇文章時，好像《學衡》尚未創刊。這個人後來有些變化，他曾在天津《大公報》文學副刊上，以「雲」的筆名寫過評《子夜》的文章，很是捧了一番，有的分析相當細，這是想不到的。」當我提到《徐志摩論》寫得好，建議一定要選時，他除表示同意選收之外，又說：「我寫此文是很花了點功夫的，當時徐志摩剛去世不久，這個人是很有才華的，後來也有些變化。」言下流露出惋惜的心情。談到馬子華的中篇《他的子民們》，他說馬子華是新冒出來的作家，其中篇是寫雲南少數民族的生活，故引起了他的注意，就寫了《關於鄉土文學》一文。但這個人後來不大寫東西，從文壇消失了，大概是當教授去了。當我提到擬增收《序〈一個人的煩惱〉》一文時，他馬上又講起何以會爲嚴文井同志的這篇小說寫序。他說：「我從延安出來時，周揚把這篇小說交給我，託我設法找出版社出版。後來找到了，我就爲他寫了篇序。」這類例子不少，有些我事後記下來，已整理進訪問記錄稿裡（詳見後面的七次訪問記錄），也有的事後記錄遺漏，已想不起來了。

最能表現茅公的人世滄桑之感的，是他爲兩本文藝論文集所寫的序。1979年 8 月 15 日，他在《〈茅盾論創作〉序》裡說：「此所謂論創作，實際上是雜湊的東西。……編這本書的葉子銘同志認爲把這些東西集合起來再印，既可以看到我的思想發展過程，也對於現在從事於創作的青年有點參考價值。我則覺得在我行將就木之年，炒這些冷飯，也有總結我過去工作的意味。」〔註20〕1980 年 7 月 9 日，他在《〈茅盾文藝雜論集〉序》中又說：「由於編者抱了保存史料的目的，選的文章但求多多益善，所以不免瑕瑜互見。不過，翻翻這些舊文章，覺得還能看出自己走過的文學道路，摸到自己文藝思想發展的脈絡，既以自慰，亦以自勉。但想起那些故人故事，又不免感慨萬端。」〔註21〕顯然，當時他已意識到自己走近生命的終點，筆端飽含著複雜而深沉的感情。依我看來，兩篇序文乍看之下，這位一代宗師當年的銳氣似乎已消失了，但仔細回味，它實際上充滿著一個智者的自審意識與對故人的悠遠思念。兩篇序文言簡意賅，一句大話、空話也不說，頗有一切讓歷史去評說的味道。

〔註20〕見《茅盾論創作》，上海文藝出版社 1980 年版。
〔註21〕見《茅盾文藝雜論集》上集，上海文藝出版社 1981 年版。

　　說實在話，當我收到韋韜同志寄來的頭一篇序文抄件時，曾爲他竟然用起「行將就木」這樣的字眼而深感不安。近讀冰心的《〈關於男人〉序》〔註22〕，見她也用了類似的語言，不過這位比茅公長壽的八十七歲的老人，把「行將就木」改成「行將就火」，頗耐人尋味。看來，這些馳騁文壇數十載的老一代作家，對生老病死的自然規律之不可抗拒，都有清醒而冷靜的認識，絕無古往今來那些帝王顯貴企求「長生不老」、「永居高位」的幻想。歷史進入了現代，人人最終均無一例外地免不了「一把火」的處理。然而，軀體消失了，有些人留下的是火種、智慧，有些人留下的卻是空白、遺恨甚至災難等負面的東西。那些能清醒地審視自己的智者，往往屬於前者，雖然他們也不可能是盡善盡美的，但他們總給後世留下一些美好的東西。應該說，茅公屬於智者之列。儘管他僅僅從回顧與總結自己的文學歷程，來談論過去的文論著述，但在五四以來中西文化的劇烈撞擊、交融中，他在文藝理論批評方面所作的廣泛探索、評介與選擇，曾如火種一般，引導一代又一代的作家爲創造我國現代新文學，作出了歷史性的貢獻。

　　二、他對於晚輩的信任與支持。在兩書的序文裡，茅公曾多次提到，其實，這兩本文藝論文集的編選，都是在他的關懷指導與親自審定下，同時又是在韋韜、小曼同志的密切配合下完成的，並非我一人之功。當然，由於我是受上海文藝出版社的委託提出編選這兩本文藝論文集的，所以他對我採取信任與放手的態度，同時又給予多方面的支持、指點與幫助，使得兩書的編選工作能以較快的速度順利完成。

　　他的信任和支持，突出地表現在他破例地同意讓我來協助他進行編選工作。上海文藝出版社提出編選《茅盾論創作》一書，是1979年初。當時，我正在上海參加《文學的基本原理》一書的修訂，有一天，老友余仁凱同志告知他們準備出版一套「五四」以來優秀作家談創作經驗的書，說已約好老舍夫人胡絜青編選《老舍談創作經驗》一書。接著想出一本茅盾的，特約我來編選。當時我認爲他們的計劃很有意義，但有鑒於以往茅公不願意出版文藝論文集的情況，感到把握不大，就回答道：「此事必須徵得茅公本人的同意才行。」仁凱同志說：「這點我們已考慮到了。認爲委託你代我們徵求茅公的意見也比較合適。」我懷著試一試看的心情，特地給茅公寫了一封較詳細地介紹這套叢書的意義和我個人看法的信，希望能得到他的同意與支持。當時，

正是黨的十一屆三中全會召開後不久，大氣候已有明顯的變化，我想也許他不會再固執己見了。果然，1979年元月16日，他讓陳小曼同志代為覆信道：「元月十二日的信收到了。上海文藝出版社約您編一本《茅盾談創作經驗》的集子，沈老沒有意見，只是他記不清他寫了哪些談創作經驗的文章，等您編選之後，他同意看一看選目，並提意見。」據我所知，解放以後，除了《茅盾文集》第九、十卷選收過少量三四十年代的文藝評論外，他沒有編過一本以解放前為主的文論專集，這回破例同意，無論對我或對出版社，都是莫大的信任與支持。實際上，後來進入了具體編選過程後，他並非只是一般地看看選目、提提意見而已，而是就編選中的許多重大問題直至篇目的取捨，都提出指導性的意見，包括在資料等方面都提供了方便。關於這方面的情況，後面還要談到。這本書從編選、發排到出書，前後只用了一年半不到的時間，它之所以能以較快的速度出版，應該說同茅公的充分信任與直接指導分不開的。當然，那時上海文藝出版社對這套叢書的重視，也是一個重要原因。記得茅公見到這本書後，也十分高興，曾說過：「看來上海文藝出版社工作效率比較高。」

關於編選《茅盾文藝雜論集》的緣由，茅公在為此書所寫的序裡，說過這樣一段話：

> 自從走上了文學道路，六十多年來陸陸續續寫了不少文藝評論。這些文章，除解放後寫的曾編過兩本集子，其他的絕大部分隨寫隨丟，既未保存，也沒有收進集子。究竟寫了多少，自己也不清楚。近有熱心友人統計一下，竟有六七百篇之多。這些文章中，關於談創作經驗的，去年由葉子銘同志協助選編了一本《茅盾論創作》；關於神話研究和外國文學評介的，也有出版社正在選編集子。剩下的是一般的文藝評論，包括論文、書評、小品、雜感、講演等等，數量甚多。葉子銘同志又建議，將這些評論文章再選編一本集子，理由是這些文章散見於解放前的各種報刊上，現在很難見到，編成集子，對於研究中國現代文學的同志，還有點參考價值。

> 這本集子就是這樣編起來的，共選文章二百五十餘篇，取名《茅盾文藝雜論集》，蓋謂其內容和文體兩均龐雜。

這本集子確實是我提議編的，但茅公決定仍然讓我來協助他編這本書之前，曾有過一番曲折。促使我提出這個建議的，是由於在編《茅盾論創作》

的過程中，茅公一再囑咐我要從嚴編選，把許多他認為與談創作經驗關係不大的文章都刪去了，其中包括他早年所寫的倡導文藝為人生的著名篇章，以及大量文藝思想評論和總結新文學運動歷史經驗的文章等。我覺得把這些文章全部刪去太可惜了，但收進來確實也不合適。1979 年 6 月 2 日下午，我在茅公書房裡向他匯報《茅盾論創作》的定稿事宜時（韋韜、小曼同志也在座），就當面向他建議能否在《論創作》之外，另編一本文藝論文集，把其他有關文藝評論的文章都收進來，以便於研究者、讀者查閱。我還特別強調，他從文學研究會時期以來所寫的大量未編入《論創作》的文論，是一批研究我國現代文學理論批評史的重要歷史文獻，且散逸難覓，如能匯編成集，對從事教學與研究的同志都大有益處。茅公聽後，沉思了片刻答道：「你的這個建議很好，倒是可以考慮的。不過，這類文章數量多，內容也雜，編起來頗費事。」當時，由於我還沒有徵得上海文藝出版社的同意，所以不敢冒然表示我願意協助他來續編這個集子。回到南京後，我立刻寫信徵求上海文藝出版社的意見。說來也巧，不久就先後收到韋韜同志與出版社的信。前者告訴我茅公已採納我的建議，並已將這本集子交給人民文學出版社出版，希望我就編選的設想提提意見；後者則告訴我，他們同意接著出版茅公的集子，仍然委託我來編選，並要我轉告茅公。我想事情大約已難以挽回，不便再爭了，但還是把上海文藝出版社的意願轉達給茅公了。出乎我意料之外，7 月 6 日，韋韜與小曼同志聯名給我寫了封覆信。信中說：

　　您的來信中談到上海文藝出版社願意續編沈老的《論文集》，此事上海文藝出版社的胡從經同志也來信提出。當時，我們回信告訴他這本集子沈老已答應給人民文學出版社編印了。

　　但是，沈老在看到您的信後，又在我們的「說明」下，又改變了主意，認為由上海文藝出版社編印更好。一是有您協助上海文藝出版社；二是上海編《論創作》時已經複印了不少材料，其中不少《論創作》不用的，《論文集》可以用，不至浪費；三是在上海搜集解放前的舊文章比北京方便。因此，沈老要我們與嚴文井同志再商量。交涉結果，嚴文井同志總算同意讓上海編印了。

　　現在要請您再告訴上海，就說沈老最後還是同意請上海文藝出版社續編這本《論文集》了。

當我讀完這封信後，心情是十分複雜的。茅公及其家屬的信任，對我當

然是莫大的鼓舞與鞭策，但一想到由於我的猶豫、臨事不果斷，致生波折，給人民文學出版社添了麻煩，實感內疚。好在此事並沒有傷了兩家出版社的和氣。從這件事中，我更加深切地感受到茅公對我這個晚輩的信任與期望，也推動我於繁忙的學校工作之餘在韋韜同志的大力支持與配合下，努力完成近九十萬字的《茅盾文藝雜論集》的編選工作。

三、從兩書的編選中，我對茅公那種認真嚴謹的治學態度和嚴於律己、寬以待人的品格，有了更直接、更深切的感受。

《茅盾論創作》一書編得比較早，當時茅公的健康狀況也尚好，所以對此書曾親自提出許多指導性的意見，對我提出的選目，也大多讓家人找出原文，重新翻閱一遍，然後表示取捨意見。可以說，他對這本書的編選是相當重視的，抓得也很緊，對涉及全書的一些重要原則問題，更是如此。例如，關於編選原則問題，開始我同茅公的想法就有些分歧。他一直堅持編選要從嚴求精，凡是同談創作經驗與藝術規律、技巧關係不大的文章，一般都不收。我則傾向於在精選的前提下，適當擴大編選的範圍，即除了談創作經驗、作家作品論與論選材、構思、技巧的文章外，有關創作思想與文藝思想評論方面的一些代表性文章，也要選一點。在這一思想的指導下，1979 年 3 月間，我擬的初選篇目就有 171 篇，其中包括文學研究會時期所寫的倡導文學為人生與論無產階級藝術的論文，如《文學與人生》、《社會背景及創作》、《新文學研究者的責任與努力》、《論無產階級藝術》等等。茅公看了這份選目後，把關於文藝思想評論的文章幾乎全刪了，特別是從他開始小說創作以前的文章，即歷來為史家所重視的提倡為人生而藝術和論無產階級藝術的論文，都統統被他勾去了。理由是這些文章同談創作經驗關係不大。後來我曾多次建議，這類文章雖不是直接談創作經驗的，但卻反映了他早期的創作思想，能否適當選幾篇，他始終不肯同意。《論創作》一書的選目，前後五易其稿，最終經他審定，只選了七十三篇。其間，對我提出的每一次改稿，他都要反覆推敲，或增或減，堅持從嚴求精的原則。一位八旬老人，在一個選本上，依然保持著如此嚴謹認真的態度，實在令人感佩！《茅盾論創作》後來專注於選收談創作經驗與甘苦、談藝術規律與表現技巧的文章，給人以面目一新的感覺，對於從事創作與研究的同志也大有助益。這是茅公始終堅持從嚴編選的結果。此書初版就印行了三萬冊，不久又重印。據上海文藝出版社的同志告知，這本書在上海書市和香港書展上，甚受讀者歡迎。我想，如果按我那種偏於求全的設想去編選，特色就不那麼鮮明了。

　　當然，茅公也並非在一切問題上都是以自己的意見爲轉移的，凡是合理的建議，他都會加以採納。在這點上，他具有長者的風度與胸懷。這裡，不妨再舉點例子。比如，關於書名，最初出版社擬把整套叢書統一定名爲「某某談創作經驗」或「某某創作經驗集」。當我進入具體編選過程時，感到茅盾歷來很少寫談自己創作經驗的文章，但卻寫過大量作家作品論和談論創作的構思、選材、結構、技巧以及人物描寫等等問題的文章，其中有不少是開闢草萊、獨具慧眼的佳作。因此，我產生了——想把書名改爲《茅盾論創作》或《茅盾談創作》，如此一來，就可以把編選的範圍拓寬，也能較全面地反映茅盾對創作問題與藝術規律的探求與總結。由於此事涉及到整套叢書的定名，我徵求了出版社的意見，他們也覺得很有道理，但要我聽聽茅盾本人的意見。此外，考慮到解放後的文論，茅公已編過幾本集子，且當時即將由人民文學出版社出版的《茅盾評論文集》（上下兩冊），收集的也全是解放後的文論，因此我又建議《論創作》以選收解放以前的文章爲主。1979 年 4 月 17 日，陳小曼同志覆信道：「來信及選目沈老已看過，他談了如下意見，要我轉達給您。一、關於書名，他也認爲用《茅盾論（或談）創作》更好一些，因爲他沒有寫過什麼談自己創作經驗的文章；二、他同意以解放前的爲主，解放後『文革』前的只選幾篇主要的。……」同時，她還告訴我，沈老讓他們提供一份解放前所寫文論的「補充選目」，以便於我挑選，免得我費時間去搜尋。

　　同上述問題有關的，是體例與內容編排問題。原先我是按編年的方式擬出選目的，茅公同意改用《論創作》的書名後，我又產生了一個想法，即改用分類編年的體例，把全書內容分三個部分：一、茅盾談自己的創作歷程與創作經驗的文章；二、評論他人創作的文章，即作家作品論；三、泛論文藝創作問題的文章。1979 年 6 月 2 日，我在茅公寓所裡，就書名與體例問題，當面向他作了詳細的匯報，並得到了他的首肯。回寧後，我把經茅公反覆審定的篇目，基本上按分類編年的方式，擬出最後的發排稿，寄請他作最後的定奪。同年 7 月 11 日，韋韜、小曼聯名覆信道：「您的信，我們念給沈老聽了。他同意您對《論創作》選目的編排次序和意見。請您按此發排。關於《對於文壇的一種風氣的看法》，上次沈老沒有選，這次見了您的信，又說增加進去也可以。這次，又要增加一篇文章：《短篇創作三題》，其中一部分原載《人民文學》1963 年 10 月號，現在沈老根據原稿又增加了當時未載的部分。」關於這本書的書名、體例和基本內容，就這樣確定下來了。

　　我之所以就這些近乎瑣碎的細節問題，作了比較詳細的追述，乃是由於《茅盾論創作》的書名與基本格局，是經過茅公本人的認真考慮與審定的，因此，後來也為上海文藝出版社所採納。他們最後把這套叢書都統一定名為《某某論創作》，並且把此後出版的各書內容也基本上分為三個部分，使得這套叢書的內容更為豐富充實。這可以從他們為叢書所寫的「出版說明」中得到印證。不過，最先出版的《老舍論創作》一書，書名雖然也改了，內容仍然僅限於收老舍談自己創作經歷與創作經驗的文章，留下了明顯的初期構思的痕跡。

　　關於《茅盾文藝雜論集》，我在該書的《編後記》裡已作過比較詳細的介紹，這裡再就一些背景情況作點補充。這本書雖然也是在茅公的直接支持與指導下編選的，但由於當時他正忙於「回憶錄」的寫作，健康情況也越來越不好（此書的最後定稿，就是在北京醫院裡茅公的病榻前進行的。詳見本書第五章第七節），所以除了一些總體設想外，大量的具體工作，都是由韋韜同志協助進行的。茅公最初曾設想把書名定為《文史雜論》，後來才又改為《文藝雜論集》的。這本書的編選，一開始就明確是從保存史料的目的出發的，所以他對一些具體篇目的取捨問題，也就比較放手。對我說來，接編這本範圍廣泛、字數約九十萬的厚書，且所收全是散見於解放前舊報刊的大小文章，遇到的首要問題勢必是搜集資料的困難。當時，我在學校裡的工作比較忙，不可能四處翻閱、複印那些老得發黃的報刊資料。開始，我先就自己手頭與本校圖書館的材料，編了一個比較粗的初選篇目，目的是就大的格局聽取茅公的意見，以便理清編選的思路。這份選目只收了一百來篇，除收《論創作》剔下的一些重要文章外，還包括其他的一些文藝思想評論和文藝短評、作家作品論，中國古典文學和外國文學評論，以及神話研究、翻譯理論等等。1979年12月20日，韋韜同志覆了一封長信，轉達茅公的意見。後來《雜論集》編選範圍的確定與工作程序，基本上是按這封信的思路進行的，故不妨錄以存真：

　　　子銘同志，

　　　　您好！

　　　　來信及《文藝雜論》篇目收到多日了，因沈老忙於他事，最近才親自過目。他對您的熱忱幫助表示感謝。

　　　　由於他還抽不出時間來看這些文章（這些文章基本上我們這裡都有），所以不能對具體的各篇表示取捨，只提出一些原則性的意見：

一、這本《雜論集》解放後的文章不收（或只收一、二篇），因爲解放後的已出版《文藝評論集》，其中遺漏的，準備將來再版時補編進去；

二、神話部分，天津百花出版社已準備出單行本集子，也不收了；

三、外國文學評論因要另出專集，只收論中國文學或介紹外國文學的（這部分文章不多，解放以前的更少——韋）；

四、體例按文章的性質分輯是一個辦法（如您現在提出的辦法），但各輯的份量恐怕不平衡。另一個辦法是按歷史年代、時間順序編排分輯，如分 20 年代、30 年代、抗戰至解放前三輯，好處是能看清思想發展脈絡，壞處是雜一些。所以開頭就題名「雜論」

沈老的意見，讓我在您所擬的篇目的基礎上，根據以上原則，把遺漏的增加進去，搞一個補充篇目，再請您審議。他自己有空時，將陸續按順序看所選的文章，一篇篇確定下來。

我將盡快把補充篇目擬出，但因爲多少要瀏覽一下原稿，恐怕要春節前後才能寄上。

匆此即頌

冬安

韋韜十二月二十日

同《論創作》相比，編選《雜論集》時，茅公對過去文論著述的態度，又有明顯的變化。一、他不再堅持不炒「冷飯」的態度（「文革」前他對此採取一種近乎固執的態度），終於同意對解放前的文論舊作進行全面的整理與編集。在他逝世以前，這項工作雖然是由各家出版社分散地進行的，但卻爲後來《茅盾全集》的編輯提供了初步的基礎（因過去很少出過集子，所以後來編全集時，文論部分的難度最大）。就《雜論集》而言，茅公不僅提出許多指導性的意見，而且讓韋韜同志不斷給我提供了大量的原始材料與補充篇目，由我進行頭一道篩選工作，解決了找資料難的問題。篇目確定後，除少量由上海文藝出版社找人複印外，絕大部分發排文章，也都是由茅公提供的（當時，爲了撰寫「回憶錄」，他曾託上海的孔海珠同志及其他親朋，搜集、複印了大量舊報刊文章）。二、編《論創作》時，他堅持從嚴求精，編《雜論集》時，由於他終於同意「爲保存史料、便於讀者」這一宗旨，所以在篇目的取

捨上，也放寬了尺度。正如茅公在序文中所說的，確實是力求多選些文章，便於讀者與研究者較全面地瞭解他在文藝評論領域中的活動。我的這個想法，得到了韋韜同志的有力支持與配合。《雜論集》的選目，也三易其稿，含量不斷擴大，最後共選了二百五十餘篇，約九十萬字。茅公晚年之所以同意我這樣做，我想同黨的十一屆三中全會的實事求是、尊重歷史的新的學術氣氛，有密切的關係。比如，他同意選收 1927 年所寫的《中國文學內的性欲描寫》一文，這在過去是不可想像的。以傳統的道學家眼光來審視這一題目，必然要皺眉腹非，其實，只要翻讀一下內容，就會明白這是一篇頗有見地的學術研究文章，從中也可見出作者中外文學的深厚功底。當然，在具體篇目的增刪上，有時我們同他也會產生一些分歧，如關於他在《文藝陣地》上所寫的一批書評，開始他不同意收，後經說明，他覺得有理，也就同意收了。

在兩書的編選過程中，有一件事給我留下特別深刻的印象。《茅盾論創作》發排後，我在《編後記》裡，特地提到韋韜、小曼同志曾為此書的編選做過許多工作，這本屬實際情況，誰知遭到韋韜夫婦的一致反對。小曼同志來信說：「昨天同時收到您和上海文藝出版社張遼民同志的信，都談到要在《茅盾論創作》的編後記中提到沈霜和我的問題。我們倆人一致要求你們務必把這段話刪掉。本來我們並沒有做什麼工作，如果對你們的工作提供了某些方便的話，那也是我們應該做的。」（1980 年 3 月 31 日信）。她還要我盡快將他們的要求告訴出版社，並說「沈老在病中，就不去打擾他了，相信他也會同意我們的意見的。」當時，我同出版社的同志都認為應尊重事實，所以在清樣上並沒有將這些話刪去。結果，茅公看到清樣後，親自把這段話刪去了。《雜論集》發排後，我又再次在《編後話》裡提到韋韜同志，因為他對此書出力更多。老實說，如無他的有力支持與配合，這部工作量相當浩繁的集子，是不可能在較短時間內完成的。對這種寫法，韋韜同志又再次表示反對：「《編後記》中，還是不要提我的名字，因為我不過是幫沈老辦點具體事，作為他的耳目而已，寫上名字不好。」（1980 年 12 月 10 日信）這回，由於我同出版社的堅持，這些話最後總算保留了。

從這件看來似屬閑文的小事，我深深感受到茅公那種嚴於律己的品格，以及這種品格在他親屬中的投影。近數年來，每當耳聞目睹文壇上的某些作家親屬，為爭遺產、爭稿費、爭名利，甚至把作家爹娘的著作、手稿視為私產加以封鎖、壟斷的奇聞怪事時，總要想起茅公及其一家。這兩者之間真可

謂天壤之別！茅公逝世之後，把畢生辛勤寫作所得的稿費，無私地捐獻出來；
《茅盾全集》陸續出版不久，韋韜夫婦又把全部稿費，獻給茅盾研究學會。
我想，這決非偶然的巧合。

　　「文革」以後，在我同茅公的交往中，他那嚴於律己、寬以待人的品格，
以及那和藹可親、平等待人的態度，都從許多看來似屬平常的小事中表現出
來。這裡不妨再舉幾個例子。粉碎「四人幫」後，我開始登門去拜訪他時，
曾隨身帶了點江南的土產，數量實在有限，不過是想到他是南方人，藉以聊
表晚輩的敬意而已。記得我送過兩次東西。第一次帶了點江南常見的花生、
蝦米，結果他回贈了我一套「文革」後新版的《水滸》。第二次我帶了兩小瓶
精裝的江蘇洋河酒和一點金針菜，他又回贈我兩瓶五糧液與一條中華牌的過
濾嘴香煙。這回，他微笑著對我說：「你以後不要再給我帶什麼東西了，我這
裡都可以買得到。再說，我現在年歲大了，不大能吃什麼東西，酒不喝，煙
也戒了。看來，你的收入不會多，禮節性的東西就免了。不過，有機會到北
京，歡迎你到我這兒來談談。」他這一席話，使我既慚愧又感動。我送了點
薄禮，他還要費心讓家人買東西回贈，價值也超過我送的東西，無異於增加
他的麻煩。因此，後來我多次去拜訪他，都遵囑空手而去，但每次他不僅以
茶水、香煙招待，而且以他那縱論文壇往事的娓娓長談，給了我許多教益。

　　茅公還送給我許多他個人的著作。1977 年 10 月初，我曾給他寫信，詢問
《子夜》的創作與 30 年代初中國社會性質論戰的關係。他除了覆信作答外，
又在事隔兩個月之後，將「文革」後他重新出版的頭一本著作——新版《子
夜》，親筆簽字郵贈。在 1978 年 1 月 17 日的覆信中，他說：「另掛號寄上《子
夜》一本，此新版後有新後記，略述當時寫作意圖，或可供參考也」〔註23〕
原來，兩個多月前我所問的問題，他在新版後記《再來補充幾句》裡，已明
確肯定「這部小說的寫作意圖同當時頗為熱鬧的中國社會性質論戰有關」，並
對當時論戰中的三派觀點同《子夜》的寫作意圖之間的關係，作了扼要的回
顧。令人高興的是，他不僅在郵贈的新版《子夜》上，用毛筆題寫了「子銘
同志指正茅盾一九七八、一月」，而且用一個大信封細心地包裝起來，用遒勁
秀麗的毛筆字，詳細地寫下通訊地址。這是我平生第一次得到茅公親筆題贈
的書。從此以後，每逢有新書出版，他差不多都親自題字相贈，前後近十種
之多。最後一本是他病重住院前題贈的四川人民出版社出版的《霜葉紅似二

〔註23〕見《茅盾書簡》，第 410 頁。

月花》。茅公的贈書，不僅給我的研究工作及時地提供了方便，更重要的是體現了老一輩作家對晚輩的情誼和無形的鼓勵與鞭策。

應我的請求，茅公還曾書寫了兩副條幅相贈。我特別喜歡他題贈的《題紅樓夢畫冊·贈梅》一幅，它寫於 1980 年 10 月，其時我還沒有料到，此刻他已是走近了自己生命的終點了。在他晚年體弱多病、工作繁忙之際，我一度還不斷代人請他題寫書名，或代人轉請他審閱文章，給他增添了額外的負擔，且連宣紙都未曾寄過一張，純屬揩油性質。經我之手得到他題簽的，就有《論無產階級文學》、《俞銘璜文集》、《中國現代文學史》（九院校本）、《野草集》等。後來求書者日多，使他應接不暇，所以他曾讓家屬寫信，說明今後除熟悉的友人外，凡是他不認識者均恕不題字，叫我不要再代人索書了。即使如此，在他病重住院之前，他還答應病愈出院後，準備為《以群文藝論文集》題寫書名。遺憾的是，他終因病情惡化而謝世，，這一為戰友的文集題簽的心願未能實現。當年，我時常為這類瑣事去麻煩他，分散了他的精力與寶貴時間，回想起來，至今猶感不安。

特別使我不能忘懷的是，就在茅公逝世後不久，我忽然收到韋韜、小曼同志代為題贈的一本書——香港時代圖書有限公司出版的《鍛煉》。他們十分鄭重地在此書的扉頁上寫道：

　　子銘同志惠存：

　　　　這是先父生前囑咐要送你的書，現由我們代為奉上。

　　　　　　　　　　　　　　　　　　　　　　　韋韜、陳小曼

　　　　　　　　　　　　　　　　　　　　1981 年 4 月 11 日於北京

當我翻開這本書，讀到這一令人心酸的題字時，一種難以用言語形容的沉重心情，充溢心間。事後，我得知，就在茅公臨終之前，曾特地關照韋韜同志把新出的《鍛煉》一書，送給一些知交友好，其中大多是他同輩故交與文藝界的親友，而像我這樣一個經常給他添麻煩的晚輩，竟然也系列其中。茅公的這種不以輩份、地位論交情的長者之風，使我永遠銘記難忘！

有人說，研究一位作家，如交往越深則感情色彩越濃，不可能超脫地作出客觀的、實事求是的評價。依我看，情（感情）與理（理智）兩者之間，既有聯繫又有區別。一個研究者，不可無「情」，缺乏感情（或激情）的研究，如「左」的思潮支配下的「奉命寫作」，或視風向、行情而趨之若鶩的研究，是不可能真正瞭解、接近研究主體的。同樣的，也不可無「理」，缺乏冷靜、

客觀的理性審視與判斷，同樣不可能寫出具有學術生命力的東西來的。情與理是對立統一的辯證關係，處理得好則渾然一體，處理不好則相互排斥。當然，要達到前一種境界，並非易事。人們素來都認為茅公是位偏於理智型的作家，其實，在其理性背後也充滿灼熱而深沉的感情。就我個人同他的長期交往看，他對情與理的處理，是相當清醒的。作為一個幾乎歷盡本世紀的風雲變幻的文學大師，他是十分珍惜友情的。從 20 年代到 80 年代，他對不同輩分與層次的作家，包括晚輩，曾傾注了多少真摯的感情。然而，他確實也是一位十分理智的作家與學者，這表現在他對他人的創作與中外文學的研究，一向持嚴謹、冷靜的態度，很少感情用事或作浪漫式的發揮；同樣，也表現在對自己的創作與文學活動上，他也不喜歡缺乏根據的溢美之辭，更不想去拉一批人來為他捧場。他的經歷與著述，已成為客觀的歷史，不需要另造出一些堂皇的桂冠。從 20 年代以來，他曾批評過別人也曾被別人批評，他有過創作的黃金時代，也有過創作上的苦悶時期，在歷史的風浪中幾經沉浮。對此，他在晚年的回憶錄中，曾作過冷靜的回顧與總結，可惜言猶未盡。就我的感觸而言，茅公臨終前的最大期望，是對他的歷史與畢生的功過是非，作出公正的、客觀的歷史評價；是期待後來者中，能吸取他們一代的經驗與教訓，產生超過他們那一代的新的文學巨人。這些話，他晚年都曾公開說過，其中就飽含著他對情與理的思考。

我之所以講了這麼一段類似畫蛇添足的題外話，意在說明，要研究包括茅盾在內的作家，沒有感情（含愛憎）的超脫式研究是不行的，實際上也是不存在的；但光憑感情而無理性的制約與判斷，同樣也不可能深入瞭解和真正把握所研究的對象，特別是一些經歷複雜的大作家。這往往也是一個研究者所難於企及的目標。我雖然同茅盾有過較多的接觸，也讀過他不少的著述，然而到現在為止，我不敢說已經完全瞭解他了。

五、茅盾晚年生活見聞點滴

關於茅盾晚年的飲食起居，以及他病重住院時的情況，也從一個側面，反映了他那簡樸無華、寬厚待人的品格。他逝世以後，不少回憶文章，都已談到這方面的情況。這裡，我想就自己的見聞，再作點補敘。

「文革」後，我最初同茅公接觸，大多是在他寓所客廳裡。起先，他都是穿戴得十分整齊，在客廳裡同我交談的，對他平時的生活情況，我所知無

幾。後來，我們在他臥室隔壁的書房裡見面，他也就比較隨便了，身著家常衣服，有時見他衣服的袖子上還打了補丁。書房與臥室的擺設，也相當簡樸，大多是些舊式的家俱（後來添了些新桌椅），房間四處擺滿各種古今中外的書籍。當時，我的直感是，他晚年過的是書齋式的生活，沒有什麼豪華的擺場與新穎的現代化設備。然而，這也僅僅是現場直感而已，並不瞭解更多的細節。

茅公逝世以後，我從參觀他的臥室、遺物和同韋韜、小曼同志的交談，以及後來從照料茅公晚年生活的工作人員小李的介紹中，方得知他飲食起居與待人處事的一些具體情況。我的所見所聞，同我的親身感受，頗爲吻合。

1981 年 4 月 12 日，我參加了茅盾先生的追悼大會後的第二天晚上，於離京前夕再次到交道口看望韋韜夫婦，同他們作了一次長談。席間，忽報周而復同志來訪，他是來瞭解茅公病重住院到逝世前的情況的，說是準備寫悼念文章。接著，他又提出想看一看茅公的臥室和遺物，其時，茅盾故居尚未整修，均保持原貌。在韋韜夫婦的帶領下，我也同周而復同志一起來到後院，仔細地觀察書房、臥室及茅公生前所用的遺物。下面根據我參觀後整理的記錄，把當時的所見所聞，記述如下：

進了書房兼會客室，四周擺設同我過去所見，並沒有什麼變化，室內仍擺著許多老式的書樹、書架。韋韜指著迎門一排書櫥說：「這裡擺的都是些我父親生前常翻的書」。走近一看，多數是一些中外文史書籍，其中有《資治通鑑》、《續資治通鑑》和中國現代、古代的文學作品，書櫥上堆了許多舊版線裝書。韋韜又打開靠近臥室的一個書樹說：「這裡擺的主要是我父親的著作」。其中包括解放前後的各種新舊版本，還有許多茅公著作的各種外文譯本。周而復同志抽出了《中國的一日》的精裝本，說：「這裡還有我的一篇短文呢！〔註 24〕這是我公開發表的頭一篇作品。茅公當年把它選進去。對我的鼓舞很大。」接著他翻開目錄，記下了篇名。我問：「當年你幾歲？」他笑著說：「只有二十歲。所以茅公也是我的引路老師」。書房西頭還有一排半人高的老式書櫃，放的是二十四史等古籍，上面堆滿各種外文書報與文件。書房西邊有一個小房間，周而復又問：「這是做什麼用的？」韋韜答道：「是我大女兒住的。原來我們怕爸爸夜裡無人照料，就在他臥室裡搭了張小床，讓她陪住。但我

〔註24〕見《中國的一日》第三編《上海》，題爲《在深林一樣的馬路上》，署名周而復。

爸爸不肯，說有人在旁邊，一有響聲就睡不著。後來，我們就讓大女兒住在這個小房間裡，萬一有事，也好照應」。

我們從東邊的一道小門，走進了茅公臥室。在他生前，我只從門口看到個大概，從未進去過。我初到北京參加追悼大會前，曾到臥室裡瞻望過茅公的遺物，當時人多，未及細看。這裡是他晚年生活起居（包括寫作）的主要場所，過去我曾見房間裡擺著兩張床，現在只有一張老式鐵架床，係他生前所用。迎面看去，最醒目的是床後的鐵欄杆上掛滿各色繩帶，粗細不一，顏色也各種各樣。這些繩帶，都用活結，整然有序地列成一排，掛在鐵架子上，顯得十分特別。開始，我們都感到奇怪，不知為何掛滿這麼多看上去屬十分普通的繩帶，也弄不懂這是作什麼用的？韋韜笑著說：「這是我父親用的褲腰帶。他不愛用皮帶，仍舊用這種繩子。平時他都整齊地把它們掛在床後，根據季節和需要，輪流取用。」

從這些看上去每條大約只需毛把錢的繩帶，可見主人日常生活之簡樸，大約也說明他直至晚年，仍保持著長期形成的生活習慣吧！從那一字排開的整齊程度，也可見出在生活小事上，他同樣是一絲不拘的。

鐵床床頭約一米半高的架子上，還掛著一塊黑幔，寬度約一米，同床的寬度一樣。我上回見到這塊也是十分奇特的黑幔時，還以為是茅公逝世後，家屬為表示哀悼掛上的。這次就想問個明白。誰知韋韜回答說：「這是擋風用的。我父親怕冷，特意在床頭掛上這樣一塊布。」仔細捉摸，原來這張舊式鐵床，前後床架都是透風的，不像如今各種豪華式的時豪新床，床頭有柔軟的靠墊。再看床上的枕頭、床單和被褥，都同普通家庭的床上擺設差不多，甚至還要簡單陳舊些。茅公日常生活如此之簡樸，實在也是出乎我意料之外。

緊靠鐵床，放著一隻床頭櫃，旁邊擺著一張小書桌，都屬一般常見的普通式樣。書桌左首放一罩式檯燈，大約燈架不高，茅公把它擺在一堆書上（似為《辭海》）以便於照明。書桌右首也擺著一堆書，最上面的一本是《論無產階級文學》。這是南京大學中文系教師所寫的論文集，書名是茅公題寫的。這本書夾了許多紙條，說明他生前曾翻閱過。記得韋韜收到此書後曾覆信說，書中對左聯時期的文藝思想與文學創作，勇於提出一些新的看法，可供他父親寫回憶錄參考，故特地推薦給茅公看的。這堆書裡還有一本《茅盾論創作》，也夾了一些紙條。也許此兩書同我多少有些關係，所以我比較留意，其他的就記不清了。不過，記得數日前見這堆書是放在左首的，且只有四五本（包

括上述兩書），不知原來究竟是怎樣擺的？也許是茅公住院後移動過，這回是家屬根據原樣恢復的。這只小書桌上，放了一大堆鋼筆、圓珠筆，周而復大約覺得茅公生前常用毛筆寫字，就問道：「怎麼沒有毛筆？」韋韜說：「他寫毛筆字常常是在書房的大寫字檯上，毛筆也放在那裡。」說起書房裡那張比較寬大漂亮的寫字檯，我早先就聽說是國務院機關事務管理局後來撥給的，「文革」後最初一段時間裡，我在書房裡同他見面，尚無這只大寫字檯。

在鐵床與書桌周圍的小小空間，是茅公晚年休息、寫作的主要場所。特別是後來他身體越來越虛弱，氣喘得厲害，就躺到床上休息，有時還得吸幾口氧氣。但喘息一定，他又起身坐到小書桌前，繼續寫作。1981 年 2 月 18 日，他就在這張小書桌前寫了回憶錄的最後幾頁；回頭補寫關於《虹》與《霞》的部分。第二天發燒，20 手住進了北京醫院後，他就再也沒有回到這幾來。

進了臥室的門，就能見到一只並不顯眼的衣櫃，高度只有一米五左右。小曼同志說：「這只衣櫃是父親自己設計的。他在櫃門上想了點辦法，使門一關就嚴嚴實實，灰塵掉不進去。」這大約是「文革」前做的，當時他住在東四頭條文化部宿舍小樓，深受北京風沙之苦（這點後面第六章《北京茅盾舊居的變遷》裡，將有詳細的記述）。打開櫃門一看，裡面掛著一件他生前常穿的藏青色絲棉襖，袖子上已打了補丁。旁邊還有一個中型的衣櫃，裡面整齊地掛著一排他生前常穿的衣服。

靠鐵床的後頭，有一低矮的桌子。上面擺滿《文學》、《筆談》等舊雜誌。這是他寫回憶錄時常常要翻看的，把這些舊雜誌擺在床邊，可以隨手取來，倚床而讀。

臥室裡唯一具有現代化特徵的設備，是一隻不大的空調機。據韋韜夫婦說，原先並無此物。因北京的嚴冬降臨，或乾燥的夏季到來，老人就無法工作，所以他們特地提出要給他買的。他總算同意了，花了兩千多元買來這個空調機，老人晚年的工作與生活環境，就好多了。

與空調機形成鮮明對照的，是靠衛生間門邊掛著的一件藍白相間的短浴衣，已破舊不堪。我取下一看，這件質地同毛巾相似的浴衣，已稀鬆脫線，雖經縫縫補補，上面還有許多破洞。然而他竟然還在使用，令人感到不可思議。我們問：為什麼不換件新的？小曼同志答道：「我們幾次要替他換新的，他都不肯，說還可以用。」韋韜同志接口道：「父親每次洗澡，都是我在身邊幫他擦洗的。洗完澡，他擦擦身子，首先就要穿這件浴衣。因為浴後還要出汗，穿

上它可以吸汗水。這件衣服確實太破舊了，但他穿習慣了，覺得貼身舒服，一直不肯換。」在靠衛生間的一隻大衣櫥邊，還掛著一件新的蛋黃色的長浴衣。原先我們以為是家屬替他買來的，後來方知這是出自韋韜的手藝。這次周而復同志見到了，也好奇地發問。韋韜笑著回答道：「這是我從外邊買來毛巾被，自己動手剪裁做成的。為的讓他出浴後加穿在身上的，免得受涼。」小曼在旁邊又補充道：「這種長浴衣，當時外頭買不到。因為，那時的風氣，穿這種衣服被視為追求資產階級生活方式，所以店裡也不賣，我們就自己做了。」看來，這件長浴衣，既表現了兒子、兒媳的一片深情，也是特定歷史時期的產物。

離開臥室前，又見到鐵床前後，都裝了小電鈴。原來，這是 1978 年夏天他夜裡起床摔交後，韋韜為他安裝的，有事可以讓老人按鈴叫人。在臥室的牆上，掛著一張茅公父親的照片，看上去只有二十來歲。我問：「這是什麼時候掛上的？」小曼說：「這是幾年前的事，父親忽然提出要掛的，我們就按他的意思辦了。」後來茅盾故居開放後，我在臥室裡見到的這張照片，又換成茅公母親的照片了。其間的變化，我就沒有細問了。

1983 年，我同《茅盾全集》編輯室的同志，曾在交道口茅盾故居住過一段時間。當時，曾在茅公身邊照料他生活的李淑英同志，也被作協留在故居照看房子。她為人敦厚樸實，大家習慣稱她小李。相處了一段時間後，我知道她是茅公晚年比較喜歡的一個貼身工作人員，在茅公逝世前的最後兩年多時間裡，一直是由她協助韋韜夫婦，具體細緻地照料老人的飲食起居及衣著等生活瑣事的。她對茅公晚年的生活情況，相當熟悉。徵得小李的同意，是年 7 月 29 日，在炎夏的一個夜晚，我著重就茅公晚年的生活情況，約她作了一次長談。她的介紹，十分具體真切，其中還談了一些她印象最深的生動細節。當時，我們曾相約，在適當的時候，我想引用她所談的材料。時隔四年餘，重新翻閱她當年談話的記錄，我彷彿又看到面前出現一個活脫脫的茅公形象，一個既嚴於律己又充滿人情味的寬厚長者的形象。她所談雖多屬生活瑣事，然真實可信。因此，我想再花費點篇幅，根據當時談話的自然順序，採取第一人稱的寫法，再作一些介紹：

我是廣西賓陽縣人，1958 年出生的。我的哥嫂都在北京，家裡人走了，所以 1978 年我也到北京嫂嫂家，幫看孩子。我是 1979 年 1 月來沈老家的，先是沈老私人找我的，以後管理局承認了。我來前有一個北京的小姑娘在沈老家做事，她為自己搞調動，偷蓋公章，所以被辭退了。

　　我的任務是照料沈老的日常生活。第一次到沈家，就覺得沈老對人特別和氣，沒有一點大人物的架子。我剛來時，什麼也不懂，有點害怕。他對我說：「不要緊的，你有什麼不懂的，我教你。」比如，怎麼弄泡菜，我起先不懂，反而是沈老教我的，教得特別清楚仔細。他說：「以後你有什麼事不懂，就告訴我，這沒關係的，我知道的會教你的。」對身邊的服務人員，他都這樣。有一次，負責燒飯的王阿姨，發現沈老吃飯時剩的飯菜比較多，就問沈老：「是不是我燒得不好？不合口味？」沈老馬上說：「不！不！是我的胃口不好。」

　　他生活上喜歡盡量自理，不大願意麻煩人。每次洗澡，由韋韜在旁邊幫助擦洗，他不要別人。洗完澡，他就盤起腿來，自己動手剪腳指甲。我來後半年，見又在剪指甲，那時他已八十三歲，眼睛又不好，就提出是不是讓我來代他剪。他說：「這行嗎？」我說：「可以的」。他笑起來了，說「那太好了！」從這以後，才由我替他剪指甲。他年紀那麼大了有時還自己去看病取藥，後來我學著慢慢代替他。比如不是什麼大病，就讓我替他寫藥單，替他取藥，有一次，沈老還表揚我的字寫得不錯。

　　他對人很關心。有一次，我替他擦窗戶，高處的夠不著，我就爬上去擦。他看見了不放心，就喊我：「小李，窗戶那麼高，你也敢爬呀！有點灰不擦算了。」每次工人來替他修電燈、水龍頭，他都要說聲「謝謝」。我覺得他對服務人員挺客氣的。沈老對我的學習也很關心，有一次，他要我自學，說可以跟著電視裡的講座邊聽邊學嘛。我說：「我不行。」他還以他父親自學數學的例子來教育我，後來他還要我學習英語。有時空閑下來，他也隨便同我聊天。有一次，他跟我講小時候得夜遊症的故事，很好玩。

　　沈老的生活很有規律，他夏天一般六點起床，冬天一般七點半起床。中午要睡午覺，大約中午十二點半睡，二點半起床。晚上睡覺前，他一定要吃安眠藥，有各種各樣的，不過，後來大多給他吃安定片。他的藥很多，大概有二十來種，藥瓶都排列得很整齊。起先都是他自己取藥吃，後來我知道他的習慣，就替他找藥。他每天都按時吃藥，上午一般是十點半吃藥，有維生素C，維生素B2、B6等，其中有的是利大便的。有一次已過了十一點，我進了房間，看他正在寫東西，不敢驚動他。誰知給他看到了，他知道我是來提醒他吃藥的，就停下筆來服藥，一次也不拉。不過，他安眠藥吃得很多，時常一個晚吃幾次。他夜裡跌跤，跟吃安眠藥太多有關係。這件事，韋韜很急，

勸也不聽。後來，韋韜就偷偷地把安定片換成維生素 C，因為這兩種藥片有點相似，他想拿它來冒充安眠藥，瞞過沈老。誰知給他發現了，對韋韜大發脾氣，說「你以後不要來動我的藥。」韋韜怕他吃多了再出事，急得沒辦法，就讓我偷偷地給沈老換藥。他平時對我比較相信，也就不在意，誤把維生素 C 當安定片吃了。不過，老這樣也不行，他自己夜裡還會拿藥吃的。韋韜後來又讓醫生勸他要少吃安眠藥，因為他比較相信醫生的話。

沈老平時在家，穿著很簡樸，並不講究。他有一件短浴衣（按：即前面提到的那件破舊浴衣），已經很破舊了。記得是在 1980 年，我把他這件舊浴衣拿出來，準備剪下來做抹布用。當時忙別的事，放了三天，就放在客廳旁邊擺縫紉機的那間小房間裡。沈老找不到這件浴衣，就查問拿哪裡去了？我只好告訴他，結果他又要去穿了。這件舊浴衣，現在還留著。

我也學著做衣服。沈老的有些衣服，是我幫做的。我替他做過一件棉背心，比較長，可以蓋到大腿上，既保暖又護膝。他寫東西累了，躺到床上，又可以當薄被子蓋。他的衣服，大件的送到外頭洗，其它的由我洗。他夏天穿的衣服，有許多都破了，只要還可以穿他都不肯丟掉。我曾經替他補了好幾件。他有一件絲棉襖，是新買的，只有在接待外賓或外出看戲時才穿，一回家就脫下來換穿舊的。有時我見他到家後，氣喘得厲害，勸他休息一會兒再說。他說：「不行，不行」，一定要換上舊衣服，對東西很愛惜。韋韜穿衣服也不講究，很樸素。

沈老平時愛吃米飯，從摔跤後，才吃麵條。他去世前三個月，天天吃麵條、雞蛋羹、雞湯等。他愛吃軟食和煮得很爛的食物。我來沈老家後，見他吃的東西幾乎天天有清雞蛋羹（去蛋黃，油也不放，只有蛋清）。他吃得不多。過去他都到前院的飯廳吃飯，摔跤後，我們就把飯菜送到書房裡去。有一次，我忘了拿筷子，沈老急了，問我：「小李，怎麼沒有筷子？」替沈老做飯的是王阿姨。她叫王素英，1980 年 11 月才離開的。

沈老對自己要求很嚴格，比如用車，他不出門，誰也別想用車。小曼出去替他查材料，都是自己騎自行車，韋韜出門也都是騎自行車，從來不獨自要汽車。有一次我問小曼同志：「替沈老查材料。為什麼不用車。」她說：「這不好，爺爺也不願意。」這一點，我看一些首長家很少能這樣嚴格的。記得有一次丹丹（沈老的小孫女）生病，她年紀小，上醫院不方便，他才同意讓用車的。

　　沈老晚年摔過幾次跤，大多是夜裡睡不著，吃安眠藥過多，半夜起來上廁所就跌倒在地上。我親眼看見的就有兩次。有一次，已是早上八點鐘了，我看已經過時間了，沈老怎麼不起來？我悄悄推門進去，發現他睡在地上，嚇了我一跳。連忙問：「爺爺怎麼睡在地上？」他說：「我起不來了。」我趕緊按床前的電鈴，韋韜就急沖沖趕來了。我幫助韋韜把他抬到床上。他好像還有幻覺，說：「有什麼鐵鉗子夾住我，動不了。」我們往地上一看，其實什麼也沒有，就告訴他：「沒有呀！」他聽後說：「呵！這是幻覺！幻覺！」韋韜問他是什麼時候跌跤的，為什麼不按鈴？他回說是早晨五點多鐘。我猜想他很可能是夜裡睡不著，一點多鐘又吃了安眠藥，藥性未退又起來上廁所，結果跌倒了。時間可能是夜裡三點多鐘，他怕韋韜擔心，說成五點多。

　　後來又摔倒過一次，人坐在地上。這次也是我發現的。因為按他的習慣，應該起床了，但我看時間已超過半小時了。房間裡卻沒有動靜，我就推門進去，才發現他坐在地上。連續兩次跌跤後，韋韜夫婦要我找人陪他，他不肯。後來，我們放了只小桌子在床邊，上面放了水瓶和藥，結果，半夜裡他喊我們把小桌子搬走，還反覆說：「你們放心，我不會再跌跤的。」為了防止再發生意外，後來才在他床前放了便盆。

　　沈老平時寫東西，都是在臥室床邊的小書桌上。晚上我們在書房裡看電視，怕吵他，我就去關書房通臥室的那道門。他說，「不用關門，你們看你們的，我寫我的。」遇到有好節目，韋韜也動員他出來看電視，休息休息。不過，後來他不大看了。

　　他精神比較好的時候，晚飯後也到前院散步。院子裡種了些月季花，他很喜歡，常在花壇前觀賞月季花。他特別喜歡後院臥室前的兩株太平花。有一次，我替他擦洗門窗，他還特地叫我把擦窗的髒水拿去澆太平花，說裡面有肥料。後來他身體越來越差，就不大願意出來走動，老呆在房間裡。韋韜動員他出來走走，他才出來散散步。有件事，我想起來都有點害怕。1980 年暑假，天氣很熱，我看他悶在房間裡，就勸他出來，給他搬張藤椅，坐在院子裡乘涼，一會兒，他又要我扶他到後院東邊的書屋裡（裏頭有好多書架，擺滿了書）翻書看，還叫我也找本書看看。後來，我又扶他到院子裡的太平花前，坐在藤椅上乘涼。這時候，剛好丹丹進來了，我讓丹丹陪陪他，就去替他煨藥。回來才走到過道，聽見沈老說：「丹丹，我們回去吧！」丹丹說，「好罷。」我趕緊走進去，看見沈老和丹丹已上了臺階，大約因為他腿軟無

力，丹丹人又小，扶不住他，忽然歪倒了。沈老一手拿著拐杖，身體往丹丹一邊倒。我趕忙跑過去，雙手托住他的腰，他已倒了下來，幸好頭和腰靠在我身上，但手已著地，右手擦破了皮。我真是嚇了一大跳，喊了起來。這時，韋韜、小曼也出來了，大家一起把他扶起來，他還說：「不要緊的。」這事我想起來就害怕，幸虧沒有出大事。

後來沈老生病住院，白天我也到北京醫院給他送東西。開始，他的精神還好，同護士處得很好，護士也不怕他。有一次，我聽見護士同沈老開玩笑，說：「沈老，你一個月掙多少錢？」沈老笑著反問她們：「你們掙多少錢呢？」護士說：「三十六元。」她們還要沈老幫助呼籲呼籲。沈老答應病好後寫篇文章，為她們說說話。他後來不能下床吃飯，精神越來越不好，護士就餵他。

1981 年 3 月 13 日，沈老病重，我從 14 日起，就一直在醫院陪他。頭兩天我不敢睡覺，生怕出事，第三天才睡覺。我在夜裡聽他說了好多好多夢話，自言自語，斷斷續續的，有些我都聽不懂。有一次，我聽他又講夢話，好像在主持會議，說「你們都發言」，還點了幾個人名字。有時，半夜裡他突然就坐起來，嚇我一跳。一個星期陪下來，有點吃不消。韋韜提出請管理局派一個人，同我輪流倒班，後來才轉換了幾天，沈老就去世了。他去世的那天晚上，大約八點多鐘，沈老醒過來，還跟我說：「小李，你去睡覺吧！我不要緊。」到了夜裡九點多鐘，護士對我說：「小李，你給韋韜打個電話，讓他們快來。」我說：「有那麼嚴重嗎？不用罷？」她說：「再不打電話，他們就看不到沈老了！」夜裡十點多，護士又問我打了電話沒有？說沈老的血壓又降下來了。我趕緊給韋韜打電話，當晚韋韜和警衛員趕到醫院，一直守在他身邊。韋韜要我去睡覺。第二天早晨五點多鐘，我醒過來，剛好是沈老斷氣的時候。我到病房裡，看見滿屋子都是人，有許多醫生。過一會兒，醫生就忙著給沈老寫病亡鑒定。

沈老病重時體力消耗得太厲害，所以去世時沒有什麼痛苦。

第五章　縱論文壇今昔
——文革後七次訪問茅盾的記錄

　　在茅盾同志逝世前的最後四年中，我差不多年年要踏訪座落在交道口南三條的幽靜小巷深處的茅盾寓所，當面聆聽他那親切生動的娓娓長談與對文壇往事的回憶。這是我同他晚年交往中最令人難忘的時刻。

　　從 1977 年春到 1980 年 5 月，我先後七次登門拜望這位歷經劫難的文壇耆宿。時隔十五年之後，當我第一次見到他由大孫女攙扶著，老態龍鍾地踏著碎步微笑地向我走來時，真有種說不清的複雜感情。辛棄疾在《清平樂·獨宿博山王氏庵》的下闋裡道：「平生塞北江南，歸來華髮蒼顏，布被秋宵夢覺，眼前萬里江山。」姑且藉此來形容歷經十年浩劫後我所見所知的茅盾，大約有點近似。從「五四」以來，在波濤起伏的時代浪潮中，這位平生足跡遍布大江南北、馳騁文壇數十載的文學巨人，雖晚來華髮蒼顏，然十年一覺望神州，眼見萬里江山換新顏，他的喜悅與期望的深情，溢於言表。這在我以後多次同他的接觸中，是有很深的感受的。我想，如無此等心情與對未來的期望，他也不可能在我這個晚輩面前，開懷暢談當年事，即席回答我提出的各種問題，其中包括某些他過去是避而不答的問題。

　　我同茅公最後一次見面，地點在北京醫院第一病區 102 號病室。這次是他讓家屬寫信約我赴京，到醫院裡面談《茅盾文藝雜論集》的定稿問題的。當時，我見他行動自如，思路清晰而敏捷，且已得知他即將出院，還暗自為他慶幸，心想他所念念不忘的回憶錄，必定能寫完。誰知「一輪秋影轉金波」，過了一個秋冬，茅公竟與世長辭了，北京醫院病榻前的那次談話，竟成了最後的訣別。

　　使我難以忘懷的是，在最後四年的交往中，年過八旬的茅公，身體越來越虛弱，而工作卻越來越忙碌，但我每次赴京求見，他總是撥冗親切地接待我。每次會面，話匣子一打開，差不多每回的談話，都在兩個小時左右。特別是 1978 年 7 月 16 日的拜訪，正是他跌跤後不久，由於當時我隨身帶去一份《上海地方兼區執行委員會紀事錄》的摘抄件，其中也記錄了茅公青年時代參加早期中共上海地下黨領導工作的情況，因而引起了他的濃厚興趣。這次的談話，時間竟長達兩小時又四十分鐘，我離開時已是夜幕降臨了。事後小曼同志告訴我：他父親接待來訪客人，一般不超過一小時。而這次的談話時間太長，他又比較興奮，當晚就有點低燒。她還特地囑咐我，以後見面時，千萬不要談得過久。為此事，我曾十分不安，此後每當去拜訪他時，我總提醒自己少問點問題，以免拖延時間，影響他休息。但是一見面後，我就管不住自己的舌頭，而茅公也興致勃勃地談開來，結果時間總是超過一個多小時。我同茅公晚年的七次見面，可以說大多是在這種既矛盾又興奮的心情中度過的。事後，我都要抽空將談話內容，根據當場的簡要記錄與回憶整理出來。我在後來所寫的文章中，曾引用過其中的部分內容，但由於這都屬於即席談話，所以茅公在世時，均未發表過。如今，茅公離開我們已近九年，每當翻閱這些訪問記錄時，就勾起對當年情景的回憶。

　　這七次的訪問，是我同晚年的茅盾直接接觸的主要記錄。當年他所談的內容，雖然有些同他後來所寫的「回憶錄」相同或相近，但也有不少是「回憶錄」所未曾涉及的，且茅公的言談對答，大多屬即席憶昔話當年的性質，不失為一份可資參考的真實記錄。正因為如此，所以我根據原始記錄，把這七次談話內容又逐一追憶、整理，並就每次談話的時間、地點與背景情況稍加說明，作為本章的基本內容。我想，這對於讀者與研究者，也許不無益處。

一、從左聯舊事到兩部未問世的作品
——一九七七年三月六日訪問記錄

　　時間：1977 年 3 月 6 日下午 3 時至 5 時。

　　地點：北京交道口南三條 13 號茅盾寓所西首客廳。

　　背景說明：1977 年 3 月初，粉碎「四人幫」後不久，我同其他一些同志受南京大學領導的委派，第二次赴京到教育部接一批外國留學生來南大進修。藉此機會，我按事先電話約定的時間，到交道口茅盾寓所拜望年逾八旬

的茅公。這是「文革」後我同他的第一次會面。當時，他的身體顯得很衰弱，由他的大孫女沈邁衡攙扶、陪同著，談話時她也在座。其時，「四人幫」雖已垮臺，但大量冤假錯案尚未糾正，仍是乍暖還寒時節。這次談話，比較集中地談到兩個口號論爭的問題，以及 30 年代左翼文壇的一些情況，同時也談到解放後他是否寫過電影劇本與小說等問題。

談話記錄：

問：「文革」前先生借給我的幾張 30 年代的照片，「文革」初上交丟失了。實在對不起！

答：不要緊的。這是小事，你不必介意。

問：聽說「文革」初先生也受了衝擊，同志們都爲你擔心。

答：還好。在那年月裡，還類事太多了。這次你來京是爲什麼事的？（答：爲學校接一批越南留學生。）

問：關於兩個口號論爭的問題，「四人幫」大做文章，越搞越複雜。先生是親身經歷的，能不能談談當時的情況？

答：江青、張春橋他們那樣搞，當然是有政治企圖的，這就把原來確實比較複雜的革命文藝界內部的論爭，變成了政治問題。

關於兩個口號的論爭，馮雪峰比較瞭解，跟他的關係也較大。雪峰參加長征，到達陝北後，於 1936 年 4 月間，被黨中央派到上海，瞭解長江兩岸還有什麼地下組織。他還帶了一部電臺和密電碼。馮雪峰到上海後，是先找了魯迅和我，過了好些日子才找周揚、夏衍等人的。所以周揚等人很有意見。

「國防文學」的口號，是馮雪峰來前就提出了。大約是 1935 年下半年，由周揚等人提出的，當時還沒有大肆宣傳，直到 1936 年上半年才熱鬧起來。當時，他們同黨中央已失去了聯繫。那時候，抗日救亡的情緒高漲，上海成立了上海文化界救國會，鄒韜奮、陶行知、胡愈之等許多人都參加。領導人之一是沈鈞儒，那時他在上海掛牌當律師。這個救國會大約是 1935 年 12 月間成立的，公開活動，成員也大多有職業。左聯的成員就不一樣，大多是靠寫寫文章維持生活，本身沒有固定的職業。救國會成立後，周揚等覺得文藝界也應搞一個，就考慮要解散左聯。當時曾要我去徵求魯迅的意見，魯迅不同意解散左聯，就暫時擱下來了。到了 1936 年初，他們開始宣傳「國防文學」的口號。據說是根據中央關於建立廣泛的抗日統一戰線的精神提出的。他們從第三國際的文件上，也看到一個重要報告，其中有一段講到中共的，也談到建立統一戰線的問題。

問：是不是季米特洛夫的報告《法西斯的進攻與共產國際的任務》？

答：是的。季米特洛夫的報告裡提到建立反法西斯統一戰線的問題。還有蕭三從莫斯科寫給左聯的一封信。

「國防文學」口號提出來後，起先魯迅是抱觀望、懷疑的態度，但也沒有去反對它。後來就越搞越複雜了，形成文藝界內部的兩個口號之爭。

1936 年 4 月馮雪峰到了上海，我們才知道中央到達陝北的簡單情況。當時中央提出抗日民族統一戰線的問題，而「國防文學」的口號，是周揚等人根據當時的情勢與蕭三的信提出的。「文化大革命」開始以後，我才聽說蕭三的信是根據王明的指示寫的。其實，當時我們只知道陳紹禹，不知道他就是王明，也不知道他犯了錯誤。「國防文學」口號提出來後，魯迅就說過這個口號是可以用的，但是還要看看拿出來的是什麼貨色。口號提出來後，也沒有出現什麼有影響的作品。後來夏衍同志寫了《賽金花》，有人把它當成「國防文學」的樣板，魯迅就大不以為然。「民族革命戰爭的大眾文學」這個口號，我當時知道是魯迅同馮雪峰商量後提出的，「大眾」這兩個字，是馮雪峰加上去的。我那時常去魯迅家，這事是魯迅告訴我的。我當時覺得再提一個新口號，搞不好問題更複雜化了。所以，我對魯迅說過，這件事得由你出面寫文章說明才行，不然事情會越弄越複雜。我提這個建議，是有感於當時的形勢，如果魯迅先生親自出來寫文章，情況也許會好一些，不致引起軒然大波。對我的建議，他也答應了，不過當時他的身體已不大好。但是，過了不久，胡風在《文學叢報》上發表了那篇《人民大眾向文學要求什麼》的文章，把「民族革命戰爭的大眾文學」這一口號提了出來。我看到後，知道事情糟了。當時，我在上海知道胡風的關係比較複雜，周揚他們對他本來就很有看法。不過，這事我不好對魯迅說，因為他是比較相信胡風的。當時有人化名寫文章攻擊魯迅，常常是胡風向魯迅報告的。魯迅相信他。不過，胡風的文章出來後，我就預感到事情不妙，所以趕緊去找魯迅。我告訴他胡風已寫文章把新口號提出來了，問他知道不知道。魯迅說，我也剛看到，並把事情的經過跟我講了。他說：那次你走後不久，胡風來看我。我告訴他關於「民族革命戰爭的大眾文學」的口號，也徵求過你的意見，你勸我寫篇文章，不過我身體不大好，還沒有寫。胡風自告奮勇，說你身體不好，讓我來試試看。我也同意了。不過，他寫好後沒給我看就登了出來。我告訴魯迅，胡風的文章沒有提到你，又沒有說清楚，給人印象好像是以新口號來否定「國防文學」的口

號，要引起麻煩的。後來果然引起了一場論戰，魯迅在答徐懋庸的信裡說，提出「民族革命戰爭的大眾文學」這個口號，也同我商議過，即指此事。

後來周揚也感到兩個口號的論爭，已不可收拾，除寫信給在日本的郭沫若，要他來幫助收拾局面。郭寫了一篇《國防·污池·煉獄》，其中有一段對「國防文學」的解釋，說得比較好。魯迅在答徐懋庸的信裡，特地提到郭老的這段話，這有照顧大局的意思。當時，我和馮雪峰也贊成這樣做。

起先，魯迅就認為「國防文學」這個口號，我們可以用，敵人也可以用，問題就在如何解釋。蘇聯的衛國戰爭文學，也有「國防文學」的意思。但他們寫出許多好作品來，不是光喊喊口號的。

第三國際的機關刊物，可譯為《國際時事通訊》，有俄、英、德、法、西班牙等文本。中國當時有英、法、德文的。

當時鄒韜奮曾經找過我，說鬧得太厲害了不好，為親者痛、仇者快，要我從中調解，找魯迅說說，使論戰停止下來。我是同魯迅說了，但那時論戰正在火頭上，連我也扯進去了，逼得我不得不也寫了些文章答辯。

問：當時張春橋在《立報》上也發表過《也是文學管見》一文，贊成「國防文學」的口號。不知沈老當時看到沒有？

答：《立報》這種小報，當時我們是不看的。《立報》的編輯主任是陳壽吾，是湖南人辦的。後《立報》搬到香港辦，由薩空了編。他曾約我為《立報》編副刊《言林》。《文藝陣地》這個刊物，則是文化書店約我主編的。當時編《言林》，也不一定都知道作者的真姓名，因為那時大家寫文章常用化名。我以前也用過許多化名。

問：沈老是不是當過左聯的書記？

答：當過，時間不長。是馮雪峰來找我談的，要我擔任左聯的執行書記。我說由黨內的同志當比較好，我就不必了。馮說沒關係，大家輪流當。我也就同意了。這大約是 1931 年 5 月間的事。當時，左聯也不學什麼文件，平時也不搞理論學習，開會時時常叫盟員上街貼標語，搞飛行集會。左聯辦過一個刊物叫《前哨》，我和魯迅都搞過。曾經想到應該有理論學習與探討。但刊物剛要出版，就發生了五作家事件（按：指左聯五烈士被害）。所以，《前哨》第一期，就著重揭露國民黨的白色恐怖。後來被禁，改名為《文學導報》，出了好幾期。魯迅也寫了文章。那時，國民黨御用文人搞民族主義文學，反共反蘇，魯迅寫文章駁斥黃震遐。我也寫過文章。

馮雪峰後來受排擠，歷盡坎坷。他是死於肺癌。患病時說需要麝香當藥引，和在蘇裡吃，可以治癌。過去有人送給我一個麝香，我送給他了。不過，那個麝香不太大，只有幾錢重，用幾次就完了。

問：沈老過去寫的東西很多，很不容易查找。「文革」前出版的《茅盾文集》十卷本，主要收小說，其他大量的散文、文論都未收或收得很少。魯迅生前自己隨時編集出版，查起來方便，對後來編全集也有好處。對過去寫的大量單篇文章，沈老爲什麼不隨時編集子？

答：我過去寫東西很快，但生活也不安定，沒有充裕的時間去收集出版。編也編過一些，大多是人家來約的。有許多過去寫的東西，現在也記不得了。傅東華編《文學》時，我寫過不少東西。記得其中的「社談」、「文學論壇」欄，有些是我寫的，有的是傅東華寫的。

問：聽說沈老解放後曾寫過一部小說，是不是眞有此事？

答：是搞過兩個東西。頭一個是電影劇本。解放初，電影劇本少，蔡楚生他們動員我寫。當時的形勢需要反特題材方面的東西。大約因爲我寫了《腐蝕》，在那時很有些影響，連解放區也翻印了。他們以爲我有寫這類題材的經驗，而解放初期這類材料很多，所以就找到我了，我答應試試看。我曾經和蔡楚生一起到上海瞭解這方面的素材，後來寫了一個初稿，交給袁牧之看過。他看後說寫得太長，得拍成兩三部，同時對話也太多、太長，拍起來有困難。我說，大概同寫《清明前後》的毛病一樣；對話太多，這同我過去寫慣小說有關（笑）。這個電影劇本初稿，就這樣擱下來了。後來忙，沒有功夫去改它，也就算了。

後來，我又曾經想寫一部長篇小說，主要反映工商業的社會主義改造的。曾經作過一些調查訪問，搜集了一些材料，也開了個頭，寫了些章節。以後也擱下來了。當時文化部外事工作多，我不可能經常下去，去了至少也得呆個年把才行。這事最後也沒有成功。

我也曾經考慮寫知識分子，也是同樣的原因，沒能寫成。文學評論方面的文章，倒是寫了不少。

問：《子夜》裡的吳蓀甫有沒有生活的原型？比如，同當時的榮氏家族有沒有關係？

答：有一點關係，但不全是。吳蓀甫這個人物，不是以生活中的哪個資本家的原型創造出來的。二三十年代，我熟悉的銀行家、企業家，差不多都

是同鄉，浙江人，對他們的情況、性格、境遇，我比較瞭解。特別是我的表叔盧鑒泉，從他那裡我知道了不少民族資本家的情況，吳蓀甫的形象，可以說有不少就是從他們當中概括出來的。《子夜》裡的工人沒有寫好，當時主要想寫他們受左傾盲動主義的影響。材料是間接聽來的，其中有一些是聽搞實際革命工作的同志說的，也有些是聽我老婆說的，當時她也在搞女工運動。這樣就不容易寫好。

　　《春蠶》裡寫的浙江農村的情況，我從小就比較熟悉。我在中學讀書前大部分時間在農村。從家鄉出來讀中學，先在湖州、嘉興，後到杭州，寒暑假都回烏鎮。烏鎮這地方今天還在，它是和農村聯在一起的，有江南水鄉的特色。

　　今天就談到這裡吧，以後有機會來北京，還可以再談。

（根據 1977 年 3 月 6 日晚的記錄稿整理）

　　關於茅盾解放後是否寫過兩部作品？現在這兩部手稿的命運如何？這是大家都感興趣的問題，故這裡再補充兩條材料，以供參考。

　　（一）1981 年 4 月 12 日晚，在交道口茅盾故居，周而復同志曾就解放後茅公是否寫過長篇小說事，問過韋韜夫婦。時我也在座，現將這次對話。整理附後。

　　周而復：聽說茅公解放後還寫過一部長篇小說？這稿子是不是還在？

　　小曼：解放初他寫過一本電影文學劇本，是關於反特題材的。我聽說這是羅瑞卿同志約他寫的，說這方面的材料很多。他說沒時間，又不瞭解情況，羅瑞卿同志說可以提供材料。後來他寫了一部稿子，但沒有發表。這部稿子只有我大女兒看過，當時她沒事，從頭到尾看了一遍。我們都沒有看過。「文革」中稿子給他撕了，當廢紙吐痰用，我們覺得可惜，他一點也不覺得可惜。

　　周而復：那不同。我說的是小說，我知道他曾經準備寫一部工商業改造的小說，寫資本家的。記得當時他到了上海搜集材料，我還請他吃過飯，還找了一些資本家和工商界人士同茅公座談過。不知道後來小說寫出來沒有？我記得德沚夫人講過，說他寫了一部小說，沒有拿出來（這時我也插話，說聽茅公本人說過）。

　　韋韜：是有這麼回事。父親去世後，我們清理他的書信、手稿，曾找到一份周總理的批件。當時，我父親決定要再搞創作，就給中央寫信請假，要求不參「和大」（世界和平代表大會），提出能否給點時間寫作。周總理批示

的大意是：沈部長要求不參加「和大」，給時間寫作，可以考慮安排。後來他到過上海搜集材料，準備寫一部長篇。大約搞過提綱，寫了些章節，但後來又停下來了。

　　（二）1984 年 12 月 12 日夜，在杭州西湖賓館召開的全國茅盾研究學術討論會期間，我同韋韜同志作過一次徹夜長談，再次請他談談這兩部作品的情況。下面是他的談話內容：

　　我父親解放後寫過兩個東西，一個電影文學劇本，一個小說。

　　電影文學劇本的題材是反特的，他為什麼會寫起這種題材的作品呢？我知道的情況是這樣的：大概是肅反運動以後，有一次他碰到羅瑞卿同志，他問我父親：「你怎麼不寫點東西呀？」我父親回答：「沒有時間，又不瞭解情況，寫什麼呀？」羅說：「我這兒的材料多得很，你要什麼都行，可以寫寫這方面的作品嘛！你要下去，我們可以提供方便。到上海也可以，那裡材料多。」我父親被說動了，就說：「行呀，就到上海看看」。後來他到上海幾個月，搜集了許多材料，回來寫了個劇本，很長，給袁牧之看了，還開了幾次座談會，羅瑞卿同志也參加了。袁牧之看了說，不像電影文學劇本，對話太多，又長，至少得拍兩集。後來，羅瑞卿同志說：「基礎還是可以的，是不是再改一改？」我父親說，他寫慣了小說，沒寫過電影文學劇本。以後事過境遷，事情就拖下來了，他再也沒有興趣去改它。這個本子，到了「文革」中還留著。我大女兒參軍前，在家裡沒事，曾翻了出來，看過一遍。一九七四年我們從東四搬到交道口時，我曾經找過這個稿子，沒找到。小曼說被撕了吐痰，當廢紙用，我不信，吐痰要用那麼多的稿子？我看可能被燒掉了。

　　關於寫長篇小說的事，也確實有過這個計劃，但沒有寫成。內容是寫對資本主義工商業的社會主義改造的。我們找到他寫給周總理的信，要求請假，不參加「和代會」。信裡說，這次會議能不能就不去了，最好也不當「和大」常務理事，還是找別人合適。他表示還想寫點東西，要求給點創作假。總理作了批示，表示可以考慮，說讓林楓同志跟沈部長談談，給他點創作假。後來，他專為此事到過上海，開過一些座談會，這事周而復瞭解。這個長篇小說沒有寫完，大概曾經動手寫了一些章節，以後又擱下來了。1959 年春，他給《中國青年報》的編輯部回了一封信〔註1〕，因為他們想登這部小說，我父

〔註 1〕見《茅盾書簡》，第 232～233 頁。1959 年 3 月 2 日，茅盾在《致〈中國青年報〉編輯部》信裡說：「說起來非常慚愧，我的小說稿還是去年秋和你社一位

親曾答應他們選一點登登的。從信裡看，他究竟寫了多少，內容怎麼樣，並不清楚。這個稿子，我們一直沒找到。

二、從武漢逸事到新疆之行──一九七七年三月十二日訪問記錄

時間：1977 年 3 月 12 日下午 3 時 30 分至 5 時餘。

地點：北京交道口茅盾寓所西首客廳。

背景說明：3 月初赴京時，在忙完公務即將離京前，我又通過電話聯繫約定了時間，再次拜望了茅公。這次仍由他的大孫女沈邁衡陪同，我們談話時她也在座。除一般閑談外（如他詢問了高校文科接受外國留學生的情況，對此甚為關注），我又就文學研究會成立時的情況，以及他在武漢、新疆的經歷，請教了一些問題。

談話記錄：

問：沈老是否在武漢主編過《漢口民國日報》？有人說當時周總理還曾到報社作過形勢報告，是否真有此事？

答：那是 1927 年大革命失敗以前的事。我是編過，而且那時很忙，幾乎沒有時間搞文學了。那份報紙是當時武漢的兩大報之一，名義上是國民黨湖北省黨部的機關報，實際上是掌握在我們手裡，編輯部裡幾乎都是共產黨員。《漢口民國日報》的社長是董必武，毛澤民管經濟，我擔任總主筆。董老當時是中共湖北省委的負責人之一，兼職很多，因報紙辦在湖北，他也管。報社社址在漢口。當時大革命形勢轟轟烈烈，鬥爭也複雜，所以工作特別忙。我曾經寫過許多政論性的社評和文章，這些東西都沒有留底、收集，現在大多記不得了。

當時，周恩來同志是否到報社來作過報告，記不清楚了。總之，那時候忙得很。

最近，也時常有些不認識的人寫信來，問有關魯迅詩詞和魯迅著作注釋的事，要我提供證明，支持他們的意見。學習魯迅著作，本來是作好事，不過，有些人思想方法不對頭，先有個「假設」，然後到處找證據，也找到我這

同志說過的那種情況：擱在那裡，未曾續寫，也沒有加以修改。原因是去年秋冬有些事情（例如其中一件是出國），同時身體又不好。這樣就擱筆了。本來，去秋和你社的同志說：我這部東西，即使寫起來，也會使人失望的，而且題材又不適合於青年，所以至多選一點登登，那是希望得到青年讀者提意見，以便修改。但現在，則連這一點也拿不出來，真是慚愧而且也十分抱歉。」

兒來了。他們的「假設」，實在太牽強了，不是實事求是的科學態度。這樣並不是真正的尊重、學習魯迅。比如，有的人把魯迅的《湘靈歌》說成是悼念楊開慧的，這就太牽強附會了。30 年代初，白色恐怖很厲害，魯迅雖然同許多共產黨人和革命青年有密切關係，但並不認識楊開慧烈士。我倒是同楊開慧有過接觸，那還是在廣州的時候。1926 年初，我在廣州任國共聯合時期的國民黨中央宣傳部秘書時，曾與楊開慧住在同一幢樓裡。當時，她和毛主席住在樓上，身邊還帶著兩個孩子，我同蕭楚女住在樓下。我那時常見到她，但很少講話。她給我的印象是賢慧恬靜、沉默寡言，同早期一些女革命家的性格大不相同。有時我們說了許多話，她才回答一兩句。當時，毛主席工作很忙，兩個孩子又小，家務事就落到她身上，很少參加公開活動。後來，她在「長沙事件」中落入反動派手中，不幸犧牲了。魯迅並不認識楊開慧，對她的情況也不瞭解，硬要把《湘靈歌》說成是悼念楊開慧烈士的，未免穿鑿附會，缺乏根據。但是，有些不瞭解那段史實的青年人，以為只要把魯迅和楊開慧拉在一起，似乎就可以證明魯迅詩歌的重要意義。這種想法太簡單化了，缺乏起碼的實事求是態度。

問：文學研究會是怎麼搞起來的？

答：這是在北京的一些人先搞起來的，主要人物是鄭振鐸。他們當時大多還在讀書，想發起成立一個新文學團體，邀我參加，是由鄭振鐸寫信到上海徵求我的意見的。發起人大多在北京，上海方面好像只我一個。發起人我記不全了，記得裡頭有周作人、鄭振鐸、王統照、朱希祖等。朱希祖是我在北大預科讀書時的老師，他是章太炎的學生。葉聖陶、郭紹虞也是發起人，他們倆人都是蘇州第二師範的。

鄭振鐸畢業後也到了上海，時間大約是 1921 年寒假。他在北京讀的是鐵路專科學校，分配到上海西站當見習，是做拿紅綠旗的事。那時，我們還常常開他的玩笑。哈哈！鄭不久就辭了鐵路的事到商務編譯所，開始是編《兒童世界》雜誌。他這個人很能幹，待人熱情。鄭振鐸來的前一年，我就接編《小說月報》。這個刊物原先是登「禮拜六」派的作品，新文學運動開始後，銷路差，「商務」怕賠本，也順應潮流，所以要我去編。我提出館方不能干涉我的編輯權，他們也只好答應。我接編後，就不再發「禮拜六」派的作品，靠文學研究會朋友們的支持，轉而注重發表新文學作品與翻譯方面的東西。所以，《小說月報》後來彷彿成了文學研究會的機關刊物。「商務」的發行網

大，當時的新文藝刊物很少，革新後的刊物頗受歡迎，銷路又好了。

「五四」時期寫小說的人並不多，魯迅寫得最早。當時多數是短篇，謝冰心、許地山、王統照等人也寫短篇。後來趙家璧主編《中國新文學大系》，頭一個十年的小說收了三本。第一本主要收文學研究會的，不少作品就是在《小說月報》上發表的。我還寫過一篇序。

《文學週報》也是文學研究會的刊物，主要是振鐸搞的。徐調孚也當過編輯，做鄭的副手。徐翻譯過《木偶奇遇記》，聽說他還在上海。《文學週報》的前身是《文學旬刊》，作為《時事新報》的副刊發行，影響也較大。

問：沈老發表在《文學週報》上的《論無產階級藝術》一文，是根據什麼材料寫成的？

答：這篇東西原是個講演稿，後整理修改，在《文學週報》上連載。當時，我參加實際的社會活動比較多，對文藝問題的看法也有了變化。這篇文章的材料，大多是從英文書刊上得來的，其中有介紹十月革命後蘇聯文學發展情況的。

問：「文革」前編高校文科教材時，有人主張把中國現代文學史，就叫做新民主主義文學史。對此，沈老的看法如何？

答：這個問題我沒有仔細考慮過。不過，我看「五四」時期的文學還不能說是新民主主義的。當時寫的小說，題材大多跳不出學校、家庭、婚姻問題，許地山的小說比較特別，也跳不出這個範圍。當然，魯迅的作品寫得深刻些，題材也比較廣泛。「五四」到大革命還沒有到新民主主義階段。

問：沈老到新疆的情況，能不能說說？

答：呵！那是 1938 年底以後的事。我是從香港輾轉經蘭州到了新疆的，在迪化（按：即今烏魯木齊）前後住了一年多。這也是我生活中的一段插曲。我到新疆，和杜重遠有關。當時，杜重遠先到了新疆，寫了本小冊子叫《盛世才與新新疆》，等於替盛世才做宣傳，把新疆說得很好。盛世才先要杜重遠去搞建設廳，他不肯，要辦新疆學院，自己當院長。這就要拉人去當教師。當時，我在香港編《文藝陣地》，杜重遠約我去，還約了張仲實。其實，當時的新疆學院規模小，學生不多，只有教育系與社會系。我在教育系講課，要自編大綱講義，臨時邊寫邊講，大概是講中國歷史、外國史和社會發展史方面的課程。學生的程度不高。張仲實講政治經濟學。實際上我到新疆後，不光是教書，這後來成了附帶的事，主要搞新疆文化協會了。盛世才要我當這

個協會的總負責人，張仲實是副的。那時新疆有十幾個民族，都有一個文化協會，上頭再搞一個總的，就要我們來管。各個協會報計劃，由我們審批。盛世才搞這個文化協會，也是替自己做宣傳。他還要我們搞小學、初中的教科書。我本來是去教書的，想不到後來變成去當官了。哈哈！那時應酬多，教書成了附帶的。

還可以告訴你一件事，趙丹等人到新疆，我曾經想阻止，結果他們還是來了。大概也受了杜重遠那本小冊子的影響，他們一些人打電報給杜重遠，要求去新疆。杜把電報交給盛世才，盛問我的意見。我說不熟悉他們，只知道他們演過一些戲。其實，我到蘭州時就風聞新疆情況複雜，不像杜重遠小冊子裡說的那麼好。在離開香港到新疆前，我曾經見到廖承志，他當時是中共在香港的地下黨負責人。我曾經問他新疆究竟如何？他回答說：「我也不太清楚。不過，那裡有你認識的熟人，去了就知道了。」我後來到了新疆，才知毛澤民、陳潭秋也在那裡。毛澤民當了財政廳長，陳潭秋是八路軍駐新疆辦事處的代表。我問過他們：新疆究竟怎樣？他們介紹了些情況，說盛世才這個人捉摸不定，多疑忌賢，對他要有戒心。趙丹他們打電話來時，我自己在那裡已住了幾個月，也感到情況複雜，不像杜形容的那麼好。所以我回答盛世才說：「他們都是在大城市裡過慣的，一時衝動，來了怕過不慣新疆的艱苦生活。」盛聽後就要我代擬個電文答覆。誰知趙丹他們理解錯了，以為真的是怕他們吃不了苦。於是他們又回電表示不怕苦，堅持要來。當時我無法明說，結果他們還是來了。後來我離開新疆後，趙丹他們果然不能幸免，也給盛世才關起來了。

後來我是藉故離開新疆的。1940年4月間，我得知母親病故，心情不好，也借這個機會提出要回去看看，料理後事。盛世才沒有辦法，勉強讓我走了。我們到了西安，正好遇上朱德同志要回延安，我們就搭乘朱老總的車隊到延安。我同夫人和兩個孩子都去了。在延安住了近半年。以後因工作需要，我們把兩個孩子留在延安，又上了重慶。在重慶我住在鄉下，叫唐家沱的地方。當時，國民黨在我住家對面設了一個賣雜貨的舖子，實際上是監視我們的特務。

盛世才這個人是個封建軍閥，想在新疆當土皇帝。開初為了抵擋蔣介石，他也標榜聯共聯蘇，搞六大政策，經濟上也要依靠蘇聯。蘇德戰爭爆發後，蘇聯失地多，他感到不能依靠了，就露出了真面目，公開反共了。毛澤民、

陳潭秋同志就是這時候被殺害的。當時，盛世才只有兩萬兵，蔣介石開兵進去，他就投降了蔣介石。他下臺後到了重慶，開始蔣介石還給他當個部長什麼的，後來也不給當了。

（根據 1977 年 3 月 12 日晚上的記錄稿整理）

三、漫話早年革命風雲──一九七八年七月十六日的訪問記錄

　　時間：1978 年 7 月 16 日下午 3 時 40 分到 6 時 20 分。

　　地點：北京交道口茅盾寓所書房。

　　背景說明：我參加教育部在武漢召開的高校文科教材規劃會議後不久，1978 年 7 月中旬，赴京參加教育部主持的綜合大學中文系教學方案的修訂工作。利用這次機會，我抵京後不久，就打電話要求去拜望沈老。陳小曼同志告訴我：「父親最近跌了一跤，身體不太好。能不能見面，我得問問他，你電話先別掛斷。」過了一會兒，她說：「他歡迎你來談談，明天下午就可以來。不過，父親中午要休息，三時左右才起床，你遲一點來。」我如約於三時半後到了交道口沈寓，見面前，小曼同志說：「父親跌跤後行動不便，讓你到書房裡見面。」接著她領我穿過弄堂，到後面的小四合院。這是沈老日常生活起居的地方。當我一走進他臥室隔壁的書房，就見到沈老從臥室裡走了出來，身著家常的白底藍條睡衣、睡褲，睡衣的肘部還打了補綻。看得很清楚，他走路不太方便，兩腿分得很開，一左一右，邁著細步。走得很慢，但很穩。我們在書房的兩張新式鋼架靠背椅上坐定後，沈老又起身按電鈴，讓小曼同志給我弄了杯飲料。看上去他態度安詳，情緒挺不錯，我來前的一種不安感也就逐漸消失了。

　　這次談話，他從最近跌跤說起，談到天氣的炎熱，我來京的目的，然後逐一回答我提出的關於大革命失敗後他如何上牯嶺和 1940 年離開延安的原因等問題。當時，我隨身帶了一份《上海地方兼區執行委員會紀事錄》（1923 年 7 月至 1925 年 10 月 7 日）的摘抄稿，這是 1962 年間我從上海市委檔案館借閱時抄錄的，其中有許多他青年時代參加早期中共上海地下黨領導機構活動的材料，具體而確鑿。我帶去的這份材料，引起了他的極大興趣，他一再表示這對他寫回憶錄很有用處。後來，我得知他曾讓韋韜同志持政協介紹信，到上海查閱這份材料的原件，但不知何故竟未能查到。以後，我在參加《茅盾全集》編輯工作中，翻閱了茅公的日記，發現他在 1979 年 9 月 27 日的日

記裡，還提到這份材料。他寫道：「下午三時半羅章龍來談，此蓋我預約他，有些事（關於 1923 年中共上海地方兼區執委會的記錄中有些人的情況）要請教他。他談了些當時情況（例如張國燾在辦上海勞動組合書記部時用了特立這個名字），並謂解放後他先在湖南大學任教，後到武漢大學。後來我將上海地方兼區執委會的記錄抄本（原件存上海檔案館，此為葉子銘抄來的）給他帶回去慢慢思索其中一些人名的情況。」羅章龍說張國燾用過特立的名字，是因為材料中記載：1923 年 7 月 8 日上午召開上海地下黨會員大會上，新選舉的執委會三名候補委員中，就有一個叫特立的。7 月 9 日晚召開的第一次執委會上，決定將中共上海地下黨員重新編為五個小組（第五組為吳淞區，暫缺），並開列了一長串名單。其中，第二組（商務）的十三名組員中，除董亦湘、沈雁冰、沈澤民、楊賢江、劉仁靜、張秋人等外，還有一個叫張特立的。當時，沈老和鄧中夏都是新改選的上海地方兼區執委會的委員（共五名），他們都出席第一次執委會，羅章龍則以中央委員的身份出席了這次會議。這次會上，還推派沈老兼任新設的「國民運動委員會」的委員長。這裡，我之所以就這件事多說了一些話，是因為當時我給沈它提供這份材料，只是為了供他回憶往事時作參考，沒有想到他竟如此認真地約請一些當事人，作進一步的調查核實。年逾八旬的老人，仍然保持著這種嚴謹求實的精神。

這次見面，沈老的情緒比 1977 年好多了。他雖顯得蒼老，但思路清晰，談鋒猶健。談話從下午 3 時 40 分持續到 6 時 20 分。這是我「文革」後七次同他談話中時間最長的一次。離開沈老寓所時，小曼同志送我到大門口，說：「他接待來訪客人，一般不超過一小時。時間長了，他容易疲勞的。」聽了這話，我既感到沈老對我這一晚輩的信任與破例長談，同時也深感內疚與不安。後來，當我再次提出想見見沈老時，小曼同志告訴我：「上次談話後，因時間過長，他又比較興奮，當晚就有點低燒。這次見面，千萬不要談得過久。」得知這一情況後，我更加忐忑不安了。

談話記錄：

問：聽說沈老最近跌了一跤，傷勢重不重？要及時治療才是。

答：是跌了一跤，不過還不嚴重，最近經治療休息，已好一些了。我長期睡眠不好，一直靠安眠藥過日子。前些時，天氣悶熱，睡不著，吃了兩片安眠藥，才睡了兩個多小時就醒了。沒辦法，我又起來加服兩片，睡到夜裡四點多鐘，起來小解。當時感到有點迷迷糊糊，兩腿發軟，大約是藥性未退，

下床走了幾步，就跌倒了。那時夜深不好喊家人，我就自己暗中摸索著爬到床邊，抓住床腿勉力上了床，又睡了（葉按：後來我聽陳白塵同志說，沈老曾告訴他，跌跤後站不起來，也無法上廁所解手，索性躺在地板上小解了，然後慢慢爬到床邊上床睡覺），第二天醒來，感覺不到有什麼特別不舒服的，我還照常參加了一個外事接待活動。回來後，就覺得不對頭，坐骨和腰背疼痛，行動也不便。到醫院檢查，還無大礙，休息治療了一段時間，現在好多了。

問：沈老還是要注意治療和靜養，以免有後遺症。

答：年歲大了，沒辦法。郭老不是也跌了一跤？現在好了，我兒子怕再出這種事，在我床上裝了電鈴，有事就好按鈴喊他們了。

問：晚上要有個人陪你不是更好嗎？

答：不行。我長期睡眠不好，房間裡不能有一點響聲。有人在旁邊更加睡不著。家人也曾提出要陪我，是我不讓陪的。現在要開始考慮寫回憶錄，更需要安靜。

問：《文學評論》約我寫的重評《林家舖子》的文章，已在第三期上登出來了。不知沈老看到沒有？

答：刊物剛收到，我還沒有來得及翻，就被他們拿去看了。

問：當時批判電影《林家舖子》，是醉翁之意不在酒。這次《文評》約我重評《林家舖子》，據說題目是胡喬木同志點的，但因夏衍同志的問題還沒解決，讓暫時迴避電影的問題。不過，編輯部認為對當時的一些錯誤論調，還是可以批駁的。

答：這件事，莫明其妙！這《林家舖子》，我是有感而作的，針對的是當時的國民黨當局，夏衍改編成電影，徵求過我的意見，也是為了重現歷史，這有什麼不好？江青他們那樣搞，自然是有他們的目的的。不過，現在的問題成堆，大約得一步步來解決。

問：「文化大革命」中，許多人都關心您的處境。有些情況，還是應該說出來，這對澄清事實有好處。

答：這不是一兩個人的事。將來總會有公論的。

我告訴過你，《林家舖子》這篇小說，我原先起的題目叫《倒閉》。那時史量才在搞《申報》，還想辦個大型文藝刊物，由我的一個老友俞頌華主編，叫《申報月刊》。創刊號上需要發篇小說，他們來約我寫。我把稿子交給他們

後，俞頌華覺得《倒閉》這個題目不吉利，還有點刺激性，刊物剛剛才創辦，就在創刊號上登這樣的東西，太不吉利了。所以他建議我改名爲《林家舖子》，內容可以不動，我也就同意了。「一・二八」上海戰爭時，商務被炸，商務辦的《東方雜誌》、《小說月報》等大型刊物也停了。史量才辦《申報月刊》，也是爲了塡補這個空缺。商務的《東方雜誌》後來也復刊了。那時，胡愈之從法國回來，商務老闆王雲五就請胡愈之主持《東方雜誌》的復刊工作。胡愈之與王雲五意見不合，所以不久他也不搞《東方雜誌》了。（說到這裡，他忽然起身走到書房裡的一張辦公桌前，上面擺著各種書報，其中有一本他主編的《中國的一日》。他拿起一封外國友人的來信，說：「外國朋友正準備翻譯我主編的《中國的一日》，認爲這本書對瞭解當時中國的實際情況，很有價值。他們還附來幾篇譯文。這是來徵求我意見的。看來，他們對中國文學也是很注意的。」當時，我跟著看了一下，但沒有進一步問寫信人是誰。等他回到座位上後，我就拿出隨身帶來的材料。）

問：「文革」前我在上海市委檔案館看到一份材料，這次我把摘抄件帶來了，叫《上海地方兼區執行委員會紀事錄》。這是早期中共上海地下黨區委會議的記錄本，其中記載的許多次會議，沈老都參加了，還擔任了不少領導職務。這份材料，不知沈老看到過沒有？如果需要，我可以重抄一份留下。（我隨即將摘抄件交給他，他戴上眼鏡，一邊翻閱，一邊就高興地說了起來。）

答：這份材料很重要。我不知道怎麼會保存下來的？我是很早就參加早期黨的活動的，不過，這是半個多世紀前的往事，材料中提到的許多人與事，我已經不大記得了。最近，我正在準備寫回憶錄，你抄的這份材料，對我倒是很有用處的。以後我寫到這段經歷，這份材料，可以幫助我回憶當年的一些情況，對我很有用。我的回憶錄，準備從我的家庭寫起，從外祖父、外祖母，我的父親、母親寫起，然後寫我的學校生活和文學生涯、社會活動，等等。打算寫到解放前爲止。目前先寫進商務編譯所後的一段經歷。準備作爲內部資料發表。這材料，如能給我抄留一份最好。

問：您同郭老差不多是同時和黨組織失去聯繫的，郭老解放後又重新入黨了，您爲什麼不提出要求呢？

答：這件事，說來話長。（說到這兒，他沉思了片刻。）30 年代初我跟秋白同志提過，當時正是王明路線統治時期，秋白自己也被排擠出中央。他勸我還是像魯迅那樣，留在黨外同樣可以發揮作用。後來在延安也提過。解放

後也有人向我提過，但我沒有再提。人世紛擾，這事留待以後再說吧！您抄的這份材料，倒也能看出我過去活動的一部分情況。

問：根據材料記載，第一次執委會決定「將居住相近的同志重新」分為五個小組，除第五組（吳淞）暫缺外，共四十二人。此外，記錄中還列舉「或離滬、或在獄、或不知住處」而未編組者十一人。如此加起來，1923 年 7 月上海的黨員共五十三人。沈老是否還記得這些人？（我取過材料，將名單讀給他聽）

答：年代太久，大多記不清了。當然，瞿秋白、鄧中夏、林伯渠、邵力子和我弟弟澤民等，這些人的情況，大家都比較瞭解。邵力子後來退出了。還有些人，如楊賢江、徐梅坤等，我是比較熟悉的。楊賢江也在商務做過事，我同他來往比較多。大革命失敗後，我們在日本還住在一起過。

問：1923 年 9 月 17 日的第十三次執委會記錄裡，有這樣一段記載，「雁冰提議：南京同志除謝遠定外，又去澤民一人，應與介紹，使他們共劃在學生方面活動。又寧、浦一水之隔，應促二人與浦支部聯繫，開聯席會議，共商一切。」這事沈老還記得嗎？

答：這段話在哪裡？（翻看記錄）呵！當時澤民曾在南京浦口的河海工程學校（按：即華東水利學院的前身，現改名河海大學）讀過書。那時南京方面的黨員少，我的意思是建議讓他們多做發展黨員的工作。本來上海地下黨不管江蘇的事，改為「地方兼區執委會」後，就兼管起江蘇和浙江的事了。這件事，詳細情況我也不大記得了。

問：材料裡有些事很重要，但看不懂，不知道是指什麼。比如，1923 年 8 月 5 日第六次會議，沈老、鄧中夏、徐梅坤、王振一等執委都出席了，還提到「中央委員潤之」即毛澤東同志也列席會議。記錄裡寫明「中央提出三點請地方注意」，其中的第三點是「對邵力子、沈玄廬、陳望道態度須緩和，並編入小組」。這是指什麼事？

答：嗯！（翻看材料）這事得仔細回憶才行。可能指他們三人要退黨的事。沈玄廬的事，我現在還記得起來。這個人很特別。楊之華原先就是他的兒媳。他是浙江蕭山縣的大地主，但思想開明，曾自動搞減租減息，還辦起第一個「農民協會」，在當時全國算是最早的一個。他很早就信奉共產主義，並加入了共產黨（葉按：沈玄廬還是 1920 年 8 月成立的上海共產黨小組的七個發起人之一）。後來他寫了封信，指責說：共產黨搞得太濫，什麼人都可以

參加，連地痞流氓、拆白黨也拉進來了。還說什麼拐走他兒媳的，竟然也是共產黨員，等等。總之，他表示不幹了。當然，這裡也有誤解與猜測。他的這種錯誤態度，當時曾受到黨內同志的批評。〔註2〕

問：類似的問題還有。如 1925 年 5 月 8 日的會議記錄裡還提到：「太雷——由滬調他處，留黨察看六個月。理由：妨礙團體工作」；「光赤問題。不通過地方離滬，要求介紹信。議決：張松年順便帶一口信無效，須親寫信給地方。」（我邊讀邊指記錄稿給沈老看）這裡說的太雷、光赤，是否即張太雷、蔣光赤？當時的具體情況，沈老還記得嗎？

答：這就記不清楚了。當時人事紛擾，情況複雜，許多往事，要慢慢回憶，還需找些老人查詢核實。這份材料，你能抄一份留下嗎？（答：可以的。）將來我寫到這一段，這是很有參考價值的。

我最近也看到一個材料，關於兩個口號的，是馮雪峰在「文革」初期寫的回憶材料。其中談到的有些情況，過去我不知道。（說完他站了起來，邁著細步，慢慢地朝隔壁的臥室走去。我見狀也趕忙起身，想去扶他，然見他頭也不回地朝裡邊走去，只好跟在後面走到臥室門口就停住了。只見沈老在床邊書桌旁翻找出一份材料，轉身又走了出來。我又退回原位。我們都坐定後，沈老把材料遞給我。這是一份抄寫的材料，題目叫《有關一九三六年周楊等人的行動以及魯迅提出「民族革命戰爭的大眾文學」口號的經過》。我粗略地翻了一下，來不及細看，但馬上想起「文革」初期我在南京也看到一份相同的打印稿。這時，沈老又說開了，語氣顯得有些激動。）

這是孔另境的夫人抄來的。按馮雪峰在材料上的回憶，「民族革命戰爭的大眾文學」這個口號，實際上是胡風提出來的。他是先同雪峰商量，經他贊成後，兩個人再從三樓下來，到二樓同魯迅談的。所以，這個新口號，實際上是胡風提出來的，而不是魯迅提的。這一點，我過去一直不知道，也同過去許多文章所說的不同。這件事，不是小問題。像這種涉及基本事實的問題，應該弄弄清楚。這份材料究竟可不可靠？可惜馮雪峰已故世了，無法當面核實。（接著，他又重複講了 1977 年 3 月 6 日同我談過的關於兩個口號論爭的情況。）

問：我在寫《論茅盾四十年的文學道路》時，初稿裡也談了兩個口號問

〔註 2〕關於對邵力子、沈玄廬、陳望道的問題，後來茅盾有詳細的回憶和說明，參見《我走過的道路》（上），第 239～241 頁。

題。後來稿子給了上海文藝出版社，以群同志和出版社認為問題複雜，一時說不清，不如暫時避而不談好，所以最後刪去了。

我的論文指導老師王氣中先生，還告訴過我一件事：1926 年底，他還報考過中央軍事政治學校武漢分校，並且到上海參加面試，還見過你呢。他說你那時候風度翩翩，身穿長衫，圍著一條很長的白圍巾。

答：是嘛！那時候很忙，我記不清了。我到武漢前，是接到過黨內的通知，要我在上海為中央軍事政治學校新辦的武漢分校招生。那是北伐軍攻下武漢不久的事。記得報考的人不少，為這事也忙了一陣。北伐軍攻克南昌後，原先估計可以很快解決浙江問題的，因為當時浙江兵力不多，省長夏超宣布獨立，倒戈反孫（傳芳）。後來接應夏超的何應欽第一軍，在福建吃了敗仗，計劃落空了。我本來是被內定到浙江參加組織新政府的，後來又改派到武漢，先是到武漢分校當教官。

有件事我記得比較清楚。孫中山逝世後，1925 年底國民黨西山會議派的一幫人，搶佔了上海環龍路四十四號的房子，作為他們的總部。這所房子，原是辛亥革命後愛國華僑送給孫中山先生的，以後就成為國共合作時期「上海執行部」的辦公樓（那時還沒有成立國民黨上海市黨部）。這樣一來，我們就失去了領導中心，於是黨中央就命令惲代英和我，籌建國民黨左派的上海特別市黨部。我當宣傳部長，惲代英是主任委員兼組織部長。不久，在廣州召開國民黨第二次全國代表大會，我和惲代英，還有幾個人，就以上海代表的身份參加了。會後，惲代英進黃埔軍校當政治教官，我進國民黨中宣部工作。當時，大會原是選舉汪精衛為國民政府主席兼宣傳部長，汪以同時兼兩職忙不過來為理由，當場推舉毛澤東同志代理宣傳部長。所以我進中宣部，實際上是當毛澤東同志秘書。不過，當時中宣部人不多，記得還有蕭楚女。我這個秘書，實際上相當於今天的辦公廳主任，權還不小。不過，這段時間很短。中山艦事件後，毛澤東辭職，我和蕭也退出，蕭進廣州農運講習所，我不久回上海，因在上海還有工作。我在廣州幾個月，香港報紙大肆攻擊，說我是赤化分子，以前還幹過什麼什麼的。所以回上海後，就有朋友要我注意，因那時的上海還是孫傳芳的勢力。在我回上海前，孫傳芳手下的人，曾到商務印書館打聽過我，問：「你們這兒有個職員叫沈雁冰的嗎？他人在不在？」朋友們回答說：「過去在這兒做事，現在已經到廣州去了。」我一回去，他們就勸我要特別小心。這樣，我回上海後就辭去商務的職務，去廣州時我

是向商務老闆請假的，並未脫離關係。此後，我又去搞國民黨左派上海交通局的事，實際上轉入地下狀態。那時是很忙的，沒有多少時間搞文學了（笑）。

問：「七‧一五」汪精衛叛變後，沈老是怎樣離開武漢上牯嶺的？

答：「七‧一五」以前，武漢的形勢已經很緊張。我大約是「七‧一五」後個把禮拜，接到黨組織的通知，叫我到九江找人聯繫，聽候命令。我到了九江，找到聯絡處，是一家店舖，進門一看，原來是董老（葉按：指董必武。茅公後來在回憶錄裡講在場的還有譚平山）。董老看到我就說：「你趕快設法到南昌去。」為什麼說設法呢？因為那時九江到南昌的鐵路，有一段被截斷了，火車可能不通。董老知道這一情況，所以叫我自己趕快設法。他還說：「我也很快要轉移了。這裡你不要再來了。」事後我趕忙上火車站，一問果然火車已經不通了。我從火車站出來，在街上碰到熟人。他們也急著要到南昌去，告訴我還有一個辦法，就是從廬山翻山過去，也可以到南昌。他們說，惲代英前兩天就是上牯嶺翻山過去的。據說，那時馬回嶺以北是賀龍同志的部隊控制的（當時他還未入黨），翻山越過馬回嶺那一段，過去就安全了。這樣我就上了牯嶺，在山上遇到夏曦同志，他是當時湖南省委書記，在牯嶺有任務。他告訴我惲代英確實是翻山過去的，現在這條路恐怕也走不通了。他還說，郭沫若剛下山回九江了，還帶了一批人（當時他是國民革命軍總政治部副主任），住在九江一個旅館裡。他後來用別的辦法到南昌了。我當時就停留在山上，身體也不好，在牯嶺住了一段時間。

問：董老要你到南昌，是不是去參加南昌起義？

答：大概是的。不過，當時我還不知道要我到南昌去幹什麼。我在牯嶺大約住到 8 月底，就秘密回到上海。

問：沈老這時候為什麼開始寫起小說來？

答：在大革命高漲中，我就有過創作衝動，不過沒有寫成。回到上海，住在景雲里，隔壁鄰居有葉聖陶、周建人等熟朋友。我回去前，家裡人就放風，說我到日本去了，所以我回去就關在家裡，基本上不出門。那時，一家幾口，生活問題也需要解決。葉聖陶正在代鄭振鐸編《小說月報》，勸我寫寫小說。我在那種情況下，也只有賣文為生了。「五四」時我辦《小說月報》時，寫小說的人，生活都比較單純，生活圈子小，寫的大多是學校生活、婚姻戀愛等題材。我的生活比較複雜，特別是剛剛經歷的一場大革命風暴突然就失敗了，許多人和事，令人痛心。我想了很多。我想寫知識青年，因為我對他

們比較熟悉。那時的許多青年，對中國革命的長期性、複雜性瞭解不夠。他們往往先是不關心，革命浪潮一來，又特別興奮積極，到了遇到各種矛盾挫折，又普遍產生幻滅的情緒。我寫的第一篇小說，就叫《幻滅》。《動搖》是寫一個小縣城錯綜複雜的鬥爭，寫一部分知識青年在鬥爭中的左右動搖，寫土豪劣紳的從中破壞。像小說中胡國光那樣的人物，那時候就不少。他們在革命到來時僞裝積極，搖身一變加入了國民黨，有不少壞事是他們幹的。《追求》寫大革命失敗後，上海一些知識青年的徬徨苦悶，要追求理想，不甘墮落，但又不知路在哪裡。其實，那時不光是他們，許多人也不知道下一步該怎麼辦。

　　問：有件事我還是搞不清楚。沈老給我的兩次信裡，都否認 1932 年「一·二八」上海戰爭後回過烏鎮。〔註 3〕但是，《故鄉雜記》裡寫的背景、人物、故事很具體，記的是「一·二八」後的事，好像不可能是純屬虛構的。還有，沈老當時寫的一些散文，也提到回過烏鎮。這件事同《春蠶》、《林家舖子》的創作構思有關，所以我想把它搞清楚。

　　答：《故鄉雜記》是回憶過去的事。「一·二八」後我沒有回過烏鎮。1927 年大革命失敗後，蔣介石就通緝我，那以後我就沒有行動自由。大革命前，我母親喜歡回老家看看，我還常送她回去。我外祖父、外祖母去世，我還回去奔喪。1927 年後，我就很少回去。我母親回老家常由我老婆送，遇到她沒空，才由我送，不過很快就回來了。《故鄉雜記》是根據過去歷次回鄉的見聞寫的。「一·二八」上海抗戰爆發後，我家已從景雲里遷到法租界，在愚園路，此地日本飛機是不會來轟炸的。「一·二八」時我和我母親都沒有離開上海。〔註 4〕

　　我在上海的住處搬過幾次。最初在景雲里，住的時間比較長。後來我到日本去，我家遷過一次。我從日本回國後，起先在楊賢江家住過一段時間。楊比我早些時就到了日本，後來又比我早半年回國。我從日本回國時，正是蔣介石與馮玉祥、閻錫山大戰時。楊賢江的家在法租界，相當寬敞，我就住在他那裡。我參加左聯，是馮乃超到楊賢江家找我的。後來，楊賢江又第二

〔註 3〕指 1978 年 5 月 7 日和 6 月 21 日茅公寫給本書作者的信，參見《茅盾漫評》，第 317～321 頁。
〔註 4〕後來經韋韜同志幫助回憶，沈老終於記起來確實於「一·二八」後回過烏鎮。參見拙作《春蠶小議》（《茅盾漫評》，第 158～168 頁）和 1979 年 6 月 2 日第七次訪問茅盾記錄。

次去日本，目的是去做腎臟手術的，但已經遲了，結果死在日本。楊賢江也在商務幹過，他編《學生雜誌》時，我跟他就有往來，是個老朋友。後來，我從楊賢江家出來，在法租界又找了個房子。

我從北大進商務，是我一個表叔盧學溥介紹的。他在北洋政府的財政部做事，屬梁士詒一派的。梁士詒手下有龍虎二將，虎是指葉恭綽，他號義虎。我表叔同葉恭綽友善。財政部長屬梁士詒一派的。當時，北洋政府裡有油水的是財政部與交通部，教育部是清水衙門。魯迅在教育部時，就常常欠薪。

我在北大預科讀書時，蔡元培還不是北大校長。我進校時，預科班剛開始辦。北大的前身是京師大學堂，這個學堂是「百日維新」時辦起來的。當時，光緒皇帝也召見過張菊生，他是翰林出身，後來是商務印書館的創始人之一。

問：今天談的時間太長了，影響沈老休息。

答：不要緊。有什麼問題，還可以談談。

問：那再請教一個問題。沈老到了延安，後來為什麼又離開了？

答：我那時全家到延安，是有長住下去的思想準備的，兩個孩子都很快就送進延安的學校學習。後來所以又離開延安，是因為周恩來同志從重慶打來電報（或電話），要我到重慶去工作。原因是郭老已經退出第三廳，不當主任了，正在準備另搞一個文化工作委員會，還是由郭老主持。我們需要增加人進去。我也被算在內，要我當文化工作委員會的常務委員。周總理認為讓我到重慶工作，發揮的作用要大些。這個電報（也可能是電話）是打給黨內的，我事先不知道，後來是張聞天告訴我，徵求我意見的。我同意了。臨行前我去向毛主席辭行，他還開玩笑說：「你把兩個包袱（指我的兩個孩子）丟在這兒，就可以輕裝上陣了。」我到延安後曾去看望過毛主席，他也來看過我們，記得還送我一本《新民主主義論》。我離開延安到重慶，是搭董老的車走的。因為沒有汽油，在寶雞停留了一個月。那時，汽油是國民黨配給的，時常刁難。我到重慶後不久，就發生皖南事變。黨動員一批人離重慶到香港開闢第二戰場，我們秘密離開重慶到桂林，從桂林轉香港。那時買飛機票困難，後來找到一個人（記不清名字，大約是國民黨的一個官，但對國民黨也不滿），有他簽字，才買到飛機票。

我到延安，起先住在招待所，後來搬到魯藝。我在延安沒有擔任具體工作。在魯藝講過幾次課，是文學方面的，內容記不得了。當時周揚是魯藝的

副院長，管實際工作。他先是當教育廳長，後到魯藝的。周揚之前是柳湜當教育廳長。

你剛才提到的《春蠶》，那裡面所寫的生活，我從小就接觸過。因為我祖母喜歡養蠶。祖母家是大地主，她的兒女後來大多出國留洋，但她為人守舊。她平時喜歡養蠶。我曾寫過一篇文章，叫《我怎樣寫〈春蠶〉》，後來《文萃》轉載了。這個刊物都是登別人已經發表過的文章，自己不組織稿子的。不知是什麼人辦的？你可以找來看看。

問：今天談得太久了，影響了沈老休息。我在北京還要停留一段時間，你要的這份材料，我會抽空抄一份。到時我想再來一次，順便把材料也送來。

答：好吧！你走前要再來，事先打個電話。

（根據 1978 年 7 月 17 日～18 日整理的記錄稿追憶整理）

四、續話早年革命風雲──一九七八年七月二十五日訪問記錄

時間：1978 年 7 月 25 日下午 3 時 30 分至 5 時 15 分

地點：北京交道口茅盾寓所書房。

背景說明：1978 年 7 月 16 日拜訪茅公後，我回到西單教育部招待所，利用工作之餘，抄寫了一份《上海地方兼區執行委員會紀事錄》。在即將結束工作離京前夕，我又通過電話聯繫約定了時間，於 7 月 25 日下午，再次到交道口看望茅公。這次談話仍在書房裡進行，茅公仍著家常便裝，精神比我 16 日見到時好。由於小曼同志事先打過招呼，這次只談到五點多我就主動告辭。茅公興致很好，一見面就問那份「紀事錄」的事。他說：「上次走後，因不知道你住的地方，你留下的電話也找不到了，所以無法聯繫。當時沒想到讓你把材料留下，我找人抄一份就行了，省得你花時間抄。」我一方面解釋走後忙於公事，加以怕影響他休息，所以一直沒有打電話；一方面把抄好的一份材料交給他。談話就從這份材料說開去，他又談了一些二、三十年代有關他的政治活動、文學活動的往事，以及有關陳獨秀、俞秀松、瞿秋白、馮雪峰的事。

談話記錄：

問：可惜這份材料只記到 1925 年 10 月 7 日為止。從記錄內容看，自 1923 年 7 月 8 日執委會成立起，到 1924 年 3 月止，開了近四十次的會議。這期間，其他委員常有請假或缺席的，但沈老幾乎每次開會必到。當時，沈老是否已把活動重點從文學轉到黨的工作方面來了？

答：也可以這樣說。記得那時候很忙，政治活動多。「一大」後，我常常是晚上出去參加會議和學習，白天在商務編刊物，忙文學活動。1923 年後革命形勢有新的發展，我也跟著忙起來了。那時候實際工作多，白天也要去做。不過，我沒有放棄文學活動，這期間還寫了一些東西。

問：1924 年 3 月 26 日的會議記錄裡有這樣的記載：「沈雁冰辭職。委員會通過，惟因開大會補選在即，沈雁冰可仍任秘書及會計職務，待補選後再交卸。」當時沈老為什麼要辭職？從記錄看，1925 年後沈老也很少參加會議了。

答：這事需要仔細回憶。當時可能又忙別的事去了，因 1924 年我沒有離開上海，那時又很忙。〔註5〕1925 年以後，特別是「五卅」運動後，就更忙了。這年年底成立左派國民黨上海特別市黨部，我當宣傳部長。1926 年元旦，我到廣州參加國民黨第二次全國代表大會，乘的是「醒獅輪」，那是虞洽卿辦的三北輪船公司的船。從廣州回來後，又到武漢。所以，這以後，我實際上是更加忙了。這期間，還寫了一些文學方面的東西，比如，《論無產階級藝術》這篇文章，就是「五卅」運動前後寫的。這篇文章的材料，主要是從第三國際的《國際時事通訊》上得來的。這個刊物一個禮拜出一次，十六開本，「聖經」紙印的，有英、德、法三種文本。裡頭有講到蘇聯無產階級藝術的材料，我看了這些材料，經過選擇綜合，寫成《論無產階級藝術》一文。這是登在《文學週報》上的。因為這是文學研究會的公開刊物，我不能注明材料來源，否則對刊物不利。那時的北洋軍閥政府很蠢，很容易瞞過去的。這也不是翻譯文章，是按照我的理解綜合改寫成的。

問：沈老究竟是什麼時候加入中國共產黨的？

答：這件事是這樣的。大約 1920 年初，陳獨秀從北京到了上海，把《新青年》也遷到上海辦。他找一些人去商量，我也是其中的一個。後來，大約是 1920 年夏天，就成立了馬克思主義小組。我也是這個小組的成員。1921 年 7 月黨的「一大」召開，正式成立中國共產黨，所有從前各地的馬克思主義小組的成員，也就成為最早的一批黨員，我也是這樣的。

上海的馬克思主義小組，是在陳獨秀去廣州前或從廣州回來後成立的，我記不清楚了。〔註6〕當時，陳炯明假裝進步，在廣州要辦一個教育委員會，

〔註 5〕茅盾後來在回憶錄裡對此作了說明。參見《我走過的道路》（上），第 244～245 頁。

〔註 6〕茅盾在《我走過的道路》（上），第 176 頁上說，陳獨秀是一九二○年十二月到廣州的。

請一些著名的進步人士去，也邀請了陳獨秀。陳走前把《新青年》交給陳望道、李漢俊辦，就到廣州去了一段時間。所以，「一大」召開時，陳獨秀沒有參加。

我記得有件事，陳獨秀到廣州以後，曾經寫了封信給我。意思是說陳炯明辦教育委員會，只是裝裝門面的，原先提的三百元的生活費，也沒有著落。他說想回上海。信裡的意思是要我跟商務印書館談談，因當時商務也常請一些名人當名譽編輯，月薪比較高。我接信後拿去給高夢旦看，高表示可請他當館外的名譽編輯。這件事是我經手辦的。〔註7〕陳獨秀到廣州以前，在上海期間的生活費，是從《新青年》的經費裡取的。

黨成立後還辦過《嚮導》周報、《中國青年》周刊。《中國青年》周刊是中國社會主義青年團的機關刊物。《中國青年》最早是中國青年研究會搞的，後來這個組織分裂了，成立了中國社會主義青年團。社青的負責人，最早是俞秀松。他曾到蘇聯學習。董亦湘也到過蘇聯學習。蔣經國也在蘇聯學習過，「四‧一二」後還罵他老子（指蔣介石），抗戰後才回國。

俞秀松後來死在新疆。他是蘇聯派到新疆去工作的，盛世才為了拉攏他，還把自己的妹妹嫁給他。後來他被當作托派，給盛世才逮捕下獄，最後給殺害了。當時，盛世才的妹妹還常到獄中去看他。〔註8〕這件事我原來不知道，是後來有人告訴我的。我在蘭州遇到一個人，這個人叫胡公冕，浙江人，也是早期的共產黨員。他曾在杭州當過浙江第一師範的體育教員，保定軍官學校出身。北伐時當過蔣介石警衛營的營長。打武昌一仗，孫傳芳的部隊一下子衝到蔣介石的司令部，老蔣差一點被捉，當時就靠姓胡的帶領警衛營「保駕」。這是「四‧一二」以前的事。後來蔣介石搞「清黨」，這個人也被抓。

〔註7〕 此事茅盾在《我走過的道路》（上），第 178 頁裡也談到，但沒有提陳獨秀寫信事。說法略有不同。

〔註8〕 據《諸暨史志》1986 年第 3 期的有關材料記載，盛世才的妹妹原名盛世同。1935 年，俞秀松受共產國際派遣從蘇聯到新疆工作。擔任盛的家庭教師期間與盛世同相愛而結合，斯大林親自批准他們結婚並贈送許多禮品。1937 年冬，王明、康生回國途徑新疆，誣陷俞秀松為托派，俞即被捕下獄。其間，盛世同設法營救無效。1938 年 5 月，俞秀松被押往蘇聯，夏天被害死於獄中。盛世同不與胞兄同流合污，改名安志潔，但仍不知俞的下落。1948 年安志潔陪其母安景風避居到俞秀松家鄉浙江諸暨，解放後方接到我國駐蘇大使王稼祥信，知其夫已不在人世。後在父母建議下，安志潔與俞秀松的四弟俞壽臧結為夫妻，為紀念前夫，將生下的長子長女承繼給俞秀松。

由於他救過老蔣，立了大功，所以蔣介石沒有殺他，說：「你救過我，我不殺你，但也不能重用。」蔣給了他點錢，養著他。我到新疆前在蘭州見到這個人，他要我到新疆幫助打聽俞秀松的下落，說傳聞俞在新疆被殺了。但是，我到新疆後沒有看到俞秀松。後來，遇到一個從陝北派去支持新疆的同志，叫徐夢秋，他同我弟弟熟悉，在莫斯科同過學。他到新疆後改名叫孟一鳴，當了教育廳長，因兩腿殘廢截肢，出門要由人背著。我向他打聽喻的下落，他才講了俞秀松到新疆後被害的經過。

問：沈老給我的信裡曾說過，關於瞿秋白的問題，待見面時可以多說一些〔註9〕。現在中央還沒有明確的結論，出版社提出我那本書（指《論茅盾四十年的文學道路》）修訂再版時，暫時要把瞿秋白評論《子夜》等作品的話刪去。我想不通。不知對他的問題，有沒有新的說法？

答：我當時寫信告訴你，瞿秋白的話可以不刪〔註10〕，那是根據好多年前有人告訴我的消息。不過，後來有關的同志又否認，所以我信裡沒有多說。記得那還是「四人幫」在臺上的時候，大約是1973至1974年間，大概是胡愈之告訴我的。他說，當時有一個法國外賓要求見周建人，此人對瞿秋白的問題很關心，要向周瞭解瞿秋白與魯迅的關係。為了這件事，周建人通過統戰部向中央請示應該如何講，問瞿秋白算不算叛徒，大約是周總理等中央領導同志指示：可以稱瞿秋白為同志，他不算叛徒。又說這個問題，中央正在研究。後來，我曾當面問過周建人，他說：「那是謠傳，我沒有請示過中央。」否認了。周建人為人膽小。（問：那是什麼時間？）我問周建人，大約是四屆人大召開前（1975年初）。1972年初尼克松訪華後，來中國訪問的外國人就逐漸多起來了，其中也有研究中國文學的學者。

我同秋白認識很早〔註11〕，後來交往也多。他的夫人楊之華，也是我老婆的好朋友。他們從蘇聯回來後，住在上海，有一段時間我們的來往很多。他們先曾住在法租界一家人家的房子裡，是所謂二房東，三房客。他們住在二樓。秋白改名換姓，說是搞翻譯的。他懂俄文、法文。那時法租界對共產黨比英租界鬆一些。秋白有派頭，楊之華也打扮得很漂亮，像個少奶奶，所

〔註9〕指1978年2月19日和1978年5月7日茅盾給本書作者的信，見《茅盾漫評》，第315、319頁。
〔註10〕見茅盾1978年2月19日給本書作者的信，《茅盾漫評》，第315頁。
〔註11〕據茅盾後來的回憶，他是1923年春在上海大學的一次教務會上，第一次同瞿秋白見面的。參見《我走過的道路》（上），第225頁。

以沒人懷疑他們。那時，秋白已被排擠出中央，沒有什麼事，但身份不能公開，他的住處知道的人很少。爲了安全，還要經經常變換住處。記得有一次他接到通知，意思是黨的機關遭到破壞，要他們趕快轉移，我就讓他們到我家暫時避一避。我住的地方也是個二房東，寧波人，做生意的，地點在愚園路樹德里。不過，我的房子比較擠，楊之華第二天就搬到別處，秋白在我那裡住了十來天。因家裡擠，他睡的是地舖。那時，我正在寫《子夜》，秋白看過寫好的幾章，我們談得很多，他提了許多意見，對我很有幫助。因爲他瞭解全局，特別是對當時黨內的鬥爭知道得多。後來，馮雪峰到我家裡來，他當時還不認識瞿秋白，我就做了介紹。我曾經同馮雪峰商量，爲了安全，最好讓秋白轉移到魯迅那裡。當時，魯迅住在北四川路的一個公寓裡，住的大多是外國人，房子也比較寬。這樣，馮雪峰就把秋白帶到魯迅那裡，在魯迅家裡住了一段時間。〔註12〕

　　瞿秋白後來搬到南市。這事我比較清楚。馮雪峰認識一個人，叫謝旦如，父親做錢莊生意的，已經去世。謝是個福建人，在上海南市有自己的房子，很大的。他當時已不做生意，也成了知識分子，跟馮雪峰熟悉。馮同我商量，認爲讓秋白夫婦住到那裡，比較安全，是個可靠的住處。爲了保險起見，我們要謝在報紙上先登個餘屋出租的廣告，然後由秋白去租住。這樣，萬一將來出事，對謝也不會有干係，可以不承擔責任。後來就這樣辦了。瞿秋白夫婦搬到南市後，沒有出過問題。他後來到瑞金去，就是從南市走的。謝旦如在這件事上，是立了功的。謝有一個女兒，懂俄文，程度不高，解放後把她調到文化部工作，就有點照顧性質。

　　問：沈老在給我的信裡曾提到，魯迅1936年1月5日給胡風的信裡，要他代寫材料，作爲寫英譯本《子夜》序文之用，這英譯本《子夜》是史沫特萊搞的。我想弄清楚，後來魯迅是否根據胡風的材料，爲史沫特萊的英譯本《子夜》寫過序。

　　答：魯迅沒有寫序。這事是這樣的：史沫特萊想爲英譯本《子夜》寫個前言之類的東西，向國外讀者介紹。她要我提供材料，我不好自己講自己，就轉託魯迅，而魯迅又轉託了胡風。

　　史沫特萊這個人出身貧苦，是美國共產黨的黨員，所以她的書在美國找

〔註12〕這一説法，同茅盾後來在《我走過的道路》（上），第 111 頁裡的回憶，有些出入。

不到出版商。這是後來來訪的外賓告訴我的。斯諾就不同，他同美國上層人物有關係。

　　（談到這裡，沈老忽然又站了起來，說：「我最近看到一份材料，是馮雪峰寫的，關於兩個口號論爭問題的。其中談的有些事情，我過去不知道。」說著，他又邁著細步，朝臥室裡走去。過一會兒，他拿了一份材料走回來，遞給我看。原來還是 7 月 16 日他給我看的那份《有關一九三六年周揚等人的行動以及魯迅提出「民族革命戰爭的大眾文學」口號的經過》。他兩次特地回臥室取出這份材料來，而且情緒都顯得相當激動，當時我就深深感到這份材料給他的印象太深了，心中必有疙瘩，以致忘了九天前已談過這件事了。我看到沈老的情緒比較激動，怕影響他健康，就把話題扯開，談了一些閑話，接著就告辭了）。

（根據 1978 年 7 月 25 日的記錄稿追憶整理）

五、文論教材修訂問答記──一九七八年十一月十六日訪問記錄

　　時間：1978 年 11 月 16 日下午 4 時 30 分至 5 時 50 分。

　　地點：交道口茅盾寓所西首客廳。

　　背景說明：根據 1978 年 6、7 月間教育部在武漢召開的全國文科教材規劃會議的決定，「文革」前出版的由以群同志主編的《文學的基本原理》，也列為修訂再版的重點教材之一，要求短期內改好出版，以應高校文科教學之急需（因當時粉碎「四人幫」不久，缺乏適當的教材）。為了做好這項工作，我和《文學的基本原理》修訂組的其他同志，於 1978 年 11 月中旬，一起來到北京，找了周揚、蔡儀、朱光潛、林默涵、楊晦、馮牧、何洛等同志徵求意見。當時，正是黨的十一屆三中全會召開的前夕，首都文藝界的氣氛，活躍而微妙。利用這次出差的機會，我又再次拜訪沈老，一來是看望他，二來也想聽聽他對教材的修改意見。這是我在這年中第三次同他的見面。

　　7 月 16 日上午我們訪問了周揚同志之後，下午 4 時 20 分我按約定的時間到達交道口沈老寓所。進門之後，陳小曼同志就告訴我：「全國婦聯的同志，正在和沈老談話，瞭解有關早期黨領導婦女運動的情況。」我聽後感到來的不是時候，還不知道要等多久，怕是談不成了。小曼同志見狀，笑著說：「已經談得差不多了，沈老也沒有多少話好說了。他知道你要來。讓我先去問一問，你等一等。」（當時，小曼同志已不到機關上班，暫時借調到沈老身邊幫

助搜集材料和處理日益繁忙的事務）過了一會兒，她從會客室裡出來，說：「沈老讓你進去，坐在旁邊聽聽也沒關係。她們也快走了。」於是，我進了會客室，在邊上一個空位置上坐了下來。只見室內有三位婦聯的同志，正在邊問邊記，此時已停住手中的筆，好像談話已難以深入下去了。有一位同志還想多瞭解一些當年沈老參與領導婦運的情況，似乎不甘願就此結束，又問道：「沈老在建黨初期寫過許多關於婦女解放的文章。能不能再談談在開展婦女運動的實際工作方面的具體情況。」沈老回答道：「我在建黨以前就寫過不少婦女解放問題的文章，其中也有不少是翻譯的。婦女運動是黨成立後才搞起來。那時我是共產黨員，又曾經寫過這方面的文章，大家就要我也去搞這方面的工作。但是，男同志搞婦女工作，總歸是不行的，不合適也不方便的。」說著他爽朗地笑了起來。給我印象特別深的是，當他說到「那時我是共產黨員」這句話的時候，顯得莊重而自信，眉宇間流露出一種自豪的神情。這是我過去同他接觸中很少見到的。至於他說「男同志搞婦女工作，總歸是不行的」，顯然是指 1923 年 9 月 27 日，上海地方兼區執委會第十五次會議的決定：根據黨中央的指示，「方今之時，一切勞工運動、婦女運動、學生運動及商人、農民運動，惟一目標——國民運動，故一切運動應屬國民運動範圍。」為此，執委會議決國民運動委員會內部重新分工，茅盾被分配同女革命家向警予同志一起「專任婦女方面」的工作，而惲代英、楊賢江等專任學生運動方面的事。對於這個饒有興趣的問題，我倒也想聽個究竟，然而沈老卻無意再談下去了，且說話顯得有些氣喘。婦聯的同志見狀，就起身告辭了。

她們走後，沈老起身坐到當中的長沙發上，熱情地招呼我坐到他身邊。看上去情緒很不錯。其時已是初冬季節，室外正下著毛毛細雨，沈老怕冷，身上已穿了毛呢大衣，而且裹得緊緊的。他告訴我，寄給他的《論茅盾四十年的文學道路》修訂本，已經收到了，接著就問我來京幹什麼？，我說明了情況後，把一份關於《文學的基本原理》徵求意見提綱交給他，請他提提意見。他把提綱交給了小曼同志，讓她逐條讀給他聽。又問：「你們找過哪些人了？」我說前天在北大中文系開過座談會，訪問了朱光潛先生；上午在社會科學院聽取了周揚同志的意見，談了一兩個小時。他又問周揚同志談了些什麼問題，顯得特別注意。這次談話，完全是漫談式的，說到那裡算那裡，氣氛輕鬆，無拘無束，因而當時也難以記錄。現據事後的回憶記錄稿，稍作整理如下。

談話記錄：

問：這本教材是「文革」前在以群同志主持下編寫的，「文革」初就成了重點批判對象。現在以群同志已經過世了，教育部要求我們短期內修訂出版以應急需。我們遇到的問題之一：是逐章逐節地增加批判「四人幫」謬論的內容，還是正面闡述馬克思主義的文學原理，對「四人幫」的那一套，只在前言或後記裡提一下。對這個問題，沈老的意思如何？

答：「四人幫」把文藝理論上的一些基本問題都搞渾了。比如，創作方法總是在創作實踐過程中形成和提出來的，不是先有個什麼創作方法，定幾條什麼框框，然後去套。這樣是寫不出什麼好作品的。他們鼓吹的所謂「三突出」，就出不了好東西，也扼殺了作家的個性與才能。我看你們還是著重把道理說清楚，不必逐章逐節地去糾纏。他們那套東西，經不起時間的考驗，你們在前言或結束語裡提一下就行了。頂多在什麼地方另寫一段。

問：我們感到困難的另一個問題是，這本教材反映的是 60 年代初的水平，現在時間急促，不可能大改。由於長期來極左思潮的影響，有些問題如文學與政治、人性與階級性、人道主義、共同美、文學批評標準、「兩結合」與社會主義現實主義等問題，越講越簡單化，需要澄清和重新認識。當年以群同志主編這本教材時，是注重科學性、規律性、知識性的，力求教材能有一定的穩定性。後來提出「千萬不要忘記階級鬥爭」，以群同志感到有壓力，又增加了些反修的內容。然目前的時間、條件，只允許作些小改，若干章節作較大的修改，不可能作全局性的重大修改。這樣處理，不知沈老的看法如何？

答：也只能這樣做。我不瞭解大學的情況，不過不管怎麼改，教材總要給學生一些最基本的東西，而且應該盡量避免絕對化、簡單化。比如共同美的問題，「文化大革命」前我也說過。人類對自然美還是有共同的感受的，自然美是沒有階級性的，涉及到社會領域的美醜問題，情況就複雜一些。兩結合的創作方法的提法，比社會主義現實主義好，不過毛主席的詩詞，也不都是兩結合的。社會主義現實主義是斯大林提出來的，把它作為創作與批評的方法，後來我們也沿用了。革命現實主義與革命浪漫主義相結合的創作方法，是毛主席提出來的，比社會主義現實主義的提法好。但也不要把什麼作品都說成是兩結合的，還有其他的方法嘛。「兩結合」也應該以現實主義為基礎，不能隨意拔高，脫離生活去搞虛假的東西。

教材的穩定性也不是絕對的。隨著創作的發展和認識的提高，總會有新的發展。也可以搞些補充材料，彌補教材的不足。

　　問：舊版《原理》曾點了一些人和作品，作為反面例子。這次修改，我們想持慎重態度，準備刪去一些。比如丁玲的《三八節有感》，就準備刪去。上午周揚同志說，毛主席曾多次批評過《三八節有感》，不過那篇文章當年的影響並不像後來所說的那麼大。他也主張對丁玲要全面地看，不要在教材中批了。周揚同志還說：文藝界的反右鬥爭，是他具體抓、毛主席指導的。現在看來，當時有些人如艾青、陳湧等是可以不劃的。當時楊朔就沒有劃。過去的教材，都習慣於把運動中批判過的作家作品，作為反面的例子。這回我們準備重新考慮。對這個問題，沈老的意見如何？

　　答：我看能不點的盡量不要點。運動中涉及的人和事比較複雜。你們寫文藝理論教材，也不一定都要去扯那些問題。丁玲的事，過去我也聽說過。她被捕關在南京監獄裡，聽說後來是張天翼幫助她逃離南京的。張有個姊姊在南京政府裡做事，他常到南京看他姊姊。當時，丁玲雖然被關，還可以出來走走，但是不准離開南京。張就通過他姊姊，設法幫助丁玲逃離南京，到了上海。後來，是黨派人（聽說是聶紺弩）把丁玲送到了延安。

　　問：聽說「文革」前夕批判電影《林家舖子》以後，陳毅同志曾經保護過你。沈老同陳老總的關係，是不是很密切？

　　答：這事我不太清楚。我同陳毅副總理有些來往，不過不是詩詞上的來往，而是工作上的關係。陳老總是外交部長，也關心文藝。那時我作為文化部長，時常要出國，所以常去找他，向他匯報情況，請示出國活動的要求等等。陳老總喜歡找人談詩詞，自己也寫得不錯。他是能文能武。

　　問：沈老 1921 年就同劉貞晦合寫過《中國文學變遷史》。劉是北京大學的教授，沈老是不是原來就認識他的？

　　答：我同劉貞晦並不認識。當時有一家出版社（葉按：指新文化書社）要出一本文學變遷史的書，約劉寫中國古代文學變遷的部分，我寫的是近代部分，而且談的是外國近代文藝思潮的變遷（葉按：題為《近代文學體系的研究》）。出版社後來把這兩部分合起來出書，還用了個《中國文學變遷史》的書名，也署了我的名字。其實，那只能算是一篇論文，我並沒有寫過文學史，和劉貞晦不認識，也談不上事先商量。

　　　　　　　　　　　　　　　　（根據 1978 年 11 月 16 日晚回憶記錄稿整理）

六、笑談昔年文學生涯——一九七九年六月二日訪問記錄

時間：1979 年 6 月 2 日下午 3 時 30 分至 6 時。

地點：交道口茅盾寓所書房。

背景說明：爲《文學的基本原理》修訂本上冊校樣的最後審定工作，我於 1979 年 5 月 26 日赴京，找修訂組顧問羅蓀同志聽取意見，同時也藉此機會，專門就編選《茅盾論創作》一書的有關問題，拜訪了沈老。抵京的第二天，我同陳小曼同志通了電話，她告知沈老正在趕寫回憶錄的第四章，約定見面的時間安排在六月初。爲了便於沈老事先考慮有關編選的原則、書名和選目的編排等問題，我於 5 月 30 日下午，專程把《茅盾論創作》的選目及複印資料，先送給韋韜、小曼同志，並同他們交換了意見，請他們把我的初步設想轉告沈老，以便作最後的定奪。此前，我都是通過小曼同志同沈老聯繫的，5 月 30 日下午見面後，小曼同志誠懇地表示：對沈老的生平和文學活動情況，她愛人韋韜同志比她熟悉，最近已借調到沈老身旁幫助做回憶錄的資料準備工作。我協助沈老編選《茅盾論創作》的事，以後也就由韋韜負責聯繫和處理。她隨即介紹了韋韜同志同我見面，並交換了有關編選的意見。此後，我同韋韜同志的聯繫和交往也日益密切起來，得到他的許多支持和幫助。這是後話了。

6 月 2 日下午 3 時餘，我抵達了沈寓，因沈老午休，剛起床漱洗穿衣，在西首會客室裡等候時，小曼同志對我談了沈老弟媳張琴秋一家在「文革」中遭迫害的情況。她說：「沈澤民的愛人張琴秋，原是中央紡織工業部的副部長，『文革』初受審查、迫害，在被關押的一個樓上，從男廁所的窗口摔下來，死得很慘。造反派說她是畏罪跳樓自殺的，我們懷疑是被害的，因爲她怎麼會從男廁所裡往下跳呢？聽說她死前徐梅坤還去看過她，看不出有想自殺的跡象。現在給她平反了，但究竟是怎麼死的也沒查清楚。張琴秋死後，她女兒在七機部也受審查。她是沈澤民和張琴秋在蘇聯生的，留在蘇聯國際孤兒院長大的，後來在蘇聯的大學裡學雷達，解放後才回國。剛回國時中國話也不會說，像個外國人，是後來重新學習漢語的。由於她爲人性直，在歷次運動中愛說話，不很得意，挨過整。『文革』中受了審查，一度神經不太正常，常產生幻覺。1973 年曾恢復了工作。天安門事件後，又受審查，因爲她反對江青、張春橋。在審查中受不了折磨，她服用了大量安眠藥自殺，死後留有遺書，因有反對「四人幫」的言論，被據以打成現行反革命。她留下三個孩

子，十分可憐，偶而也來找找沈老。」小曼同志的一席話，令人感慨萬端。在革命戰爭年代，沈老先後失去了三個親人——胞弟沈澤民、愛女沈霞和女婿蕭逸，想不到革命勝利後的年代裡，禍起蕭牆，封建法西斯的魔爪，又奪去他倆個親屬的性命。在我同沈老的多次接觸中，他從不提及這些事，外人也很少知道。他是深深地把悲哀和憤怒，埋藏在自己的心靈裡。

3 時 30 分左右，我來到了沈老的書房。只見他身穿藏青色的中式對襟薄夾襖，兩肘處各打了一小塊補釘，下身穿的也是同樣顏色的中式夾褲，看上去料子似乎是江南農村織染的土布。他站在書房裡，見我們進門，就微笑著走上前，同我握了握手，要我坐在靠西邊的那張靠背椅上，他自己則在靠近臥室的那張靠背椅上坐了下來。因為這次是專為商定編選《茅盾論創作》的有關問題的，所以韋韜、小曼同志也在座。大家圍坐在老人身旁，此時此刻，我深深感受到一種親切、信任、嚴肅而認真的氣氛，洋溢在這間四周被古今中外書籍包圍著的簡樸的書房裡。寒暄了一會兒，我就《茅盾論創作》一書的編選原則、選目編排、書名和照片、手跡的選用等問題，向沈老作了匯報。他逐一作了回答，韋韜同志也不時插話。在整個談話過程中，沈老的情緒很好，每涉及到他昔年的文學生涯，或某些具體文章與作品的來歷時，他談笑風生，興致勃勃地談論起那些故人故事，使滿座生風。但是，當談到對過去某一文章的取捨時，他就十分慎重，一再堅持要從嚴編選。

談話記錄：

問：現在的這份選目是第三稿。根據沈老的「編選從嚴」的原則，已從第一稿初選的一百七十一篇刪去和調整為九十餘篇。不知沈老對這份選目，還有什麼意見？

答：過去這方面的文章我寫得很多，現在來選這些舊東西，還是要嚴格一點好。我想，凡是同談創作經驗、藝術規律關係不大的，一般都不收。20 年代以來我寫的那些文藝思想評論的東西，不是直接談創作經驗的，這回不一定要收；關於外國文學的評介和外國作家作品評論的文章，以後可以另編集子，這裡也不要收了。你為這本集子花了許多時間（答：韋韜、小曼同志幫了許多忙，提供了材料和補充選目。這次的選目就吸收他們的不少意見）。你這次帶來的選目和文章，我有時間準備一篇篇看，有什麼意見再告訴你。〔註

〔註13〕韋韜、小曼同志於 1979 年 6 月 14 日來信說：「《論創作》一書，沈老已經選完。……沈老這次選定的，共 68 篇，約 36 萬字。其中第一部分 6 萬多字，

13〕（葉按：後來又經過兩次反覆增刪，最後經沈老同意發排的第五稿，共收了七十三篇文章）

問：文章的編排次序，我想能否按分類編年的原則，分成三個部分。第一部分收沈老談自己的創作經驗與創作歷程的文章。其中，如《我的回顧》、《答國際文學社問》、《〈茅盾選集〉自序》等帶有總結性的篇目，是否可以集中排在前面？第二部分收評論他人創作的文章，即選收一些作家作品論。第三部分收泛論創作問題的文章。這類文章量大面廣。不大好選，如沈它早期論文藝為人生的文章，不選就很可惜。關於文藝思想評論的文章，是否再考慮選收幾篇？

答：關於編排的問題，按分類編年的辦法，分成三部分，是可以的。每部分裡，有些文章可以集中排一起，不一定都要按發表時間順序排。如關於《子夜》的幾篇文章可以集中在一起，關於魯迅的幾篇文章也可以集中。這樣看起來方便。《我的回顧》等幾篇東西，集中排在前面也好。《答國際文學社問》這篇東西，現在保存的是當年魯迅手抄的那份稿子，我寫的原稿已經沒有了。那時，我寫好後把稿子交給魯迅，他接到後親自抄了一份下來，大約是為了留底以防丟失，把我原來那份送走了。魯迅是很細心的。這事我原先也不知道。1940 年我在延安時，為了紀念魯迅逝世四週年，延安搞了個紀念魯迅的展覽會，是由方紀負責的，這份東西也展出了，後來就由方紀保存到解放以後。1957 年方紀在天津負責辦《新港》雜誌，寫信來徵求我的意見，把這篇東西在《新港》上公開發表了。這篇東西，就是這樣保存下來的。

問：關於書名問題，上海文藝出版社最初設想叫《茅盾談創作經驗》，或《茅盾創作經驗集》，整套叢書的書名都要統一。考慮到這樣一來編選範圍就很窄，我建議能否改成《茅盾論創作》或《茅盾談創作》，這樣選文的範圍就寬了。們也覺得有道理，要我徵求沈老的意見，請您定奪。

答：我看書名就叫「論創作」好，這樣講到別人創作和泛論創作的選材、構思、技巧等等的文章，也可以收。我很少寫專門談自己創作經驗的文章，如果用「談創作經驗」這樣的書名，那是沒有多少東西好選的。我不大喜歡談自己的什麼創作經驗。甘苦倒是有一些。

第二部分 18 萬多字，第三部分 12 萬字（詳見目錄），與您這次帶來的目錄比較，第一部分基本不變，第二部分有部分變動，第三部分變動很大。……第三部分把與談創作無關的和沈老認為沒有什麼意思的文章都減掉了，另外又增加原目錄沒有的若干篇。……另外，關於談翻譯的文章也都不收，沈老變了主意，認為既談創作又怎麼談翻譯？」

問：出版社要求選用沈老的照片、手跡，以便製版作爲插頁。

答：這要找一下。保存下來的手稿，倒還有一些。《蝕》的原稿不全了。《子夜》的原稿還有。《子夜》的寫作大綱也在，是寫在舊稿紙的反面的。我眞不懂這份東西居然會保留下來！我過去的一些手稿，有一些保存在家鄉的。我母親去世後，家裡親屬大多沒有文化，他們以爲我的東西總有點危險性，所以不放心。我的稿子是放在一隻木箱裡，他們就把它藏在夾墙裡。後來我夫人回家，取出來一看，稿子大多發霉了。但《子夜》的寫作大綱居然奇跡般地保存下來了，這份東西後來沒有被處理掉，大約因爲它是寫在舊稿子反面，這樣反而不引人注意了，結果反倒保留了下來。

問：《子夜》的寫作大綱，能不能也收入《論創作》裡？

答：那沒有意思。這不是談創作一類的東西。內容是人物表，如吳蓀甫、趙伯韜等，還有故事情節發展的提要等等，以後回憶錄寫到這一段，準備收進去。過去寫《蝕》沒有搞大綱，寫《子夜》時開始搞比較詳細的大綱。那時我得了眼疾，一位眼科大夫（福建人，日本畢業生）對我說：「你至少半年內不能看書寫東西，要休息」。所以那時候我有時間，參觀了些絲廠、紗廠，交易所也去過。日本人說我搞過交易所，其實不是的。我有個親戚盧表叔，在北京當官，後來不做了，回上海當銀行的董事，我從他那裡知道些中國金融、實業的情形。我所以能進交易所參觀，是因爲章乃器的弟弟章有涵的關係。他是交易所的經紀人，我是通過他進交易所參觀的。那時陳雲同志在商務印書館的虹口分店，陳雲和章有涵都是共產黨員。交易所有證券、物品兩種，中國證券只有公債，所以叫公債交易所。當時，我有時間比較從容地醞釀考慮《子夜》的寫作大綱。他們要用我的手跡，可以，但選什麼，再考慮一下吧！

韋韜：照片、手跡的問題，都可以解決。選什麼好，以後我們再同我父親商量。

問：沈老寫的作家作品論，數量相當多，這次選的主要是評二三十年代作家的。《徐志摩論》選了，我覺得寫得很不錯。趙樹理的選了《關於〈李有才板話〉》和《論趙樹理的小說》兩篇。對這部分，不知沈老有什麼意見？

答：評徐志摩的文章，我是化了點功夫的。寫這篇文章時，他剛去世不久。這個人是很有才華的，後來也有些變化。評趙樹理的文章，是在香港寫的。我對他並沒有多少研究，文章也不長。這兩篇要不要選？我看過再說吧。關於魯迅的，還可以考慮增加。

問：《話匣子》和天馬版《茅盾散文集》裡，有一些文藝隨筆，談的是藝術規律，用的是散文筆調，寫得生動活潑而有深度。比如《螞蟻爬石像》就寫得很好。這類文章，是否也可以選一點？

答：這是可以的，不過還得選一下，不必都收。《螞蟻爬石像》這篇文章，60年代初曾重新登過。有一次蘇聯大使請吃飯，席間提到看了我這篇文章（談到這裡，沈老笑了起來，顯得很高興）。這篇文章，你們是不會曉得發表在哪裡的。當時上海辦了所上海法學院，我有個親戚叫邵興海（紹興高師畢業的），在這所學校讀書。他們學校要辦院刊，他來約我為他們院刊寫篇文章。我就寫了這篇《螞蟻爬石像》，最初就發表在他們的院刊上。〔註14〕

問：有一些在講演稿基礎上寫成的文章，如《文學與人生》、《什麼是文學》、《論無產階級藝術》等，都是些有代表性的重要文章，能否再考慮酌選一點？

答：這類文章不屬於談創作經驗的，《論創作》裡還是不要收。你原先的選目，開列了不少這方面的文章，也是由於這個原因我都刪掉了。我過去常被邀請到一些學校講演，有些整理發表了，也有沒整理發表的。我在上海大學時講過小說研究、希臘神話。俞平伯在上大也講過小說研究，用的是魯迅的《中國小說史略》講義。我當時在上大教書，是客串性質。

問：沈老在文學研究會成立前後，直到三四十年代，寫過許多倡導文藝為人生的文章，以及關於文藝思潮、文藝活動的論文。這些文章雖然不是直接談創作經驗與藝術規律的，但對於研究我國現代文學理論批評史，卻是一種有文獻價值的材料，且不易查找。所以我有一個建議，能否在《論創作》之外，另編一本關於文藝思想評論的集子，以便於研究者、教師和廣大讀者查閱。

答：你的這個建議很好，倒是可以考慮的。不過，這類文章數量多，內容也雜，編起來頗費事。〔註15〕

問：還有件事想請教。關於沈老的生日，目前國內就有四五種說法，沈老解放前的文章說法也不一。究竟生日是哪一天？最好能有個準確的說法。

〔註14〕 此文最早題為《從「螞蟻爬石像」說起》，署名沈餘，原載1933年12月《上海法學院季刊》創刊號。後收入《話匣子》時，改題《螞蟻爬石像》。

〔註15〕 茅公後來採納了我的建議，又另編了一本文藝論文集。此即後來由上海文藝出版社出版的《茅盾文藝雜論集》（上、下集），共近九十萬字。

答：說來好笑，關於我的生日，我自己也記不清楚了，還是解放後上海的同志到我家鄉訪問，問了我的二叔，才知道我是生於光緒二十二年（丙申）農曆五月二十五日。上海的同志折算爲公曆，即 7 月 5 日。因爲我出生的時候是子時〔註16〕，所以折算起來要早一天，即 7 月 4 日。關於我的生日，現在我都統一用 7 月 4 日。

問：最後還想問個問題，即 1932 年「一·二八」事變後，沈老究竟有沒有回過故鄉烏鎮？

答：這事是我忘記了，還是他（邊說邊指著韋韜）幫我回憶起來的。

韋韜：我小時候一直沒有回過老家。記得我第一次回老家烏鎮，是在十歲的時候，正好是 1932 年。由於是第一次回家，所以印象特別深。那次回去，是因爲我曾祖母去世，我們全家四人都回去了。那是「一·二八」事變以後的事。

沈老：是回去過。全家一起走的，爲的是我祖母去世。當時，我母親已先回烏鎮，所以是我和德沚帶兩個孩子一起回去的。過去我寫信給你，說「一·二八」後未曾回烏鎮，是因爲陳年舊事，記不清了。虧得他（指著韋韜）還有印象，才回憶起來的。不過，我的《春蠶》、《林家舖子》等作品，並不是光憑這次回家鄉的見聞寫成的。〔註17〕

（根據一九七九年六月二至三日回憶記錄稿整理）

七、北京醫院裡的最後談話——一九八○年五月七日訪問記錄

時間：1980 年 5 月 7 日下午 3 時至 5 時。

地點：北京醫院第一病區 102 室。

背景說明：這是我最後一次訪問茅公，目的是向他匯報《茅盾文藝雜論集》一書的選目及編排等問題，請他作最後的審定。

從 1979 年 6 月 14 日茅公決定讓我協助續編《雜論集》後，在韋韜、小曼同志的大力支持與密切配合下，經過十個多月的努力，凡三易稿，終於拿出了一個包含了兩百幾十篇文章的選目。其間，茅公曾多次通過韋韜同志，轉達他對編選這本集子的重要意見。

〔註16〕後來我曾問過韋韜同志：子時係夜裡十一時至一時，可前可後，爲什麼折算時要提前一天。他也表示，這件事是有點含混，搞不清楚。茅公在後來出版的《我走過的道路》（上）裡，又把子時改爲亥時，即算爲上半夜出生的。

〔註17〕關於這件事的經過，請參見拙作《〈春蠶〉小議》，見《茅盾漫評》，第 158～168 頁。

在這本集子的編選過程中，茅公的身體已經很虛弱，曾幾度住院治療，但仍然不時關心、指導著我們的工作。我事先也沒有料到，《茅盾文藝雜論集》的總體設想與選目編排的最後審定，竟然是在北京醫院茅公的病榻前進行的。1980 年 4 月 28 日，韋韜同志函告：「沈老說，您如方便的話，可以下月初來京。他現在仍在醫院，但已康復，精神也不錯，月初可能出院。即使未出院，也可以到醫院中談。」

在上海文藝出版社余仁凱等同志的支持下，我與 5 月 5 日專程赴京後，知茅公尚未出院。6 日下午，我先到交道口同韋韜、小曼同志見面，得知沈老入冬以來一度健康情況不好。小曼同志說：「今年冬天有四個月左右的時間，父親的健康情況很不好。一度已迷迷糊糊，眼睛也沒神了。我們很擔心。」韋韜同志補充道：「他長期睡眠不好，靠吃安眠藥，而且每晚不止吃一次，常常是吃了安眠藥只能睡二三小時，一醒過來就再吃。這樣吃多了，精神恍惚，我們勸阻也不聽，因服用安眠藥已是他長期形成的習慣。這次住院已個把月了，精神已好轉。現在醫生要他再做一次全面檢查，大約還要住個把星期方能出院。」我們約定，第二天下午由韋韜同志陪我一起到北京醫院，向他當面匯報《雜論集》的編選問題。

7 月下午 2 時餘，我從住地遠東飯店乘車到東單，步行到北京醫院，先在門口排隊領探病的牌子。因不知領牌也分普通病房與高幹病房，錯排在一條長龍隊裡，正發愁間，見韋韜同志騎著一輛舊自行車來了。他看我排錯了隊，笑著打了招呼，利索地從另一窗口領出探視牌。我走進第一病區第 102 病室，見沈老正站在病榻前臨窗的一張桌子前，身穿一件咖啡色的長外衣。他回頭看到我們，高興地說道：「你們來了。」接著緩慢地邁著細步，繞到床前，慢慢地脫去長外衣，自己上了床。原先我擔心在病房裡向他匯報《雜論集》的編選工作，會不會影響他養病，此時見他精神不錯，顧慮也逐漸打消了。102 號病室相當寬大，房間裡有地毯、空調，室內保持 25 度恆溫，進屋後感到熱氣襲人，我和韋韜同志都脫掉了外衣。

沈老上床後，問道：「葉子銘同志來開什麼會？」韋韜同志代我回答道：「他是專為《雜論集》的事來的。」「噢！那我們談吧！」說著他平躺在床上，招呼我靠前。我拿來一把椅子，緊挨到他病榻前，開始匯報對編選《雜論集》的設想和對具體篇目的增刪意見。沈老側過頭來，聚精會神地聽我的匯報，時而點頭表示同意，時而回答我提出的問題，講到高興時就笑了起來。有時

話講得多了，仍然顯得有些吃力。在近兩個小時的談話過程中，醫護人員三次送藥進房，沈老都自己坐起服藥，精神滿不錯的。由於這次是請他就《雜論集》的有關問題作最後審定的，所以談話以我的匯報（韋韜同志也不時插話作補充說明）爲主，沈老的談話不如前幾次多。因爲他從韋韜同志處已瞭解大致的情況，所以這次只就一些問題作了肯定的表示，或對篇目的增補問題作了回答，還就一些文章的背景情況作了說明。每當觸及一些故人故事，他時而陷入沉思，時而高興地笑了起來。現以我匯報的問題爲線索（內容從簡），著重將茅公的態度和談話內容整理如下。

談話記錄：

一、關於書名。當我談到打算將原擬的《文藝雜論》，改定爲《茅盾文藝雜論集》，使書名更明確地反映集子的性質、內容，並要求沈老親自題寫書名時，他點了點頭，說：

「這樣也好。這本集子的內容比較雜，各類文章都有一些，用『雜論集』比較切合實際情況。你們要將書名多加幾個字，也可以的。寫書名的事，以後再說。」（韋韜插話：「這件事等我父親出院後，精神好一些時，我會提醒他的。」）

二、關於體例。當我匯報到經反覆增刪，現選收了二百二十多篇文章，按茅公原意，不採用《茅盾論創作》的分類編年的方法，而是全部用編年方法處理，編爲三輯，分上、下集出版時，他沉思了一會兒，又點了點頭，說：

「你們選了這麼多文章？等我身體好一些再看一看。文章多了，內容又雜，按編年分輯的辦法編比較好辦些。」

三、關於編目的增選。原先沈老不想選太多的文章，考慮到還有一些有史料價值的文章，不選可惜了。經與韋韜同志商量，他要我藉此機會再次直接向沈老提出，因此我又提出擬再增選二三十篇文章。他聽後問道：「你們準備增選什麼文章？」於是我就逐一地作了匯報：

（1）我提出沈老主編《文藝陣地》時寫的一批書評，如《給予者》、《八百壯士》、《臺兒莊》、《丁玲的〈河內一郎〉》、《大上海的一日》、《〈游擊中間〉及其他》、《北運河上》、《大時代的插曲》等等，說明這些由丘東平、崔嵬、羅烽、錫金、羅蓀、丁玲、駱賓基、劉白羽、李輝英、谷斯範等創作（集體或個人）的反映抗戰現實的作品，經沈老在《文藝陣地》上評介，起了傳播與交流的作用。這類書評有二十多篇，對瞭解抗戰初期的文藝創作仍有作用。

由於原先沈老不想收這些書評，所以我又特地舉《丁玲的〈河內一郎〉》爲例，說明今天的一般讀者，恐怕不知道丁玲還寫過以日本士兵的覺悟爲題材的三幕劇呢！我強調把這批書評收入《雜論集》，可以起保存史料與提供研究線索的作用。聽了我嘮叨不絕的一番說明，沈老微笑著，側過身來說道：

「當時我寫的這些書評，大多是急就章。不過，當時因抗戰關係，作家們分散各地活動，彼此不容易互通情況。我在《文藝陣地》上寫這類書評，確實有意想推薦一些描寫抗戰、鼓舞士氣的作品，同時也想藉此起交流創作情況的作用。既然你覺得這些書評還有點用處，可以保存史料，收進來也可以。」（按：我和韋韜同志離開醫院後，他笑著說：「他原來不同意收，這回倒又同意了！」後來我們共同商量，又增選了二十餘篇書評）

（2）當談到擬增選沈老 1921 年 11 月發表的批評《學衡》派的吳宓的文章──《寫實小說之流弊？》時，他說：

「吳宓是當時東南大學的教授，也熟悉西洋文學，但思想保守，後來成了《學衡》派的代表人物之一。對於《學衡》派，魯迅寫了《估〈學衡〉》，影響比較大。我寫這篇文章時，好像《學衡》尚未創刊。〔註 18〕吳宓這個人後來有些變化，他以後到了天津，曾用「雲」的筆名，在天津《大公報》文學副刊上寫過評《子夜》的文章，對《子夜》很是捧了一番，有的分析還相當細。這是想不到的。我的這篇文章，你們可以收。」

（3）當談到擬增選《討論創作致鄭振鐸先生信時》，他說：

「當時《小說月報》開始革新，寫小說的人不多，投稿者差不多都是在北京的文學研究會成員。鄭振鐸要我作主對這些稿件決定取捨，我寫這封信，是要他先找幾個人對作品提出意見後，再寄給我，這樣比較好。這封信在當時的《小說月報》上摘登出來了。」

（4）當談到擬增選《關於鄉土文學》一文時，他說：

「這篇文章是評論馬子華的中篇《他的子民們》的。在當時，他是新冒出來的一位作家，《他的子民們》描寫的是雲南少數民族的生活，所以引起我的注意。小說寫奴隸們反抗土司的壓迫，最後失敗了。馬子華後來大概是當大學教授去了，不大寫東西了。解放後這個人還在。這篇文章也可以收。」

（5）當談到擬增選《序〈一個人的煩惱〉》時，沈老顯得活躍起來，他轉動了一下身子說道：

─────────────

〔註18〕《學衡》創刊於 1922 年 1 月，主要撰稿人有梅光迪、胡先驌、吳宓等。

「這篇文章是有一段來歷的，你們不會知道。《一個人的煩惱》是嚴文井寫的小說。我從延安出來時，周揚把這篇小說交給我，託我設法找家出版社出版。過了好些時候，我找到一家出版社出版時，就寫了這篇序。」

（6）在編選《茅盾論創作》時，我曾建議從他的散文集《話匣子》裡，選收一些筆調輕鬆活潑而寓意又較深的文藝短論，如《論「入迷」》、《螞蟻爬石像》、《思想與經驗》、《花與葉》、《新、老》、《力的表現》等。當時，他只同意收《螞蟻爬石像》、《思想與經驗》兩篇文章，其餘的都刪去了，原因大約是覺得這些隨筆式的短論，不像正兒巴經地專論創作的文章。這次我又再次強調這是一批頗有特色、且讀來饒有興味的文論，要求把原刪去的篇章都編入《雜論集》。他聽後總算同意了，說：

「這些短論，大多是針對當時的文壇現象，有感而發的，寫法比較活潑些，你們覺得還有點意思，那就收吧！（接著他又神情振作地重覆談起《螞蟻爬石像》一文的來歷，給我留下了深刻的印象。）《螞蟻爬石像》這篇文章是怎麼寫出來的，你們是不會知道的。我有個親戚叫邵興海，在上海的法學院讀書，他們學校辦了個刊物，他來約我寫稿。我想文章是給學生們看的，要深入淺出，寫得生動些，於是就寫了《螞蟻爬石像》這篇文章。」

四、關於《世界文學名著講話》的寫法是否受勃蘭兌斯的影響問題。談完《雜論集》的編選問題後，我提及最近應《書林》雜誌之約撰寫「茅盾書話」，擬先介紹《世界文學名著講話》。我感到這本書的寫法，似乎受丹麥的大批評家勃蘭兌斯的影響，為了印證這種感覺，我又當面向沈老請教。他笑了起來，說道：

「勃蘭兌斯的《十九世紀文學的主流》，是一部值得翻譯介紹的書，英文版有好多卷，厚厚的（用手比劃著）。這本書的寫法不一般，既有豐富的材料，又寫得引人入勝，像講故事似的，很好看。《世界文學名著講話》收了好幾篇東西，原先是應《中學生》雜誌之約寫的，他們要求盡量寫得深入淺出、引人入勝，以適應中學生的特點。我寫那幾篇東西，是受勃蘭兌斯寫法的影響，想採用講故事的方法，把一些世界名著產生的社會文化背景同作品內容的評論介紹交織起來，盡量寫得引人入勝，使讀者樂於讀下去。不過，頭幾篇花的功夫多，寫得好一些，特別是《〈伊利亞特〉和〈奧德賽〉》和《伊勒克特拉》。我寫這兩篇東西前，先把許多有關的英文材料找來，仔細閱讀研究，然而重新整理，用講故事的方法介紹給讀者。後面的幾篇東西就寫得差些，因

為沒有時間去花那些功夫，有的就索性抄書了。《世界文學名著講話》裡的那些插圖，是從英文版的書上借用過來的。」

不知不覺中，我在沈老病房裡已打擾他近兩個小時。因怕他過於勞累，我們就起身準備告辭了。這時，沈老坐了起來，靠在床上，忽然對著韋韜同志問道：「你們幫我編了多少本書了？」韋韜聞聲走近床前，想了一會兒，問答道：「大約有十種左右了。」說著他伸指數了起來：「人民文學出版社有兩種（《茅盾評論文集》、《茅盾短篇小說集》），上海文藝出版社有兩種（《茅盾論創作》、《茅盾文藝雜論集》），香港出了兩種（《脫險雜記》、《鍛煉》），天津百花文藝出版社有兩種（《世界文學名著雜談》、《神話研究》），四川人民出版社有一種（《茅盾近作》），河北人民出版社也有一種（《茅盾詩詞》）……」。沈老點了點頭，說：「噢！有這麼多了。」聽了這席對話，我深有感觸：為了協助茅公整理他那卷帙浩繁的論著，韋韜、小曼同志幾年來不聲不響地埋頭做了大量工作，從搜集整理、抄寫校對，到代替茅公覆信答疑、與各方聯繫等等，幾乎全身心地撲上去了。

臨走前，沈老又喊住韋韜，吩咐他從家裡取兩種書來，說要查閱材料。一是黃山谷的集子，一是元遺山的集子。

我上前辭別時，沈老微笑著從病床上伸出一隻瘦弱的手，親切地同我握手告別。當我離開這寧靜、肅穆的北京醫院第一病區 102 號病室時，我根本沒有想到，這竟然就是我們最後的一次見面！

（根據 1980 年 5 月 9 日回憶記錄稿追憶整理）

第六章　北京茅盾舊居的變遷

　　在茅盾一生的漫長歲月裡，曾不斷地過著流動遷徙、漂泊不定的生活，足跡幾乎遍及大半個中國。特別是抗戰爆發後到新中國誕生以前，他顛沛流離、四海爲家，奔波於中南、華南、西北、西南等廣大地區，曾短期在武漢、長沙、廣州、香港、蘭州、烏魯木齊、西安、延安、重慶、桂林等許多城市居住過。當然，話又得說回來，在他一生中，也有相當長的一個時期裡，是比較長期、穩定地定居於幾個地方的。除了他童少年時代生活過的故鄉——浙江省桐鄉縣烏鎮以外，實際上主要是兩個地方：上海與北京。茅盾在 1916 年 8 月至 1937 年抗戰開始後，其間除短期易居廣州、武漢和流亡於日本東京、京都外，絕大部分時間都定居在上海（雖也數度舉家遷居），如果包括抗戰勝利後重居上海的時間，前後近二十年。然而，相比之下，他居住在北京的時間，卻又遠比在上海的時間長；或者說，北京才是他一生中居住時間最長的地方。

　　說來有趣，茅盾這位生長於江南水鄉的一代名家，從青年時代起，就同我國現代新文化運動的策源地——北京結下了不解之緣。早在辛亥革命後不久的 1913 年秋天，年方 17 周歲的茅盾，第一次遠離故鄉親人外出求學，就來到了古都北京，就讀於北京大學預科。其時，正是五四新文化運動興起的前夜，在山雨欲來風滿樓的古都北京城裡，他度過了三年的大學生生活。1949 年春，時隔三十餘年之後，已成爲馳名中外的著名作家的茅盾，又從香港取道大連、瀋陽來到北京，參加籌備中國人民政治協商會議和中華全國文學藝術工作者代表大會，迎接新中國的誕生。從此以後直到逝世前，他就一直長住北京，前後近三十二年。換句話說，在茅盾一生八十五年的漫長生涯裡，

竟有近三十五年的時間是在北京度過的。其特點是始於青年時期、集中於中晚年時期，前後時間跨度相當大，正好是經歷了新舊北京的巨大變化。當然，他後半生之所以長住在已成為新中國的政治經濟文化中心的北京，同他長期參與全國的文化藝術的領導工作有密切的關係。

茅盾在北京期間，總的說來，生活比較安定，結束了解放前那種流動遷徙、漂泊不定的生活，也不像在上海時那樣經常遷居。但是，在北京的三十五年裡，他也先後住過好幾處地方。就我所知，在偌大的北京城裡，他至少曾先後在下列五個地方居住過：老北京大學預科的學生宿舍──譯學館（1913年秋～1916年夏）；北京飯店老樓（1949年春～1950年春）；東四頭條五號舊文化部宿舍小樓第一幢（1950年春～1974年11月）；交道口南三條（現改名交道口後圓恩寺）十三號茅盾故居（1974年12月～1981年3月）；三里河住宅區宿舍（1976年8月～11月間。地震期間臨時遷居）。這就是說，如今的北京茅盾故居，只是茅盾晚年最後居住過的一個寓所。下面，我想分別就北京茅盾舊居的變遷，作一個歷史的記述。重點介紹譯學館宿舍、東四頭條舊文化部宿舍的茅盾舊居和交道口的茅盾故居。

一、老北京大學預科生宿舍──譯學館

茅盾開始定居北京，是全國解放前夕的事，但早在清王朝覆滅後的第三年，作為一個青年學子，他就第一次來到古都北京求學，住在當時剛改名不久的北京大學的預科生宿舍──譯學館，度過了三年的大學生活。這是他在北京的第一個住所。經歷了七十多年的風雨歲月，譯學館的舊址已蕩然無存，如今已很少有人知道它了。茅盾過去提到早年在北大的求學生活，大多是三言兩語，語焉不詳，直到晚年寫回憶錄時，才對當年的學習生活和譯學館宿舍的情況，作了一些記述，然而對譯學館宿舍的具體地址及其來歷，卻仍未說明或僅一筆帶過。這裡，我想根據歷史資料和茅盾本人的回憶，作一些介紹和補充。

茅盾在晚年寫的《北京話舊》一文裡說：「那時，北京大學預科的學生宿舍，一部分在譯學館，這是兩層樓的洋房，是前清末年的遺物。另一部分預科學生的宿舍在沙灘，那時沿沙灘有一條小溝，溝裡還有水。」〔註 1〕1913

〔註 1〕見《八小時以外》1980 年第 1 期。

年秋天，茅盾到北京大學就讀，住的是譯學館宿舍。這裡，我先就譯學館的
來歷，它的舊址究竟在何處？作一點補充介紹。

正如茅盾所說的，譯學館的舊址「是前清末年的遺物。」根據史料記載，
譯學館的前身是清末的同文館，它創立於 1862 年 8 月，附屬於清廷的總理衙
門內，目的是培養翻譯人員。同文館創立之初，只設英文一科，學員是從八
旗兒童裡挑選出來的，人數很少；教員則聘任英國人包爾騰（Burdon）為英
文教習，聘任中國人徐樹琳為漢文教習。〔註 2〕後來，又增設法、俄、德等語
種，教員也有變化。1902 年京師大學堂正式開辦時，將原屬外務部的同文館
併入大學堂。1903 年，又將同文館改名為譯學館，地址就設在北河沿（即後
來的北大三院）。〔註 3〕茅盾於 1913 年秋到北大時，譯學館已成了預科生宿舍。
在《我走過的道路》的《學生時代》一章裡，茅盾對那時譯學館宿舍的情況，
曾作了簡略的記述。據他的回憶，當時他與另一考取北大預科的學生謝硯谷
結伴初到北京後，就由在京任財政部公債司司長的盧表叔（鑒泉）的兒子盧
桂芳，把他們直接送到譯學館宿舍。他說：

> 桂芳表弟送我和謝硯谷到譯學館，這是兩層樓的洋房，是預科
> 新生的宿舍。課堂是新建的，大概有五、六座，卻是洋式平房，離
> 宿舍不遠。……
>
> 當時北大預科第一類新生約二百多人，分四個課堂上課。每個
> 課堂約有座位四十至五十。至於宿舍（譯學館），樓上樓下各兩大間，
> 每間約有床位十來個。學生都用蚊帳和書架把自己所居圍成一個小
> 房間。樓的四角，是形成小房間的最好地位，我到時已被人搶先占
> 去了。……
>
> 在沙灘，另有新造的簡便宿舍，二、三十排平房，紙糊頂篷，
> 兩人一間，甚小，除了兩人相對的床位、書桌、書架之外，中間只
> 容一人可過。取暖是靠煤球小爐，要自己生火；而譯學館宿舍則是
> 裝煙筒的洋式煤爐，有齋夫（校役）生火。〔註 4〕

茅盾對當年北大預科生宿舍的記述，上面的一段文字，可說算是比較具體詳
細的了。從作者的回憶看，位於北河沿的譯學館舊址與沙灘的舊北大預科生

〔註 2〕 參見《中國近現代史大事記》，知識出版社 1982 年版，第 26 頁。
〔註 3〕 參見周天度《蔡元培傳》，人民出版社 1984 年版，第 89 頁。
〔註 4〕 《我走過的道路》（上冊），第 92～93 頁。

宿舍，相去不遠。茅盾除了住過譯學館宿舍外，是否還住過沙灘的簡便宿舍？對此，他本人沒有提及。不過，他在回憶錄裡還說：「在我讀完預科第二年的時候，凱叔也到北京來了。他是盧表叔保薦在中國銀行當練習生。他有一次到譯學館宿舍來看我，說起他自己的事……。」這說明，讀完二年級時他還在譯學館，最後一年是否遷居，則隻字未提。看來，在這三年中，他都是住在譯學館的那幢兩層樓的學生宿舍裡。歲月流逝，古城北京已發生了巨大的變化，如今北河沿與沙灘一帶，新建築群拔地而起，譯學館與沙灘二三十排「紙糊頂篷」的平房，早已消失得無影無蹤了。無怪乎茅盾在《北京懷舊》裡說：「譯學館沒有了，整個北京幾乎不認識了。」如果有人想打破砂鍋問到底，進一步尋蹤覓跡，也許在熟悉情況的老北京的幫助下，尚能有所獲。

說到這裡，我想再順便講一件事，即茅盾在北大預科讀書時，是否同蔡元培、李大釗、陳獨秀接觸過？二十多年前，當拙作《論茅盾四十年的文學道路》準備重印時，我聽人說，當年茅盾在北大求學時，就同李大釗、陳獨秀有過接觸，並且他畢業後進商務編譯所，也是革新北大的著名教育家蔡元培介紹的。由於當時關於茅盾的傳記研究還十分薄弱，對於這類傳說，我一時搞不清楚，就冒昧地寫信問茅公。1961 年 4 月 16 日，他覆信說：「我進商務編譯所不是蔡元培介紹的，他們說的沒有根據」；「他們說我在北大時就同李大釗、陳獨秀有過接觸，這也不確。我離北大預科時，蔡元培尚未被任命為北大校長，陳獨秀、李大釗亦未到校。我是一九二五～二六年在上海認識陳獨秀，其時李來上海住過一個短時期，我因事同他見過幾面。」〔註5〕茅公當年的答覆，除了與陳獨秀開始交往的時間係屬誤記外，其餘都是符合歷史事實的。特別是他晚年所寫的回憶錄發表後，人們對於他這段時期的經歷，都瞭解得更清楚了。不過，如果從大背景看，茅盾成為改名後的北京大學最早的一批預科生，倒還是同蔡元培這位富有革新精神的教育家有一定關係的。何以見得呢？要說清楚這個問題，就得回顧一下早期北京大學的歷史。

北京大學的前身是京師大學堂，它創辦於 1898 年「百日維新」期間，是資產階級改良派變法活動的一個積極成果。但是，這所大學堂從創辦之日起，就歷盡滄桑。隨著戊戌變法的流產，維新派的改革措施幾乎被慈禧太后廢除殆盡，而京師大學堂卻得以保存下來。然而，在它籌備期間，又經歷了一場浩劫。1900 年 8 月八國聯軍攻占北京時，京師大學堂被攻占、洗劫，藏書損

〔註5〕見《茅盾漫評》，第 332 頁。

失殆盡，被迫停辦。直到 1902 年清廷才下令恢復京師大學堂，並將譯學館的前身同文館併入，於是年年底正式招生、開學。但是，這所所謂全國最高學府，開辦之初卻成了變相的官府衙門。最初所收的學生都是京官，被稱爲老爺。「差不多每個學生都雇有當差，上課鈴響了，由當差來說一聲：『請老爺上課』。他們讀書志不在求學，而在於獵取功名利祿。學堂的監督和教員則稱爲中堂或大人，大多數是一些封建官僚。教員是否受歡迎和重視，不在其學問高低，而在其官階大小，因爲官位高的，學生畢業後可作爲靠山。」〔註6〕雖然，當時的京師大學堂，除經學科外，已開設了理（格致）、工、農、醫與文、法、商等學科，學科結構與教學內容已有所變化，但封建積習與官僚習氣卻籠罩了這所最高學府。這種情況，一直延續到辛亥革命以前。辛亥革命後，孫中山於 1912 年 1 月在南京就任中華民國臨時大總統，並同時任命蔡元培爲教育總長。蔡就任後立即頒佈了《普通教育暫行辦法》，著手對舊教育制度進行改革，如改學堂爲學校，小學廢止讀經，實行男女同校等。1912 年 4 月，蔡元培到北京就任北洋政府的首任教育總長，又進一步在全國推行教育制度的改革。是年 7 月，在他主持召開的全國臨時教育會議期間，除了提出罷尊孔、廢讀經的宗旨外，又採取了一些具體的改革措施，確立新的學制。其中，與茅盾後來到北京求學有關的，至少有兩件事：一、改學堂爲學校，取消大學的經科；二、決定在大學裡設預科。因各省所辦的高等學堂程度不齊，畢業生進大學時有困難，故於大學裡附設預科。正是在蔡元培的主持下，1912 年起京師大學堂改名爲北京大學，總督改稱爲校長，並由蔡元培推薦嚴復擔任北京大學校長（茅盾在北大讀書時，由理科院長胡仁源代理校長）。同時，設立預科，並著手準備招生。儘管，不久蔡元培因不滿袁世凱的獨裁統治，憤而辭職，於茅盾到北京的前一年（1912）9 月赴德國留學，但他的這些改革措施還是起了作用。順帶說一句，當時魯迅應蔡元培之聘，於 1912 年 5 月到教育部任職，也早茅盾一年多來到古都北京，一呆就是十四年。不過，茅盾在北京期間，與魯迅並不相識，到了 1921 年文學研究會成立後，他們才開始書信來往，以後就成爲新文學運動中的親密戰友。

　　話又說回來，1913 年夏，改名後的北京大學，第一次到上海招收預科生。茅盾的母親從上海的《申報》廣告欄上，看到招生廣告後，就毅然讓茅盾到上海投考北大預科第一類。因此，茅盾就成爲改革後的北京大學的首屆預科

〔註 6〕周天度著：《蔡元培傳》，第 90 頁。

生，第一次來到古都──北京。但是，茅盾在北京的三年，正是袁世凱從竊取辛亥革命的勝利果實到演出復辟稱帝鬧劇的三年，是蔡元培回馬揮戈，出任北京大學的校長（1917年1月），著意改革並延聘李大釗、陳獨秀到北大任職之前的三年，也是1917年文學革命運動興起的前夜。當時，且不說他與蔡元培、魯迅、李大釗、陳獨秀等人碰不上頭，就是他所在的北京大學，學術空氣仍然十分沉悶，舊的封建傳統勢力依然統治著北大。無怪乎後來茅盾對當年的北京一直印象不好，很少提到那段時期的生活。1931年，他在《我的中學時代及其後》一文裡，提到在北大的三年時說：「後來我又進過北方某大學，讀完了三年預科，我還是我，除了多吃些北方的沙土，並沒新得些什麼，於是我也就厭倦了學校生活了。」〔註7〕這段近乎偏激的話，反映了當年在北京的三年生活，留給作者的印象並不美妙。直到茅盾的晚年，他對求學北京期間，北洋軍閥政府的腐敗與古城北京的落後面貌，記憶猶深。在《北京話舊》裡，他有一段比較詳細的回憶，不妨摘引如下：

> 一九一三年秋，我到了北京，進北京大學預科第一類，第一類的本科是文、法、商科。我在北京的三年，看見了當時的賣國政府的頭子、所謂中華民國的大總統袁世凱承認中國人民堅決反對的日本帝國主義所提出的二十一條。這二十一條實質上是要把中國變為日本帝國主義的殖民地。也看見了袁世凱的親信楊度等人組織籌安會，為袁世凱稱帝作準備。也看見了袁世凱公然稱帝，並且下令改元為洪憲。也看見了蔡鍔在雲南起義，聲討袁世凱，雲南、貴州、廣西等省紛紛宣布獨立，袁世凱被迫取消帝制，但各省繼續聲討袁賊。一九一六年六月五日袁世凱因討袁聲勢愈大，憂憤病死。

> 但是，在這三年中，雖然政治上大事件風起雲湧略如上述，而古城北京的面貌卻一點也沒有改變。那時沒有電車，只有人力車，可是人力車夫的本領是驚人的，從萬牲園（今動物園）到頤和園，只要一個多小時……

> 那時候，商業區在外城大柵欄，王府井沒有什麼商店。舊書舖都集中在琉璃廠，望門對宇，招攬顧客，競爭激烈。〔註8〕

茅盾在回憶錄《我走過的道路》裡，還談到袁世凱被迫取消帝制後，他曾經

〔註7〕 見茅盾：《印象·感想·回憶》，文化生活出版社，1936年版，第91頁。
〔註8〕 《八小時以外》1980年，第1期。

和同學們在夜裡翻過譯學館宿舍的圍墙去看焰火的情形。他說：

> 當我要結束三年預科的學習，即在一九一六年三月，袁世凱被迫取消帝制。本來預備在正式登上皇帝寶座時用以慶祝的廣東焰火，在社稷壇放掉。我和許多同學在這夜都翻過宿舍的矮圍墙去看放焰火，這是我第一次看到有這樣在半空中以火花組成文字的廣東焰火。那夜看到的火花組成的文字是「天下太平」。據說，本來還有個大袁字，臨時取消了。
>
> 當我正準備預科的第三年的最後一次大考時，袁世凱死了。〔註9〕

袁世凱死後不久，茅盾結束了三年的大學生活，於 1916 年 7 月離開北京南歸，接著就進了上海的商務編譯所。其時，一場新的革命風暴正在醞釀之中，天下並不太平。就在茅盾離開北大譯學館宿舍後不久，1917 年初，文學革命運動在古都北京興起，揭開了中國現代文學發展史的序幕；一年後，震驚中外的五四運動爆發了，從此又翻開了中國現代革命史新的一頁。回到南方的茅盾，也很快被吸引並投身到這一新的歷史潮流中去。

二、寄居北京飯店老樓

三十餘年後，茅盾應邀又重返古都北京（時稱北平），同來自全國各地的民主人士、社會名流匯集在一起，迎接新中國的誕生。此後，他就長期定居北京。

茅盾是在中國人民解放戰爭全面展開、國民黨統治處於土崩瓦解的形勢下重返北京的。1948 年底，繼遼瀋戰役勝利結束之後，淮海戰役、平津戰役相繼拉開戰幕，人民解放軍揮師南下，捷報頻傳，舊時代的結束與新時代的開始，已成定局。就在這樣的形勢下，中國共產黨派人邀請在香港的各民主黨派負責人與各界進步人士，到解放區共商大計，籌備召開新的人民政治協商會議。茅盾也在被邀請之列。那麼，茅盾是在什麼時候離開香港的，又是如何取道來到北京的呢？1978 年 1 月 17 日，他在給我的信裡說：

> 一九四八年底從香港赴大連（時已解放），又從大連到瀋陽，居一個月，即一九四九年陽曆二月中旬由瀋陽赴北京。日子忘了，記得是在瀋陽過陰曆年，那時北京剛剛解放。同車赴京者百餘人（是一列專車），大都是香港赴東北，等候赴京者。沈鈞儒、李濟深，以

〔註 9〕茅盾：《我走過的道路》（上），第 99 頁。

及民盟、民革其他成員多人，又郭沫若夫婦（我亦與夫人在一處），
皆同車赴京。〔註10〕

這就是說，茅盾是從香港取道大連、瀋陽到北京的。1949 年 1 月 31 日，
北平宣告和平解放。茅盾夫婦在北平解放後不久，就同郭沫若夫婦和沈鈞儒、
李濟深等共百餘人，同車抵京。時間大約是 2 月中旬，具體日期，翻閱解放
前夕的報刊，也許還能查到。

茅盾和他的夫人抵達北京後的第一個住所，是北京飯店的老樓，同車抵
京者有許多人如沈鈞儒、馬敍倫等，也都住在這裡。雖說這只能算是臨時住
所，但茅盾夫婦在這兒卻住了一年左右，直到他就任文化部長幾個月後，才
有了正式的寓所。關於茅盾住在北京飯店老樓的情況，他在《北京懷舊》一
文裡，也有簡單的記述，其中還談到舊朋在北京飯店重逢的趣聞。他說：

還記得一九四九年春，我和許多人從瀋陽坐專車到了剛解放的
北京，同住在北京飯店老樓，其中有沈鈞儒、馬敍倫等。後來張元
濟（菊生）從上海到了北京，他拜訪住在北京飯店的舊友（我也算
是一個），他對沈鈞儒說，十多年不到北京，這次重來，真是「王侯
第宅皆新主」。沈老回答說：「我們現在說『新』，就『人民』。政治
協商會議本來還叫『新』政治協商會議，現在改稱『人民政治協商
會議』；所以，『王侯第宅』現在都歸人民，新主是人民。」沈老這
番話，說得張元濟撫掌大笑。張元濟是來參加第一屆全國人民政治
協商會議的。

茅盾住進北京飯店老樓時，淮海戰役剛剛勝利結束，蔣介石宣布「引退」
下野，由李宗仁「代理」總統。此後，4 月間國共兩黨雖然又重開和平談判，
終因南京國民黨政府拒絕在《國內和平協定》上簽字而宣告破裂。人民解放
軍開始向全國進軍，4 月 23 日就解放了南京，宣告了國民黨統治的覆滅，人
民的新世紀即將開始。當時，住在北京飯店老樓的茅盾，懷著興奮喜悅的心
情，參加了一系列為迎接新中國誕生的活動。例如，3 月 22 日，參加了華北
解放區和國統區作家藝術家在京的首次聚會，商討召開全國文藝工作者大會
的籌備工作，並被推為籌委會副主任；同年 7 月 2 日至 19 日，參加中華全國
文學藝術工作者代表大會，在會上作了《在反動派壓迫下鬥爭和發展的國統
區文藝》的報告，並被推選為首屆全國文聯副主席與全國文協（中國作協前

〔註10〕見《茅盾漫評》，第 310～311 頁。

身）主席。同年 6 月，參加了人民政治協商會議的籌備會，9 月 30 日，出席全國政協第一屆會議，並成爲二十八個常務委員之一。從事所有這些活動時，茅盾都暫時寄居在北京飯店。

　　茅盾夫婦也是在寄居北京飯店老樓期間，驚聞女婿蕭逸英勇犧牲的不幸消息的。蕭逸是當時新華社華北野戰軍的前線記者，北平解放後，他隨軍進入了北平，到北京飯店來看望岳父、岳母。這位年輕的戰地記者，向岳父透露了想留下來搞創作的心願，當時，茅盾鼓勵他參加解放戰爭的全過程，以獲取豐富的素材與直接感受，然後再來進行創作。蕭逸聽從了岳父的勸告，又隨軍奔赴太原前線。就在攻占太原前夕，頑固而狡猾的敵人僞稱要投降。4 月 15 日，蕭逸爲了讓敵人盡快地放下武器，站在新佔領的碉堡裡，用話筒從槍眼中向敵人宣傳形勢和政策，誰知竟被敵人的冷槍擊中，不幸犧牲。太原解放後，蕭逸的戰友張帆，向當時的十八兵團政治部主任胡耀邦同志，匯報了蕭逸犧牲的情況，耀邦同志囑咐要把他的遺體安葬好。〔註 11〕張帆同志立即將噩耗，寫信告訴了茅盾。這一消息，無疑是晴天霹靂，給茅盾夫婦帶來莫大的悲痛。北京飯店的話別，茅公對女婿本寄予厚望，想不到分手不久，敵人的子彈竟奪走他年輕的生命。每當夜深人靜，在北京飯店老樓的寓所裡，這位馳騁文壇、歷經風霜的一代文豪，也禁不住潸然淚下。這是在勝利的凱歌聲中，茅公一家爲人民的革命事業所獻出的第三個親人的生命（之前還有其胞弟沈澤民與愛女沈霞之死）。消息傳開，蕭逸在京的戰友，都到北京飯店來看望、安慰茅盾夫婦。這件事，茅盾在 1949 年 5 月 2 日寫給張帆的覆信中，流露了悲痛與惋惜的心情。他寫道：

　　　　……蕭逸此番在前線犧牲，太出意外。我們的悲痛是雙重的：爲國家想，失一有爲的青年，爲他私人想，一番壯志，許多寫作計劃，都沒有實現。張帆（恕我這樣直呼大名），我想您也和我一樣，覺得蕭逸如果死後有知，一定也恨恨不已，因爲他不死在總攻時的炮火下，而死在敵人假投降的詐謀中。正如昔年小女沈霞爲魯茶之醫生所誤，同樣的死不暝目罷？我已經多年來「學會」了把眼淚化成憤怒，但蕭逸之死卻使我幾次落淚。蕭逸的朋友在此間者都來看我，這給我很大的感動和安慰。……〔註12〕

〔註 11〕參見張帆：《茅盾同志的一封信》，見《憶茅公》，第 476～480 頁。
〔註 12〕《茅盾給張帆同志的信》，見《憶茅公》一書插頁。

　　我之所以在談茅公寄居北京飯店這一屬於舊居變遷的問題時，扯上蕭逸的犧牲這件事，目的無非說明：在古城換新主之時，他來到了闊別三十餘載的北京城，在百廢待興、居無定所之際，住進了第一個、也是暫時的寓所北京飯店老樓。在這座昔日的王侯之宅裡，他既親聞目睹炮火聲中鳳凰之再生，見到舊世界的王侯之宅裡，他既親聞目睹炮火聲中鳳凰之再生，見到舊世界的崩塌與新世界的誕生；也經歷了陽光與鮮花洒向神州大地之際喪失親人的悲痛。他的這一切經歷，如今已是舊顏換新貌，依然座落在王府井附近的北京飯店老樓，就是歷史的見證。

　　茅盾也是在北京飯店這個臨時寓所裡，迎接中華人民共和國的誕生，並且參加了建國初期的繁忙活動的。1949 年 10 月 1 日，中華人民共和國宣告成立，茅盾被推選為由五十六名委員組成的中央人民政府委員會的委員，參加了開國大典。10 月 19 日下午，他出席了中央人民政府委員會第三次會議。在這次會議上，他被正式任命為文化部部長（副部長周揚、丁燮林，後來屢有變動、增加；而茅盾則一直任文化部長，直到 1964 年底為止，前後有十五年之久），同時又兼任政務院文化教育委員會副主任。此外，他還兼任第一屆全國政協的常務委員、中國人民保衛世界和平委員會副主席、中蘇友好協會理事等多種職務，但其主要職務，可以說是相當於十月革命後蘇聯的人民委員兼文化部長。此時，寄居於北京飯店寓所裡的茅盾，其個人的經歷開始發生了重大的變化：結束了解放前的文學家的生涯，開始了文學家兼社會、政治活動家的生涯。這種情況，同他在 1921 年至 1927 年大革命失敗前的經歷十分相近，當然也不能說是一種簡單的復歸。不過，這種變化，對他解放後文學活動的內容和方式，確實產生了重大的影響。

　　那麼，茅盾是什麼時候才離開北京飯店老樓的臨時寓所，遷居到東四頭條舊文化部宿舍呢？據韋韜同志的回憶，大體上可以確定為 1950 年春。建國初期，各種機構處於初創階段，一些新成立的機構並不是馬上就能找到辦公地點的。文化部在籌備、初創階段，為尋找固定的辦公地點，也頗費了一番周折。所以，茅盾在擔任文化部長的最初幾個月裡，依然寄居於北京飯店老樓。韋韜同志告訴我，他於 1949 年 3 月間隨軍南下，在天津小停後就到了武漢《長江日報》工作。1949 年八九月間，他被調到北京工作，才又同他父母重逢，但並沒有住在一起。當時，他住在外語學校，時常抽空到北京飯店來看望父母。據他回憶，1950 年初，其父母還住在北京飯店老樓的臨時寓所裡，

只是具體房間號碼已記不清了。大約在 1950 春，文化部機關遷至東四朝內大街原文化部舊址（現外交部隔壁）辦公。不久，茅盾夫婦也就遷居東四頭條五號原文化部宿舍小樓，結束了在北京飯店老樓的寄居生活。

三、東四頭條五號茅盾舊居

同茅盾青年時代居住過的譯學館宿舍一樣，隨著歲月的流逝和古都北京日新月異的巨大變化，東四頭條五號舊文化部宿舍裡的茅盾舊居，如今也消失得無影無蹤了。不過，這裡曾是解放後他在北京的第一個真正的寓所（客居北京飯店老樓係屬臨時的安排），也是他在北京居住時間最長的一個寓所。我們要瞭解茅盾在北京舊居的變遷，這個地方是不能忽略的。

1950 年春，茅盾遷入這個寓所前，這裡原屬華文學校的校舍。這是一所美國人辦的教會學校，解放後劃歸新成立的文化部所有。茅盾居住的東四頭條五號舊文化部宿舍小樓，原先就是華文學校教師的宿舍。這裡共有三幢西式的小洋房，兩層屋，都有獨立的小院子，但房子並不大。當時，茅盾住在第一號小樓，第二號、第三號小樓先後有周揚、陽翰笙、錢俊瑞等人住過。不過，住在這兒時間最長的要算茅盾，第二、第三號小樓都曾數易其主。華文學校其他校舍，就成為建國初期老文化部機關的辦公場所，後來才逐步擴建，新蓋了一些文化部的辦公樓房。從茅盾的寓所，到當時的文化部機關（如今的文化部機關已遷至沙灘），相去不遠，這對擔任文化部長達十五年之久的茅盾說來，無論在工作上或者是在生活上，都相當方便，這也許就是他久居此地的主要原因。事實上，他的寓所也成為他辦公的地方，一些小型的部務會議，也時常在他寓所樓下小會客室裡召開。那麼，茅盾在東四頭條五號舊居，究竟前後住了多長的時間呢？

從 1950 年春起，至 1974 年 12 月初再度遷居止，他在這幢舊文化部宿舍小樓裡，度過了二十五個春秋。換句話說，他從五十四歲至七十八歲這麼一段漫長的歲月裡，一直居住在這幢小樓裡。作為建國後的首任文化部長和文藝界的主要領導人之一，他在這裡生活、會客、處理公事，也在這裡完成他解放後的絕大部分的寫作活動。1964 年底辭去文化部部長職務後，他又在這裡經歷了十年浩劫的動亂歲月，度過了孤寂、迷惘的生活和無數的不眠之夜。他晚年感時憂國的情懷與喪偶之痛，也時常是在夜深人靜之時，悄悄地向這幢相依為伴的小樓傾訴。因此，東四頭條五號舊文化部宿舍小樓，既是他在

北京居住時間最長的一個寓所，也是他的喜怒哀樂種種複雜心理歷程的見證。如果這幢小樓不被拆除，它應該成為茅盾在北京的主要故居，因為這裡曾經留下這位文學大師後半生的大部分生活的印記。

在現今的北京城裡，人們已找不到這幢小樓的影子。我曾經利用工作之餘，踏訪過它的舊跡。在東四大街與朝內大街交叉的十字路口，一座臨街架起的天橋旁，還可以找到東四頭條這一胡同。胡同口墙上有一塊路牌，上書：「東四頭條不通行」。它實際上已成了一條死胡同。沿著胡同進去約百來米處，兩旁仍有住家，門牌有六十多號，唯獨找不到五號的門牌。實際上，當年茅公居住過的那幢小樓的遺址，被圈在如今的「朝內大街文化部 203 號宿舍」大院裡。這是一個居住著數百戶幹部、群眾的大雜院，新的高層建築群與陳舊、仄矮的住宅，東一堆，西一排，一層一層，橫七豎八，錯落雜處，很不協調地構成了一個龐雜的住宅區。它西鄰外交部大院，東連清末的孚王府（即九爺府）舊址（現為科學出版社等單位的辦公地點）；南靠東四頭條胡同，北臨朝陽門內大街。茅盾長年居住過的那幢小樓的遺址，已完全淹沒在這個新舊雜陳的住宅區裡，難以尋覓。

關於東四頭條五號茅盾故居的狀貌，如今只留在人們的記憶裡（特別是那些熟悉當年情況的同志）。前面說過，我曾於 1962 年 10 月 25 日下午，隨以群同志到那裡拜訪過茅公。但當時來去匆匆，已印象不深，至今還留存在腦海裡的，是進門即見的仄小樓梯與並不寬敞的居室。不過，在茅公的日記裡，我們還可以發現不少有關這幢小樓的有趣記載與生動的描述。下面不妨舉幾個例子，來看看茅公自己是如何描述這所舊居的。

由於小樓係舊時遺物，解放後雖經修繕，畢竟難以改變原有的低矮仄小的格局。每逢暑天，室內悶熱，茅公無法工作，常為此而嘆息。他在 1960 年 7 月 6 日的日記裡，曾自我解嘲地寫道：「陰，後雨，然而室內仍未見涼，此因敝廬既低仄而窗子又小之故。」解放初期，茅盾從寄居北京飯店老樓到遷入這座低仄的小樓，前後在此樓身近二十五載。如果同北京的普通居民、幹部的住房相比，或者同他解放前在桂林等地的「兩部鼓吹」式的嘈雜、狹小的居室相比，對自持頗嚴、不尚奢華的茅公說來，「敝廬」雖小而條件已相當不錯了。因此，他能久居不移、安之若素。實際上，這不僅是他在北京期間，而且也是他一生中唯一的居住時間最長的寓所。當然，如果同北京城裡的名流要人的住所相比，別的不說，比如同郭老的花園式的寓所（現「郭沫若故

居」）相比，這幢小樓則既不算寬敞，更談不上豪華舒適了。如此說來，茅公用「低仄」二字，來形容這座舊式小洋房的狀貌，倒是十分貼切的。

在「文革」前的日記中，茅公曾記述過他生活在這幢小樓裡的兩件趣聞。如加以概括，則一曰「風煙夾擊」，二曰「夜半捕鼠」。

先說「風煙夾擊」。茅盾青年時代求學北京期間，對北京的風沙，就印象深刻，曾戲稱在北大預科的三年，「除了多吃些北方的沙土，並沒有新得些什麼」。晚年定居北京，這位大半輩子生活在南方的作家，也時常為北方風沙之大而頗感頭痛。特別是 60 年代初，在東四舊文化部宿舍附近，開始興建規模宏大的各省市駐京聯合辦公大樓，茅公舊居周圍，成了風沙滾滾、機聲隆隆的工地，大風一起，即挾沙土入室，使老人不勝其苦。為此，他時常在日記中大發感慨，甚至以小說家的筆法，詳加描述，使人讀來如親歷其境。試舉兩則，聊備體味：

> ……時南風忽然大作（五、六級罷？），稍有涼意，然而風中夾沙土甚多，呼吸極不痛快，不得不把窗關得嚴嚴的。這些沙土當然是窗外工地來的。
>
> 我屢次提到這個工地，還未講到它的規模。這不是平常的工地，這是有天安門廣場那樣大的一塊工地，將建數萬平方米之七層或八層建築，名為各省市駐京聯合辦事處，周圍留空地甚多，怕有幾十敵罷，為綠化之用亦為大停車（小汽車）場留地位。現在此工地在灌澆地下室部分之水泥結構，從我臥室的西窗看去，森然一大片，幾不見盡處，好不壯觀煞也！工地上土阜累累，大風一起，即刮去一皮。

（1960 年 7 月 10 日茅盾日記）

茅公的宿舍小樓，不僅受工地風沙之襲擊，而且還受到他住宅後頭一個大型煤球廠的黑灰之夾攻。大風起兮，風煙夾擊，使老人呼天喚地，備受折磨。對此，他在 1961 年 7 月 4 日的日記裡，又有一段十分生動的描述：

> 今日大風，本意可以稍涼。然而是燥熱的風，夾塵土甚多，我家前有擱淺了的工地（何以謂之擱淺，因冒昧欲蓋宏大之各省市駐京代表聯合辦公處，大概十幾二十萬平方米，七、八層，除辦公外，還有招待所、大禮堂等等。拆民房數百間，計拆去整整兩條胡同又店面一排，開工二、三月即停工待料。今年奉命停止建築，現已澆

之洋灰地下層部裸露地面，而土堆無數，每次大風，塵土飛揚，對面不見人）。後有煤球廠（此為半機械半人力之公辦大型煤球廠，煤灰堆積如山，大風時一片黑浪，煞是可怕）。前黃後黑，我們受此夾攻，一次大風，無復人形。平時風起關窗（當然無效，因為窗有縫可容指，然關比不關總要好些），今日如此酷熱，只好開窗，受風沙折磨。……

這段描述十分生動逼真，活畫出當年茅公的住所受風煙夾擊的情景。暑天一到，大風起兮塵沙、煤灰齊飛揚，所謂「前黃後黑」、「無復人形」，身為文化部部長的老作家茅盾，也無可奈何，只好在日記裡發點牢騷。這種滋味，大概不比當年在桂林陋室裡所面臨的「兩部鼓吹」的情勢美妙多少。當然，這種情形並非時時皆有，不然他也就無法在小樓裡繼續生活下去了。茅公日記裡所說的「森然一大片」的工地，後來依然蓋起了一座八層樓高的宏大建築物，如今成了外交部的辦公大樓，而他棲身的那幢小樓，則乾脆拆除了。

再說「夜半捕鼠」。小樓不僅受周圍風沙的夾擊（這同那塊工地關係極大。它既給北方的風沙助威，也帶來機聲隆隆的噪音，時常攪醒茅公的清夢。對此，他在日記裡也時有記述），而且由於小樓係陳年舊宅，成了鼠類藏身之所。因此，年過花甲的老人，有時不得不夜半起床，驅捕碩鼠，並有所斬獲。茅公在 1962 年 6 月 10 日的日記裡，就記載了一則智捕碩鼠的趣事：

昨夜入睡後不久即醒，此後直到十二時仍然只是迷迷糊糊而不能酣睡；同時有鼠在嚙物，忽東忽西。明燈讀書至二時許，見鼠走入衛生間，急將門關上。又加服 M 劑一枚，乃於半小時後入睡。越二小時又醒，幸而能再睡，今晨六時二十分為鬧鐘叫醒。如廁，則見昨夜擾我之鼠不知何故跑在玻璃窗（這是上下推動的推窗）與紗窗（此在玻璃窗之外）之間。我乃將玻璃窗關緊，本來下邊留有一寸來長的縫通空氣，而將玻璃窗上層的一扇徐徐向下推動，誘使鼠向窗縫鑽；如此數次，果然鼠受誘了，探頭向縫。急推窗，將鼠頭夾住，呼人來用刀刺鼠頭，血如注。鼠死了。這是身長五六寸的大鼠，不知從何處來的？紗窗下部已被嚙去木皮一層，木屑甚多。

茅公素來睡眠不好，長期依靠服安眠藥入眠，深夜碩鼠相擾，更倍添其失眠的煩惱。面對「忽東忽西」四處覓食的碩鼠，他先只有採取「明燈讀書」、觀其動靜的辦法，來度過長夜，後見其誤入夾窗，乃決心認真對付，捕殺碩鼠。

更有趣的是，他還不惜花費筆墨，在日記中詳細記述這段捕鼠的經過，其描述之細緻，也出人意外。

這兩則趣聞，雖說屬於生活逸事，但它出自茅公本人的記述，因而顯得特別逼眞生動，可以幫助我們瞭解他在文化部舊居裡生活之一角。

在十年浩劫中，有八年多的時間，年過七旬的老人，仍然居住在這幢小樓裡。當時，親朋故舊，疏於來往，平時經常只有茅公老兩口，獨守孤樓。1970 年初，老伴謝世後，爲了照料老人的生活，兒、媳一家才搬入一號小樓同住。但是，除節假日外，兒子、媳婦上班去了，孫兒女們也上學去了，白日裡仍然只有老人在家唱「空城計」。據韋韜同志告訴我，當時家裡少有人來，時常來看望老人的，是茅公的老友胡愈之。當時，他們家還用了一個阿姨，幫助照料生活。但有時她不知跑哪裡去了，而大門卻敞開著，只有老人獨自在二樓看書。適有客來訪，暢行無阻地入室登樓，見到老人就問：「你家門也不關，不安全啊！」老人只好無可奈何地笑笑。更令其家人不安的是，有一次竟差點兒失火。某日，老人正在樓上看書，忽感煙味嗆人，連忙起身下樓，只見濃煙四起，不知哪裡失火了？經查找，才發現濃煙是從一隻被燒壞的紅木桌子上散發出來的。原來，阿姨在這只桌上燙自己的衣服，但人走掉了，電熨斗卻放在桌上，電插頭也沒拔，結果桌子被燒了一個洞，熨斗從洞裡掉落地上。幸虧此桌質地好，沒有燒起來，否則將釀成火災，獨處樓上的老人，難免要葬身火海。從此以後，家人不得不格外注意，生怕再出意外事故。

1974 年，年近八旬的老人，身體越來越虛弱。由於小樓樓梯狹仄，他行動不便，很少下樓。加以門口的水泥臺階，四周沒有柱子可供扶手，老人終日蟄居樓上，偶而想下樓走動，或出門看病，諸多不便，稍有不愼，就會跌跤。這年，茅公的處境開始有所好轉，爲了老人的安全，他們就提出換房的要求。幾經交涉，終於得到同意。是年底，茅公終於結束了在東四頭條五號舊文化部宿舍一號小樓的寓居生活，遷入了現在的交道口茅盾故居。

四、交道口茅盾故居

茅盾在北京的最後一個寓所，也是迄今還相當完整地保存原貌的唯一的一個寓所，就是他逝世前居住過的交道口舊居，即如今的交道口後園恩寺胡同十三號「茅盾故居」。這所舊居在茅盾逝世後經過整修仍基本保留原有的風貌，於 1985 年 3 月 27 日上午，舉行了「茅盾故居」揭幕儀式（「茅盾故居」

四個字係鄧穎超同志題寫）後，現在已對外開放了。人們絡繹不絕地來到這座舊式四合院參觀，依然可以看到當年茅盾寓所的狀貌及其生活起居的情況，不需要我再來饒舌了。

這裡，我只想就茅公遷居此地的時間、舊居地名的變遷，茅公逝世後故居整修後的一些變化，以及 1976 年夏天北京地震期間臨時移居三里河住宅區的情況，作一點介紹。

在茅盾一家遷入交道口故居前，這裡曾經是民主黨派的著名人士、民盟中央負責人之一楊明軒的寓所。楊明軒是陝西人，解放前積極參加抗日民主運動。1946 年進入陝甘寧邊區，1948 年 2 月被選為陝甘寧邊區政府副主席。北平解放後，他也來到北平參加全國首屆政協會議，並被選為全國政協委員。他究竟什麼時候遷入交道口後園恩寺十三號的，我不想進一步查考。但有一點可以肯定的，即：在茅公遷居前，楊明軒在這裡曾經住過相當長的一段時間。1967 年「文革」初期，楊明軒逝世後，這所陳舊的老式四合院，就荒廢了，成為國務院機關事務管理局堆放雜物的地方。據韋韜同志介紹，遷居之前，他們曾到這兒看過，當時院子裡雜草叢生，屋子裡堆滿雜物，塵灰四布。因此，在他們搬家前，曾進行了一番清理與初步修繕，然仍未改其陳舊簡樸的面貌。

其實，這座舊式庭院屬於北京城裡的古老建築之一，原係前清遺物，年代已相當久長了。只要仔細觀察，就能發現它那特殊的建築風格。具有這種風格的建築物，在如今的茅盾故居周圍──前後園恩寺胡同以及附近一帶，還保存不少，只是大小不一、規格有別而已。其突出的特徵，至少有三：第一、大門高低、寬窄不一，然格式相似，門楣均有凸出的形狀不一（六角或八角）、數目不一（兩個或四個）的木質裝飾物。凡此建築，幾無例外。第二，屋檐均有上下兩層、間隔排列的半圓形瓦當，形狀、風格相似，唯瓦當上的紋飾略有差別。這種差別，猶如龍鳳瓦當係帝王之宅的象徵一樣，也屬於等級的標誌。第三、大門口左右兩旁，立有大小、形狀各異的石墩。上述三種差別，係等級的標誌，顯示出寓所主人地位、級別的高低。茅公所居的那所四合院，在如今殘存的風格相似的建築物中，大約屬於不上不下的中等級別。它的大門較低矮，門楣僅有兩個凸出的八角形（似菊狀）裝飾物，瓦當紋飾較簡單，門口立有兩個比較一般的長方形小石墩。如果同鄰近那座門庭高大、門楣有四個凸出的裝飾物的建築相比，就顯出其級別的懸殊了。據聞這一帶

不少舊式房子，最早是清代紫禁城裡一些大小太監們居住的地方。後來，隨著清王朝的覆滅，時代的變遷，這些房子的主人，也不斷變更。這種說法，倒頗能觸發人們的好奇心。不過，此係傳聞，不知是否確實。假定事實確係如此，那麼如今的茅盾故居，最初屬誰人宅第？對此，我雖也有好奇心，然對北京城裡這類陳年掌故，卻所知甚少，無法加以鑒別，也覺得似乎沒有必要去窮究細考了。既然如此，我為什麼還要多費這些筆墨呢？無非錄以待考，以引起瞭解此等掌故的人們，來加以澄清或補充的意思。因為，這個問題雖小，卻能從一個小小的側面，反映出中國近現代歷史的巨大變化和新舊北京的變遷，以及積澱在我們這個古老民族意識裡的一些微妙的因素。

那麼，茅盾是什麼時候遷入交道口舊居的呢？在「茅盾故居」對外開放的初期，當人們來到這裡參觀時，進門所見的文字介紹，對他遷居的時間是確定在「一九七四年十一月」。這實際上是一個大體推算的時間。由於時隔十餘年，且這段期間茅公已不寫日記，故具體日期已難以確指。不過，根據茅盾遷居後給友人的書信，他遷入交道口故居的時間，應在 12 月初。

1974 年 12 月 25 日，茅公在致碧野的信裡說：

> ……已於兩旬前遷居「大躍進路七條胡同十三號」，是四合院，這對我患有哮喘病者比較相宜。但至今尚未把書、物整理就緒，客來尚無坐談處，故本市朋友如克家兄等尚未告之。遷居之前，統戰部組織一些人大、政協委員參觀了部隊、學校、農村、工廠等等，前後凡一個月，接著我就搬家。

1975 年 6 月 16 日，在致單演義的信裡，又提及遷居的時間：

> ……但去年十二月中旬遷居時，因此類故紙太多，都付丙丁。

以上兩信，都寫於遷居後不久，但講的時間卻略有差別。相比之下，寫給碧野的信，在遷居後半個多月，當事者記憶猶新，應該說是比較可靠的。此信寫於 12 月 25 日，其中明確講到「已於兩旬前遷居」，據此推算，則遷居日期應在 1974 年 12 月初。這個時間，同半年後致單演義信所說的「去年十二月中旬遷居」，相差無幾。據此可以斷定，其喬遷之期，應是 12 月初，而不是 11 月。當然，上述三種時間，都相差無多。不過，如能查出一個比較準確的時間，並非壞事，故姑妄言之（據韋韜同志稱，遷居日期應改為 12 月 12 日，這是據茅盾當時寫給其他親屬的書信確定的）。

再說說「茅盾故居」所在胡同名稱的變遷。如前面所引的茅盾致碧野的

信所說，當他們剛從東四遷來交道口新居時，其所在胡同叫「大躍進路七條胡同」。這個新地名，是「文革」初期改稱的（原先叫「後園恩寺胡同」），帶有那動亂歲月裡波及全國各地的「改名風」（地名、人名）所留下的印記。說來也巧，就在茅盾一家遷居後不久，這條胡同又再次改名，叫「交道口南三條」，門牌號碼不變。1975 年 1 月 27 日，茅盾在致徐重慶的信裡說：「我新搬了家，通訊址為：北京。交道口。南三條·十三號」。〔註 13〕這封信寫於遷居一個多月後，說明他住進新居不久，所在胡同的名稱就改了。此後直到茅公逝世後的一段時間裡，這個地名維持不變。1983 年春，當我來到交道口茅盾故居參加《茅盾全集》的編輯工作時，這裡的地址已再度易名，即恢復了「文革」前的交道口「後園恩寺十三號」。因此，在茅公遷居交道口故居的前後，這裡的地址，凡三易名。這種頻繁改名的現象，雖已成歷史的陳跡，但卻也能從一個小小的側面，反映了茅公遷居此地前後，中國社會經歷了艱難而曲折的歷史性巨變。

對我說來，「交道口南三條十三號」這個地址，具有一種特殊的親切感。因為，「四人幫」垮臺後不久，我第一次從茅公寫給我的信（1977 年 1 月 9 日）裡，得知的就是「交道口、南三條、十三號」這個地址。此後四年多的時間裡，在我同他的多次通信和登門求教的過程中，這個地址同那座寧靜安謐、簡樸無華的舊式四合院，以及茅公晚年的音容笑貌和娓娓長談，至今都一起深深地潛藏在我的記憶裡。事實上，他在這兒住了六年多時間，當年所用的地址，基本上都是「交道口南三條十三號」。他生前從這兒給親朋好友發信或聯繫，用的也是這個地址，而不是如今的「後園恩寺十三號」。中國素來多變，連地名也不例外。為了免使後代的傳記家們和國外友人造成誤解，我在「交道口茅盾故居」地名的變遷上，又多費了點筆墨，大概不算是畫蛇添足吧！

如今的交道口茅盾故居，在開放前雖經過一番整修，但在整體格局上仍保持了原有的風貌，人們在這兒參觀，依然可以感受到茅公晚年的生活情景。當然，如果同原先故居的實際情況相比，整修後的故居也有些明顯的變化，這是無須諱言的。大而言之，這種變化至少有二。

第一、為了適應陳列與開放的需要，整個舊居都經過重新整修、加固、粉刷，使人有煥然一新之感，它原先那種粉漆剝落、年久失修的陳年舊宅的痕跡，已消失了。這確乎是一種難以兩全的憾事。1983 年《茅盾全集》編輯

〔註 13〕見《古舊書訊》1985 年第 1 期，上海書店出版部編。

室暫設此地時，我同一些同志曾在這兒住過幾個月，親身感受到舊居的寧靜素樸，也親眼看到它的陳舊剝落。當時我住在第一進四合院東廂靠北的一個小房間裡，可容一床一桌，還有一小塊活動的地方。每當夜幕降落，庭院裡顯得特別寧靜安謐，隔壁「園恩寺影劇院」六個霓虹燈大字，放出耀眼的紅光，反射在舊居大門內東邊的一堵白牆上，泛出一片暗紅的光色。它曾使我於寧靜中產生奇妙的遐想，為茅公能度過浩劫，在這兒安度晚年，並以「老驥伏櫪」的豪情重新執筆奮書而慶幸不已。他的那部壓卷之作《我走過的道路》，不就是在這兒寫出來的嗎？不過，當旭日升起，一天的忙碌開始後，環顧四壁，牆上灰暗剝落的痕跡，則四處可見。為了不使陳年的粉末掉落床上，我曾不得不在牆上貼上幾張白紙。而每當狂風暴雨來臨，蟄居斗室，唯聞院子裡兩棵元寶楓樹在風雨中搖曳作響，發出嘶嘶沙沙的聲音。此時，寂靜的庭院，成了風伯的舞場，奏出令人卻步的噪音。記得有一天晚上，暴雨傾盆，東廂一排房間突然停電。經查，方知廚房屋頂瓦碎漏水，使牆上電線潮濕，造成短路。工作人員小李稱：廚房破舊漏雨，早已有之。她送來一支蠟燭，使我得以在搖曳的燭光下繼續工作。我寫了這些親歷的瑣事，無非想說明昔日故居之陳舊破落的痕跡，在如今的茅盾故居裡，已找不到了。這是變化之一。

第二、局部結構也作了較大的調整。為了陳列茅盾生平事跡的圖片、書籍與供貴賓休息，原先一些窄小房間的隔牆被拆除，改成了大房間，院子裡也由原先的舊青磚地改成新的平整的水泥地。舊居屬兩進的四合院，第一進較寬大，除茅公生前所用的會客室外，主要是其兒孫們的住所，也包括部分工作人員的用房；第二進則為小四合院，面積只有前者的一半大，是茅公晚年生活起居和寫作的地方。整修後的故居，第一進四合院整體結構未變，局部結構則變化較大。坐北朝南的一排廳房，原隔為三間，係韋韜夫婦及其小女兒丹燕的居室，現已打通整修成一個大房間，作為第一陳列室。東廂一排房子，原有四小間，靠北一小間，原為韋韜兒子的臥室，當中一間為茅公及其兒孫們吃飯的地方，靠南一間為廚房（隔成兩小間）。如今，除廚房保留改成工作室外，其餘兩間也打通了，成為第二陳列室。南面靠胡同的一排房子，原有四小間，每間面積只有六七平方米左右。其中靠西邊一間為女廁所（現未動），其餘三間原為工務人員的住房，現也打通，並修飾一新，舖上地毯，作為貴賓接待室。在第一進四合院裡，內部結構未變的只有西廂的一排房子。

這裡有三小間房子。靠北一間會客室，是茅公生前接待客人的地方（我自己就曾多次在這兒向他求教過），如今仍保持原貌。其餘兩間，一為堆放書籍的書庫，一為生活用房（現成為工作室）。當中的庭院較寬大，原先有一葡萄架，葡萄架下左右有兩小塊長方形的花圃，種有品種不同的月季花。據聞，茅公生前也常在這兒散步、賞花、乘涼，如今鋪上水泥地後，庭落裡只保留了葡萄架的框架和兩小塊花圃，以及兩棵高大的元寶楓樹（西北拐角處還有一棵，品種不同，也仍在）。

茅公生前居住的後進小四合院，整修後仍然保持原有的格局與風貌。正房一排有四間，是他的書房、臥室、盥洗間，而朝西還有一小間，為了照料茅公，他的大孫女沈邁衡曾在這兒住過。

原先交道口茅盾故居裡的月季花，長得特別好。每逢春臨北國，院子裡的月季盛開，幽香襲人，給寂靜的庭院，倍添春色。不過，我更喜歡故居門口的兩棵高高挺立的白楊樹，還有茅公書房外的兩叢太平花。此二物，如今都依然尚在。

1977 年春，當我初次來到這兒拜望茅公時，沿著長長的交道口南三條胡同前行，胡同兩旁只有疏落的一些小樹。然而走近十三號的茅公寓所時，迎面見到的，就是那兩棵筆直挺立、枝葉繁盛的小葉白楊樹，而故居的大門反倒被掩蓋住了。後來，我曾無數次漫步在這條胡同裡，細細觀察，發現在整條胡同裡，唯有茅公家門口的這兩棵白楊，顯得最為突出醒目。雖然，這兩棵樹在他遷居前，就早已有了，只不知為誰人所栽。如今它卻成為「茅盾故居」的最醒目、最富有象徵意味的標記。說它最醒目，是因為當你跨進故居大門之前，首先見到的就是聳立在大門外左右兩旁的高大白楊樹；說它最富象徵意味，是因為它會使你聯想起寓所主人的那篇著名散文《白楊禮讚》，以及他高聲讚美的那種崇高的品格。誰也意料不到的是（包括茅公本人），這兩棵白楊，最後竟成為「茅盾故居」的一個重要標誌。

我還喜歡茅公書房前的那兩叢太平花。1983 年的春夏間，當我寄居在這兒的時候，就被它所吸引住。起先，它並不特別引人注目，因經歷了嚴冬之後，它枝葉枯黃，無花無香，看去既平凡且不出眾。然而，到了四五月間，它已是青枝密葉，接著朵朵小白花開滿枝頭，遠看似一朵由數百個小白花組成的大銀花，猶如雲朵落地，團聚錦簇，清香滿庭園。它不豔，不麗，然幽雅潔白，香味清正。有時，當我們打開通往茅公居室的那扇大門時，陣陣幽

香，飄然入室，使人心醉。起先，我不知它叫什麼花，後來問了韋韜，方知它叫太平花。他還告訴我，他父親在世時，原先就有一株，在其庭院的東側，後來又從魯迅博物館移來一株。東西各一，方成一對。如今茅公雖已謝世，這兩株太平花，依然默默地佇立在已故主人的書房前，彷彿要向人們訴說些什麼！願這兩棵白楊和兩株太平花，與茅盾故居長存。

最後，我還想講講茅盾一家臨時遷住三里河住宅區的事。1976 年 7 月 28 日，河北唐山、豐南一帶，發生了震驚中外的大地震，並波及了北京。事實上，早在這次大地震之前，已開始有預震。在 7 月 18 日的日記裡，茅公曾留下這麼一段記錄：「下午 2 時許，即睡中覺，忽醒，覺有中等程度的地震，床舖搖動，得三四分鐘。不知是我之錯覺呢，抑真是地震。」隨後而來的大震，給老人一家帶來極大的不安。當時，茅公一家所在的交道口寓所，雖未受大災，但也感到房子搖晃，且西鄰國務院機關事務管理局堆雜物的房子，屋頂震塌了一角，不少磚瓦掉落在茅公院子裡西邊堆雜物的小房子上。為防止萬一，兒媳們在進門的大院裡搭起了臨時防震棚，讓茅公及其小孫女丹燕，在那裡住了半個多月左右。大約八月下旬，他們一家就被臨時安排遷住到三里河住宅區的房子裡，剛巧又與周建人結鄰而居（五十年前茅公住在上海景雲里商務的宿舍時，曾與他結鄰而居）。後來，周建人在《悼雁冰》一文裡，曾提及此事。他說：

　　……回憶一九七六年唐山地震以後，也是在那最艱難的日子裡，我們兩家都因為房屋震壞，先後搬到了三里河住宅區。這次是他的前門對著我的後門，我們又住在一起，可惜只有半年之久，雖然也常見面，但是我們都老了，再沒有五十年前的精力，也怕互相影響休息，終於未能暢敘。〔註14〕

據韋韜同志回憶，他們在三里河住宅區只住了三個多月。這次地震之後，交道口故居進行了一次修理、加固，特別是茅公寓室的一排房子，曾大修了一次，把原先的磚木結構改為鋼筋水泥結構，屋頂、門窗都重新翻修，改動較大。也就在這個時候，中國發生了歷史性的轉折，緊接著唐山大地震之後的兩個多月，橫行一時的「四人幫」，在億萬人民的唾罵聲中徹底垮臺了。當時，住在三里河的茅公，曾寫了七絕四首〔註15〕來表達自己的喜悅心情。也

〔註14〕　見《憶茅公》一書，第 13 頁。
〔註15〕　《粉碎反革命集團「四人幫」》（四首），見《茅盾全集》第十卷，第 457～458 頁。

就在「四人幫」垮臺一個多月後，茅公一家又從三里河住宅區遷回交道口故
居，時在 1976 年底。此後，老人在這兒又開始了新的生活，他以八十高齡重
新執筆舊書，為歡呼新的歷史時期的到來辛勤工作。在這座舊貌換新顏的老
式四合院裡，他一直工作寫作到 1981 年 2 月 18 日（寫完回憶錄中關於一九
三四年反文化圍剿，並回頭補寫關於《虹》與《霞》的部分）。2 月 20 日病重
住進北京醫院後，他就再也沒有回到交道口故居來。

第七章 一顆文壇巨星的隕落
——參加茅盾同志追悼大會前後紀實

一、噩耗傳來

1981 年 3 月 28 日清晨，春雨綿綿，我睡意正濃。突然，耳際傳來女兒急促的驚叫聲：

「爸爸，爸爸，沈老去世了！」

「什麼？你說什麼？」我掀被起坐，懷疑自己聽錯了。

「剛才廣播裡說的，沈老已經去世了！」女兒指著床頭的收音機，用一種慌張而肯定的語調回答。

這突如其來的噩耗，簡直令人難以置信。不久前我從韋韜同志的來信，得知沈老又住進北京醫院治療，難道這次……。我懷疑女兒也許聽錯了，慌忙披衣起床，屏息重聽第二套節目的廣播。終於，消息證實了。廣播員以沉重的聲調，宣讀了「新華社北京三月二十七日電」。沈老果真於 1981 年 3 月 27 日清晨 5 時 55 分，病逝於北京醫院，終年八十五歲。

我愕然呆坐，一句話也說不出來。此刻，唯聞窗外淅淅瀝瀝的雨聲，滴落在地上，彷彿早已知道了這一不幸的消息。

1936 年 10 月 19 日，魯迅先生就過早地離開了我們；1978 年 6 月 12 日，郭老也離開了人世；如今茅公也離開我們而去。中國現代文壇的三顆耀眼的巨星，終於相繼隕落了。

近一年多以來，潛藏在我心底的一種不祥的預感，想不到今天竟成了現

實。記得 1979 年 8 月 15 日，茅公在爲《茅盾論創作》一書所寫的一篇簡短的序裡，就說過這樣的話：「編這本書的葉子銘同志認爲把這些東西集合起來再印，既可以看到我的思想的發展的過程，也對於現在從事於創作的青年有點參考價值。我則覺得在我行將就木之年，炒這些冷飯，也有總結我過去工作的意味」。〔註 1〕（著重號係筆者所加）當我收到韋韜同志寄來的這篇序文抄件時，讀完後心裡就有一種說不出的滋味，爲沈老竟使用「行將就木」這樣不祥之辭而感到震驚和擔憂。這說明這位馳騁文壇六十餘年的一代宗師，對自己日益衰弱的健康狀況，已有清醒的預感。後來，我收到上海文藝出版社寄來的《茅盾論創作》的樣書，覺得封面設計倒不錯，但一看書脊上端的粗細相間的三道黑杠，醒目刺眼。也許是我自己的心理作用吧，把它同茅公的序文聯繫起來，覺得這三道黑杠裡似乎也包含著不祥之兆。爲此，我還曾向老朋友、上海文藝出版社文藝理論室主任余仁凱同志，提出了意見。其實，他們出版的這套叢書的封面設計，包括《魯迅論創作》、《巴金論創作》、《老舍論創作》等十餘種書，格式都是一樣的，只是色調不同而已。此後，常從韋韜的來信得知沈老犯病、住院的消息，但最後他都戰勝了病魔。特別是 1980 年 5 月 7 日在北京醫院同茅公的最後一次見面，我親眼看到他談笑風生、安祥自如的情景，潛藏於心中的憂慮，無形中就消失了。當時，我暗自慶幸，深信他一定能完成「回憶錄」的寫作，一定能爲我們新時期文藝事業的發展，作出更多的貢獻。1980 年 10 月間，我又得到沈老題贈的《〈紅樓夢〉畫冊‧贈梅》的條幅，心裡十分高興。儘管，從字跡看，由於年邁體弱，有些字已顯露出腕力不足的痕跡，但仍保持著他那獨具的清秀峻拔的風格。收到晚年題贈的這一條幅，我對他屢次戰勝病魔的毅力，既驚佩，也感到安慰。

大約是我過於樂觀了。所以，1981 年 2 月 23 日，韋韜同志來信告知他父親又住院治療的消息，我還自認爲他一定能再次出院。信裡說：「沈老於春節後，氣喘加劇，低燒，精神不好，住進醫院檢查。醫生說肺、心、腎功能都有點問題。需較長期治療。」同時，這封信還轉達茅公對我代替以群同志家屬提出的請求的答覆：「您提到的《以群文藝論文集》，去醫院前他答應題書名，但寫序謂已無精力……沈老不能寫『序』事，請您向葉以群夫人說明，並表歉意。」讀完這封信，我的感情是十分複雜的。先是爲茅公的健康狀況而擔憂，因醫生說他「肺、心、腎功能都有點問題，需較長期治療」，似乎病

─────────────

〔註 1〕見《茅盾論創作》，上海文藝出版社，1980 年 5 月出版。

情比過去嚴重。繼而又存有希望，因爲從 1977 年以來，我從他給我的信裡，或赴京看望他時，就得知他患有各種老年疾病，常住院檢查、治療，最後在醫生的悉心治療下，他都能順利出院，以他那有條不紊的方式繼續工作。但是，我萬萬沒有料到，這竟是他最後一次的住院，這位畢生經歷無數風浪、磨難、疾痛的現代文壇的先驅者，終於離開從災難中重新崛起的祖國，與世長辭了！

突如其來的噩耗，如炸雷轟頂，使我的心靈受到一次巨大的震蕩。我無法控制自己的感情，內心的哀痛化成無聲的淚水。從 1956 年秋我同他的第一次通信起，近二十五年來，我不斷地得到他的親切教誨與扶植，學到了許多東西。有的朋友曾說過：「你同茅公的關係，是忘年交。」我卻從不敢以此自許。因爲，雖然從大學時代起，我就開始研究他的東西，得到他的許多幫助，也寫了一些東西，然而至今也還沒有能全面、深刻地瞭解他，也還沒能寫出與他的經歷、成就名實相符的論著來。不過，作爲一個普通的研究工作者，自從我同他有了較密切的交往以來，歷史的風濤巨浪，確實把我的命運同這位巨人奇妙地扭結在一起了。所以，我同沈老的關係，與其說是「忘年交」，還不如說是「風雨交」更爲確切。如今，經歷了十年浩劫的慘痛教訓，我們的祖國已進入了一個歷史新時期，他卻突然離開了我們，連他念念不忘的一部「回憶錄」也沒來得及寫完！如果說眞有什麼命運，那麼這個命運之神，猶如一個魔術師，太會作弄人啦！

當天上午，我匆忙騎車奔赴郵局，給韋韜、小曼同志發出了唁電。在郵局裡，我看到各大報紙，在頭版用「以魯迅爲代表的中國現代文學巨匠之一沈雁冰同志逝世」的醒目標題，報導了他逝世的消息。我下定決心，無論如何要趕到北京，最後再見他一面。

3 月 30 日上午，我收到了韋韜同志的航空信。這封信寫於茅公逝世的當天晚。他以沉痛而冷靜的筆調，告知他父親病逝的消息，也談到其住院後病情急劇惡化的情況：

> ……爸爸已在今天早晨 5 時 55 分去世了！也許你已聽到了消息。

> 這病來得突然，來得複雜，也來得頑固。住院五周，日見沉重，藥石不靈。心肺腎腦都出了問題。本來希望能拖到天氣轉暖，能緩過來，以便爭取今年把回憶錄寫完。誰料來了如此劇烈的變化。最

後爸爸產生一種興奮與抑制反覆出現的現象，醫生也說不出它的原因。在發展到第三輪時，血壓突然下降，痰卻湧了上來，從昨晚10點半昏迷，至晨5時55分逝世時，再未醒來。

爸爸病危時口授兩封信（我筆錄，他簽名），一封信給黨中央，請求中央審查一生的功過，並能追認爲黨員；一封給作協，捐稿費25萬元作爲長篇小說的文藝獎金基金……。

讀完韋韜同志的信，我思緒萬千，特別是他病危時口授簽名的兩封信，使我聯想起他晚年同我談到的一些事情。儘管韋韜同志沒有詳細復述這兩封信的內容，報紙上也尚未披露，但他將說些什麼，爲什麼要這樣做，我自信是完全能夠理解的。如果說，一個人的一生，猶如一部書或一篇文章的話，那麼，沈老臨終所留下的這兩封信，就是他以生命寫下那部書的合乎邏輯的最後一個句號。

二、赴京雜記

爲了趕赴北京參加追悼大會，我正在爲家裡兩個孩子無人照料而發愁。幸好，3月30日下午，我愛人聞訊也從武漢趕回南京。我鬆了一口氣，連忙託人購買赴京的機票。

4月1日，雷雨天，真不湊巧！本想乘飛機可以早點到達北京的。誰知老天不幫忙！原定12時起飛，因雷雨不止，起飛時間一再推遲。在機場上翻閱《人民日報》，見頭版刊載關於茅公的一條重要消息。標題：「根據偉大的革命作家生前請求及其一生的表現，黨中央決定恢復沈雁冰黨籍，黨齡從一九二一年算起。」這是轉發「新華社北京3月31日電」。電文開頭稱：「中共中央收到了沈雁冰同志病危時給中共中央的信，於3月31日作出決定，恢復他的中國共產黨黨籍。」隨同這條消息，還刊登了茅公晚年的一張照片，以及3月14日他口授簽名寫給黨中央的信。想起在他生前，當我冒昧地問他「爲什麼不像郭老那樣重新入黨」時，他那含蓄然而又不無疑慮的答覆時，我的這種感覺就更加強烈了。經歷了十年浩劫之後，特別是黨的十一屆三中全會以後，對待一切歷史與現實的問題，開始以實事求是的態度重新加以估價。恐怕也只有在這樣新的歷史時期，茅盾的這一久懸未決的問題，才能得到解決。對此，我深信他本人也有預感的。這樣說不是毫無根據的。請看他逝世前寫給黨中央的那封簡短而又意味深長的信吧！

耀邦同志暨中共中央：

　　親愛的同志們，我自知病將不起，在這最後的時刻，我的心向
著你們。為了共產主義的理想我追求和奮鬥了一生，我請求中央在
我死後，以黨員的標準嚴格審查我一生的所作所為，功過是非。如
蒙追認為光榮的中國共產黨員，這將是我一生最大的榮耀。

沈雁冰　1981 年 3 月 14 日

如果對茅盾的革命生涯與畢生的活動，有稍許瞭解的話，就能夠體會到：這
封正文只有一百另一個字的短信裡，飽含著多麼深厚、真摯的感情和對黨的
信賴、期待啊！可惜的是，在他臨終之前，不能親耳聽到黨中央的這一正確
的決定，這是多麼的遺憾啊！

　　下午 4 時，飛機終於起飛了。此刻，因雷雨受阻所帶來的煩燥情緒，已
一掃而光。傍晚，抵達北京。當即往交道口打電話，無人接。後同羅蓀同志
聯繫上，從他那裡，得知悼詞初稿已寫出來，正在修改，追悼大會肯定開，
日期未定。4 月 2 日上午，我趕到交道口南三條十三號，踏進我多次來過的這
座舊式的四合院，景物依舊，然已見不到茅公的身影。韋韜、小曼同志正在
忙於接待親友，見了面就說：「你終於來了！」大約經歷了無數令人心碎的
日日夜夜，看得出他們夫婦倆心情沉鬱，面容疲憊。進了西首小會客室，見到
一屋子人，經韋韜介紹，方知是孔另境的夫人金韻琴及其子女孔海珠等，一
行五人。她們也是剛剛趕到北京的。我們是第一次見面，不過，想不到是在
這樣的時候見面的。

　　韋韜同志簡要地介紹了沈老喪事安排的情況：中央已經確定，追悼大會
的規格同郭老的相同，治喪委員會名單初定為七十四人，包括鄧小平、葉劍
英、胡耀邦等黨中央的主要負責人。日期未定，大約在 4 月 10 日左右。又說，
3 月 30 日下午已舉行過一次小型的遺體告別儀式，因陳雲同志要到外地，提
出在舉行正式的遺體告別儀式前，要先同沈老遺體告別。參加這次小型儀式
的只有少數人，包括陸定一同志以及中宣部的一些負責人。聽到這一消息，
我深深地被老一代革命家的深厚情誼所感動。建黨初期，陳雲同志與青年時
代的茅盾都在上海商務印書館從事黨的活動。當時，陳雲同志在商務的虹口
分店，茅盾在編譯所，雖不屬同一部門，卻為同一的目標而共同奮鬥過。韋
韜同志還說：「悼詞今晨剛剛送走，本希望你能早一兩天到，可以共同商量一
下的。」我也為失去了「先睹」的機會而感到遺憾。

　　由於治喪委員會名單和追悼大會的日期，要等待中央討論決定，所以抵京後頭一個星期，還得不到何時舉行遺體告別儀式、何時舉行追悼大會的確切消息。當時，《中國青年報》的記者顧志成同志，幾次代表該社領導，熱誠地約我寫一篇悼念沈它的文章。我就利用這一空檔，在招待所裡閉門謝客，於 3 日用一天一夜的時間，寫了《深深的懷念──悼念沈老》一文，聊寄自己的哀思。

　　4 月 5 日上午，我去看望羅蓀同志，向他提出了關於編輯《茅盾全集》的建議，希望中國作協出面抓（關於這件事，後面將專門敘述）。羅蓀同志要我把茅公為《茅盾文藝雜論集》所寫的序，交給《文藝報》發表。當時，《茅盾文藝雜論集》剛由上海文藝出版社打出了清樣，尚未出版，所以這篇序文就成了他的未公開發表的遺作。同時，羅蓀同志還要我為《文藝報》寫一篇悼念文章，與茅公的序配合。這樣，我又花了兩天時間，追憶同茅公交往的片斷和如何開展研究、紀念活動的建議，以《緬懷‧追憶‧建議》為題，發表於 1981 年 5 月份的《文藝報》第九期上。

　　4 月 7 日下午，我按事先與孔海珠同志約定、並經韋韜同意的計劃，又來到了交道口茅盾故居，準備拍一些照片留念。說來也很遺憾，我雖然長期來同茅公有較多的接觸，也得到過他簽名贈送的照片，但卻從未同他合拍過一張照片。因為，每次拜訪他時，我總想多請教他一些問題，也醉心於傾聽他那娓娓的長談，加上在他面前，總有點拘謹，所以想不到提出同他合影的奢求。茅公逝世後，我才意識到已永遠失去了這樣的機會了。在人生道路上，不能不說這是一件憾事。當年如果提出這一要求，相信茅公也會答應的。這次抵京後，面對人去室空的情景，我曾感慨地對韋韜同志提起這件事。他見我那副樣子，沉思片刻後熱情地說道：「你可以在這次同我父親遺體告別時，同我們一道去，補拍兩張照片，留作紀念。」坐在旁邊的孔海珠同志，接過話頭，提出還可以在茅公的寓所，在他生活、工作過的地方，再一起拍些照片，以彌補這一缺陷。韋韜同志也同意了。我們在茅公的書房、臥室、會客室和大門口，拍了許多照片。那間擺滿書籍的簡樸的書房，勾起我許多的回憶。茅公晚年曾在這裡多次親切地接見過我，衣著很隨便，走起路來踏著碎步，說話有些氣喘，但話匣子一開，一談就是一兩個小時，使人不由自主地產生一種親切溫暖的感受。書房裡那兩張鋼架的折疊式躺椅，此刻對我來說，倍感親切。每次，我都是坐在右邊的那張椅子上，茅公則靠在左邊的那張椅

子上，背後是一排書櫥書架。如今，物在人去，一種強烈的思念之情，突然湧上我的心頭。我特地要求在這兩張椅子前，拍了兩張照片。

拍完照，中國作協來人，通知韋韜同志：治喪委員會名單已定，共七十五人，8日見報。名單上的中央負責人，上報時原來沒有華國鋒，中央書記處討論時加上去了，而且公佈時排在第一個。此外，還包括了各界特別是文化藝術界的許多代表人物。遺體告別儀式與追悼大會的日期，也已確定，將於4月10日和11日，分別在北京醫院和人民大會堂舉行。

三、醞釀編輯《茅盾全集》

下面，我還想就參加追悼大會前後所知道的兩件比較重要的事情，即關於茅公臨終前口授簽名的兩封信的起草經過和醞釀編輯出版《茅盾全集》的情況，作一點回憶與記述。

一、關於茅公臨終前口授簽名的兩封信的起草經過

這件事，我是從韋韜同志處得知一些具體情況的。當時，茅公是在病床上向他口授、並讓他筆錄的，因此，他是唯一最暸解此中情況的人。我曾先後兩次聽韋韜敘述過此事的經過。一次是4月12日，即追悼大會結束後的第二天晚上，他在家裡同周而復同志談起這件事，我也在場。一次是1984年底在杭州時，應我的要求，他又比較詳細地談了這兩封信起草前後的一些具體情況。在茅公生前，我也曾問他爲什麼不解決黨籍的問題，約略得知他的一些想法。把這些情況聯繫起來，大體上可以看出他的思想脈絡。這裡，我稍加整理，錄以存眞，這對於理解這兩封信，對於暸解這位文學大師臨終前的思緒，也許不無助益吧！

記得是1978年7月16日下午，我帶著一份《上海地方兼區執行委員會紀事錄》的摘錄稿，到交道口看望沈老。這是一份珍貴的歷史文獻，係早期中共上海地下黨領導機關的會議記錄本（1923年7月～1925年10月），其中也詳細地記載了茅盾青年時代在上海地下黨內的職務與活動情況。他看到這份材料，十分高興，笑著說：「這份材料很重要。我不知道怎麼會保存下來的？我是早就參加早期黨的活動的，不過，這是半個多世紀前的往事，材料中提到的許多人與事，我已經不大記得了。最近，我正在準備寫回憶錄，你抄的這份材料，對我倒是很有用處的。以後我寫到這段經歷，這份材料，可以幫

助我回憶當年的一些情況，對我很有用。」我看他情緒很好，就趁機問道：

「您同郭老差不多是同時和黨組織失去聯繫的，郭老解放後又重新入黨了，您為什麼不提出要求呢？」

「這件事，說來話長。」沈老沉思片刻，說道：「三十年代初我跟秋白同志提過，當時正是王明路線統治時期，秋白自己也被排擠出中央。他勸我還是像魯迅那樣，留在黨外同樣可以發揮作用。後來我在延安時也提過。解放後也有人向我提過，但我沒有再提。人世紛擾，這事留待以後再說吧！」

我看出沈老不願多說，也就不便再問下去了。後來，我曾問過韋韜、小曼同志，他們說：解放前沈老曾提過兩次。一次是左聯時期，他向瞿秋白同志提過，當時秋白同志勸他還是留在黨外，像魯迅那樣。一次是 1940 年他臨離開延安時，又向張聞天同志提出過，要求黨中央研究一下他的黨籍問題。後來，張聞天轉達了黨中央的意見，認為像他那樣在國內外有影響的人士，留在黨外可以更好地發揮作用。再有一次是在解放初期，楊之華、張琴秋有一次來看望茅公，又勸他重新入黨。當時，他認為在解放前艱苦鬥爭的年代裡，他都跟著黨走過來了，沒有再入黨。現在解放了，再來提這樣的要求，就有點要分享勝利成果的味道了。所以，他表示暫不考慮，並說：「我的功過是非，將來自有公論。」此後，他就再沒有提過這件事，直到「文化大革命」。

粉碎「四人幫」後，特別是十一屆三中全會以後，黨中央以果斷的、實事求是的態度，處理了大量歷史遺留的問題，包括一些老同志的黨籍問題。這時候，有的老同志，也曾向茅公提到黨籍問題，他沒有回答，不過，心裡是有考慮的。大約在 1980 年夏，有一次他住院治療，韋韜到醫院去看他，又認真地向他父親談到黨籍的事，並說起由於「文革」的影響，現在社會上黨的威信降低了，等等。這回，茅公表示，「這個問題我倒要考慮的。或者是等我百年之後再解決。」也就在這次父子倆的談話中，同時談到稿費的捐贈事。他說：「可以搞一個捐。捐了以後就作為一個獎金。」「作為什麼獎金？」兒子連忙追問道。他想了一想道：「或者就獎勵長篇小說罷！」這次談話，雖無定論，但細心的兒子完全能夠理解父親的心情，就把這兩件事記在心裡。

1981 年 2 月 20 日，茅公最後一次住院，病情日趨惡化。就在他第一次昏迷以前，開始出現精神興奮的現象，醫生感到這種情況不好，就把韋韜同志找去，叫他注意一下。3 月 14 日，老人的情緒很好，頭腦也很清楚。韋韜同志就把過去談到的兩件事，又提了出來。開始，他說：

「不！不著急！等我好了以後，我自己來寫吧！」

「反正現在你閑著，我也閑著，是不是你先講講，我記一記，等你好了以後，到時你覺得哪裡要改的，還可以改嘛！」兒子看到父親還那麼自信，不忍心將醫生的話告訴他，但爲防萬一，就連勸帶鬨地堅持道。

「好吧！我就口述，你先記下來。」茅公覺得兒子說得也有道理，就同意了。

韋韜同志連忙拿起紙筆，坐到床邊，茅公躺在床上，開始一句一句地口授兩封信的內容。韋韜同志記下來後，又念給他聽，然後取來兩張他父親擺在病房裡的比較好的紙，分別把兩封信重新抄錄一遍，又提出要他父親簽個字。誰知老人又執拗地說：

「不！我還要看的，還要抄的。你就先擱著，以後我起來還可以再改改。」

「你先簽個字也可以嘛！」兒子爲防萬一，又繼續勸說道：「以後你起來了，如覺得有不合適的，還可以再改，再抄一遍嘛！」

「好吧！好吧！」老人聽了，覺得也有道理。於是，韋韜同志就把他扶起來，讓他靠在床頭，又拿來一本書墊著，讓他簽字。這時，茅公已靠吸氧氣與輸液來維持，身體十分虛弱，所以簽的字已歪歪扭扭，不像以前那樣好看了。給黨中央的那封信，他簽了沈雁冰三個字；給中國作協的信，他簽了茅盾兩個字。

簽字後的當天晚上，茅公就昏迷了。這是第一次昏迷，兩封信幸好就在這次昏迷前寫好了。他逝世前有三次昏迷，第一、二次昏迷醒過來的時間很短，不可能再寫什麼了。當韋韜同志和我談起這段經過時，曾感慨地說：「當時，我們也希望他能好起來，將來再由他自己重寫。這次抄錄的信，是爲了防萬一的，沒想到竟防成了！」根據茅公生前的意願，這兩封信也是在他逝世後才交上去的。3月27日上午9時左右，周揚同志來到醫院，韋韜同志就把茅公於3月14日寫給黨中央的信，交周揚同志轉送胡耀邦同志。3月31日，黨中央就迅速作出恢復茅盾黨籍的決定。從送出的時間算起，前後只有四五天。從這件事上，也充分地表現了黨中央的實事求是的精神與果斷的作風，體現了黨對這位爲共產主義事業奮鬥終生的文化戰士、一代文學大師的信賴與評價。

二、關於編輯出版《茅盾全集》的醞釀經過

4月1日抵京後，我先後見到查國華、孫中田同志，他們也是趕來參加追悼大會的。當時，我們曾分別議論到如何開展紀念茅公的活動，提到了一些項目，如編輯紀念文集，辦「茅盾研究」的專刊，徵集文稿書信，編輯出版《茅盾全集》等，大家都感到，著手編輯出版《茅盾全集》，是一項具有歷史意義的工程，應力促其實現。茅盾從 1916 年 8 月進上海商務印書館起，至 1981 年初逝世前夕，畢生爲中國現代文學的誕生與發展，爲中國的革命事業，奮鬥不息。在近六十五年的漫長歲月裡，他留下大量的著述，包括各種體裁的論著、譯述，這是一批珍貴的精神財富。遺憾的是，截至他逝世前，我們所能見到的關於茅盾的著述，都是一些文集、選集與各類單行本，還有大量單篇文章與早已絕版的著述，則始終未曾重新編集或再版，查找起來極不方便。就以 50 年代末 60 年代初人民文學出版社出版的《茅盾文集》十卷本爲例，以所收創作方面的著述而論，雖然較爲系統，但仍有不少遺漏，且篇幅也只占他一生著述的四分之一左右。這種情況，給茅盾的研究與教學工作，帶來了莫大的困難與不便。正因爲如此，所以長期來，有許多同志早就希望能出版一部較爲完備的茅盾著作總集。這次，我們議論到編輯出版《茅盾全集》的事，並非偶然，實際是反映了許多研究者以及廣大讀者的願望。

記得抵京後不久，我就把這個想法，告訴了韋韜同志。因爲，要促成這件事，首先需要得到茅公家屬的支持與合作，這是十分重要的。韋韜同志聽後，也表示支持，認爲編輯出版《茅盾全集》既是一項具有歷史意義的工作，也是對他父親的最實在的紀念。他還建議，要辦這件事，需要到得中國作家協會的支持與領導。當時，我們商定分頭做促進工作，爭取有關領導的支持。4月5日上午，我到金魚胡同和平賓館看望羅蓀同志，那時，他剛從上海調到北京中國作協擔任領導工作，同陳荒煤同志一起，暫時寄居在那裡，兩人同住一斗室。我向他匯報了關於編輯出版《茅盾全集》的建議與設想，反映了茅盾的家屬與高校的茅盾研究工作者，都希望作協出面來領導、主持這項工作。羅蓀同志當即給予熱情的支持，並表示第二天就找周揚同志商量。考慮到要辦這件事，需要有一支專業隊伍，他還詢問了國內茅盾研究隊伍的狀況。4月6日晚上，我又到了和平賓館找羅蓀同志。他說：「我已找周揚同志談過了。他對編輯出版《茅盾全集》的建議，表示支持，但要我先同人民文學出版社的嚴文井、韋君宜同志聯繫，徵求他們的意見。他認爲像《茅盾全集》

這樣卷帙浩繁的大書，還得由人民文學出版社來出版。」羅蓀同志還明確表示，這《茅盾全集》肯定是要搞的，不過此事還需作協黨組和書記處討論決定。他答應要抓緊促成這件事，過幾天就找主持人民文學出版社工作的嚴文井、韋君宜同志落實出版方面的問題。當時，我們得知這一消息，都非常高興。

　　4月11日，追悼大會結束後的當天晚上，我又到了羅蓀同志的住處，瞭解事情的進展情況。他告訴我，已找嚴文井、韋君宜同志談過，他們都很支持，表示可以由人民文學出版社來負責出版工作。嚴文井、韋君宜同志還提出：《茅盾全集》的編輯工作不必走《魯迅全集》的路子，搞那麼詳細的注釋，而是採取少注或不注的原則，工作班子也不要搞那麼大，這樣就可以爭取早出書。羅蓀同志也同意這個意見。後來，作協領導和《茅盾全集》編輯委員會，也肯定了這一意見，它成了指導後來《茅盾全集》編輯工作的一條重要原則。順便提一下。後來的實踐經驗證明，即使採取少注或不注的原則，要把四十卷本的《茅盾全集》編完出齊，也得花上八九年的時間。當時，如果索性不加注，只做編輯、校勘工作，即只提供一部較完備的茅盾著作總集，把注釋工作留待出第二版、第三版時去做，就像出《魯迅全集》初版本時那樣，相信《茅盾全集》第一版的編輯出版工作，就不致陷入如今的艱難處境：時至1990年了，然全集只出版了二十卷，還有一半以上不知將拖到何年何月？不過，現在來說這話，已是馬後炮了。

　　追悼大會結束以後，韋韜、小曼同志曾以家屬的身份，向周揚、巴金、夏衍、丁玲等同志致謝，也提出出版《茅盾全集》的事，並得到他們的熱情支持。文藝界的其他許多老前輩，如陽翰笙、張光年、沙汀、黃源、馮牧、周而復、王瑤、唐弢、姚雪垠等，在醞釀編輯《茅盾全集》的過程中，也都曾給予熱情的關懷和支持。

　　以上是我所知道的在追悼大會召開前後，關於醞釀編輯《茅盾全集》的一些情況。當然，由於種種原因，這項工作的真正開始，是在一年多以後。1982年7月間，中國作協書記處正式向中共中央書記處寫了關於編輯出版《茅盾全集》的報告，同年8月間中央書記處討論通過了作協的報告。此後，《茅盾全集》的編輯出版工作了，就正式開始了。關於此後的情況，這裡就不贅述了。

四、向茅公遺體告別

9 日晚上，據韋韜同志電話，向茅公遺體告別儀式，定於 10 日上午 8 時 30 分至 11 時 30 分、下午 3 時至 4 時 30 分在北京醫院舉行。上午 8 時 30 分前，先由家屬親友同遺體告別並攝影留念。韋韜同志特地叮囑，要我在 10 日晨 7 時前趕到交道口，同他們一起上北京醫院，這樣可先瞻仰遺容，並攝影留念。我意識到這是他對我的關懷與照顧，這種安排，使我有機會在茅公身旁多停留些時候。這天晚上，我久久不能入睡。

10 日晨 5 時，我起床匆匆吃了事先買好的糕點，就搭車上交道口，結果比約定的時間早到了半個多小時。爲了不打擾他們，我獨自一人，在交道口南三條茅公寓所外面，來往彳亍行。此刻，他寓所門前兩棵高大的白楊樹，在晨風中巍然挺立，顯得分外醒目、親切。它以那高大的身影，象徵著和主人的精神、品格同在。6 時 50 分，我進了門，韋韜和小曼同志正在用飯，我就到西首會客室裡等候。不久，又來了許多人，把會客室擠得滿滿的，他（她）們大約都是沈家的親戚。寒暄了一會兒，韋韜來打招呼，說車子馬上就到，之所以請大家一起趕在八時半遺體告別儀式前到北京醫院，主要是可以多拍些照片留念。

7 時 15 分準時開車，來的是一部日本豐田牌的中型麵包車，可以坐二十多人。除韋韜、陳小曼同志和他們的三個孩子（老大沈邁衡，老二韋寧，老三丹燕）外，還有沈老胞弟沈澤民同志的外孫二女一男，均十分樸實可愛。此外大多是沈家的親戚，還有在沈老身邊工作過的小李同志。我夾在他們當中，顯得不大協調。但我十分感謝韋韜同志給了一次難得的機會，使我能同他們一起，最後多瞻仰一下我所敬重的一代文豪的遺容，並期望能拍兩張照片，以留作永久的紀念。

7 時 30 分到達北京醫院，車子自西門駛進一個寬大的院子裡，旁邊有一排普通的平房。我隨茅公的親屬走進一間約四五十平方米的房間，茅公的遺體就安放在房子的中間。四周已站滿人群和攝影記者，氣氛肅穆沉靜。我懷著沉重的心情，靜立在茅公遺體旁，暗暗地爲他默哀、祝福。他身穿棕綠色的呢料中山裝，安祥地平躺在靈床上，身上覆蓋著一面鮮紅的中國共產黨黨旗，四周擺滿長青的松柏、劍蘭和鮮花。我久久屏息凝神，注視著這默默沉睡的一代文學巨人，內心的波瀾無法平息。在他的晚年，有多少次，我曾端坐在他身旁，傾聽過他那時而沉靜莊重、時而機趣橫生的娓娓長談。如今，

這一切猶如夢境一般，已無法重現了。茅公的遺容經過化裝，仍然保持著生前的神態，似乎比平時還好看些。他安祥地睡在那裡，稀疏的頭髮，梳得很整齊，一排又白又長的鬍鬚還留著。不知何故，額頭上似有汗珠點點。這時，耳際傳來韋韜同志的聲音，我抬頭一看，他正忙碌著招呼親屬們準備照相，四周有許多攝影師已舉起手中的照相機，我連忙退到一旁。

拍照開始了。先是韋韜、小曼同志，站在他父親的遺體旁邊，拍了幾張照片，然後是韋韜同志一家，以及沈澤民同志的三個外孫，也先後拍了照。接著又有幾位年長的親屬（我弄不清是誰），一一拍了照。這時，想不到韋韜竟這麼快地招呼到我了，懷著一種十分複雜的心情，我邁著沉重的步伐，走到茅公遺體的右邊，單獨拍了一張照片。接著韋韜同志又同我一起合照了一張。這時，攝影師要我們換到左邊來，說這樣可以照得更清楚些。於是，我們又換了一個位置，重拍了一張照片。這是我同茅公交往近二十五年來，第一次、也是最後一次在他身邊攝影留念。之後，一批批茅公的親屬友好，都上前拍照，先後持續了十幾分鐘。有兩位我不認識的老太太，心情很沉重，堅持要在茅公遺體旁多照幾張，她們的願望也受到尊重。事後才得知，她們之中一位是唐棣華（陽翰笙夫人），即茅公早期小說所創造的時代女性的原型之一；另一位則是趙清閣。

8 時 30 分，向茅公遺體告別儀式開始了。上午主要是文學藝術界的代表、各人民團體和茅公生前的友好，來向遺體告別。我從邊門繞到院子裡，只見絡繹不絕的人群，一輛輛的小汽車，穿流不息地進入院子裡，自動地排成長隊，先在門口簽名，領取一朵小白花，然後進入臨時布置的靈堂。為了再看茅公一眼，我又加入了這個行列，隨著首批到達的羅蓀、吳強同志等，再次走進那間充滿莊嚴肅穆氣氛的房間裡。在沉痛的哀樂聲中，人們五人一組，秩序井然地向這一代文學大師，作最後的告別。我隨同羅蓀、吳強同志等，也五人一組，先向茅公的遺體鞠躬、默哀，然後繞靈一周，同家屬握手致意。「此時無聲勝有聲」，眼看茅公生前的戰友、朋輩、晚輩以及無數景仰者，一串串、一群群，自動地來向他致敬、告別，我感受到一股巨大的、無形的力量，彌滿在為蒼松翠柏環繞著的這位文學巨人的周圍。這種無形的凝聚力，也許正是中華民族光輝燦爛的文化，得以代代延續光大的因由之一吧！茅公九泉有知，當會露出欣慰的笑容。

告別儀式持續了一天。當天下午 3 時後，主要是黨和國家領導人，部分

全國人大常委，政協常委和委員，以及中央和各機關的負責人，先後向茅公遺體告別。他們之中，有鄧小平、李先念、鄧穎超、胡耀邦、烏蘭夫、方毅、耿飆、廖承志、習仲勛、楊尚昆、胡喬木、班禪額爾德尼·卻吉堅贊、康克清，以及許德珩、周建人、胡愈之、胡子昂、榮毅仁、周培源等，幾乎包括了在京的各界主要代表人物。

在告別儀式後，中央美術學院的同志，還特地為茅公做了一副臉模，以供為他塑造雕像之用。後來聽說，中國為領袖人物和偉人文豪製作臉模，從孫中山先生始。而這種做法，西方開始得比較早，也比較普遍。

當天下午四時半，告別儀式結束後，茅公的遺體，由周培源、張執一、趙振清、林默涵、彭有今等有關單位的負責人，護送到八寶山火化。茅公的軀體雖然從此就消失了，然而他的精神和形象，卻永存於人間。

五、追悼大會側記

4月11日下午，茅公的追悼大會在首都的人民大會堂西大廳隆重舉行。

事先，我接到「沈雁冰同志治喪委員會」發來的參加追悼會的通知，規定下午 2 時 30 分前到達，並注明「進東門，在東大廳休息」。隨著通知還附有兩張厚紙片：一為淺藍色底，白字，上有「東門」二字；一為白底黑字，上有阿拉伯數字「10」。開始，我弄不清這是幹什麼用的，後翻看背後的說明，方知是車證，專供汽車進出使用的。有「10」字的一張，是參加遺體告別儀式的車證；有「東門」二字的一張，則為參加追悼大會的車證。我隻身來京，寄居客舍，當然用不著。

下午 1 時 30 分後，我搭上公共汽車，奔赴人民大會堂。車過寬闊的天安門廣場，從窗口朝外看，只見一輛輛貼著車證的小汽車，風馳電掣地駛向人民大會堂。下午 2 時 30 分前，我按規定到達大會堂的東門口，隨著絡繹不絕的人群，進入了金碧輝煌的東大廳。寬闊的大廳裡，擺滿兩三百張供休息的坐椅，四周牆上掛滿巨幅的國畫。放眼望去，只見到處是三五成堆的人群，不一會兒功夫，就把大廳擠得滿滿的。廳內氣氛莊嚴肅穆，人們或坐或站，或沉默靜待，或輕聲細語地在招呼、交談。這裡聚集的大多是一些年長的文化藝術界的人士，他們來自各個方面，懷著同樣的心情，等待著追悼大會開始。我默默地穿過人群，在大廳的西側，找了個位置坐下來。不一會兒，孫中田同志也來了，我們招呼著坐在一起。剛交談了幾句，忽見相聲大師侯寶

林飄然而至，就坐在我們身邊。他剛坐定，就掏出香煙，才抽上幾口，只見旁邊西通往大廳的門打開了，一位工作人員走了出來，招呼大家入場。我們連忙站了起來，而相聲大師也忙著處理他那根剛剛點上的香煙，神情嚴肅而滑稽。我和孫中田同志隨著人流，排隊進入了西大廳。進門一看，只見西大廳的後部已站滿了人群，大約是首都各文藝團體、機關集體組織進場的，其中有不少熟人。我是從外地趕來的，成了散兵游勇，只好混雜在不相識人群中前行。工作人員帶領著我們這個長長的行列，一直朝前走，繞到了西大廳前部左側。我剛想站定，前頭有人招呼，要後面的人另起一行朝前走。我正在遲疑，孫中田同志在背後推我一下，輕聲地說道：「朝前走！」於是，我跟著一個穿軍裝的同志，另行走到隊伍的前頭，站定之後，發現我們已排在追悼大會隊伍的最前端。這使我有機會清楚地看清會場的情景。

我環顧四周，追悼大會的會場布置得十分莊嚴肅穆。會場正中，懸掛著茅盾的大幅遺像，上面是「沈雁冰同志追悼會」的橫幅，下面安放著骨灰盒。骨灰盒上面，覆蓋著一面小小的鮮紅黨旗，下面放著韋韜、小曼率子女敬獻的花圈，兩旁擺滿了一長串的花圈。左邊是中共中央、人大、國務院、政協和聶榮臻等領導人贈送的花圈，右邊是葉劍英、鄧小平、陳雲、鄧穎超、彭真、胡耀邦等中央領導人贈送的花圈。這時，會場左右兩側，已排好一串串的隊伍，把個西大廳擠得滿滿的，然場內卻鴉雀無聲。在這一排排的隊伍裡，我看到文藝界的許多老前輩，如葉聖陶、巴金、周揚、夏衍、陽翰笙、成仿吾、丁玲、艾青、張光年、曹禺、沙汀、劉白羽、馮至、臧克家、姚雪垠、林默涵、陳荒煤、羅蓀、吳強，等等，以及許多不認識的老人。他們也同大家站在一起。其中有許多雖鬢髮斑白、年事已高，但仍由家人攙扶著站在人群中。有的是不辭路途遙遠，特地從千里之外趕來的，如巴金同志；也有的雖在北京，卻是由家人推著輪椅趕來的，如高士其同志。此情此景，令人感動。在「五四」以來的歷史風浪中，他們或為茅公的同輩、戰友，或得到過他的關懷、提攜，甚至有的還同他論爭過，但此刻卻不約而同地從四面八方，聚集到這個會場來，向這位文學巨人致哀、告別。置身於這樣的場合，使我這個晚輩，再次感受到先驅者、開拓者的業績，在人們的心靈中是永存的！茅公生前，居功不傲，在他身後，卻倍受人們的敬重。這，大約又是我們的民族心理的一種表現吧！

正當我陷入深思之中時，忽然四周燈光閃亮，只見前面有許多攝影師，

紛紛舉起攝影機、聚光燈，對準前方忙碌了起來。我掉頭一看，原來以鄧小平同志為首的一群中央負責同志，已邁步進入追悼大會的會場。小平同志身穿淺藍色呢製中山裝，邁著穩健的步伐走到麥克風前。隨後是李先念、胡耀邦、鄧穎超、彭眞、烏蘭夫、方毅、耿飆、彭衝等同志，分立於靈前第一排，接著是中央各部門、各民主黨派的負責人，分別站在靈前的第二排。在我們的前面，我看到廖承志、周建人、胡子昂、史良等。周建人由一年輕人攙扶著，當年的「六君子」之一的史良，步履更爲艱難，由兩個年輕同志左右攙扶著。華國峰也站在這個隊伍前面。

　　下午 3 時許，鄧小平同志以沉靜有力的聲調，宣布追悼大會開始，樂隊奏起哀聲，全體肅立默哀。默哀畢，小平同志宣布由胡耀邦同志致悼詞。這時，站在李先念旁邊的胡耀邦同志，踏著快步走到麥克風前，以洪亮的聲調開始宣讀悼詞。悼詞對茅公爲中國革命和中國現代革命文藝事業奮鬥終生的業績，作了簡要的回顧和崇高的歷史性評價，稱他是「我國現代進步文化的先驅者、偉大的革命文學家」和「卓越的無產階級文化戰士」；肯定「他和魯迅、郭沫若一起，爲我國革命文藝和文化運動奠定了基礎」；讚譽「在漫長的六十餘年中，他始終不懈地以滿腔熱情歌頌人民、歌頌革命、鞭撻舊中國黑暗勢力」，以《子夜》、《蝕》、《春蠶》、《林家舖子》、《清明前後》等一系列作品，「刻畫了中國民主革命的艱苦歷程，繪製了規模宏大的歷史畫卷，爲我國文學寶庫創造了珍貴的財富，提高了現實主義文學創作的水平，在文學史上留下了不可磨滅的功績」。胡耀邦同志沉痛地說道：「沈雁冰同志的逝世，使我國失去了一位偉大的革命文學家和無產階級文化戰士，這是全國人民的一個不可彌補的損失」。在宣讀悼詞的過程中，追悼大會的會場上，人們都聚精會神地傾聽著。這是經歷了半個多世紀的風雨歲月，特別是經歷了腥風血雨的十年浩劫的嚴峻考驗之後，黨和人民對辛勤勞作一生的一代文學大師所作出的全面、公正的歷史性評價。今天，人們對這篇悼詞的內容都十分熟悉了，然而在當時聽來，卻有一種撥亂反正、震撼心靈的力量，使人感受到似有一種感人肺腑的浩然正氣，在莊嚴的人民大會堂裡迴蕩。這不僅僅是對茅盾個人的評價，而且也是對他所從事的事業，對先驅者的一代所作的歷史性評價。也許，經歷了那刀光劍影、風雲突變的鬥爭年代，又在人妖顛倒的十年磨難中幸存下來的人們，對此會有更深切的感受。在我的記憶裡，使用「偉大」、「巨匠」這類詞兒，來評價茅盾的功績，似乎還是始於他逝世之後。1945 年

6 月 24 日，重慶文化界舉辦慶祝茅盾五十壽辰紀念活動時，王若飛同志曾首次使用「文化巨人」這樣的詞兒，來讚譽剛年及半百的茅盾同志，表現了一個政治家的勇氣和膽識。此後有很長一段時間，人們則習慣於「卓越」、「傑出」、「優秀」等形容詞，來評價文藝界的那些出類拔萃的人物（除魯迅外），其中也包括對茅盾；而不敢或不能用「偉大」之類的詞，來讚譽那些為我們民族的科學文化事業作出卓越貢獻的代表人物。這，不知是我們民族的謙虛美德的表現，或是對精神財富創造者的一種吝嗇的表現？當然，「偉大」、「巨匠」之類的詞兒不宜濫用，用了也不意味著已盡善盡美，或成為「神化」、「偶像」的同義詞。因為，所有這些稱號，都要在歷史老人的天秤上，重新復稱過。從茅盾一生的貢獻看，胡耀邦同志在追悼大會上所作出的評價，歷史將證明他是當之無愧的。

追悼大會結束後，我隨著人流，步出了人民大會堂。歸途中，我忽然想起茅公在五十壽辰時說過的一段話：

> 人在希望中長大。假如五十而不死，還是要帶著希望走完那所剩不多的生命的旅程。

> ——《回顧》

十分幸運的是：五十之後，他不僅很快就看到他在《子夜》中所期望的黎明的到來，而且又走過了漫長的三十五年的路程。特別值得慶幸的是，在經歷了比八年抗戰時間更長的十年浩劫的嚴峻歲月之後，他又以垂暮之年，為受盡摧殘的社會主義文藝的復蘇、發展而殫思竭慮，滿腔熱情地呼喚「未來的魯迅」等新一代文藝群星的湧現。如果要問：在他離開我們之前，心裡還帶著什麼希望？我相信，茅公九泉有知，一定會說：我希望寫完《回憶錄》，希望多做些事，希望祖國的文藝事業繁榮昌盛！

1988 年 2 月 12 日初稿
1990 年元月 30 日修改

跋

　　這本書稿完成於兩年前，其時，當我圈好全書的最後一個句號，正是兔年將了、龍年將至之時，深夜推窗遙望，唯見星斗滿天，閃爍夜空，在大自然已知、未知規律支配下緩緩運行。然星移斗轉，瞬眼間年曆又翻去兩本，因種種原因此書尚未出版，最近從湖南文藝出版社將書稿要回，又重新閱改增刪一遍。當我改完最後一章時，蛇年已經過去，馬年又已來臨，驀然回首，為這本書我前後已斷斷續續地折騰了六年餘。

　　這裡敘述的是 1956～1981 年間，我從大學時代起如何研究起茅盾來，又怎樣開始同他通信交往，十年浩劫後，我和晚年的茅公又如何開始了密切交往的足跡。全書的基本內容，是以我同茅盾的交往為線索，著重記述「文革」期間及「文革」之後，茅盾晚年的處境、心態與生活、寫作情況。這既不是一本文學傳記（雖然含有不少茅盾晚年的傳記材料），也不是純粹的學術研究著作，而只是一個晚輩與研究者，在人生的道路上，如何意外地同一代文學大師相遇、交往及所見、所知、所聞的一段真實的記錄。這樣一本書，對人們瞭解鮮為人知的茅盾晚年的生活、寫作情況與心態，也許能有些幫助。

　　古人稱足後為跋，我想說與該說的，都在書中說了，讀者如有興趣會自行翻閱，無須重複，剩下的就是需要交代的一些足後語了。

　　首先要說明的，這本書是被湖南文藝出版社的黃仁沛同志「促」出來的。記得在茅盾同志逝世後不久，他約我就與茅盾通信交往的情況，包括「文革」後我七次登門拜訪的見聞，以及協助茅盾同志編選《茅盾論創作》與《茅盾文藝雜論集》的背景情況等等，寫本回憶性與紀實性的東西。當時，我雖然應允了，但由於學校的本職工作及隨後四十卷本《茅盾全集》的上馬，使我

疲於奔命，1982 年的稿約，到 1984 年春才動手寫了一小部分。其後停了很長時間，在仁沛同志的耐心等待與不斷敦促下，才於 1987 年暑假和 1988 年初，集中精力把全書突擊趕寫出來。十分遺憾的是，書稿交出後不久，仁沛同志也退休了，情況發生了變化。此書雖說已由他審閱發排，但一晃又近兩年，一直未能問世。最後，徵得仁沛同志和湖南文藝出版社的同意，我把書稿又要回來，經閱改刪增，重新聯繫出版事宜。在這過程中，我得到南京大學出版社的領導，特別是張雨淼同志的熱情支持。這位我大學時代的同窗擔任了本書的責編，細心審讀書稿又幫助我校正了一些文字上的錯漏。他們決定出版這本書，使我得以把它作為茅盾誕辰九十五週年和逝世十週年的紀念奉獻於世，並求正於同行與廣大讀者。對於他們的支持，我是十分感謝的。

其次，這裡所記述的，除了來自我親身的經歷與耳聞目睹的事實外，還有不少生動的第一手材料，是韋韜與陳小曼同志提供的。如十年浩劫期間茅盾的處境與遭遇，以及「文革」後到他逝世前的生活、寫作情況等。特別要提一筆的是，為了使我能獲得更多真實可靠的材料，結合《茅盾全集》的編輯，韋韜同志讓我率先翻閱了現存六十多本珍貴的《茅盾日記》，並同意我引用日記中的一些重要材料。應我的要求，韋韜還曾同我作過幾次促膝長談，介紹了許多有關他父親晚年的情況。這些生動的材料，使我有可能對茅盾在那場歷史浩劫中的種種遭遇與心態，作了較為詳細具體的描述。曾在茅盾身邊照料過他晚年生活的李淑英同志，也應我的要求，提供了一些她親聞目睹的有關茅盾晚年生活的逸事。這裡，一併向他們以及許多關心、支持過我的同志，表示深切的謝意。

本書的部分章節，曾略作刪節、調整，先後在文學期刊上發表過。如《夢——代序》和第三章《十年浩劫中的茅盾》第一二節《沉默的十年》、《抄家前後》，曾合併刊載於《鐘山》1986 年第二期；第三章第六節《心火未滅》刊載於《人物》雜誌 1989 年第二期；第六章《北京茅盾舊居的變遷》，曾連載於香港《八方》文藝叢刊 1987 年第六七輯。其他多數章節，均未發表過。

羅曼·羅蘭在 1927 年為《貝多芬傳》所寫的序裡說：「生在今日的人們已和生在昨日的人們離得遠遠了。（但生在今日的人們是否能和生在明日的離得更近？）在本世紀初期的這一代裡，多少行列已被殲滅：戰爭開了一個窟窿，他們和他們最優秀的兒子都失了蹤影。」〔註 1〕20 世紀對中華民族說來，

〔註 1〕見《貝多芬傳·原序》，人民音樂出版社，1980 年 5 月版，第 IV 頁。

是在災難深重中重新奮起的世紀，無數先驅者與優秀兒女，運用各種武器爲民族的振興與國家的現代化而前仆後繼。他們經歷了帝制的終結、戰火的硝煙和意想不到的劫難，如今大多相繼離世而去，隨著歲月的流逝，離我們越來越遠了。但是，他們的業績、精神與品格，連同他們的經驗教訓，將激勵、引導後來者繼續奮進。茅盾也屬於無數先驅者行列中的一員。從時間上看，他將離我們越來越遠，然而，他爲中華民族的振興，爲中國現代新文學的崛起、發展而奮鬥不息的精神，將伴隨我們走向美好的明天。

作者

一九九〇年元月三十一日

於南京大學